The Phantom of the Opera

오페라의 유령

지은이 가스통 르루

프랑스의 추리소설 작가로 코넌 도일, 에드거 앨런 포 등과 함께 당대 최고의 인기를 누렸다. 파리에서 법학을 공부하고 학교를 졸업한 뒤, 법률사무소에서 서기로 일하면서 한가한 시간에 수필과 단편소설을 쓰기 시작했다. 변호사, 연극 비평가, 극작가, 기자 등 다양한 경력을 쌓았고, 그로 인해 작품 소재 또한 매우 광범위했다. 기자로서의 경험을 바탕으로, 화자가 직접 사건에 뛰어들어 문제를 해결하고 기록하는 듯한 독특한 문체와 형식이 돋보이는 소설들을 다수 발표했다. 대표작으로 『노란 방의 비밀』과 『오페라의 유령』이 있으며, 『오페라의 유령』은 영화, 연극, 무용, 뮤지컬 등 여러 장르로 각색되어 전 세계 사람들의 사랑을 받고 있다.

옮긴이 정지현

충남대학교 자치행정과를 졸업한 후 현재 번역에이전시 하니브릿지에서 아동서 및 소설 전문 번역가로 활동하고 있다. 번역 작품으로는 『하이디』, 『엄지공주』, 『평화의 왕과 어린 나귀』, 『미드나이터스 3』, 『핑크리본』, 『우체부 프레드 2』, 『감사』, 『길 위에서 사랑은 내게 오고 갔다』 등 다수가 있다.

그린이 규하

최초의 순정만화 잡지 『르네상스』 신인 코너로 데뷔. 단편만화와 일러스트 위주의 작업을 해오다 삼성출판사의 『신데렐라』를 시작으로 동화 일러스트 계에 입문했다. 『아라비안 나이트』, 『셰익스피어 이야기』, 『눈의 여왕』, 『인어 공주』, 『걸리버 여행기』, 『피터 팬』, 『성냥팔이 소녀』 등 많은 명작의 그림 작업을 했다.

오페라의 유령 아름다운고전시리즈 ❷

지은이 | 가스통 르루   **옮긴이** | 정지현   **그린이** | 규하
펴낸이 | 김종길   **펴낸 곳** | 인디고
편집 | 이은지 · 이경숙 · 김보라 · 김윤아   **영업** | 성홍진
디자인 | 손소정   **마케팅** | 김민지   **관리** | 김예솔
출판등록 | 1998년 12월 30일 제2013−000314호   **주소** | (04209) 서울시 마포구 월드컵로8길 41 (서교동483-
홈페이지 | indigostory.co.kr   **전화** | (02)998−7030   **팩스** | (02)998−7924
이메일 | geuldam4u@geuldam.com   **블로그** | blog.naver.com/geuldam4u
페이스북 | www.facebook.com/geuldam4u
초판 1쇄 발행 | 2012년 3월 1일   **초판 15쇄 발행** | 2023년 3월 1일   **정가** | 15,800원
ISBN 978−89−92632−48−5 03860

The Phantom of the Opera

오페라의 유령

가스통 르루 지음 | 정지현 옮김 | 규하 그림

인디고
lovecolor indigo

Contents

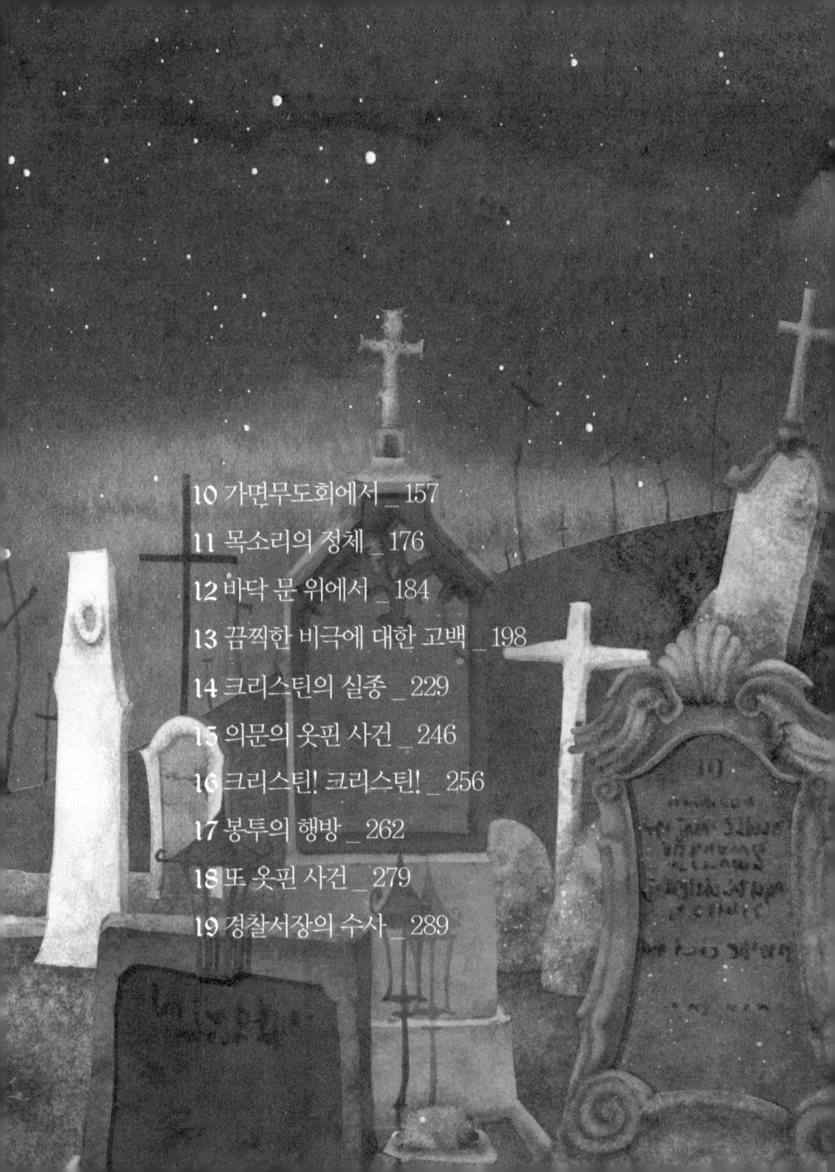

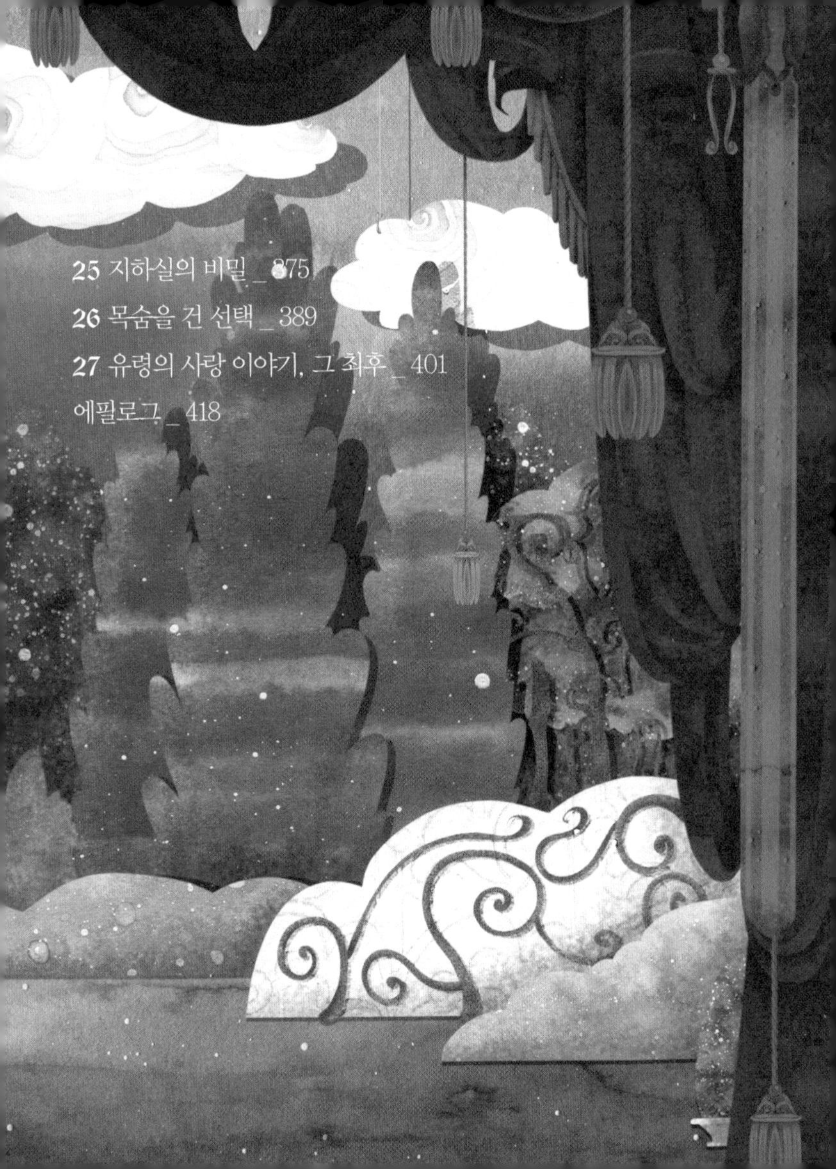

크리스틴 다에.
맑고 순수한 영혼을 가진 오페라 여가수.
어린 시절 아름다운 추억을 함께 나눈 라울을 사랑하지만
'오페라의 유령'을 만난 후로 자신의 마음을 숨길 수밖에 없게 된다.

오페라의 유령.

오페라하우스 지하의 비밀 은신처에서 살고 있는 남자.

천상의 목소리와 뛰어난 재주를 가졌지만

흉측한 얼굴 때문에 가면을 쓰고 홀로 숨어 산다.

크리스틴을 너무 사랑한 나머지 납치하고 만다.

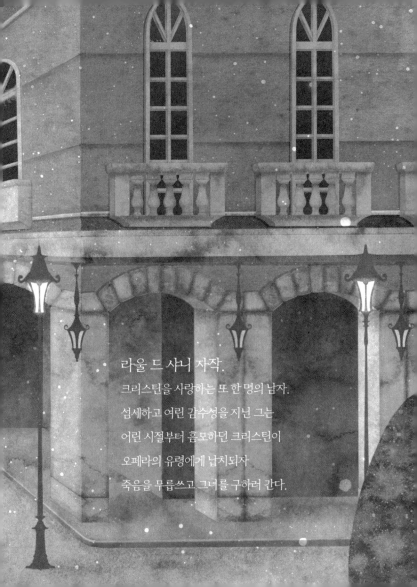

라울 드 샤니 자작.

크리스틴을 사랑하는 또 한 명의 남자.

섬세하고 여린 감수성을 지닌 그는

어린 시절부터 흠모하던 크리스틴이

오페라의 유령에게 납치되자

죽음을 무릅쓰고 그녀를 구하러 간다.

지금부터 이들을 둘러싼 수수께끼 같은 사건들과
애절한 사랑이 어우러진,
섬뜩하면서도 매력적인 이야기의 막이 열린다.

프롤로그

이 기이한 작품의 저자는 독자들에게 오페라의 유령이 실제로 존재했다고 확신하게 된 이유를 다음과 같이 밝히는 바이다.

오페라의 유령은 정말로 존재했다. 오랫동안 사람들은 그것이 예술가의 상상력이나 오페라하우스 경영자들의 미신, 또는 남의 말에 쉽게 휘둘리는 감수성 풍부한 발레단의 어린 소녀나 그 어머니들, 좌석 안내원, 휴대품 보관소 안내원이나 관리인들의 머릿속에서 만들어진 창조물이라고 생각했다. 하지만 그는 비록 완벽한 유령의 모습, 말하자면 괴기한 그림자 같은 모습이기는 했지만 분명 피와 살을 가진 인간이었다.

나는 프랑스 국립음악원의 서고를 뒤지면서 '유령'이라고 생각되는 현상과 한때 파리 상류사회를 떠들썩하게 만든 기이하고 환상적인 사건이 기막힐 정도로 일치한다는 사실을 발견하고 깜짝 놀랐다. 그리고 그 비극적인 사건을 유령의 존재로 설명할 수 있지 않을까 생각하게 되었다. 그 사건이 일어난 것은 30년도 채 되지 않았다. 따라서 지금도 발레단의 휴게실을 조사해 보거나 그때의 일을 생생히 기억할 만한 노인 또는 믿을 만한 사람들에게 물어보면, 크리스틴 다에의 납치 사건이라든지 샤니 자작의 실종과 그의 형 필리프 백작의 죽음, 백작의 시신이 스크리브 거리 오페라하우스 지하실에 위치한 호숫가의 둑에서 발견된 사실 등을 둘러싼 당시의 상황을 알아보기가 어렵지 않을 것 같았다. 다만 증인들은 그 비극적인 사건과 오페라의 유령이라는 전설적인 존재를 연관 지으려는 생각은 하지 못했다.

　조사 과정에서 첫눈에 보기에도 초자연적인 사건들과 맞닥뜨리게 되자 의문은 더해만 갔다. 허상을 쫓는 희망 없는 작업에 기진맥진해서 포기할까 수없이 망설이는 동안 서서히 진실이 머릿속으로 들어왔다. 그리고 마침내 내 예감이 틀리지 않았다는 증거를 손에 넣었다. 오페라의 유령이 단순한 그림자가 아니라고 확신하던 날, 그동안의 노고를 전부 보상받을 수 있었다.

　그날 나는 몇 시간 동안이나 『어느 관장의 회고록(The Memoirs of a Manager)』이라는 경박하기 짝이 없는 책을 붙잡고 있었다. 몽샤르맹이라고 하는 지나치게 회의적인 이 책의 저자는 오페라하우스에서 근무하는 내내 유령의 불가사의한 행동을 전혀 이해하지 못했다. 뿐만 아니라 '마법의 봉투'가 일으킨 돈과 관련한 기이한 조작 사건에 얽혀 첫 번째 희생자가 된 순간조차 유령의 존재를 비웃고만 있었다.

실망을 안고 서고를 나오다가 국립음악원의 관장과 마주쳤다. 층계참에 서서 활기 넘치는 멋쟁이 노인과 이야기를 나누던 그는 나에게도 노인을 소개해 주었다. 관장은 내가 조사하고 있는 내용을 전부 알고 있었다. 내가 샤니 사건의 담당 판사였던 포르 씨의 소재를 파악하려고 애쓰고 있다는 사실까지도 말이다. 그가 어떻게 살고 있는지 아무도 몰랐고 생사조차 확인되지 않았다.

그런데 알고 보니 그가 15년 동안 캐나다에서 머물다 파리로 돌아와서 오페라하우스 비서실에 특혜 자리를 하나 알아보는 중이며, 관장과 이야기를 나누고 있던 노인이 바로 포르 씨라는 것이었다.

그날 저녁 오랜 시간을 우리와 함께 보낸 포르 씨는 자신이 알고 있던 대로 샤니 사건의 진상을 이야기해 주었다. 그는 증거 불충분으로 그 사건을 자작의 광기와 그의 형 백작의 사고사로 결론 내릴 수밖에 없었지만, 두 형제와 크리스틴 다에 사이에 틀림없이 끔찍한 비극이 있었다고 확신했다. 하지만 크리스틴이나 자작이 어떻게 되었는지에 대해서는 할 말이 없다고 했다. 내가 유령 이야기를 꺼내자 그는 그저 웃을 뿐이었다. 그도 오페라하우스 어딘가에 기이한 존재가 있음을 보여 주는 여러 가지 현상에 대한 이야기를 들었고 봉투 사건에 관해서도 알고 있었다. 그러나 샤니 사건의 담당 판사로서 관심을 기울여야 할 가치가 있다고는 생각하지 않았다. 심지어 여러 번이나 유령을 봤다고 증언한 사람의 이야기에도 귀를 기울일 필요가 없다고 생각했다. '페르시아인'이라고 불리는 그 사람은 오페라하우스 회원들 사이에서 무척이나 유명했다. 그러나 담당 판사는 그를 정신 나간 사람이라고만 여겼다.

나는 페르시아인의 이야기에 커다란 흥미를 느꼈다. 그 소중하고도 기이한 증인을 꼭 찾고 싶었다. 운 좋게도 사건 이후 그가 쭉 살고 있던 리볼리 거리의 작은 아파트에서 그를 찾을 수 있었다. 그는 나를 만나고 5개월 후 그곳에서 생을 마감했다. 처음에는 나도 반신반의했다. 그러나 페르시아인이 어린아이처럼 솔직하게 유령에 관해 아는 것을 전부 말해 주고, 마음대로 하라면서 크리스틴 다에의 기이한 편지를 비롯해 유령의 존재를 입증하는 증거까지 건네주자 더 이상 의심할 수가 없었다. 유령은 전설이 아니었다!

물론 사람들은 그 편지가 처음부터 끝까지 옛날이야기에 매혹된 남자의 상상력에 의해 조작된 것이라고 말했다. 하지만 다른 편지 다발 속에서 크리스틴의 필체를 찾아내어 비교해 본 결과 의혹은 말끔하게 사라졌다. 그리고 페르시아인의 이력을 조사해 보니 그는 매우 정직한 사람이었다. 진실을 은폐할 만한 거짓 이야기를 지어낼 사람이 아니었다.

　게다가 제각각 어느 시점에서 샤니 사건과 연루되었고, 샤니 가문과 친분이 있었던 사람들에게 내가 그동안 모은 서류와 그에 따른 추론을 공개했는데, 그들도 나와 생각이 같았다. D장군에게 받은 편지의 일부를 소개한다.

　당신의 조사 결과를 발표할 것을 강력하게 권고합니다. 훌륭한 가수였던 크리스틴 다에가 실종되고 생 제르맹 외곽 지역을 휩쓴 비극적인 사건이 일어나기 몇 주 전까지만 해도 발레단에서는 '유령'에 대한 이야기가 활발하게 오갔던 것을 나는 생생하게 기억합니다. 다만 나중에 일어난 놀라운 사건으로 그 이야기가 자취를 감추고 말았지요. 하지만 유령이 이 비극과 관계가 있다면 부디 유령에 대해서 말씀해 주십시오. 유령 이야기는 처음에는 수수께끼처럼 들리겠지만, 악의적인 사람들이 떠드는 것처럼 평생 사이가 좋았던 형제가 서로를 죽였다는 이야기보다는 훨씬 설득력이 있습니다.

　마지막으로 나는 서류 뭉치를 들고서 유령의 거대한 영토, 다시 말해 그가 자신의 왕국으로 삼았던 오페라하우스로 돌아갔다. 눈에 보이는 모든 것과 마음속에 떠오르는 모든 생각이 페르시아인으로부터 받은 서류의 내용과 정확히 일치했다. 그동안의 내 노력은 한 가지 놀라운 발견과 함께 결실을 거두었다. 나중에 크리스틴 다에의 목소리가 녹음된 축음기를 묻으려고 오페라하우스 지하를 파는 도중 인부들이 시체 한 구를 발견한 것이다. 나는 그것이 오페라의 유령의 시체라고 단박에 확신했다. 그래서 부관장에게 직접 그 증거를 확인해 보라고까지 했다. 이제 사람들이 그 시체가 파리 코뮌(1871년, 파리 시민과 노동자들에 의해 수립된 혁명적 자치 정부—옮긴이)의 희생자 중 한 명이라고 아무리 떠들어 대도 나는 절대로 믿지 않는다.

코뮌 시절 오페라하우스 지하에서 학살당한 사람들은 그쪽에 묻히지 않았다. 희생자들의 유골은 포위 기간 동안 보급품을 쌓아 둔 커다란 지하실에서 그리 멀리 떨어지지 않은 곳에 묻혔다. 나는 오페라의 유령의 흔적을 추적하다가 코뮌의 희생자들이 묻힌 흔적 또한 발견했던 것이다.

하지만 이 시체를 어떻게 할 것인지는 나중에 다시 이야기하자. 지금은 크리스틴 다에의 실종 후 처음으로 조사를 실시한 경찰 간부 미프르와 씨와 오페라하우스의 전 비서 레미 씨, 전 부관장 메르시에 씨, 전 합창단장 가브리엘 씨, 그리고 카스텔로 바르베작 남작 부인에게 감사를 전하면서 이 글을 마쳐야겠다. 남작 부인은 한때 발레단의 가장 매력적인 스타였고, 유령의 전용 박스석을 담당했던 고(故) 지리 부인의 맏딸이기도 하다. 이들의 도움 덕분에 순수한 사랑과 공포에 관한 이야기를 독자들 앞에 낱낱이 드러낼 수 있었다.

끔찍하지만 진실이 분명한 이 이야기를 시작하기 전에 다음 분들을 생략하고 넘어간다면 배은망덕한 일이 될 것이다. 조사 과정에서 친절한 도움을 준 오페라하우스의 현 경영진, 특히 메사제 씨와 부관장 가비옹 씨, 그리고 건물 보수를 맡은 건축가에게 감사를 전한다. 건축가는 친절하게도 내가 절대로 돌려주지 않을 것이라고 확신하면서도 오페라하우스를 설계한 샤를 가르니에의 작품을 선뜻 빌려 주었다. 마지막으로 자신이 소장한 희귀본을 포함해 훌륭한 연극 장서를 기꺼이 보여 준 너그러운 친구이자 동료였던 M. J. 르 크로즈에게도 감사를 전한다.

가스통 르루

01

유령인가?

오페라하우스의 공동 관장인 드비엔느와 폴리니의 퇴임을 앞두고 특별 공연이 있던 날 저녁이었다. 주연 무용수 중 한 명인 소렐리의 분장실에 방금 무대에서 〈폴리왹트(17세기 코르네유의 희곡-옮긴이)〉를 선보이고 온 대여섯 명의 무용수들이 들이닥쳤다. 일부는 부자연스러운 웃음을 터뜨리고 나머지는 공포에 질려 소리를 지르면서 시끄럽게 우르르 몰려왔다.

관장들의 퇴임식에서 낭독할 환송문을 조용히 검토하고 싶었던 소렐리는 화가 난 얼굴로 떠들썩한 무리를 쏘아보았다. 그때 물망초 같은 눈빛에 발그레한 볼, 백합처럼 하얀 목과 어깨를 가진 자그마한 잠므가 떨리는 목소리로 상황을 설명했다.

"유령이에요!"

잠므는 이렇게 소리치고 문을 잠갔다.

소렐리의 분장실은 우아한 분위기이면서도 지극히 평범했다. 가구는 큰 거울과 소파, 화장대, 옷장 한두 개가 다였다. 벽에는 어머니가 남겨 준 판화 몇 장이 걸려 있었다. 그녀의 어머니는 예전에 오페라하우스가 르 펠티에 거리에 있었던 그 좋은 시절의 영광을 누렸다. 벽에는 베스트리스, 뒤퐁, 비고티니의 초상화도 걸려 있었다. 무대 호출 담당자의 종이 울릴 때까지 공동 분장실에서 노래를 부르거나, 수다를 떨거나, 의상 담당자나 미용사와 입씨름을 하거나, 서로 카시스(브랜디의 일종—옮긴이), 맥주, 심지어 럼주를 사주기도 하면서 시간을 보내야 하는 발레단의 소녀들에게 소렐리의 분장실은 궁전이나 마찬가지였다.

소렐리는 미신을 잘 믿는 여자였다. 그녀는 잠므의 이야기를 듣고 몸을 떨면서 "바보 같으니." 하고 나무랐다. 그러면서도 유령 이야기에 관심이 많았으므로 금세 자세한 사정을 물어보았다.

"정말로 봤어?"

"네, 분명히 봤어요!"

잠므는 한숨을 내쉬며 의자에 풀썩 주저앉았다.

그때 검은 눈동자에 잉크처럼 검은 머리, 가무잡잡한 얼굴빛에 깡마른 지리가 나섰다.

"유령인지 뭔지는 모르겠지만 정말 못생겼어요!"

"맞아요!"

다른 무용수들도 일제히 소리쳤다.

그러더니 너 나 할 것 없이 시끄럽게 떠들어 대기 시작했다. 유령은 정장을 입은 신사의 모습으로 복도에 나타났는데, 마치 벽을 뚫고 나온 것처럼 갑자기 어디선가 불쑥 나왔다는 것이다.

"흥! 유령은 어디에나 있어."

여전히 침착한 모습을 유지하고 있던 한 소녀가 말했다.

그 말은 사실이었다. 몇 개월 동안 오페라하우스는 정장 차림을 하고 마치 그림자처럼 위에서 아래로 건물을 배회한다는 유령 이야기로 들썩였다. 유령은 아무에게도 말을 걸지 않았고, 그 누구도 감히 그에게 말을 걸 생각을 하지 못했으며, 또 눈에 띄자마자 사라졌기 때문에 누구도 그가 어디로 어떻게 자취를 감추는지 알 수 없었다. 그는 진짜 유령처럼 아무런 소리도 내지 않고 걸었다. 처음에 사람들은 멋쟁이 신사 또는 장의사 차림을 한 유령에 대해 농담 삼아 이야기했다. 하지만 곧 유령에 관한 이야기는 전설처럼 걷잡을 수 없이 발레단을 장악해 버렸다. 소녀들마다 그 초자연적인 존재를 한 번쯤은 만나 본 것처럼 말했다. 유령은 모습을 보이지 않을 때는 황당하거나 심각한 사건으로 자신의 존재를 드러냄으로써 미신을 믿는 사람들이 그것을 전부 유령의 소행으로 여기도록 했다. 누군가에게 이상한 일이 생기거나

소녀들 사이에서 누군가 못된 장난을 쳤을 때, 심지어 분첩을 잃어버렸을 때도 전부 유령의 소행이라고 여기게 되었다.

과연 누가 정말로 그를 봤을까? 오페라하우스에는 정장을 입은 남자들이 셀 수 없이 많았다. 하지만 유령은 정장을 해골에 걸쳐 입는다는 특이점이 있었다. 물론 그 해골은 죽은 사람의 머리를 의미하는 것이었다.

이 모든 일이 과연 믿을 만한 일인가? 유령이 해골에 정장을 걸친 모습이라고 말한 사람은 실제로 유령을 봤다는 무대장치 감독 조제프 뷔케였다. 그는 지하실로 이어진 작은 계단의 각광(foot light, 무대에 있는 연기자의 발밑에서 위쪽으로 투사하는 조명─옮긴이) 옆에서 유령과 마주쳤다. 유령이 곧바로 사라졌기 때문에 한순간밖에 보지 못했지만 그는 만나는 사람마다 붙잡고 이렇게 말했다.

"그는 엄청나게 말랐고 해골 같은 골격에 옷자락이 걸쳐 있었어요. 눈자위가 깊이 패어서 눈동자는 거의 보이지 않았고요. 마치 죽은 사람의 해골처럼 검은 구멍 두 개만 보였어요. 뼈를 덮고 있는 피부는 흰색이 아니라 마치 북에 씌운 가죽처럼 역겨운 노란색이고요. 코는 옆에서는 거의 보이지도 않아요. 없는 것과 마찬가지라서 보기에도 흉측하죠. 머리카락은 이마와 귀 뒤쪽에 서너 가닥이 기다랗게 내려온 게 전부예요."

무대장치 감독은 진지하고 침착하며 착실한 남자로 황당무계한 상상을 즐기는 편은 아니었다. 그렇기 때문에 사람들은 흥미롭고 놀라운 표정으로 그의 말에 귀를 기울였다. 얼마 후에는 정장 차림의 해골을 직접 보았다는 사람들이 생겨났다. 분별 있는 사람들은 조제프 뷔케가 부하 직원들의 장난에 당한 것이라고 말하기도 했다. 그러나 불가사의한 사건이 계속 일어나자 담대한 사람들마저도 불안을 느끼기 시작했다.

한 예로 어느 소방관의 이야기를 들려주겠다. 대체로 소방관들은 대단히 용감하다. 불이건 물이건 두려워하지 않는다. 그런데 문제의 소방관은 지하실을 둘러보며 평소보다 깊숙한 곳까지 내려갔다가, 창백하고 휘둥그레진 얼굴로 덜덜 떨면서 무대로 돌아와 잠므의 어머니 품에서 기절하고 말았다. (오페라하우스의 관장이었던 고 페드로 가일라르 씨에게 직접 들었으니 확실히 믿을 수 있는 이야기다.) 도대체 왜 그랬을까? '자신의 키만 한 높이에서 불붙은 머리가 몸뚱이도 없이 다가오는 것'을 보았기 때문이다. 아까 말한 것처럼 소방관은 보통 불을 무서워하지 않는데 말이다. 그 소방관의 이름은 파팽이었다.

발레단 전체가 경악했다. 언뜻 보면 불타는 머리는 조제프 뷔케가 설명한 유령의 모습과 전혀 일치하지 않았다. 하지만 어린 소녀들은 유령의 머리가 여러 개라서 원하는 대로 바꿀 수 있다고 결론지었다. 물론 그들은 소방관조차 기절한 마당에 자신들도 조만간 화를 입을지도 모른다고 생각했다. 그래서 소녀들은 어둠침침한 구석이나 불빛이 약한 복도를 지날 때 저절로 발걸음이 빨라졌다. 소렐리는 소방관이 기절한 사건이 일어난 다음 날 무대 출입구 앞에 있는 탁자에 말편자를 놓아두었다. 관객 이외에 오페라하우스에 몰래 들어오려는 사람은 누구든 계단을 오르기 전에 그것을 건드릴 수밖에 없었다. 말편자 이야기는 내가 지어낸 것이 아니다. 물론 이 이야기의 다른 부분도 마찬가지다. 지금도 관리사무소를 통해 오페라하우스에 들어갈 때 통로에 놓인 테이블에서 말편자를 볼 수 있을지도 모른다.

문제의 그날 저녁으로 돌아가 보겠다.

"유령이에요."

잠므가 소리쳤다. 고통스러운 침묵이 분장실을 짓눌렀다. 소녀들의 거친 숨소리만 들려왔다. 마침내 잠므가 가장 먼 쪽 벽으로 다가가 잔뜩 겁에 질린 얼굴로 속삭였다.

"들어 봐요."

문밖에서 바스락거리는 소리가 들렸다. 발자국 소리는 아니었다. 마치 비단 자락이 널빤지 위를 스치는 듯한 소리가 나더니 멈추었다.

소렐리는 소녀 단원들보다 용감한 모습을 보이려고 애썼다. 그녀는 문으로 다가가 떨리는 목소리로 물었다.

"거기 누구 있어요?"

아무런 대답도 없었다. 모두의 시선이 자신에게 쏠려 있는 것을 느끼며 그녀는 매우 큰 소리로 한 번 더 물었다.

"문 뒤에 누구 있어요?"

"있어요. 있어요. 틀림없이 있어요."

말린 자두처럼 까무잡잡한 메그 지리가 소렐리의 치맛자락을 잡아당기며 소리쳤다.

"제발 문을 열지 마세요. 열지 마세요."

하지만 소렐리는 항상 지니고 다니는 단검을 든 채 열쇠를 돌려 문을 잡아당겼다. 소녀들은 전부 분장실 안쪽으로 물러났고 메그 지리는 탄식했다.

"맙소사!"

소렐리는 용감하게도 통로를 들여다보았다. 아무도 없었다. 유리통으로 둘러싸인 가스 불꽃만이 어둠 속에서 불그스름하고 수상한 빛을 밝혔지만 어둠을 쫓아 버리지는 못했다. 소렐리는 깊은 한숨을 내쉬면서 또다시 문을 쾅 닫았다.

"아무도 없잖아."

"하지만 우린 정말 봤어요!"

잠므가 살그머니 소렐리 옆으로 다가오면서 말했다.

"아마 어딘가에서 어슬렁거리고 있을 거예요. 우린 옷 갈아입으러 가지 않을 거예요. 다 같이 무도회장으로 가서 환송문 낭독을 마치고 함께 올라와야 해요."

잠므는 액운을 쫓아 준다는 조그마한 산호 반지를 조심스럽게 만지작거렸다. 소렐리는 아무도 모르게 핑크빛 오른손 엄지손톱 끝으로 왼손 약지에 낀 나무 반지에 성 안드레아의 십자가(X형 십자가-옮긴이) 모양을 그었다. 그러고 나서 발레단 소녀들에게 말했다.

"얘들아, 정신들 차려! 유령을 본 사람은 아무도 없어."

"우리가 봤어요. 방금 전에 봤다고요. 뷔케 씨가 본 것처럼 해골 머리에 정장을 입고 있었어요."

"가브리엘 씨도 봤대요. 바로 어제요. 어제 환한 대낮에 봤대요."

잠므가 말했다.

"합창단장 가브리엘 씨 말이니?"

"모르셨어요?"

"대낮에 그런 옷차림을 하고 있었다는 거야?"

"누구요? 가브리엘 씨요?"

"아니, 유령 말이야!"

"물론이죠. 가브리엘 씨가 저한테 직접 말해 줬는걸요. 그래서 알아볼 수 있었어요. 그때 가브리엘 씨는 무대장치 담당자의 사무실에 있었는데, 갑자기 문이 열리더니 페르시아인이 들어왔대요. 악마 같은 눈을 한 그 페르시아인 말이에요."

"그래, 알아!"

발레단 소녀들은 페르시아인을 떠올리자마자 일제히 검지와 새끼손가락을 쭉 펴서 뿔 모양을 만들며 소리쳤다.

"가브리엘 씨는 미신을 잘 믿잖아요. 하지만 언제나 예의가 발라서 평소 페르시아인을 만날 때는 주머니에 손을 넣고 열쇠만 만지작거렸 대요. 그런데 그날은 페르시아인이 문 앞에 나타나자 자기도 모르게 벌떡 일어나 쇠붙이를 만지기 위해서 옷장 자물쇠가 있는 쪽으로 달려갔다는 거예요. 그러다가 못에 걸려 외투가 찢어졌대요. 서둘러 밖으로 나가려다 모자걸이에 이마를 찧어 엄청 커다란 혹이 생겼고요. 뒤로 물러서다가 피아노 옆쪽 칸막이에 팔을 스쳐 상처가 나기도 했고요. 피아노에 기대려고 했는데 뚜껑이 닫히는 바람에 손가락이 부러졌고, 미친 사람처럼 밖으로 달려가다가 계단에서 발을 헛디뎌 한 층이나 미끄러져 내려왔대요. 마침 그곳을 지나가던 저와 엄마가 가브리엘 씨를 일으켜 주었어요. 얼굴은 피범벅에 온몸이 멍투성이였죠. 우리는 깜짝 놀랐지만 가브리엘 씨는 그만하길 천만다행이라면서 신에게 감사했어요. 그리고 무엇 때문에 놀랐는지 설명해 주었죠. 페르시아인 뒤쪽에 유령이 있었다는 거예요. 조제프 뷔케 씨가 본 것처럼 해골 머리를 한 유령 말이에요."

잠므는 뒤에서 유령이 쫓아오기라도 하는 것처럼 빠르게 말했다. 이야기가 끝날 때쯤에는 숨을 헉헉거렸다. 침묵이 흐르는 가운데 소렐리는 흥분을 느끼며 손톱을 문질렀다. 침묵을 깬 것은 꼬마 지리였다.

"조제프 뷔케 씨는 아무 말도 하지 말았어야 했어."

"그건 왜?"

누군가가 물었다.

"우리 엄마가 그랬어."

지리는 누군가 엿들을지도 모른다는 듯 주변을 두리번거리면서 나직한 목소리로 말했다.

"너희 엄마가 왜 그렇게 생각하시는데?"

"쉿! 엄마가 유령은 사람들이 자기 이야기를 하는 걸 싫어한대."

"왜 그런 말을 하신 건데?"

"왜냐하면…… 음, 왜냐하면…… 아무것도 아니야."

지리의 태도에 더욱 궁금해진 소녀들은 제발 말해 달라고 졸랐다. 공포에 사로잡혀 서로 밀착한 채 몸을 앞으로 숙이면서 간청하는 소녀들은 호기심 반, 공포심 반으로 묘한 흥분 상태에 빠져 있었다.

"말하지 않겠다고 맹세했어!"

지리가 단호하게 말했다.

하지만 소녀들이 비밀을 지키겠다며 계속 달라붙는 통에 지리는 문에 시선을 고정한 채 털어놓기 시작했다.

"박스석 때문이야."

"박스석이라니?"

"유령의 박스석 말이야!"

"유령한테 전용 박스석이 있어? 제발 말해 줘!"

"조용히 해! 무대 왼쪽에 있는 5번 박스석이야."

"말도 안 돼!"

"정말이야. 우리 엄마가 그쪽 안내 담당이잖아. 아무한테도 말하지 않겠다고 맹세하지?"

"당연하지."

"거기가 유령의 박스석이야. 유령을 빼고 한 달 넘게 아무도 사용한 적이 없어. 절대로 그 자리를 판매하지 말라고 매표소에 지시가 내려졌기 때문이래."

"유령이 정말 그 자리에 나타난다는 거야?"

"그래."

"정말 누가 오기는 온다는 거야?"

"아니야! 유령만 오고 아무도 안 온다니까."

소녀들은 서로를 쳐다보았다. 만약 정말로 유령이 그곳에 왔다면 사람들이 정장 입은 해골을 보지 못했을 리가 없다. 소녀들이 지리에게 그렇게 말하자 지리의 대답은 이러했다.

"바로 그거야! 유령은 보이지 않거든. 옷도 없고 머리도 없어. 해골이라느니 불타는 머리라느니 하는 말은 전부 헛소리야! 거기에는 아무것도 없어. 유령이 박스석에 있을 때는 소리만 들려. 우리 엄마는 유령을 보지는 못했지만 소리는 들었대. 엄마가 유령에게 공연 프로그램을 가져다주니까."

소렐리가 끼어들었다.

"지리, 장난은 그만해!"

그러자 지리는 울음을 터뜨렸다.

"말하기 싫다고 했잖아요. 엄마가 알면 어떡해! 하지만 뷔케 씨는 자신과 상관도 없는 얘기를 꺼내지 말았어야 해요. 결국 그것 때문에 나쁜 일이 생길 거예요. 어젯밤에 엄마가 그랬어요."

그때 복도에서 급하고 묵직한 발자국 소리와 함께 숨찬 목소리가 들려왔다.

"세실! 세실! 여기 있니?"

"엄마 목소리야. 무슨 일이지?"

잠므가 문을 열자 키가 크고 강인한 체격의 여성이 분장실로 뛰어들어와 안락의자에 털썩 주저앉았다. 벽돌색 얼굴을 한 잠므의 엄마는 미친 듯이 눈을 부라렸다.

"끔찍해! 정말 끔찍한 일이야!"

"뭐가요? 무슨 일이에요?"

"조제프 뷔케가……."

"뷔케 씨가 왜요?"

"조제프 뷔케가 죽었어!"

순간 실내는 비명 소리와 함께 겁에 질린 채 자세한 설명을 요구하는 소리들로 가득 찼다.

"지하 3층에서 목을 맸다더구나!"

"유령 짓이야!"

자신도 모르게 이렇게 내뱉은 지리는 얼른 손으로 입을 틀어막았다.

"아니야, 아니야! 난 아무 말도 안 했어. 아무 말도!"

지리를 둘러싼 소녀들도 겁에 질린 채 숨죽이면서 똑같은 말을 했다.

"그래, 유령이 틀림없어!"

소렐리의 얼굴이 하얗게 변했다.

"환송문을 낭독하지 못할 것 같아."

잠므의 어머니는 마침 탁자 위에 있던 술잔을 비우더니 분명 유령과 관계가 있을 거라고 말했다. 하지만 조제프 뷔케가 어떻게 죽었는지 아무도 알지 못했다. 조사 결과 '자살'로 판명되었다. 드비엔느와 폴리니의 후임으로 온 공동 관장 중 한 명이었던 몽샤르맹은 『어느 관장의 회고록』에서 이 사건에 대해 다음과 같이 언급했다.

드비엔느 씨와 폴리니 씨의 퇴임을 기념하는 조촐한 파티는 기가 막힌 사건으로 엉망진창이 되고 말았다. 그때 나는 관장실에 있었는데 부관장 메르시에가 급하게 뛰어 들어왔다. 그는 반쯤 미친 사람처럼, 무대 아래 지하 3층 벽면과 〈라호르의 왕〉무대 세트 사이에서 무대장치 담당자가 목을 맨 채 발견되었다고 했다. 나는 "빨리 가서 끌어내려!"라고 소리쳤다. 하지만 부랴부랴 줄사다리를 타고 내려가 보니 목을 매단 밧줄은 사라지고 없었다.

몽샤르맹은 이 사건을 그저 '평범한' 사건으로 여겼다. 목을 매달아 자살한 사람을 끌어내리려고 갔더니 밧줄이 사라지고 없었는데도 말이다. 몽샤르맹은 너무나도 간단한 해결책을 찾아냈다. 그의 설명을 들어 보자.

발레 직후에 수석 무용수들과 소녀들이 재빨리 액운을 막으려고 신속하게 조치를 취한 것이다.

그렇다. 몽샤르맹의 주장에 따르면, 발레단 소녀들이 줄사다리를 타고 무대 아래로 내려가 목매달아 죽은 시체에서 밧줄을 조각조각 잘라 나눠 가졌다는 것이다! 나는 시체가 발견된 정확한 지점, 즉 무대 아래 지하 3층에서 누군가가 제 역할을 다한 밧줄이 사라져야만 한다고 생각하는 모습이 상상된다. 시간이 지나면 내 생각이 과연 맞는지 알 수 있을 것이다.

이 끔찍한 소식은 곧 오페라하우스 전체로 퍼졌다. 그도 그럴 것이 조제프 뷔케는 평소 인기가 많았다. 분장실은 텅 비었고 발레단 소녀들은 마치 겁먹은 양 떼처럼 소렐리 주위에 모여들어 분홍빛 작은 발을 종종거리면서 어둠침침한 복도를 지나 무도회장으로 달려갔다.

02

새로운 마르그리트

소렐리는 첫 번째 층계참에서 계단을 올라오던 샤니 백작과 마주쳤다. 평소 매우 침착하던 그는 몹시 흥분한 얼굴이었다.

"지금 당신에게 가던 중이었소. 정말 멋진 저녁이오! 크리스틴 다에는 아주 대단하더군요!"

"말도 안 돼요! 6개월 전만 해도 그녀의 노래 실력은 영 아니었다고요! 백작님, 좀 비켜 주세요."

꼬마 지리가 새침하게 고개를 숙이면서 말했다.

"목매달아 죽은 가엾은 남자를 보러 가야 하거든요."

급하게 지나가던 부관장이 그 말을 듣고 멈춰 섰다.

"뭐라고? 너희도 벌써 알고 있는 거야? 제발 부탁이니 오늘 밤에는 모른 척하려무나. 마지막 날인데 드비엔느 씨와 폴리니 씨가 들으면 많이 놀랄 거야."

무도회장에 가보니 이미 사람들로 가득했다. 샤니 백작의 말이 맞았다. 그 어떤 공연도 그날만큼 멋지지 못했다. 그날 훌륭한 작곡가들이 차례로 자신의 곡을 연주했고, 포르와 크라우스 같은 성악가들이 노래를 불렀다. 크리스틴 다에는 그날 처음으로 진짜 실력을 드러내 관객들을 열광시켰다. 구노는 〈꼭두각시의 장송행진곡〉을, 레이에는 아름다운 〈지구르트〉를 지휘했고, 생상스는 〈죽음의 춤〉과 〈동방의 꿈〉을, 마스네는 미발표곡인 〈헝가리 행진곡〉을, 기로는 자신의 작품 〈사육제〉를, 들리브는 〈실비아〉에 나오는 〈느린 왈츠〉와 〈코펠리아〉에 나오는 〈피치카티〉를 선보였다. 크라우스 양은 〈시칠리아 섬의 저녁기도〉에 나오는 볼레로를, 드니즈 블로흐 양은 〈루크레치아 보르자〉에 나오는 〈축배의 노래〉를 열창했다.

그러나 그날의 진정한 하이라이트는 뭐니 뭐니 해도 크리스틴 다에였다. 그녀는 〈로미오와 줄리엣〉 몇 구절을 부르는 것으로 노래를 시작했다. 카르발로 부인이 옛 서정극 풍으로 작곡한 이래 최근 오랜만에 오페라—코믹(유럽의 전통적 오페라 중에서 희극적 내용을 지닌 것을 통틀어 일컫는다.—옮긴이)으로 재탄생한 이 작품은 여태껏 정통 오페라로 선보인 적은 없었는데, 젊은 그녀가 구노의 작품을 통해 처음 노래한 것이었다. 사람들은 〈로미오와 줄리엣〉을 노래하는 그녀의 목소리가 마치 천사 같았다고 했지만 아픈 카를로타 대신 부른 〈파우스트〉의 감옥 장면이나 마지막 삼중창에서 보여 준 초인적인 목소리에 비하면 아무것도 아니었다. 그야말로 천상의 목소리였다.

크리스틴은 그날 밤 화려하게 빛나는 새로운 마르그리트(〈파우스트〉에서 파우스트가 사랑하는 여인─옮긴이)의 모습을 보여 주었다. 모든 관객이 환호하며 기립박수를 보냈고, 크리스틴은 흐느끼다가 동료들의 품에 안겨 분장실로 옮겨졌다. 보석 같은 인재를 여태껏 숨겨 두었다고 항의하는 관객들도 있었다. 그전까지만 해도 크리스틴은 화려한 마르그리트보다는 카를로타를 돋보이게 하는 역할을 맡았다. 그녀가 스페인 출신의 디바 카를로타가 맡은 역을 곧바로 대신해 자신의 재능을 마음껏 선보일 수 있었던 것은 카를로타가 이해할 수 없는 이유로 그날 공연에 빠진 덕분이었다.

오페라하우스의 단골 관객들은 드비엔느와 폴리니가 아픈 카를로타의 대역으로 왜 크리스틴 다에를 지목했는지 궁금해했다. 그들은 그녀의 숨은 재능을 알고 있었던 걸까? 그렇다면 왜 여태껏 감추었을까? 그녀 자신도 왜 가만히 있었을까? 이상하게도 그녀에게는 당시 성악을 가르치는 스승이 없었다. 그녀는 혼자 연습한다는 말을 종종 했다. 모든 상황이 수수께끼였다.

샤니 백작은 자신의 박스석에 서서 관객들의 열화 같은 환호를 듣고 있다가 곧바로 그 분위기에 동참했다.

필리프 조르주 마리 드 샤니 백작은 당시 마흔한 살의 젊은 나이였다. 이마는 완고해 보이고 눈빛은 차가웠지만 출중한 외모에다 신분이 높은 귀족이었다. 신장은 보통 이상에 체격도 남자다웠다. 그는 여자들에게 대단히 정중했지만 남자들에게는 약간 오만하게 행동했다. 사실 그의 사회적 성공을 곱지 않은 시선으로 쳐다보는 남자들이 많았다.

그는 뛰어난 인품과 올바른 양심을 지닌 사람이었다. 부친 필리베르 백작이 세상을 떠난 후 그는 14세기까지 거슬러 올라가는 오랜 역사를 지닌 프랑스 최고 가문 중 하나의 수장이 되었다. 샤니 가문의 재산은 엄청나서 홀아비였던 부친이 세상을 떠난 후 필리프 백작이 혼자 관리하기가 쉽지 않았다. 두 여동생과 남동생 라울은 마치 장자상속제가 굳건하게 전해져 내려오기라도 하는 것처럼 모든 재산 관리를 필리프 백작에게 맡겼다. 같은 날 결혼한 두 여동생은, 자신들의 몫을 당연히 받은 것이 아니라 오라버니가 주는 지참금으로서 어느 정도의 재물을 받으면서도 고마워했다.

필리프 백작의 모친 필리베르 백작 부인은 형보다 스무 살이나 어린 라울을 낳다가 세상을 떠났다. 그리고 부친은 라울이 열두 살 때 사망했다. 백작은 어린 동생의 교육에 무척이나 열성이었다. 그는 남동생의 교육에 관해 처음에는 두 여동생의 도움을 받았고, 나중에는 해군 장교의 미망인인 숙모에게 도움을 청했다. 숙모가 브레스트에 사는 덕분에 라울은 바다를 좋아하게 되었다. 라울은 해군 장교 후보에 지원했고 우수한 성적으로 공부를 끝마쳤으며 조용히 세계 일주까지 했다. 가문의 막대한 영향력 덕분에, 그는 북극 탐험에서 실종된 지 3년이나 지난 다르투아 탐험대의 생존자를 찾을 목적으로 꾸려진 르캥 호 수색 대의 대원이 될 수 있었다. 그는 출발하기 전에 6개월간의 휴가를 즐기고 있었는데, 도시 근교의 과부들은 잘생기고 섬세한 청년이 앞으로 고된 임무를 맡아야 하는 것에 벌써부터 안타까워했다.

라울은 놀랄 만큼 수줍음이 많았다. 방금 엄마 품을 벗어난 어린아이처럼 순진무구했다. 두 누님과 숙모에게 지극히 여성스러운 교육을 받으면서 온갖 사랑을 독차지해 온 터여서 솔직하고 매력적인 모습이 그대로 드러났다. 스물한 살이 넘었지만 열여덟 살처럼 보였다. 약간의 콧수염에 아름다운 푸른색 눈동자, 그리고 피부는 소녀처럼 매끄러웠다.

필리프 백작은 동생의 온갖 응석을 받아 주었다. 그는 동생을 자랑스러워했고 동생이 조상이자 그 유명한 샤니 드 라 로슈 해군 제독처럼 출세할 생각을 하면 흐뭇하기만 했다. 그는 휴가를 이용해서 동생에게 화려하고 예술적인 도시 파리를 구경시켜 주었다. 백작은 동생만 한 나이에는 지나치게 점잖아도 좋지 않다고 생각했다. 평소 일과 놀이의 균형을 잘 잡는 편이고 언제나 행실이 반듯한 백작이었으므로 동생에게 나쁜 본보기를 보여 주지는 않았다. 그는 어디를 가든지 언제나 동생을 대동했다. 심지어 무도회장에도 데려가 소개를 시켰다. 당시 백작이 소렐리와 '보통 사이'가 아니라는 사실은 잘 알려져 있었다. 하지만 독신으로 시간적 여유도 많은 데다 누이동생들도 전부 시집 보낸 귀족 신사가, 머리는 좋지 않지만 그 누구보다 아름다운 눈동자를 가진 무용수와 저녁 식사를 하고 한두 시간쯤 같이 보낸다고 해서 누가 뭐라고 하겠는가! 특히 그처럼 백작이라는 지위까지 가진 파리지앵이 꼭 얼굴을 드러내야 할 장소가 있었는데 당시 오페라하우스의 무도회장도 그중 하나였다.

하지만 필리프 백작은 라울이 몇 번씩이나 졸라 대지 않았다면 무대 뒤까지는 데리고 가지 않았을 것이다. 그날 저녁 백작이 크리스틴에게 힘찬 박수갈채를 보내고 라울을 쳐다보니 얼굴이 창백하게 질려 있었다.

"저 여인 기절할 것 같지 않아요?"

라울이 말했다.

"너야말로 기절할 것 같은데, 무슨 일이냐?"

필리프 백작이 물었다.

"형님, 우리 한번 가봐요. 저렇게 노래하는 여인은 처음 봐요."

백작은 호기심 어린 미소를 띠며 동생을 바라보았다. 그들은 곧 무대로 이어지는 문에 이르렀다. 수많은 사람이 천천히 빠져나가고 있었다. 무대로 가려면 어쩔 수 없이 기다려야 했다. 백작은 동생 라울이 조바심에 자기도 모르게 장갑을 찢는 모습을 보고도 너그럽게 웃어넘겼다. 그는 그제야 라울이 왜 저렇게 넋을 잃고 있는지, 왜 오페라에 관한 이야기만 나오면 그렇게 흥분했는지 알 것 같았다.

무대에 도착한 그들은 남성 관객들과 무대장치 담당자들, 단역, 합창단원들로 이루어진 수많은 사람을 제치고 나아가야 했다. 라울은 마치 다른 사람이라도 된 것처럼 앞장서서 걸어갔고, 백작은 계속 미소를 지으며 겨우 뒤를 따라갔다. 무대 뒤편에 도착했지만 발레단 소녀들이 우르르 몰려나와 통로를 가로막는 바람에 라울은 안으로 들어가지 못하고 멈춰야 했다. 라울을 알아보고 말을 걸어오는 소녀들도 있었지만 그는 아무런 대꾸도 하지 않았다. 마침내 길이 뚫리자 그는 "다에! 다에!" 하는 환호성이 울려 퍼지는 어두운 복도로 뛰어들었다.

백작은 라울이 길을 알고 있다는 사실에 깜짝 놀랐다. 그는 라울을 크리스틴 다에의 분장실에 데려간 적이 없었으므로 자신이 로비에서 소렐리와 이야기하고 있을 때 라울이 혼자 그곳을 찾아갔을 것이라고 짐작했다. 소렐리는 무대에 오르기 전까지 백작에게 같이 있어 달라고 조르거나 공단 발레 슈즈와 살색 타이츠가 더러워지지 않도록 착용하는 각반을 보관하고 있어 달라고 부탁하는 일이 있었다. 그때마다 어머니가 돌아가셔서 의지할 곳이 없다는 핑계를 댔다.

백작은 소렐리를 보러 가는 것을 미루고 라울을 따라 크리스틴의 분장실로 갔다. 그날 저녁처럼 그 길이 붐빈 것은 처음이었다. 크리스틴이 멋진 실력을 뽐낸 데다 기절까지 했기 때문이다. 그녀가 여전히 정신을 차리지 못했기 때문에 오페라하우스 전속 의사가 도착했다. 라울도 곧바로 이어서 들어갔다. 그래서 크리스틴은 라울의 품에 안겨 응급처치를 받았다. 백작을 비롯해 수많은 사람이 출입구로 몰려들었다.

"의사 선생님, 저 사람들은 전부 나가라고 하는 게 좋지 않을까요?

정신이 없네요."

라울이 침착하게 건의했다.

"맞는 말입니다."

의사가 대답했다.

의사는 라울과 하녀만 남기고 모두 내보냈다. 하녀는 놀란 표정으로 라울을 바라보았다. 그녀는 라울을 한 번도 본 적이 없었지만 누구냐고 물어보지는 못했다. 의사 역시 그의 행동으로 미루어 그 자리에 있을 만한 사람이겠거니 생각했다. 이렇게 해서 라울은 크리스틴이 의식을 되찾는 모습을 옆에서 지켜볼 수 있었다. 하지만 위로와 축하의 말을 전하러 온 드비엔느와 폴리니조차 남성 팬들과 함께 복도로 떠밀렸다. 그들과 함께 밖에 서 있던 필리프 백작은 웃음을 터뜨렸다.

"이런 엉큼한 녀석을 봤나! 곱상하게 생겨서는⋯⋯. 역시 샤니 가문의 핏줄이 맞긴 하군!"

백작은 소렐리의 분장실로 향하다가 발레단 소녀들과 함께 있는 그녀와 마주쳤다.

한편 크리스틴이 깊은 한숨을 내쉬며 눈을 떴을 때 누군가의 신음 소리가 들렸다. 그녀는 라울을 보고는 흠칫 놀랐다. 그리고 의사를 보고 미소 지은 후 하녀를 쳐다본 다음 다시 라울을 바라보았다.

그녀가 속삭임에 가까운 목소리로 물었다.

"선생님은 누구시죠?"

"아가씨, 저는 당신의 스카프를 잡으려고 바다로 뛰어들었던 소년입니다."

라울이 한쪽 무릎을 꿇은 채 크리스틴의 손에 뜨겁게 입맞춤하면서 말했다.

크리스틴은 또다시 의사와 하녀에게로 시선을 돌렸고, 세 사람은 웃어 댔다.

라울은 얼굴이 빨개진 채 자리에서 일어났다.

"아가씨, 저를 알아보지 못하시는군요. 단둘이 중요한 얘기를 하고 싶습니다."

"제가 좀 더 기운을 차린 다음에 하면 안 될까요? 옆에 있어 주셔서 고마워요."

"그래요. 일단 가시는 게 좋겠습니다. 아가씨는 저에게 맡기세요."

의사가 기분 좋은 미소를 지으며 말했다.

"저 이제 아프지 않아요."

이상하게도 크리스틴은 갑자기 기운을 차린 듯했다.

그녀는 자리에서 일어나 손으로 눈을 비볐다.

"감사합니다, 선생님. 이제 혼자 있어도 될 것 같아요. 모두 나가 주세요. 오늘은 제가 좀 피곤하군요."

의사는 안 된다고 말하려고 했지만 크리스틴의 불안정한 기분을 이해하고는 그대로 놔두는 것이 최선의 치료법이라고 생각했다. 그는 밖으로 나가다 라울에게 이렇게 말했다.

"오늘은 다에 양이 평소와는 많이 다르네요. 평소에는 친절하거든요."

의사가 가버리자 라울 혼자만 남았다. 환송회는 당연히 무도회장에서 벌어지고 있을 터였다. 라울은 크리스틴이 환송회에 참여할 것이라는 생각에 문밖에서 조용히 기다렸다. 어둠이 그의 모습을 감춰 주었다. 그는 가슴이 뻥 뚫린 것처럼 통증을 느꼈고 한시라도 빨리 그녀와 이야기를 나누고 싶었다.

갑자기 분장실 문이 열리더니 하녀가 양손에 무언가를 가득 들고 나왔다. 라울은 하녀를 불러 크리스틴의 상태를 물었다. 하녀는 웃으면서, 괜찮은 상태지만 혼자 있고 싶어하니 방해하지 말아 달라고 하고는 가버렸다. 단 하나의 생각만이 라울의 불타는 가슴을 채웠다.

'물론 나와 이야기를 해야 하니 혼자 있고 싶은 거겠지!'

아까 그가 그녀에게 단둘이 할 말이 있다고 하지 않았는가?

숨을 헐떡거리며 분장실로 다가간 라울은 문을 두드리려고 문에 귀를 가까이 가져갔다. 하지만 이내 손을 떨어뜨리고 말았다. 분장실 안에서 남자의 목소리가 들렸기 때문이다. 그 오만한 목소리가 새어 나왔다.

"크리스틴, 당신은 나를 사랑해야 돼!"

크리스틴은 마치 울고 있는 듯 슬프고 떨리는 목소리로 대답했다.

"어떻게 그런 식으로 말할 수 있죠? 나는 당신만을 위해서 노래하는데!"

라울은 고통을 이겨 내려고 문에 몸을 기댔다. 없어져 버린 줄로만 알았던 그의 심장이 다시 돌아온 듯 쿵쾅거리기 시작했다. 심장 뛰는 소리가 복도 전체로 울려 퍼져 마치 귀가 먹을 것만 같았다. 심장이 계속 시끄럽게 뛴다면 안에서 문을 열고 나올 것이고 그는 망신만 당하고 돌아서야 할 것이 뻔했다. 샤니 가문 사람이 그런 모욕을 당해야 하다니! 라울은 뛰는 가슴을 진정시키려고 양손으로 감쌌다.

또다시 안에서 남자의 목소리가 들려왔다.

"많이 피곤한가?"

"난 오늘 밤 당신에게 내 영혼을 바쳤어요. 난 죽었다고요!"

크리스틴이 대답했다.

"당신의 영혼은 아름다워. 그리고 고맙군. 그 어떤 황제도 이런 선물을 받지 못했을 거야. 오늘 밤에는 천사들도 눈물을 흘렸지."

남자의 목소리는 엄숙했다.

라울은 그러고 나서 아무 소리도 듣지 못했다. 하지만 그는 돌아가지 않고 사람들의 눈에 띌까 봐 두려운 듯 어두운 구석으로 돌아가 남자가 분장실을 떠날 때까지 기다렸다. 그 짧은 순간 사랑과 증오의 감정을 한꺼번에 느꼈다. 그는 자신이 사랑하는 사람이 크리스틴임을 알고 있었다. 자신이 증오하는 사람이 누구인지도 알고 싶었다. 그때 갑자기 문이 열리더니 크리스틴이 모피를 두르고 레이스로 된 베일로 얼굴을 가린 채 나오는 바람에 라울은 깜짝 놀랐다. 그녀는 문을 닫았지만 잠그지는 않았다. 그러고는 그를 지나쳐 갔다. 그의 눈은 그녀가 아니라 다시 열리지 않는 문에 고정되어 있었다.

그녀의 모습이 복도에서 완전히 사라진 후 라울은 문을 열고 분장실로 들어가서 문을 닫았다. 가스등이 꺼져 있어서 안은 온통 캄캄했다.

"거기 누구죠? 왜 숨는 거요?"

라울이 닫힌 문에 등을 기댄 채 떨리는 목소리로 물었다.

그러나 캄캄한 방 안에서는 아무 소리도 들리지 않았다. 그에게 들리는 소리라고는 자신의 숨소리뿐이었다. 그는 자신의 행동이 무분별하고 도를 넘어서는 짓이라는 사실도 깨닫지 못했다.

"내가 허락하기 전까지 당신은 못 나가! 대답하지 않는다면 당신은 겁쟁이야! 어서 나오라고!"

라울이 외쳤다. 성냥을 켜자 방 안이 밝아졌다. 방에는 아무도 없었다! 라울은 열쇠 구멍에 꽂힌 열쇠를 돌려 문을 잠그고 가스등을 켰다. 옷장과 찬장을 뒤지고 땀으로 젖은 손으로 벽을 더듬기까지 했다. 하지만 아무도 없었다!

"이럴 수가! 내가 정신이 나간 건가?"

그는 약 10분 동안 선 채로 정적 속에서 가스등이 타는 소리를 들었다. 그는 크리스틴을 사랑하면서도 그녀의 향수 냄새가 배어 있는 리본 하나라도 훔칠 생각조차 하지 못했다. 그러고는 자신이 무엇을 하는지, 어디로 가는지도 모르는 채 밖으로 나왔다. 정처 없이 걷다 보니 얼음처럼 차가운 바람이 얼굴을 때렸다. 그는 문득 자신이 계단 아래에 와 있다는 사실을 깨달았다. 뒤에서 하얀색 천으로 덮인 들것을 든 인부들의 행렬이 보였다.

"나가는 길이 어느 쪽이죠?"

라울은 인부 한 명에게 물었다.

"바로 앞쪽이요. 문이 열려 있구려. 먼저 우리 좀 지나갑시다."

"이게 뭡니까?"

라울이 들것을 가리키며 자동적으로 물었다.

"조제프 뷔케요. 지하 3층 무대 벽면과 〈라호르의 왕〉 무대 세트 사이에서 목매달아 죽었소."

인부가 대답했다.

라울은 모자를 벗고 한 걸음 뒤로 물러나 길을 내어주고는 밖으로 나왔다.

03

오페라하우스의 비밀

환송회가 벌어지고 있었다. 앞에서 말한 대로 드비엔느와 폴리니의 퇴임을 기념하기 위한 행사였다. 두 사람은 시쳇말로 아름답게 떠나는 뒷모습을 보여 주고자 했다. 그곳에 모인 파리의 사교계와 미술계 인사들의 도움 덕분에 그들은 이상을 실현할 수 있었다. 공연이 끝난 후 모든 사람이 무도회장으로 모였고, 소렐리는 샴페인 잔을 든 채 머릿속으로는 환송문을 되뇌면서 퇴임을 앞둔 두 관장들을 기다렸다. 그녀의 뒤편에서는 발레단 어린 소녀들이 그날 있었던 사건에 대해 쑥덕이거나 친구들과 조심스러운 눈짓을 주고받았다. 그러고는 수다를 떨면서, 블랑제 씨가 제작한 〈군무〉와 〈시골 무용〉이라는 작품 사이에 마련된 저녁 만찬 테이블 주위로 모여들었다.

일부 무용수들은 평상복으로 갈아입었지만 대부분은 얇은 망사 치마를 입고 있었고, 상황에 맞는 표정 관리를 하고 있었다. 하지만 철없는 열다섯 살 잠므만큼은 유령이나 조제프 뷔케의 죽음 따위는 벌써 잊어버린 것 같았다. 잠므는 계속 웃고 재잘거리고 깡충 뛰면서 사방을 돌아다니고 장난을 쳤다. 드비엔느와 폴리니가 무도회장 계단에 모습을 드러내자 소렐리가 엄한 얼굴로 잠므에게 주의를 주었다.

모두 퇴임을 앞둔 두 관장이 즐거워 보인다고 말했다. 그것이 바로 파리의 방식이었다. 슬플 때 명랑해 보이는 가면을 쓰지 못하거나 기쁠 때 슬픔이나 지루함, 무관심의 가면을 쓰지 못하면 진정한 파리지앵이 아니었다. 이를테면 곤경에 빠진 친구가 있어도 위로할 필요가 없었다. 그는 벌써 괜찮다고 말할 테니까. 하지만 엄청난 행운을 만난 사람을 축하해 줄 때는 조심해야 했다. 행운을 당연하게 여기기 때문에 오히려 축하받는다는 사실에 놀랄 테니까. 이처럼 파리지앵들의 생활은 가면무도회와 같았다. 드비엔느와 폴리니처럼 '알 만한' 사람들은 슬픔이 아무리 커도 무도회장 같은 자리에서 감정을 드러내는 실수 따위는 하지 않았다. 그들은 소렐리의 환송사가 시작되자 거리낌 없이 환하게 웃었다. 그러나 말괄량이 소녀 잠므의 말 한마디로 두 사람의 얼굴에서는 웃음이 사라지고 고뇌와 놀라움이 그대로 드러나고 말았다.

"오페라의 유령이다!"

잠므는 공포에 질린 채 소리치면서 손가락으로 남자들 중 한 명을 가리켰다. 매우 창백하고 애처롭고 추해 보이는 얼굴이었다. 눈썹 아래로 두 개의 검은색 구멍이 깊게 뚫려 있는 모습은 곧바로 해골을 연상시켰다.

　"오페라의 유령이다! 오페라의 유령이에요!"

　웃음을 터뜨리는 사람들도 있었고, 옆 사람을 밀치면서 오페라의 유령에게 술을 한잔 권하려는 사람도 있었지만 그는 어느새 가버리고 없었다. 사람들 사이로 미끄러지듯 사라졌다. 사람들이 그를 찾으려고 했지만 헛수고였다. 드비엔느와 폴리니는 잠므를 진정시키려고 애썼고, 지리는 시끄럽게 비명을 질러 댔다.

　소렐리는 화가 치밀었다. 아직 환송문 낭독이 다 끝나지도 않았는데 두 노신사는 그녀에게 입을 맞추면서 고맙다고 말하고는 오페라의 유령만큼 재빨리 가버렸다. 별로 놀라운 일은 아니었다. 두 사람은 위층에 있는 성악 공연장에서도 환송회를 치러야 했고, 개인적으로 친한 사람들까지 만나야 했으며, 마지막으로는 관장실 밖에 있는 큰 로비에서 저녁 식사를 해야 했다. 드비엔느와 폴리니는 거기에서 새 관장들인 아르망 몽샤르맹과 피르맹 리샤르를 만났다. 두 사람은 새 관장들과 전혀 모르는 사이였지만 친한 친구 사이처럼 행동했다. 후임자들도 그들의 업적에 대해 온통 찬사를 늘어놓았다. 그 덕분인지 지루한 저녁이 될 것이라고 생각했던 손님들의 얼굴이 한층 밝아졌다. 저녁 식사는 화기애애한 분위기에서 이루어졌다. 특히 오페라하우스가 과거에 누린 영광과 앞으로 맛볼 성공에 대한 정부 대표자의 연설이 있은 후 분위기는 더욱 무르익었다.

퇴임을 앞둔 관장들은 후임자들에게 오페라하우스의 수많은 문을 열 수 있는 마스터키 두 개를 벌써 건네주었다. 마스터키가 건네지는 동안 일부 손님들의 시선이 테이블 끝에 앉아 있는, 움푹 들어간 눈에 기묘하고 창백한 얼굴로 향했다. 아까 무도회장에서 잠므가 "오페라의 유령이다!"라고 외치게 만든 바로 그 얼굴이었다.

유령이 앉아 있는 모습은 매우 자연스러웠다. 먹지도 마시지도 않는다는 점만 빼고는. 미소를 지으며 그쪽을 쳐다보던 사람들은 이내 장례식을 연상시키는 그 얼굴에서 고개를 돌렸다. 무도회장에서처럼 농담을 하거나 "오페라의 유령이다!"라고 외치는 사람도 없었다.

그는 한마디도 하지 않았고, 옆에 앉은 사람들도 그가 언제 와서 앉았는지 알 수 없었다. 하지만 죽은 사람이 살아 돌아와 산 사람들의 테이블에 앉는다고 해도 그보다 섬뜩하지는 않을 것이라고 생각했다. 피르맹 리샤르와 아르망 몽샤르맹의 친구들은 이 창백하고 여윈 손님이 드비엔느나 폴리니의 측근이라고 생각했다. 반대로 드비엔느와 폴리니는 그가 피르맹 리샤르와 아르망 몽샤르맹의 친구라고 생각했다.

따라서 금방 무덤에서 나온 듯한 그 손님에게 누구냐고 묻거나 기분 나쁜 농담을 던지는 이는 아무도 없었다. 뷔케에게 유령의 모습에 대

해 들은 적이 있는 몇몇 사람들은 테이블 끝에 앉아 있는 남자가 유령과 비슷하게 생겼다고 생각했을 뿐이다. 그들은 뷔케가 죽었다는 사실을 아직 모르고 있었다. 하지만 유령은 코가 없다고 했는데, 그 남자에게는 코가 있었다. 몽샤르맹의 회고록을 보면 유령의 코는 투명하다고 했다. 정확히 말하자면 '길고 가늘고 투명하다'고 묘사했다. 내 생각에 그 표현대로라면 그것은 가짜 코일 가능성이 높았다. 몽샤르맹이 투명하다고 표현한 이유는 단지 반짝거렸기 때문일 것이다. 알다시피 태어날 때부터 코가 없거나 수술로 잃은 사람들은 멋진 가짜 코를 달 수 있잖은가.

유령은 왜 그날 초대받지도 않은 환송회 저녁 만찬 자리에 와 있었을까? 과연 그가 정말로 오페라의 유령이라고 확신할 수 있을까? 확실하게 말할 수 있는 사람이 있는가? 이 사건을 언급하는 이유는 유령이 그렇게 대담한 행동을 할 수 있다는 믿음을 독자들에게 심어 주기 위해서가 아니다. 단지 그런 일도 충분히 있을 수 있었다는 것을 독자들에게 미리 납득시키려는 것이다.

어쨌든 그가 오페라의 유령이었을 거라는 데는 나름의 이유가 있다. 몽샤르맹도 회고록 11장에서 다음과 같이 썼다.

그날 밤을 생각하면 저녁 만찬에 나타난 그 누구도 알지 못하는 유령 같은 존재에 대해 드비엔느 씨와 폴리니 씨가 관장실에서 우리에게 털어놓은 비밀이 떠올랐다.

그날 있었던 일은 이러했다. 테이블 한가운데에 앉아 있던 드비엔느와 폴리니는 해골 머리를 한 남자를 보지 못했다. 그런데 갑자기 그가 말을 하기 시작했다.

"발레단 소녀들의 말이 맞습니다. 뷔케의 죽음은 사람들의 생각처럼 자연스럽지가 않습니다."

드비엔느와 폴리니는 깜짝 놀랐다.

"뷔케가 죽었다고요?"

"그렇습니다. 오늘 저녁 지하 3층 무대 벽면과 〈라호르의 왕〉 무대 세트 사이에서 목맨 시체로 발견되었습니다."

두 사람은 자리에서 벌떡 일어나 말하는 사람을 쳐다보았다. 그들은 몹시 당황했다. 무대장치 담당자가 자살했다는 이야기를 들었을 때 으레 보일 만한 행동치고는 과장된 것처럼 보였다. 두 사람은 서로를 쳐다보았다. 얼굴이 백지장처럼 하얗게 변했다. 드비엔느는 리샤르와 몽샤르맹에게 눈짓을 했고, 폴리니가 손님들에게 양해를 구하고서 네 사람은 같이 관장실로 들어갔다. 몽샤르맹은 회고록에서 다음과 같이 전했다.

드비엔느 씨와 폴리니 씨는 몹시 당황한 표정이었고 뭔가 하기 어려운 말이 있는 것처럼 보였다. 우선 그들은 우리에게 조제프 뷔케가 죽었다고 말한 테이블 끝에 앉은 남자를 아느냐고 물었다. 우리가 모른다고 대답하자 더욱 걱정스러워하는 표정이 역력했다. 그들은 우리가 손에 든 마스터키를 한동안 쳐다보더니 열쇠를 바꾸는 것이 좋겠다고 말했다. 모든 문과 옷장, 찬장 등을 잠글 수 있는 열쇠를 아무도 모르게 만들라는 것이었다. 그들의 표정이 재미있어서 우리는 웃기 시작했고, 오페라하우스에 도둑이 있는지 물었다. 그들은 도둑보다 더한 존재, '유령'이 있다고 했다. 우리는 또 웃었다. 우리를 즐겁게 해주려는 농담이라고 생각했다. 하지만 '진지하게' 받아들이라는 그들의 요청에 따라 적당히 맞장구쳐 주기로 했다. 그들은 원래는 유령 이야기를 할 생각이 없었다고 말했다. 자신에게 무례하게 대하지 말고 무슨 요구든 들어주라고 후임들에게 전하라는 유령의 지시가 없었다면 말이다. 또 유령의 지시에도 불구하고 그들은 그림자 같은 독재자가 점령한 오페라하우스를 떠난다는 안도감에 젖어 마지막까지 그 기이한 이야기를 쉽게 털어놓지 못했다. 우리 역시 그 이야기를 받아들일 준비가 되어 있지 않았다. 그러나 전임자들은 조제프 뷔케가 죽었다는 소식에 유령의 말을 무시하면 언제나 기이하고 불길한 사건이 일어난다는 사실을 다시 한 번 떠올리게 되었다고 한다.

그들이 중대한 비밀을 털어놓는 것처럼 전혀 예상치 못한 유령 이야기를 하는 동안 나는 리샤르를 쳐다보았다. 학창 시절 소문난 장난꾸러기였던 리샤르는 전임자들이 풀어놓는 이야기를 즐기고 있었다. 리샤르가 짐짓 슬픈 표정을 지으며 고개를 끄덕거렸고, 두 사람은 이야기를 계속했다. 리샤르는 유령이 나오는 오페라하우스에서 일하게 된 것을 후회하는 표정이 역력했다. 나도 그를 따라서 절망스러운 표정을 짓는 수밖에 없었다. 하지만 마지막에는 우리 둘 다 웃음을 터뜨릴 수밖에 없었다. 드비엔느 씨와 폴리니 씨는 우울한 표정을 하고 있던 우리가 갑자기 웃음을 터뜨리자 마치 미친 사람을 보듯 쳐다보았다.

서서히 지루해지자 리샤르가 농담 반 진담 반으로 물었다.

"그나저나 유령이 원하는 게 뭡니까?"

폴리니 씨가 책상에서 계약서를 가져왔다. 계약서는 "오페라하우스의 경영진은 국립음악원의 공연에 대해 프랑스 최고 수준의 무대에 합당한 대우를 해주어야 한다."는 말로 시작해 98조 항목으로 끝났다. 98조의 내용은 계약서의 내용이 지켜지지 않을 경우 모든 특권을 박탈한다는 내용이었다. 거기에는 네 가지 조건이 뒤따랐다.

폴리니 씨가 보여 준 계약서는 우리가 가진 것과 똑같이 검은색 잉크로 글씨가 쓰여 있었지만, 맨 마지막에 빨간색 잉크로 쓴 항목이 하나 더 있었다. 그 빨간색 글씨는 마치 글씨 쓰는 법을 아직 배우지 못한 어린아이가 힘들게 쓴 것처럼, 혹은 성냥개비를 잉크에 찍어서 쓴 것처럼 어설펐다. 그 항목의 내용은 다음과 같았다.

"5. 관장이 오페라의 유령에게 지불해야 할 매월 2만 프랑 또는 매년 24만 프랑이 2주일 이상 늦어질 경우……."

폴리니 씨는 주저하면서 마지막 항목을 가리켰다.

"그게 다인가요? 다른 요구 사항은 없습니까?"

리샤르가 침착하게 물었다.

"있습니다."

폴리니 씨가 대답했다.

폴리니 씨는 계약서를 뒤적거리더니 대통령이나 장관 등이 자유롭게 사용할 수 있도록 개인 박스석을 예약해 두어야 하는 날이 명시된 항목을 펼쳤다. 그 항목의 맨 끝에도 빨간색 잉크로 한 줄이 추가되어 있었다.

"2층의 5번 박스석은 모든 공연에서 오페라의 유령이 자유롭게 사용할 수 있도록 한다."

우리는 자리에서 벌떡 일어나 전임자들의 손을 잡고 어떻게 그렇게 기발한 장난을 생각해 냈는지 놀라워했다. 프랑스의 전통적인 유머 감각이 절대 사라지지 않으리라는 것을 증명하는 장난이었기 때문이다. 리샤르는 드비엔느 씨와 폴리니 씨가 퇴임하는 이유를 이제야 이해할 수 있다고 덧붙이기까지 했다. 터무니없는 요구를 하는 유령하고 어떻게 일할 수 있겠냐면서.

그런데 가관인 것은 리샤르의 비꼬는 듯한 말에도 폴리니 씨가 이렇게 진지하게 대꾸한 것이었다.

"요구한다고 24만 프랑을 그냥 줄 수는 없죠. 게다가 유령을 위해서 5번 박스석을 비워 둬야 한다니, 손해가 어마어마하지 않겠습니까? 예약 들어오는 걸 모두 반려해야 하는 건 둘째치고…… 정말 끔찍해요! 유령을 위해 일할 수는 없어요. 차라리 그만두는 게 낫소!"

"맞아요. 그만두는 게 나아요. 갑시다."

드비엔느 씨도 맞장구치며 일어섰다. 그때 리샤르가 말했다.

"그런데 두 분은 유령에게 너무 친절했던 것 같습니다. 나 같으면 벌써 체포해 버렸을 거예요."

"하지만 무슨 수로? 도대체 어디서? 본 적도 없는데!"

두 사람이 입을 모아 소리쳤다.

"박스석에 오지 않습니까?"

"박스석에서 한 번도 본 적이 없어요."

"그럼 박스석을 팔아요."

"오페라의 유령의 박스석을 팔라고요! 당신들이 어디 한번 그렇게 해보구려."

우리 네 사람은 관장실을 나갔다. 리샤르와 나는 그날처럼 실컷 웃어 본 적이 없었다.

04

5번 박스석

아르망 몽샤르맹은 공동 관장으로 오래 일하는 동안 방대한 분량의 회고록을 썼다. 집필 작업 이외에 과연 오페라하우스 운영에 신경 쓸 시간이 있었는지 의문이다. 몽샤르맹은 음표를 하나도 모르는 음악의 문외한이었지만, 교육문화부 장관과 막역한 사이인 데다 언론에도 손을 뻗어 높은 소득을 올렸다. 그는 매력적인 사람이었고, 똑똑하기까지 했다. 오페라하우스에 출자를 하고 이름뿐인 관장 직함을 달기로 결심한 즉시, 실제 업무를 담당할 관장으로 곧장 피르맹 리샤르를 찾아간 것만 봐도 알 수 있었다.

피르맹 리샤르는 뛰어난 작곡가로 다양한 장르의 작품을 성공적으로 발표했고, 음악과 음악가라면 따지지 않고 좋아했다. 따라서 어떤 음악가든 피르맹 리샤르를 좋아할 수밖에 없었다. 그에게 유일한 단점이 있다면 고집이 너무 센 것과 성질이 급하다는 것이었다.

두 사람은 관장으로 취임하고 며칠 동안 오페라하우스의 아름다움에 마음을 빼앗겨 기괴한 유령 이야기는 잊어버렸다.

그런데 전임자들의 농담이, 그러니까 그것이 농담이었다면 아직 끝나지 않았음을 보여 주는 사건이 발생했다. 그날 아침 피르맹 리샤르는 아침 11시에 출근했다. 비서 레미가 사적인 편지라서 아직 개봉하지 않은 편지 대여섯 통을 가져다주었다. 그중 한 통이 리샤르의 시선을 잡아끌었다. 빨간 잉크로 적힌 글씨가 어디선가 본 듯했다. 그는 그것이 계약서의 끝부분에 추가로 적힌 글씨체라는 사실을 곧바로 기억해 냈다. 어린아이가 쓴 것 같은 그 글씨체였다. 리샤르는 편지를 읽기 시작했다.

친애하는 관장님께

많이 바쁘실 텐데 귀찮게 해드려서 죄송합니다. 오페라 단원들과의 계약을 갱신하고 당신의 뛰어난 취향을 드러내느라 몹시 바쁘시겠지요. 카를로타와 소렐리, 어린 잠므 등에게서 놀라운 재능과 천재성을 발견한 당신이 어떻게 했는지 잘 알고 있습니다.

물론 카페라든가 싸구려 술집에서나 노래를 불렀어야 할 미천한 목소리를 가진 카를로타나 선생들의 가르침 덕분에 성공을 거두고 있는 소렐리, 들판

의 송아지처럼 춤추는 잠므에 대해 들먹이려는 뜻은 아닙니다. 놀라운 재능
이 있는데도 당신이 질투심 때문에 중요한 배역을 맡기고 있지 않은 크리스
틴 다에에 대해 얘기하려는 것도 아닙니다. 당신은 오페라하우스를 마음대로
운영할 수 있는 권리가 있으니까요!

하지만 당신이 크리스틴 다에를 내쫓지 않고 오늘 저녁 시에벨 역을 맡겼다
는 사실은 높이 평가하고 싶군요. 지난번 그녀가 마르그리트 역할을 엄청나
게 잘해낸 후 그 배역을 그녀에게 금지시켰지만 말입니다. 나는 오늘 이후로
내 박스석의 표를 마음대로 팔지 말 것을 요청합니다. 오페라하우스에 도착
했을 때 당신의 지시로 내 박스석이 팔렸다는 소식을 듣고 기분이 상했기 때
문에 이 이야기는 꼭 해야겠군요.

하지만 나는 항의하지 않았습니다. 첫째, 물의를 일으키고 싶지 않았고, 둘
째, 언제나 나에게 친절했던 드비엔느 씨와 폴리니 씨가 깜빡하고 당신에게
내 이야기를 전하지 않았다고 생각했기 때문입니다. 그러나 두 사람에게 물
어본 결과, 당신은 내 계약서에 관해 알고 있으며 나를 무척이나 업신여기고
있다는 사실을 알았습니다. 조용히 지내고 싶다면 내 박스석을 판매하지 말
기를 바랍니다.

_오페라의 유령

이 편지에는 〈르뷔 데 떼아트르〉의 개인 광고란을 오려 낸 종이가
동봉되어 있었다. 광고의 내용은 다음과 같았다.

오페라의 유령에게 – R(리샤르)과 M(몽샤르맹)은 변명의 여지가 없음. 우리는 당신의 계약서를 전달했음. 이상.

　피르맹 리샤르가 편지를 다 읽기도 전에 몽샤르맹도 똑같은 편지를 들고 들어왔다. 둘은 마주 보고 웃음을 터뜨렸다.

　"농담이 아직도 안 끝났나 보군. 하지만 이제는 재미가 없는걸."

　리샤르가 말했다.

　"도대체 무슨 뜻일까? 혹시 자신들이 오페라하우스 전임 관장이었다고 죽을 때까지 박스석 하나를 마련해 달라는 건 아닐까?"

　몽샤르맹이 물었다. 그러자 리샤르가 말했다.

　"이런 농담에 오랫동안 즐거워할 기분이 아니군."

　"어쨌든 해로울 건 없지 않은가. 도대체 원하는 게 뭘까? 오늘 저녁에 박스석을 달라는 걸까?"

　몽샤르맹이 말했다.

　피르맹 리샤르는 비서에게 5번 박스석이 팔리지 않았으면 드비엔느와 폴리니 앞으로 예약해 두라고 일렀다. 다행히 표는 팔리지 않은 상태여서 두 사람의 집으로 표가 배달되었다. 드비엔느는 스크리브 거리와 카퓌신 대로의 모퉁이에 살았고, 폴리니는 오베르 거리에 살았다. 몽샤르맹은 봉투를 살펴보더니 유령이 보낸 편지가 카퓌신 대로에 있는 우체국에서 보낸 것이라고 말했다.

"그럴 줄 알았어!"

리샤르가 말했다.

두 사람은 어깨를 으쓱하고는 나이를 먹을 대로 먹은 사람들이 어린 아이 같은 장난을 친다는 사실을 유감스럽게 받아들였다.

"겉으로만 정중하게 대한 거였군!"

몽샤르맹이 말했다.

"우리가 카를로타와 소렐리, 잠므를 어떻게 대하는지 그들이 어떻게 눈치챘지?"

"이 두 사람이 우리를 질투하나 보군! 〈르뷔 데 떼아트르〉에 돈을 들여 광고나 내다니. 정말 한심하기 짝이 없어!"

"그나저나 이들은 크리스틴 다에에게 관심이 무척 많은 것 같군!"

몽샤르맹이 말했다.

"그녀는 사람들에게 평판이 좋으니까."

리샤르의 말에 몽샤르맹이 대꾸했다.

"평판이란 건 얻기 쉬운 거요. 내가 음표 하나도 읽을 줄 모르는데도 음악에 일가견이 있다는 평판이 있는 것처럼 말이지."

"걱정 말게나. 자네한테 그런 평판은 절대로 없으니까."

리샤르가 단언했다.

그리고 나서 리샤르는 두 시간 전부터 문밖을 서성이고 있는 가수들에게 안으로 들어오라고 지시했다. 그들은 부와 명성 혹은 해고 결정을 기다리며 조바심 내고 있었다.

몽샤르맹과 리샤르는 온종일 계약을 체결하거나 취소하는 협상을 하면서 시간을 보냈다. 계속된 업무로 몹시 피곤했으므로 5번 박스석에서 드비엔느와 폴리니가 공연을 즐기고 있는지 확인하지 않고 일찍 잠자리에 들었다.

다음 날 아침, 두 사람은 유령에게 감사의 카드를 받았다.

관장 귀하

감사합니다. 멋진 저녁이었습니다. 다에는 무척 훌륭했습니다. 합창은 조금 지루하더군요. 카를로타는 더할 나위 없이 평범했고. 24프랑에 대해서는 다시 편지를 드리지요. 정확한 금액은 23만 3,424프랑 70상팀(프랑스의 화폐 단위. 1상팀은 1프랑의 100분의 1이다.-옮긴이)입니다. 드비엔느 씨와 폴리니 씨가 올해 첫 10일 동안의 수당으로 나에게 6,575프랑 30상팀을 이미 보내주었기 때문입니다.

_오페라의 유령

드비엔느와 폴리니에게서 온 편지도 있었다.

신사분들에게

우리를 배려해 주어서 고맙소. 오페라하우스의 전임 관장으로서 〈파우스트〉를 다시 듣는 것은 기쁜 일이지만, 우리에겐 그만의 영역인 5번 박스석을 사용할 권리가 없다는 사실을 잊지 않았다는 것을 쉽게 이해해 주실 줄로 믿소. 그의 존재에 관해서는 지난번에 함께 계약서를 살펴보면서 말했지요. 98조 마지막 항목을 참고하시오.

이제는 제발 믿기 바라오.

"또다시 귀찮게 하는군!"

리샤르가 편지를 낚아채면서 말했다.

그날 저녁에는 5번 박스석이 팔렸다. 다음 날 아침 리샤르와 몽샤르맹은 사무실에 도착하자마자 전날 밤에 일어난 사건, 즉 5번 박스석이 팔린 일에 대한 경비원의 보고서를 받았다. 그 보고서의 핵심 내용은 다음과 같다.

오늘 저녁 5번 박스석을 비우기 위해 2막 시작과 2막 중간 때 두 번이나 경찰을 불러야 했다. 5번 박스석 관객들은 2막이 올라갈 때 도착했고 마구 웃으면서 시끄러운 말소리를 냈다. 주변 사람들이 전부 "쉿!" 하고 소리쳤고, 모든 관객이 항의하기 시작하자 박스석 담당자가 나를 부르러 왔다. 나는 박스석으로 들어가 필요하다고 생각되는 말을 했다. 내가 보기에 5번 박스석 관객들은 제정신이 아닌 것 같았고 말도 안 되는 소리를 하고 있었다. 나는 그들에게 계속 시끄럽게 굴면 퇴장시킬 수밖에 없다고 말했다. 내가 나가자마자 웃음소리가 다시 들려왔고, 고객들의 항의가 시작되었다. 그래서 나는 경찰관을 데리고 돌아가 그들을 퇴장시켰다. 그들은 여전히 웃으면서 저항했고, 표를 환불해 주지 않으면 가지 않겠다고 했다. 그들이 조용해져서 박스석으로 다시 들여보냈다. 그러나 결국 웃음소리가 다시 들려와서 완전히 쫓아냈다.

"경비원을 데려와요."

리샤르가 비서에게 지시했다. 비서는 이미 보고서를 읽고 파란색으로 표시까지 해놓았다. 지시사항을 예상하고 있던 비서 레미는 곧바로 경비원을 불렀다.

"어떻게 된 일인지 설명해 보시오."

리샤르가 무뚝뚝하게 말했다. 경비는 씩씩거리면서 보고서에 대한 이야기를 시작했다.

"그나저나 그 사람들이 도대체 왜 웃은 거요?"

몽샤르맹이 물었다.

"아무래도 그들은 저녁을 푸짐하게 먹어서 가만히 앉아 좋은 음악을 감상하는 것보다는 마음껏 웃고 장난을 치는 게 더 좋았던 것 같습니다. 한 가지 이상한 점은 그들이 박스석에 들어가자마자 다시 나와 담당자를 불렀다는 것입니다. 박스석 담당자가 이유를 물었더니 '박스석 안을 좀 봐요. 안에 아무도 없죠?' 하더랍니다. 담당자는 '없습니다.'라고 대답했고요. 그랬더니 '그런데 우리가 박스석 안으로 들어가니 이 박스석은 팔렸다고 말하는 소리가 들렸습니다.'라고 말했다고 하더군요."

이 대목에서 몽샤르맹은 웃음이 터져 나오려는 것을 어쩌지 못하면서 리샤르를 바라보았지만 리샤르는 웃지 않았다. 경비원의 이야기로 보거나 전임자들의 말로 미루어 볼 때, 그 장난이 당사자들을 단순히 놀려 주기 위한 농담에서 시작되어 화를 돋우는 것으로 끝난다는 사실을 눈치챌 수 있었다. 미소 짓고 있는 몽샤르맹의 비위를 맞춰야 한다고 생각했는지 경비원도 미소를 지었다. 하지만 잘못된 판단이었다. 리샤르는 경비원을 노려보았고, 경비원은 질겁한 표정을 지어야 했다.

"어쨌든 그 사람들이 도착했을 때 박스석에는 아무도 없었지 않은가?"

리샤르가 큰 소리로 물었다.

"쥐새끼 한 마리 없었습니다! 오른쪽 박스석에도 왼쪽 박스석에도 맹세코 아무도 없었습니다! 박스석 담당자가 저에게 계속 확인시켜 주었습니다. 누군가의 장난이라는 증거입니다."

"자네도 그렇게 생각하는군. 누군가의 장난이라고! 자네도 이게 우스운 일이라고 생각하겠지?"

"정말 못된 취미라고 생각합니다."

"박스석 담당자는 뭐라고 했소?"

"오페라의 유령이라고만 했습니다. 그 말뿐이었습니다!"

경비원은 싱긋 웃었다. 하지만 곧 그것이 실수임을 깨달았다. 리샤르의 침울하던 표정이 갑자기 험악하게 변했기 때문이다.

"박스석 담당자를 당장 데려와! 데려와! 당장 이 방으로 불러와! 다른 사람들은 전부 내보내고!"

경비원이 뭐라고 말하려고 했지만, 리샤르는 분노하며 입 닥치라는 의미로 그의 입을 막았다. 그러나 경비원이 아예 입을 닫아 버리자 이번에는 입을 열라고 지시했다.

"오페라의 유령이 대체 누구야?"

리샤르가 으르렁거렸다.

하지만 경비원은 아무런 말도 할 수 없었다. 절박한 손짓으로 의사 전달을 하려고 할 뿐이었다. 아무것도 모른다거나 혹은 알고 싶지 않다는 의미 같았다.

"오페라의 유령을 본 적이 있나?"

경비원은 세차게 고개를 저으면서 부인했다.

"좋아! 그렇다면 할 수 없지."

리샤르가 냉담하게 말했다.

경비원은 리샤르의 말이 무슨 뜻인지 묻기라도 하는 것처럼 눈을 휘둥그렇게 떴다.

"앞으로는 유령인지 뭔지 직접 보지도 못했으면서 함부로 지껄이는 사람들은 가만두지 않겠소! 각자 자기 일에 충실하기나 할 것이지."

05

지리 부인의 놀라운 경험담

　　그렇게 말하고 리샤르는 경비원에게는 관심도 쏟지 않은 채 마침 들어온 부관장과 여러 가지 사무적인 이야기를 나누었다. 경비원은 자신은 그만 나가 봐도 되겠다는 생각에 조심조심, 정말로 조심조심 문으로 다가갔는데, 리샤르가 냅다 소리를 질렀다.

　　"멈춰!"

　　그때 비서인 레미가 오페라하우스에서 가까운 프로방스 거리로 사람을 보내 박스석 담당자를 불러왔다. 그녀가 곧 모습을 드러냈다.

　　"이름이 뭐요?"

　　"지리 부인이라고 부르세요. 아실 텐데요, 꼬마 지리, 그러니까 꼬마 메그의 엄마죠!"

그녀의 어조가 워낙 당당하고 근엄했기 때문에 리샤르는 한순간 속으로 감탄했다. 그는 색이 바랜 숄과 낡은 신발, 헤진 태피터(결이 고운 얇은 평직물로 희미하게 골이 패어 있고 광택이 있음-옮긴이)로 된 옷, 칙칙한 모자 차림을 한 지리 부인을 바라보았다. 그의 태도로 보아 그녀를 알지 못하거나 만난 적 있어도 기억하지 못하는 것이 분명했다. 그러나 자존심 강한 지리 부인은 박스석 담당자인 자신을 모르는 사람이 아무도 없을 것이라고 확신했다.

"그런 아이는 알지 못하오! 하지만 지리 부인, 그렇다고 당신과 경비원이 경찰을 불러야 했던 어젯밤의 사건에 대해서 물어보지 말라는 법은 없을 거요."

"저도 그 이야기를 하려고 관장님을 만나고 싶었어요. 그래야 관장님이 드비엔느 씨와 폴리니 씨처럼 불쾌한 일을 겪지 않을 테니까요. 그분들도 처음에는 제 말을 믿지 않았답니다."

"그런 이야기를 묻는 게 아니오. 어젯밤 일에 대해 묻는 거요."

지리 부인은 분노로 얼굴이 시뻘겋게 변했다. 그런 식의 대접은 처음이었다. 그녀는 스커트의 주름을 모으고 칙칙한 모자의 깃털을 날리며 자리를 박차고 나가려다가 마음을 바꿨다. 다시 의자에 앉아 도도한 목소리로 말했다.

"무슨 일이 있었는지 말씀드리죠. 유령이 또 화가 났어요!"

그 말을 들은 리샤르가 화를 내려고 하자 몽샤르맹이 나서서 질문을 했다. 지리 부인은 아무도 없는 박스석에서 박스석이 팔렸다는 목소리가 들린 것을 당연하다고 여기는 것처럼 보였다. 그녀는 그런 일이 처음이 아니며 말로 설명할 수 없다고 했다. 박스석 안에서 유령을 본 사람은 없지만 목소리를 들은 사람은 있으며, 그녀도 유령의 목소리를 자주 들었다고 했다. 사람들은 그녀의 이야기를 믿었다. 그녀가 평소 진실한 사람이었기 때문이다. 그녀는 드비엔느 씨나 폴리니 씨를 비롯해 그녀를 아는 사람에게 물어보면 알 수 있을 거라고 했고, 누구보다 유령 때문에 다리가 부러진 이지도르 사크 씨에게 물어보는 것이 좋을 거라고 했다.

"정말이오? 유령이 이지도르 사크 씨의 다리를 부러뜨렸다는 게?"

몽샤르맹이 지리 부인의 말을 가로막았다.

지리 부인은 그것을 모른다는 사실이 놀랍다는 듯 눈을 크게 떴다. 그녀는 아무것도 모르는 가엾은 두 사람에게 사실을 알려 주기로 했다. 그 사건은 드비엔느와 폴리니가 재직 중이던 시절, 역시 5번 박스석에서 〈파우스트〉 공연 중에 일어났다. 지리 부인은 마치 구노의 악보 전체를 부르기 위한 준비라도 하는 것처럼 헛기침을 하면서 목을 가다듬더니 말했다.

"그날 일어난 사건은 이랬어요. 모가도르 거리에서 보석 가게를 하는 마니에라 씨 부부가 박스석 앞쪽에 앉아 있었어요. 부부의 친한 친구인 이지도르 사크 씨는 마니에라 부인 뒤에 앉았지요. 메피스토펠레스가 노래하는 장면이었어요."

카타리나, 자면서 한눈을 파는 당신.

"그때 마니에라 씨는 누군가 자신의 오른쪽 귀에 대고 '하하! 쥘리는 자면서 한눈을 팔지 않지!'라고 말하는 것을 들었어요. 그의 아내는 오른쪽이 아니라 왼쪽에 앉아 있었는데, 그녀의 이름이 바로 쥘리랍니다. 마니에라 씨는 누가 그런 말을 하는지 고개를 돌렸어요. 그런데 아무도 없었죠! 그래서 꿈인가 싶어 눈을 비볐어요. 메피스토펠레스는 세레나데를 계속 부르고 있었고요. 그나저나 제 이야기가 지루하지 않은가요?"

"아니, 계속해요."

"좋은 분들이군요."

그녀가 억지웃음을 보였다.

"어쨌든 메피스토펠레스가 세레나데를 계속 불렀어요."

성자시여, 성스러운 문을 열고 무릎 꿇은 사람에게

용서의 입맞춤으로 축복을 내리소서.

"이때 마니에라 씨의 오른쪽 귀에 '하하! 쥘리는 이지도르에게 입맞

춤을 허락할 거야!'라는 말이 들렸어요. 마니에라 씨는 그래서 왼쪽으로 고개를 잽싸게 돌렸죠. 과연 뭐가 보였을까요? 이지도르 씨가 마니에라 부인의 손을 잡고 장갑에 뚫린 조그만 구멍으로 키스를 하고 있는 모습이었어요. 바로 이렇게 말이에요."

지리 부인은 실로 된 장갑 틈새로 드러난 맨살에 열광적인 입맞춤을 퍼부었다.

"당연히 소동이 일어났어요! 쾅! 쾅! 리샤르 씨처럼 덩치 크고 힘센 마니에라 씨는 몽샤르맹 씨처럼 덩치 작고 약한 이지도르 씨에게 주먹을 두 번 날렸어요. 실내가 시끄러워졌죠. 관객들이 '그만! 저 사람들 좀 말려! 저러다 죽겠어!' 하고 소리쳤어요. 이지도르 사크 씨는 간신히 도망쳤고요."

"그럼 유령이 사크 씨의 다리를 부러뜨린 게 아니오?"

자신을 작고 약하다고 표현한 지리 부인의 말에 기분이 상한 몽샤르맹이 물었다.

"유령이 부러뜨렸어요. 사크 씨는 너무 빠르게 계단을 달려 내려다가가 넘어져서 한참 동안 일어나지 못했어요. 그러니까 유령이 부러뜨린 거죠!"

지리 부인이 오만하게 말했다.

"유령이 마니에라 씨의 오른쪽 귀에 대고 한 말을 당신에게도 했소?"

몽샤르맹은 자신의 말이 재미있다고 생각하면서 진지하게 물었다.

"아뇨. 저에게 얘기해 준 건 마니에라 씨였어요. 그러니까……."

"하지만 부인은 유령하고 말했다고 했잖소?"

"그래요. 지금 관장님하고 이야기하고 있는 것처럼 말이에요!"

지리 부인이 대답했다.

"유령이 당신에게는 뭐라고 말하죠?"

"발판을 가져다 달라고 했어요!"

이번에는 리샤르가 웃음을 터뜨렸고, 몽샤르맹과 비서 레미도 웃었다. 함부로 웃으면 안 된다는 사실을 아는 경비원만 웃지 않으려고 각별히 주의했고, 지리 부인은 위협적인 태도로 계속 말을 이었다.

"그렇게 웃지 말고 스스로 알아낸 폴리니 씨처럼 행동하는 게 좋을 거예요."

"뭘 알아냈다는 거요?"

몽샤르맹이 물었다. 그렇게 재미있는 일은 난생처음이었다.

"당연히 유령에 대한 거죠! 잘 들으세요."

그녀는 자신의 인생에서 매우 중요한 순간이라는 생각이 들어 갑자기 차분해졌다.

"잘 들으시라고요. 〈유대 여인〉 공연 중이었어요. 폴리니 씨는 유령의 자리에서 공연을 감상하려고 했어요. 레오폴이 '도망치자!' 하고 외치고 엘레아제르가 '어디로 가지?'라고 묻는 장면이 나왔어요. 저는 옆자리에서 폴리니 씨를 지켜보았는데, 갑자기 일어나더니 동상처럼 딱딱하게 걸어나갔어요. 제가 엘레아제르처럼 어디로 가는지 묻기도 전에 재빨리 계단을 내려가 버렸어요. 다리는 부러지지 않았지만 말이에요."

"하지만 오페라의 유령이 당신에게 발판을 가져다 달라고 한 것과는 상관없잖소."

몽샤르맹이 강력하게 주장했다.

"그날 저녁부터 유령의 박스석을 차지하려고 하는 사람은 아무도 없었어요. 드비엔느 씨와 폴리니 씨는 모든 공연마다 그 자리를 유령에게 주라고 지시했죠. 유령은 그 자리에 올 때마다 나한테 발판을 가져다 달라고 했고요."

"쯧쯧! 발판을 달라고 하는 유령이라니! 유령이 여자요?"

"아뇨, 남자예요."

"그걸 어떻게 알지요?"

"목소리가 남자거든요. 남자치고는 정말 아름다운 목소리죠! 유령은 대개 1막 중간쯤에 나타나요. 5번 박스석 문을 세 번 살짝 두드리죠. 아무도 없는 박스석 안에서 두드리는 소리가 들렸으니, 처음에 제가 얼마나 놀랐겠어요! 문을 열었지만 아무도 없었어요. 그런데 목소리가 들렸죠. '쥘르 부인, 발판 좀 가져다주세요.' 아, 제 남편 이름이 쥘르랍니다. 얼마나 놀랐던지. 목소리가 계속 들려왔어요. '무서워하지 마요, 쥘르 부인. 난 오페라의 유령이에요!' 목소리가 부드럽고 친절했기 때문에 무섭지는 않았어요. 아무튼 그 목소리는 맨 앞줄 오른쪽 구석에 있는 의자에 앉아 있었어요."

"5번 박스석이 아니라 그 오른쪽 박스석에 누가 있었던 것 아니오?"

몽샤르맹이 물었다.

"아뇨. 오른쪽이 7번 박스석이고, 왼쪽은 3번 박스석인데, 둘 다 비어 있었어요. 무대의 막이 오른 지 얼마 되지 않았을 때였고요."

"그래서 어떻게 했소?"

"발판을 가져다줬어요. 틀림없이 자기가 아니라 부인을 위해서 가져다 달라는 거였을 거예요. 부인 역시 못 봤고 목소리도 못 들었지만요."

"뭐라고요? 유령이 결혼까지 했다고!"

두 관장의 시선이 지리 부인에게서 그 뒤에 서 있던 경비원에게로 옮겨 갔다. 경비원은 팔을 마구 흔들면서 두 사람의 시선을 끌었다. 집게손가락으로 이마를 가리키더니 지리 부인이 미쳤다는 시늉을 했다. 리샤르는 미친 여자를 이제까지 가만히 보고만 있던 경비원을 해고해야겠다고 생각했다. 한편 지리 부인의 이야기는 계속되었다. 이번에는 유령의 관대함에 대해서였다.

"유령은 공연이 끝나면 저에게 2프랑이나 5프랑을 준답니다. 오랜만에 올 때는 10프랑을 주기도 해요. 그런데 사람들이 그를 귀찮게 하기 시작하면서부터는 돈을 주지 않아요."

"이봐요."

몽샤르맹이 칙칙한 모자에 달린 깃털을 흔드는 지리 부인에게 물었다.

"그런데 유령이 대체 어떤 방법으로 2프랑을 주는 거요?"

"박스석 안에 있는 작은 선반에 올려 두고 가죠. 내가 항상 가져다주는 공연 프로그램과 함께 놓여 있어요. 부인의 드레스에서 떨어진 게 분명한 장미가 있을 때도 있어요. 어느 날은 부채를 떨어뜨리고 갔어요."

"유령이 부채를 떨어뜨리고 갔다고요? 그래서 어떻게 했소?"

"다음 날 저녁 박스석에 갖다 놨어요."

이때 경비원이 큰 소리로 끼어들었다.

"규칙을 위반했으니 벌금을 물려야겠소, 지리 부인."

"입 다물어, 멍청아!"

리샤르가 으르렁거렸다.

"부채를 도로 갖다 둔 다음에는?"

"도로 가져갔더라고요. 공연이 끝난 다음에 보니까 없었거든요. 그리고 제가 아주 좋아하는 영국제 사탕 한 상자를 두고 갔어요. 배려심이 있는 유령이죠."

"그만하면 됐소, 지리 부인. 나가 봐요."

지리 부인이 여전히 위엄 있는 자세로 인사를 하고 나가자, 리샤르는 경비원에게 늙은 미친 여자를 해고하기로 했다고 말했다. 경비원이 나가자 공동 관장들은 이번에는 부관장에게 경비원의 잔여 급여를 계산해 놓으라고 지시했다. 마침내 둘만 남은 관장들은 5번 박스석 사건을 직접 알아보기로 했다.

06

신들린 바이올린

나중에 자세히 설명하겠지만 크리스틴 다에는 어떤 음모 때문에 지난번의 성공을 계속 이어가지 못했다. 그녀는 유명한 갈라 공연 이후 취리히 공작부인의 저택에서 노래를 불렀는데 그것이 사적인 자리에서 부른 마지막 노래였다. 그녀는 이렇다 할 이유도 없이 도움을 약속했던 자선 음악회에도 모습을 드러내지 않았다. 마치 더 이상 자신은 운명의 주인공이 아니며, 성공을 두려워하는 사람처럼 행동했다.

그녀는 샤니 백작이 동생을 위해서 리샤르에게 가급적 자신에 관해 좋게 이야기해 준다는 것을 알았다. 그녀는 백작에게 감사의 편지를 써서 더는 그러지 말라고 부탁했다. 그녀가 왜 그렇게 이상한 행동을 했는지는 밝혀지지 않았다. 혹자는 그녀의 자존심이 너무 세기 때문이라고 했고, 혹자는 겸손해서라고 말하기도 했다. 하지만 원래 무대에 오르는 사람들은 겸손과는 거리가 먼 법이다. 나는 그녀의 행동이 두려움 때문이라고 해도 진실과 크게 다르지 않으리라고 생각한다. 그렇다. 나는 크리스틴 다에가 자신에게 일어난 어떤 일 때문에 두려워했다고 생각한다. 그 시기에 페르시아인이 소장했던 크리스틴의 편지가 내 수중에 들어왔는데, 그 글을 읽어 보면 그녀가 엄청난 두려움을 느꼈던 걸 알 수 있었다.

"나는 노래할 때 나 자신을 잊어요."

가엾은 그녀는 편지에 이렇게 썼다.

그녀는 어디에도 모습을 드러내지 않았다. 샤니 백작의 동생인 샤니 자작은 그녀를 만나려고 온갖 방법을 동원했지만 헛수고였다. 그는 그녀에게 편지를 써서 찾아가겠다고 했지만 어느 날 아침 그녀에게서 온 답장을 읽고 절망하고 말았다.

자작님.

저는 제 스카프를 잡기 위해 바다로 뛰어든 소년을 잊지 않았어요. 신성한 임무를 가지고 페로로 떠나는 오늘, 당신에게 꼭 편지를 써야겠다는 생각이 들었어요. 내일은 당신을 무척 좋아했던 우리 아버지의 기일이에요. 아버지는 당신과 내가 어릴 때 뛰어놀던 길가에 있던 작은 성당의 묘지에 바이올린과 함께 묻히셨어요. 우리가 이별했던 그 길 말이에요.

샤니 자작은 서둘러 기차 시간을 확인하고 옷을 입었다. 형에게 말을 전해 달라고 하인에게 지시를 남긴 채 마차로 몽파르나스 역으로 갔다. 하지만 아침 기차는 방금 떠난 뒤였다. 그는 온종일 시름에 잠겨 있다가 저녁에 브르타뉴로 가는 급행열차에 앉아서야 기운을 되찾았다. 그는 크리스틴의 편지를 몇 번이고 읽고 향수 냄새를 맡으며 어린 시절을 추억했다. 지루한 밤은 크리스틴 다에로 시작해 크리스틴 다에로 끝나는 꿈을 꾸면서 지나갔다. 날이 밝아올 무렵 라니옹에서 내린 그는 서둘러 페로기렉으로 가는 합승 마차에 올랐다. 손님은 그 혼자였다. 그는 마부에게 물어 전날 저녁 파리지앵처럼 보이는 젊은 여성이 페로로 가서 '석양'이라는 이름의 여관에 묵었다는 사실을 알아냈다.

그는 그녀에게 가까워질수록 스웨덴 출신의 조그마한 여가수에 관한 추억을 기분 좋게 떠올릴 수 있었다. 두 사람의 추억에 관한 이야기는 아직도 대중에게 자세히 알려지지 않았다.

예전에 스웨덴 웁살라에서 멀리 떨어지지 않은 곳에 시장이 있는 조그만 마을이 있었다. 마을에는 어느 농부가 가족과 함께 살고 있었다. 농부는 주중에는 땅을 갈고 주말에는 성가대에서 노래를 불렀다. 농부에게는 어린 딸 크리스틴 다에가 있었는데, 그는 딸이 글을 깨우치기도 전에 악보 읽는 법을 가르쳤다. 크리스틴의 아버지는 미처 깨닫지 못했을지도 모르지만 훌륭한 음악가였다. 스칸디나비아에서 그만큼 바이올린을 잘 연주하는 사람은 없었다. 그의 명성은 널리 퍼져서 결혼식이나 축제에 늘상 초대를 받았다. 그의 아내는 크리스틴이 여섯 살 때 세상을 떠났다. 아내가 죽은 후 그에게 남은 것은 사랑하는 딸과 음악뿐이었다. 그는 돈과 명예를 찾아 웁살라로 갔지만 그를 기다리는 것은 가난뿐이었다.

결국 그는 마을로 돌아와 시장을 떠돌면서 스칸디나비아 음악을 연주했다. 어린 딸은 아버지 곁에 붙어서 연주를 듣거나 노래를 불렀다. 그러던 어느 날 림비 축제에서 발레리우스 교수가 부녀의 연주와 노래를 듣고는 그들을 예테보리로 데려갔다. 교수는 아버지가 세상에서 가장 훌륭한 바이올린 연주자이고 딸도 위대한 예술가로 성장할 것이라고 믿었다. 아이는 필요한 교육을 받았다. 그녀는 빠르게 발전했고 예쁜 외모와 매너, 사람들을 기쁘게 해주려는 순수함으로 모두의 사랑을 독차지했다.

발레리우스 교수 부부는 프랑스로 건너가면서 부녀도 함께 데려갔다. 교수 부인은 크리스틴을 딸처럼 대해 주었다. 하지만 아버지는 향수병으로 여위어만 갔다. 파리에서 그는 거의 집 밖으로 나가지 않고 바이올린을 놓지 않은 채 꿈속에서 살았다. 방에 틀어박혀 딸과 함께 조용히 바이올린을 연주하면서 노래를 불렀다. 가끔씩 교수 부인은 문에 귀를 대고 기울이다가 눈물을 닦으면서 살며시 아래층으로 내려갔다. 그녀도 스칸디나비아의 하늘이 그리워 한숨을 내쉬었다.

아버지는 여름이 되도록 기운을 차리지 못했다. 온 가족이 브르타뉴의 구석에 위치한 페로기렉으로 휴양을 떠났는데, 그곳의 바다는 스웨덴의 바다와 똑같은 색이었다. 이따금씩 그는 해변에 앉아 슬픈 곡을 연주했는데, 바다도 음악에 귀를 기울이기 위해 거친 포효를 멈춘다고 말하기도 했다. 그가 무척 간곡하게 말해서, 발레리우스 부인도 그의 변덕스러운 생각에 맞장구를 쳐주었다.

그 후 그는 축제와 댄스파티가 열리는 일주일의 순례제 기간 동안 바이올린을 들고 딸과 함께 축제에 참가하기도 했다. 사람들은 그들의 연주에 찬사를 보냈다. 예전에 작은 마을을 돌아다니며 연주했던 시절처럼, 두 사람은 여관의 침대를 사양하고 헛간의 짚 위에 나란히 누웠다. 스웨덴에서 가난하게 살았던 시절에도 그들은 그렇게 잠을 자곤 했었다.

그들의 행색은 매우 초라했다. 하지만 사람들이 건네는 동전은 마다했다. 사람들은 천사 같은 모습으로 노래하는 어여쁜 딸을 데리고 정처 없이 돌아다니는 촌스런 바이올린쟁이의 행동을 이해할 수 없었다. 이 마을 저 마을로 그들을 따라다니며 연주를 듣는 사람들도 있었다.

어느 날 가정교사와 함께 외출 나온 한 소년이 순수하고 달콤한 소녀의 목소리에 이끌려 평소보다 오랫동안 산책을 하게 되었다. 그들은 지금도 여전히 '트레스트라우'라고 불리는 만의 해변으로 갔다. 지금은 카지노 같은 것이 들어섰지만 당시에는 하늘과 바다, 넓게 펼쳐

진 황금빛 해변이 있을 뿐이었다. 또 세찬 바람도 불었다. 그 바람에 크리스틴의 스카프가 바다로 날아갔다. 크리스틴이 깜짝 놀라 비명을 질렀지만 스카프는 이미 저 멀리 날아가 버렸다. 그때 누군가 이렇게 말하는 소리가 들렸다.

"괜찮아. 내가 네 스카프를 가져다줄게."

그리고 조그만 소년이 재빨리 달려가는 모습이 보였다. 검은색 옷을 입은 여자가 화난 목소리로 소리치며 말렸지만 소년은 옷을 입은 채 바다로 뛰어들어 급기야 스카프를 건져왔다. 소년과 스카프 모두 완전히 젖었다. 검은색 옷을 입은 여자는 야단법석을 떨었지만 크리스틴은 즐겁게 웃으며 소년에게 입맞춤했다. 그 소년이 바로 숙모와 함께 라니옹에 머무르고 있던 라울 드 샤니 자작이었다.

여름 동안 그들은 거의 매일 만나서 놀았다. 크리스틴의 아버지는 라울의 숙모와 발레리우스 교수의 권유를 받아 어린 자작에게 바이올린을 가르쳤다. 그래서 라울은 크리스틴이 어린 시절에 좋아했던 곡들을 사랑하게 되었다. 그들에게는 조용하고 몽상을 즐긴다는 공통점이 있었다. 그들은 옛 브르타뉴의 전설 같은 이야기를 좋아했고, 집집마다 돌아다니면서 이야기를 구걸하는 것을 가장 즐거운 놀이로 삼았다.

"아저씨, 아주머니, 이야기 좀 해주세요, 네?"

두 사람이 이야기를 '얻지 못하는' 경우는 거의 없었다. 브르타뉴의 할머니들은 적어도 한 번쯤은 난쟁이 요정이 달빛을 받으며 황야에서 춤추는 모습을 본 적이 있으니까.

하지만 두 사람이 가장 좋아한 것은 황혼 무렵, 해가 바닷속으로 들어가 버렸을 때 길가로 나온 크리스틴의 아버지가 그들 옆에 앉아 유령을 놀라게 하지 않도록 나지막한 목소리로 북쪽 땅의 전설을 들려주는 것이었다. 이야기가 끝나면 또 해달라고 졸랐다.

그중에는 이렇게 시작하는 이야기도 있었다.

"옛날 옛적 어떤 왕이 노르웨이 숲 속에 있는, 반짝이는 눈동자처럼 확 트인 깊고 고요한 호수에 배를 띄우고 앉아 있었단다."

이런 이야기도 있었다.

"꼬마 로테는 모든 것을 생각했고 동시에 아무것도 생각하지 않았단다. 로테의 머리카락은 태양빛 같은 황금색이었고 마음은 눈처럼 푸르고 맑았지. 로테는 인형에게 친절했고 옷과 빨간색 구두, 바이올린을 소중하게 다루었어. 하지만 잠자리에 들어 음악 천사의 노래를 듣는 것을 가장 좋아했지."

크리스틴의 아버지가 이야기를 들려주는 동안 라울은 크리스틴의 푸른 눈동자와 황금색 머리카락을 바라보았다. 크리스틴은 잠자리에 누워 음악 천사의 노래를 들을 수 있는 로테가 부러웠다. 아버지의 이야기에는 음악 천사가 꼭 등장했다. 아버지는 위대한 음악가는 살면서 한 번쯤 음악 천사를 만나게 된다고 했다.

음악 천사는 로테의 경우처럼 아이가 요람에서 잠들어 있는 동안 방

문하는 경우도 있다. 쉰 살 된 어른보다 바이올린을 잘 연주하는 여섯 살짜리 신동이 나오는 이유도 천사의 방문 때문이라고 했다. 하지만 아이들이 버릇이 없거나 연습을 제대로 하지 않으면 천사가 훨씬 나중에 나타난다. 마음씨 못된 아이에게는 아예 평생 나타나지 않는다.

천사는 눈에 보이지 않지만 들으려고 하면 목소리를 들을 수 있다. 천사는 전혀 예상하지 못했을 때, 슬프거나 절망할 때 찾아오기도 한다. 그러나 일단 그 천상의 화음과 신성한 목소리를 들으면 평생 잊지 못하게 된다. 천사를 만나는 사람들은 다른 사람들이 알지 못하는 전율을 느낀다. 그들이 악기를 연주하거나 노래를 부르면 다른 사람들의 소리는 전부 초라해진다. 그들이 천사를 만났다는 사실을 알지 못하는 사람들은 그들을 천재라고 부른다.

어린 크리스틴은 아버지에게 음악 천사의 노래를 들었는지 물었다. 아버지는 슬픈 얼굴로 고개를 흔들더니 갑자기 눈을 빛내면서 말했다.

"너는 언젠가 듣게 될 거야. 내가 천국에 가면 너에게 꼭 음악 천사를 보내 주마!"

아버지는 그때부터 기침이 심해졌다.

3년 후 라울과 크리스틴은 페로에서 재회했다. 발레리우스 교수는 세상을 떠났지만 미망인은 여전히 바이올린을 연주하고 노래하는 데에 부녀와 프랑스에 남아 그들의 음악을 후원하면서 꿈같은 멜로디에 젖어 지냈다. 청년이 된 라울은 그들을 만나려고 페로로 와서 그들이 머물던 집을 찾았다. 라울은 먼저 크리스틴의 아버지와 만났다. 그다음에 크리스틴이 찻잔이 든 쟁반을 들고 왔다. 라울을 본 그녀의 얼굴이 발그레해졌고, 라울은 그녀에게 다가가 입을 맞추었다. 그녀는 그에게 몇 가지 질문을 하고 안주인으로서의 임무를 얌전하게 마치고는 다시 쟁반을 들고 나갔다. 그녀는 정원으로 달려가 벤치에 앉아 난생처음 송두리째 흔들려 버린 가슴을 진정시켰다. 라울이 따라 나왔고 두 사람은 무척이나 수줍어하면서 저녁까지 이야기를 나누었다. 하지만 두 사람 모두 성장하여 많이 변해 있었고 가슴에서 싹트는 감정과는 전혀 상관없는 이야기만 조심스럽게 나눌 뿐이었다. 길가에서 헤어질 때 라울이 크리스틴의 떨리는 손에 입맞춤하며 말했다.

"아가씨, 절대로 당신을 잊지 않을 겁니다!"

그는 곧바로 그 말을 후회했다. 크리스틴이 자작 부인이 될 수 없다는 사실을 잘 알고 있었기 때문이다.

크리스틴은 그를 잊고자 음악에만 전념했다. 그녀는 성장을 거듭했고 그녀의 목소리를 들은 사람이라면 누구나 세계 최고의 성악가가 될 것이라고 예언했다. 그러던 어느 날 갑자기 아버지가 세상을 떠났다. 그녀는 아버지의 죽음과 함께 목소리와 영혼, 천재성을 한꺼번에 잃어버린 것 같았다. 겨우 파리 음악원에 입학할 재능만 남았을 뿐이었다. 음악원에서는 별 두각을 나타내지 못했다. 아무런 열정 없이 수업을 들었고 어쩌다 상을 받는 것은 계속 함께 사는 발레리우스 부인을 기쁘게 해주기 위해서였다.

라울은 오페라하우스에서 크리스틴을 처음 보았을 때 그녀의 아름다움과 과거의 달콤한 추억 때문에 이끌렸지만 그녀의 노래에서 느껴지는 어두운 기색에 놀랐다. 그는 그녀의 노래를 들으러 다시 오페라하우스에 갔다. 부속 건물로 그녀를 따라가거나 무대장치 뒤에서 기다리기도 하면서 그녀의 관심을 끌어 보려고 애썼다. 그녀의 분장실 문까지 따라간 적도 한두 번이 아니었지만 그녀는 그를 보지 못했다. 마치 아무도 보지 않는 듯 무관심 그 자체였다. 라울은 아름다운 그녀에게는 물론 자신에게조차 사랑을 고백할 수 없는 수줍음 때문에 고통스러웠다. 그러던 중 갈라 공연에서 놀라운 일이 벌어졌다. 하늘이 갈라지더니 천사의 목소리가 지상으로 내려와 모든 사람을 기쁘게 만들고 그의 가슴을 사로잡았다.

그리고…… 닫힌 문 뒤로 "당신은 나를 사랑해야 돼!" 하고 말하는 남자의 목소리가 들린 것이다. 하지만 그가 들어가 보니 아무도 없었다.

그가 스카프 이야기를 했을 때 그녀는 왜 웃었을까? 왜 그를 알아보지 못할까? 그리고 편지는 왜 쓴 것일까?

마침내 페로에 도착했다. 라울이 '석양'이라는 여관의 연기 자욱한 거실로 들어가자 크리스틴이 앞에 서 있었다.

"왔군요. 미사를 끝내고 돌아오면 당신이 여기에 있을 줄 알았어요. 성당에서 누군가 말해 줬어요."

"누가요?"

라울이 그녀의 자그마한 손을 잡으며 물었다.

"돌아가신 우리 아버지요."

잠시 침묵이 흐르고 라울이 물었다.

"내가 당신을 사랑한다고, 당신 없이는 살 수 없다고도 말씀하시던가요?"

크리스틴은 붉어진 얼굴로 고개를 돌렸다. 그러고는 떨리는 목소리로 말했다.

"나를요? 꿈꾸고 있군요, 당신!"

그녀는 어색함을 감추기 위해 일부러 웃음을 터뜨렸다.

"웃지 말아요, 크리스틴. 난 심각하게 하는 말이니까."

"그런 말을 들으려고 당신을 오게 한 건 아니에요."

크리스틴이 진지하게 대답했다.

"그래요, 당신은 나를 '오게' 했어요. 당신은 내가 편지를 받고 당장 페로로 올 걸 알고 있었어요. 내가 당신을 사랑한다는 걸 몰랐다면 어떻게 그런 생각을 할 수 있었나요?"

"어릴 때 우리가 여기에서 하던 놀이를 기억하고 있을 거라고 생각했어요. 우리 아버지도 자주 함께 했던 놀이 말이에요. 내가 무슨 생각을 했는지 나도 모르겠어요. …… 당신에게 편지를 쓴 게 잘못인가봐요……. 아버지의 기일, 그리고 당신이 갑자기 오페라하우스에 나타난 것 때문에 옛날 생각이 나서 어린 소녀로 돌아간 기분으로 편지를 쓴 거예요……."

라울이 보기에 크리스틴의 태도는 뭔가 부자연스러웠다. 적의가 느껴지지는 않았다. 아니, 오히려 적의와는 거리가 멀었다. 그녀의 눈동자에서 빛나는 고통스러운 사랑이 그것을 말해 주었다. 그녀는 왜 고통스러워하는 걸까? 그는 이유를 알고 싶어서 애가 탔다.

"분장실에서 만났을 때 나를 처음 알아봤나요, 크리스틴?"

그녀는 거짓말을 할 수 없었다.

"아뇨, 당신 형님의 박스석에서 여러 번 봤어요. 무대에서도."

"그럴 줄 알았어!"

라울이 입술을 깨물며 소리쳤다.

"그런데 분장실에서 내가 바다에서 당신의 스카프를 가져다준 이야기를 했을 때 모르는 사람처럼 웃은 이유가 뭐죠?"

라울의 말투가 다소 거칠었기 때문에 크리스틴은 아무런 대답도 하지 못하고 그를 뚫어져라 바라보았다. 라울은 크리스틴에게 부드럽고 정중하게 애정이 담긴 말을 해주기로 결심한 이 중요한 순간, 자신도 모르게 말싸움을 하고 있다는 사실에 놀랐다. 만일 남편이나 애인 사이라면 상대방 때문에 기분이 상할 때 그런 식으로 말할 수도 있다. 하지만 이미 엎질러진 물이었으므로 우스꽝스러워 보이지 않으려면 계속 못되게 굴 수밖에 없었다.

"대답을 안 하는군요!"

그가 비참함이 담긴 성난 어조로 말했다.

"그럼 내가 말하죠. 그건 그날 분장실에 누가 있었기 때문이에요. 당신이 다른 남자에게 관심 있다는 걸 알리고 싶지 않은 사람 말이에요!"

"그날 저녁 내 방에 누군가가 있었다면 그건 바로 당신이에요. 내가 당신한테 나가라고 했으니까요!"

크리스틴이 차갑게 말했다.

"그래요. 그래야 그 사람과 둘만 남을 수 있으니까."

"지금 무슨 말을 하는 거죠? 도대체 누굴 말하는 거예요?"

크리스틴이 흥분한 목소리로 물었다.

"당신이 '난 당신만을 위해 노래해요. 난 오늘 밤 당신에게 내 영혼을 바쳤어요. 난 죽었어요!'라고 말한 남자 말이에요."

크리스틴은 연약한 몸에서 나오는 힘이라고는 믿어지지 않을 정도로 라울의 팔을 힘껏 움켜쥐었다.

"문밖에서 듣고 있었던 거예요?"

"그래요. 당신을 사랑하니까…… 전부 들었어요."

"뭘 들었죠?"

이상할 정도로 차분해진 크리스틴이 라울의 팔을 놓았다.

"그 남자가 당신에게 그러더군요. '크리스틴, 당신은 날 사랑해야 돼.'라고."

그 말을 듣자 크리스틴의 얼굴이 창백하게 변하고 눈 주위가 어두워졌으며 기절이라도 할 것처럼 비틀거렸다. 라울이 두 팔을 벌리고 앞으로 다가갔지만 크리스틴은 쓰러질 뻔한 몸을 겨우 추스르고 낮은 목소리로 말했다.

"계속해요! 들은 걸 전부 말해요!"

라울은 이해하지도 못한 채 대답했다.

"당신이 영혼을 바쳤다고 하니까 그 남자가 '당신의 영혼은 아름다워. 그리고 고맙군. 그 어떤 황제도 이런 선물을 받지 못했을 거야. 오늘 밤에는 천사들도 눈물을 흘렸지.'라고 말하더군요."

크리스틴은 형언할 수 없는 감정을 느끼며 가슴으로 손을 가져갔다. 그녀는 미친 사람처럼 뚫어져라 앞을 쳐다보았다. 라울은 공포에 사로잡혔다. 갑자기 크리스틴의 눈가가 촉촉해지더니 두 개의 진주 같은 커다란 눈물방울이 상앗빛 뺨으로 흘러내렸다.

"크리스틴!"

"라울!"

라울은 그녀를 안으려고 했지만 그녀는 혼란에 휩싸인 채 달아나 버렸다.

크리스틴이 방문을 잠그고 있는 동안 라울은 도무지 어떻게 해야 할지 알 수 없었다. 그는 아침 식사도 건너뛰었다. 몹시 걱정이 되었고 달콤한 시간을 보내리라는 기대와 달리 그녀와 함께 있지도 못한 채 시간만 흘러가는 것이 원통했다. 크리스틴은 두 사람의 추억이 가득한 이곳을 왜 그와 함께 거닐지 않으려는 걸까? 라울은 그녀가 그날 아침 아버지의 영혼을 위로하기 위해 미사에 참석했고 조그만 성당과 아버지의 무덤에서 오랫동안 기도했다는 말을 들었다. 그렇다면 페로에서 할 일은 끝난 셈인데, 왜 파리로 돌아가지 않는 걸까?

라울은 풀이 죽은 채 성당에 있는 묘지까지 걸어갔다. 묘지에는 그뿐이었다. 묘비명을 읽으며 걷다가 성당 동쪽 끝으로 들어서자 하얀 땅바닥 곳곳에 놓인 꽃이 보였다. 아침의 눈 속에서 핀 붉은 장미가 주변에 가득한 죽음 속에서 어렴풋하게 생명의 기운을 드러냈다. 주변에는 공간이 모자라 밖으로 내던진 해골들도 여기저기 보였는데, 수백 개의 해골들은 철조망으로만 막은 채 성당 벽 쪽에 쌓아 두어 훤히 들여다 보일 만큼 방치되어 있었다. 해골들은 벽돌처럼 여러 줄로 정렬되어 그 위에 성구실(성당의 제사도구나 제복 등을 보관하는 방-옮긴이) 벽을 쌓아 올린 것처럼 보였다. 납골당 한가운데에 성구실 문이 열려 있는 모습은 브르타뉴 지방의 성당에서 흔히 볼 수 있는 광경이었다.

라울은 크리스틴을 위해 기도했다. 그러나 왠지 해골들이 자신을 조롱하는 것 같은 으스스한 느낌이 들어 서둘러 비탈길을 올라갔다. 그리고 바다가 내려다보이는 황야 가장자리에 앉았다. 저녁이 되면서 바람이 불어왔다. 얼음처럼 차가운 어둠이 내려왔지만 추위가 느껴지지 않았다. 그는 문득 그곳이 어린 시절 크리스틴과 함께 달 뜰 무렵

103

난쟁이 요정들이 춤추는 모습을 보기 위해 오던 장소였다는 기억이 났다. 그는 시력이 좋은데도 요정을 한 번도 보지 못했지만 크리스틴은 약간 근시였는데도 많이 본 척했다. 그 생각을 떠올리면서 미소 짓다가 깜짝 놀랐다. 뒤에서 갑자기 이렇게 말하는 목소리가 들려왔기 때문이다.

"오늘 밤에 요정들이 올 거라고 생각하나요?"

크리스틴이었다. 라울은 뭐라고 말하려고 했지만 그녀가 장갑 낀 손을 그의 입에 가져갔다.

"잘 들어요, 라울. 당신에게 중요한 이야기를 할 테니까요. 정말로 중요한 이야기예요……. 음악 천사 기억해요?"

"물론 기억해요. 당신의 아버지가 처음 그 이야기를 해준 곳이 여기였을 거예요."

"그래요. 아빠가 '내가 천국에 가면 음악 천사를 보내 주마.'라고 한 곳도 여기였어요. 라울, 아버지는 지금 천국에 계세요. 음악 천사가 나에게 왔으니까요."

"당연히 그럴 거라고 생각했어요."

라울이 엄숙한 목소리로 말했다. 그녀는 지난번 공연에서 대성공을 거둔 것과 아버지의 기억을 연결시켜 생각하는 것 같았다.

크리스틴은 라울의 담담한 모습에 다소 놀란 듯했다.

"그걸 어떻게 알았어요?"

그녀는 이렇게 물으면서 창백한 얼굴로 바짝 다가섰다. 그는 그녀가 자신에게 키스하려고 한다고 생각했다. 하지만 그녀는 어둠 속에서 그의 눈빛을 읽으려고 했을 뿐이었다.

"난 알았어요. 기적이 아니고서야 그날 밤 당신처럼 노래할 수 없었을 테니까. 교수한테 배울 수 있는 것도 아니었어요. 당신은 음악 천사를 만난 거예요, 크리스틴."

"맞아요. 내 분장실에서 만났어요. 음악 천사는 날마다 내 분장실로 와서 레슨을 해줘요."

"분장실에서요?"

라울이 영문을 모르겠다는 듯 그녀의 말을 되풀이했다.

"그래요. 난 거기에서 음악 천사의 목소리를 들었어요. 나만 들은 게 아니에요."

"당신 말고 누가 또?"

"바로 당신."

"나라고요? 내가 음악 천사의 목소리를 들었단 말인가요?"

"그래요. 당신이 문밖에서 엿들었던 날 저녁, 나한테 말한 게 음악 천사였어요. '당신은 날 사랑해야 돼.'라고 말한 게 바로 음악 천사였다고요. 하지만 난 나 혼자만 그 목소리를 듣고 있다고 생각했어요. 그런데 오늘 아침에 당신도 그 목소리를 들었다고 하니 내가 얼마나 놀랐겠어요."

라울은 웃음을 터뜨렸다. 쏟아지는 달빛이 두 젊은이를 감쌌다. 크리스틴이 적대적으로 변했다. 평소 부드러운 그녀의 눈동자가 이글이글 불타올랐다.

"왜 웃는 거죠? 당신도 들었다고 하지 않았나요?"

"글쎄요!"

라울은 크리스틴의 단호한 태도에 혼란스러워지기 시작했다.

"당신 정말 라울인가요? 내 어릴 적 친구, 그리고 내 아버지의 친구 맞냐고요! 당신 그동안 변했군요. 도대체 무슨 생각을 하는 거죠? 샤니 자작님, 난 정숙한 여자예요. 분장실에 남자를 들인 채 문을 잠그지 않는다고요. 당신이 문을 열어 봤다면 안에 아무도 없다는 걸 알았을 거예요!"

"그건 그래요. 당신이 가고 나서 문을 열었더니 아무도 없었으니까."

"그것 봐요! 이제 알겠어요?"

라울은 용기를 쥐어짰다.

"크리스틴, 난 누군가 당신에게 장난을 치고 있다고 생각해요."

그녀는 비명을 지르더니 달리기 시작했다. 라울이 쫓아갔지만 그녀는 화가 난 목소리로 소리쳤다.

"저리 가요! 저리 가!"

그러고는 사라져 버렸다.

라울은 지치고 슬프고 풀이 죽은 채 여관으로 돌아왔다. 크리스틴은 저녁을 먹지 않겠다고 말하고 방으로 들어갔다고 했다. 라울은 침울한 기분으로 혼자 저녁을 먹었다. 식사를 마치고 방으로 가서 책을 읽으려다 잠자리에 들었다. 옆방에서는 아무 소리도 들리지 않았다.

시간은 더디게 흘러갔다. 라울은 11시 30분경 옆방에서 살금살금 움직이는 소리를 확실하게 들었다. 크리스틴은 잠든 게 아니었다. 라울은 소리 내지 않으려고 조심하면서 옷을 입고 기다렸다. 하지만 무엇을 기다린단 말인가? 크리스틴의 방에서 문이 천천히 움직이는 소리가 들리자 그의 가슴이 뛰기 시작했다. 모든 사람이 잠든 이렇게 밤늦은 시간에 도대체 어디 가려는 걸까?

라울은 방문이 조심스럽게 열리고 하얀 형체가 달빛을 받으며 복도를 빠져나가는 모습을 보았다. 그녀는 계단으로 내려갔고 그는 위쪽 난간에 몸을 기댄 채 서 있었다. 갑자기 두 사람이 빠르게 이야기하는 소리가 들렸다. 라울은 "열쇠 잃어버리지 마세요."라는 한마디를 알아들을 수 있었다. 여관 여주인의 목소리였다. 바다로 난 문이 열렸다 닫히더니 조용해졌다. 라울은 방으로 달려가 창문을 열었다. 크리스틴의 하얀 형체가 텅 빈 부두에 서 있었다.

'석양'이라는 여관의 2층은 그다지 높지 않은 데다 벽 가까이로 나뭇가지가 뻗어 있어서 라울은 여주인 모르게 나무를 타고 내려갔다. 따라서 여주인은 다음 날 아침 라울이 반쯤 얼어서 거의 죽은 것 같은 상태로 실려 오자 깜짝 놀랄 수밖에 없었다. 사람들의 말로는 그가 성당의 높은 제단으로 올라가는 계단에 대자로 뻗은 채 발견되었다고 한다. 여주인은 곧바로 크리스틴에게 달려가 알렸다. 크리스틴은 서둘러 내려와 여주인의 도움으로 그를 살리기 위해 최선을 다했다. 곧 눈을 뜬 그는 자신을 내려다보는 크리스틴의 아름다운 얼굴을 보고 기운을 차렸다.

몇 주 후 오페라하우스에서 발생한 참사로 경찰의 수사가 이루어졌을 때 미프르와 경찰서장은 페로에서 일어난 사건에 관해 샤니 자작을 심문했다. 150쪽에 달하는 공식 보고서에는 다음과 같은 질문과 대답이 포함되었다.

질문: 다에 양은 당신이 나무를 타고 길가로 내려오는 것을 보지 못했습니까?

대답: 보지 못했습니다. 내가 그녀의 뒤로 걸어갈 때 발자국 소리를 죽이는 것은 별로 어렵지 않았습니다. 사실 그녀가 빨리 뒤돌아서 나를 보았으면 했습니다. 그런 식으로 그녀를 따라가 염탐한 것은 변명의 여지가 없는 비신사적인 행동이라는 사실을 잘 알고 있었습니다. 하지만 그녀는 내 기척을 느끼지 못한 듯 내가 그 자리에 없는 것처럼 행동하더군요. 조용히 부두를 떠나는가 싶더니 갑자기 길 위쪽으로 걸어갔습니다. 성당 시계가 자정 15분 전을 알렸는데 그래서 다급해진 모양이었습니다. 성당에 도착할 때까지 계속 뛰어갔으니까요.

질문: 문이 열려 있었습니까?

대답: 네. 나는 놀랐는데 다에 양은 그렇지 않은 것 같았습니다.

질문: 성당 묘지에 누가 있었습니까?

대답: 아무도 보지 못했습니다. 누가 있었더라면 봤을 겁니다. 하얗게 쌓인 눈에 달빛이 비치고 있어서 밤이지만 무척 밝았으니까요.

질문: 묘비 뒤에 누가 숨었을 가능성은 없었습니까?

대답: 없습니다. 작고 초라한 비석인 데다 눈에 파묻혀 있어서 겨우 십자가만 땅 위로 튀어나온 상태였습니다. 그림자라고는 십자가와 우리 두 사람뿐이었습니다. 성당 건물이 무척 도드라져 보였지요. 그렇게 밝은 밤은 처음이었어요. 맑고 추운 날이어서 시야가 환했습니다.

질문: 당신은 미신을 믿습니까?

대답: 아니오. 나는 가톨릭 신자입니다.

질문: 당시 정신 상태는 어땠습니까?

대답: 확실하게 말하건대 멀쩡하고 평온했습니다. 다에 양이 야심한 시간에 보인 이상한 행동 때문에 처음에는 걱정이 되었지만 성당 묘지로 가는 모습을 보고는 아버지의 묘비에서 기도를 하려나 보다 생각했습니다. 자연스러운 행동이었기 때문에 겨우 안심이 되었습니다. 그런데 내가 뒤에서 걸어오는 걸 그녀가 모른다는 사실이 놀라웠습니다. 눈을 밟는 소리가 꽤 크게 났거든요. 하지만 다에 양이 아버지에게 기도할 생각에 몰두하고 있어서 그런 거라고 생각하고는 그녀를 방해하지 않기로 했습니다.

그녀는 아버지의 묘비 앞에 무릎을 꿇고 십자 성호를 긋고 기도를 했습니다. 바로 그 순간 자정이 되었지요. 마지막 종소리가 울리자 다에양은 하늘을 올려다보더니 무아지경에 빠진 것처럼 양팔을 뻗었습니다. 나는 그녀가 왜 그러는지 궁금해하면서 고개를 들었습니다.

그때 어디선가 음악을 연주하는 소리가 들렸습니다. 주변을 이리저리 살폈지만 음악은 분명 보이지 않는 어떤 존재가 연주하는 느낌이었습니다. 크리스틴과 나는 그 곡을 알고 있었어요. 우리가 어릴 때 들었던 곡이었습니다. 하지만 그렇게 훌륭한 연주는 처음이었어요. 크리스틴의 아버지도 그렇게까지는 하지 못했어요. 나는 크리스틴이 말해 준 음악 천사 이야기가 기억났습니다. 그 곡은 크리스틴의 아버지가 울적할 때마다 우리에게 연주해 준 〈라자로의 부활〉이었어요. 크리스틴이 말해 준 대로 음악 천사가 정말 있다면 그날 밤 크리스틴 아버지의 바이올린으로 최상의 연주를 한 것이었습니다. 연주가 끝나자 뼈 무더기에서 무슨 소리가 들린 것 같습니다. 마치 낄낄거리는 소리처럼 들려서 몸이 떨렸습니다.

질문: 누군가 뼈 무더기 뒤에 숨어서 바이올린을 연주했다는 생각은 하지 않았습니까?

대답: 그렇게 생각했기 때문에 다에 양이 자리에서 일어나 천천히 문으로 걸어갈 때 따라가지 않았습니다. 그녀는 깊은 생각에 잠겨서 나를 보지 못했습니다.

질문: 그렇다면 당신은 어째서 다음 날 아침에 높은 제단의 계단에 누워 반쯤 죽은 채로 발견된 것입니까?

대답: 해골 하나가 내 발 아래로 굴러왔습니다. …… 그러더니 또 하나…… 또 하나…… 굴러왔습니다. 마치 귀신들이 볼링을 치고 내가 핀이 된

느낌이었습니다. 숨어서 바이올린을 연주하던 사람이 잘못 움직여서 해골 무더기의 균형이 무너진 거라는 생각이 들었지요. 성구실 벽을 따라 어떤 그림자가 미끄러지듯 움직이는 모습을 보고 확신이 들었습니다. 나는 그림자를 따라 달려갔습니다. 그림자는 벌써 문을 열고 성당으로 들어가더군요. 하지만 제가 그림자보다 빨랐습니다. 그림자의 망토 자락을 붙잡았거든요. 그 순간 우리는 높은 제단 앞쪽에 있었습니다. 스테인드글라스 창문을 통해 달빛이 우리를 곧장 비추었습니다. 내가 옷자락을 놓지 않자 그림자가 돌아섰습니다. 끔찍한 해골이 보였습니다. 불타는 듯한 두 개의 눈이 나를 노려보고 있었습니다. 마치 눈앞에서 사탄을 보는 것 같았습니다. 도저히 이 세상 사람 같지 않은 그 모습에 나는 마음이 무너져 내렸고 용기도 사라졌습니다. 그 후부터 '석양' 여관에서 의식이 돌아오기 전까지의 일은 전혀 기억나지 않습니다.

07

5번 박스석에 가다

　자, 이쯤에서 5번 박스석 문제를 직접 알아보기로 결심한 리샤르와 몽샤르맹의 이야기를 살펴보자. 그들은 관장실 밖에 있는 로비에서 무대와 부속 건물로 이어지는 넓은 계단을 지났다. 무대를 가로질러 관객들이 오가는 문을 지나서 왼쪽 첫 번째 작은 복도를 지난 뒤 극장 안으로 들어갔다. 관람석 앞줄을 지나 5번 박스석을 쳐다보았다. 하지만 안이 어두운 데다 모든 박스석처럼 붉은 벨벳을 걸어 두어 잘 보이지 않았다.

　넓고 어두운 극장 안에는 두 사람뿐이어서 침묵이 그들을 에워쌌다. 무대 관계자들은 대부분 한잔하러 나갔을 시간이었다. 절반쯤 작업이 끝난 무대 세트가 그대로 남겨져 있었다. 희미하게 빛나는 별에서 홈

쳐온 듯한 어둠침침한 빛줄기 몇 개가 무대에 솟은 오래된 탑의 구멍에서 쏟아져 나왔다. 그 희미한 빛 속에서는 모든 것이 환상적인 형체로 보였다. 오케스트라석을 덮은 융단은 마치 성난 바다 같았다. 아다마스토르라고 하는 폭풍의 거인이 비밀스러운 명령을 내려 푸른 파도가 갑자기 잠잠해지기라도 한 것처럼 보였다.

그리고 보니 몽샤르맹과 리샤르는 움직임을 멈춘 바다에 난파한 선원들 같았다. 그들은 부서진 배를 버리고 해변으로 가려고 애쓰는 선원들처럼 왼쪽 박스석으로 나아갔다. 어둠에 서 있는 여덟 개의 기둥은, 무너지기 일보 직전인 거대한 절벽을 여러 개의 거대한 돌무더기가 떠받친 모습 같았다. 원형과 평행선, 물결 모양의 선을 이루는 2층과 3층 박스석의 발코니는 절벽의 층처럼 보였다. 절벽 꼭대기의 천장에 그려진 르느뵈의 벽화에서는 고민에 빠진 몽샤르맹과 리샤르를 보고 얼굴을 찌푸리거나 비웃는 얼굴들이 보였다. 그러나 원래 그 얼굴들은 진지한 표정이었으며, 그들의 이름은 이시스, 암피트리테, 헤베, 판도라, 프시케, 테티스, 포모나, 다프네, 클리티에, 갈라테아, 아레투사 등으로 신화에 나오는 굉장한 인물들이었다. 그중에서 특히 아레투사와 '판도라의 상자'로 유명한 판도라는, 오페라하우스의 두 관장이 난파선의 잔해를 꼭 붙잡고 2층 5번 박스석을 말없이 쳐다보는 것을 내려다보고 있었다.

방금 나는 관장들이 고민에 빠졌다고 말했다. 적어도 그랬으리라고 생각한다. 몽샤르맹이 회고록에서 다음과 같이 말한 것으로 보아 내 생각이 맞았을 거라 추측한다.

드비엔느 씨와 폴리니 씨의 후임을 맡은 이후 오페라의 유령을 둘러싼 환영에 완전히 빠져 있던 것일까? 나의 상상력은 물론 눈까지 멀어 버린 것이 분명하다. 아니 어쩌면 극장 안의 어둠과 5번 박스석의 음침한 모습 때문에 일종의 환각을 느꼈는지도 모른다. 어쨌든 리샤르와 나는 박스석 안에 있는 어떤 형체를 보고야 말았다. 리샤르는 아무 말도 하지 않았고 나도 마찬가지였다. 우리는 누가 먼저라고 할 것도 없이 서로 손을 잡았다. 한동안 꼼짝도 하지 않고 시선을 고정한 채로 서 있었는데 그 형체가 사라져 버렸다. 우리는 로비로 나가서 그 '형체'에 관해 이야기했다. 그런데 내가 본 것과 리샤르가 본 것은 완전히 달랐다. 나는 박스석 가장자리에서 해골을 본 반면, 리샤르는 지리 부인을 닮은 늙은 여자를 보았다고 했다. 환상을 보았다는 사실을 깨달은 우리는 곧바로 미친 듯 웃음을 터뜨리고는 5번 박스석으로 달려갔지만 아무것도 발견하지 못했다.

5번 박스석은 2층에 있는 다른 박스석들과 똑같았다. 다른 점이라고는 하나도 없었다. 몽샤르맹과 리샤르는 서로를 쳐다보며 소리 내어 웃다가, 박스석 안의 가구를 옮겨 보고 덮개도 올려 보고 특히 '목소리의 주인공'이 앉았다는 의자를 유심히 살펴보았다. 하지만 신기

116

할 것 없는 보통 안락의자일 뿐이었다. 빨간색 커튼과 의자, 카펫, 붉은 벨벳으로 덮인 선반 등 지극히 평범한 박스석이었다. 그들은 카펫을 꼼꼼하게 살펴보고 이상한 점이 발견되지 않자 아래에 있는 1층 5번 박스석으로 갔다. 1층 5번 박스석은 왼쪽 객석의 첫 번째 출구 안에 위치했는데 역시 이상한 점은 발견되지 않았다.

"모두 우리를 바보로 만들고 있어!"

리샤르가 분통을 터뜨렸다.

"토요일에 〈파우스트〉 공연을 할 때 우리가 직접 2층 박스석에서 관람을 해보자고!"

08

끔찍한 사건

두 관장이 토요일 아침에 출근해 보니 오페라의 유령에게서 편지가
와 있었다.

관장님들 귀하

그러니까 지금 나랑 전쟁을 하자는 겁니까?

아직 평화를 원하는 마음이 있다면 여기에 최후통첩을 보내니 받아들이기
바랍니다. 다음의 네 가지 조건입니다.

1. 내 지정석을 돌려줄 것. 지금 이후로 5번 박스석을 내 마음대로 사용할
   수 있게 해줄 것.

2. 오늘 저녁 마르그리트 역은 크리스틴 다에에게 맡길 것. 카를로타는 아

플 테니 걱정하지 말고.

3. 내 박스석을 담당하는 지리 부인을 당장 복귀시켜서 그녀의 충실한 서비스를 받을 수 있게 할 것.

4. 나에게 매달 지급되는 수당에 관련된 계약서의 조건을 당신의 전임자들에 이어 수락한다는 내용의 편지를 지리 부인을 통해서 나에게 전달할 것. 지불 방식은 따로 통보하겠음.

위 내용을 거부하면 오늘 〈파우스트〉 공연에 저주를 내릴 것입니다.

내 충고를 새겨서 듣기 바랍니다.

_오페라의 유령

"이젠 이 작자가 지겨워지는군!"

리샤르가 주먹으로 책상을 치며 소리쳤다. 그때 부관장 메르시에가 들어왔다.

"라슈날이 두 분 중 한 분을 만나고 싶다고 합니다. 급한 일이라는데 좀 화가 난 것 같습니다."

"라슈날이 누구지?"

"마구간 책임자입니다."

"마구간 책임자?"

"네. 오페라하우스에는 마부가 몇 명 있는데, 라슈날이 그 우두머리 격입니다."

"그 사람이 하는 일이 뭔가?"

"마구간을 총괄하는 일입니다."

"마구간이라니?"

"당연히 오페라하우스의 마구간이지요."

"오페라하우스에 마구간이 있었나? 그건 몰랐네. 어디에 있지?"

"원형 건물의 지하실에 있습니다. 중요한 부서입니다. 말은 열두 마리가 있습니다."

"열두 마리나! 대체 그 많은 말이 어디에 필요한 거요?"

"〈유대 여인〉, 〈예언자〉 같은 공연의 행진 장면을 위해서 훈련받은 말이 필요합니다. '무대에 익숙한' 말들이지요. 말을 훈련시키는 것이 마부의 임무입니다. 라슈날은 그 일에 아주 능숙합니다. 예전에는 프랑코니 가(家)의 마구간을 관리했습니다."

"알겠네. …… 그런데 왜 보자는 거지?"

"모르겠습니다. 그렇게 화가 난 표정은 처음이네요."

"들어오라고 해."

라슈날은 채찍을 손에 든 채 들어왔는데 초조한 표정으로 오른쪽 장화를 내리쳤다. 리샤르는 그에게서 강한 인상을 받았다.

"안녕하시오, 라슈날 씨. 무슨 일로 보자고 하셨소?"

"관장님, 마구간을 아예 없애 버리라는 부탁을 드리러 왔습니다."

"말을 다 없애 버리라는 거요?"

"말이 아니라 마부들입니다."

"마부가 몇 명이오?"

"여섯 명입니다."

"마부가 여섯 명이나! 적어도 두 명쯤은 내보내도 되겠군요."

"그게 문화예술부 차관이 억지로 만들어 놓은 자리입니다. 정부가 밀어주는 사람들로 채워진다는 말입니다. 게다가……."

"정부 따위는 상관없소! 말 열두 마리에 마부는 네 명이면 충분해."

"정확히는 열한 마리입니다."

마구간 책임자가 정정해서 말했다.

"열두 마리요."

리샤르가 반복했다.

"열한 마리입니다."

라슈날도 반복했다.

"부관장이 열두 마리라고 했소!"

"열두 마리가 있었습니다만, 세자르를 도둑맞아서 지금은 열한 마리만 남았습니다."

라슈날이 채찍으로 장화를 세게 내리치면서 말했다.

"세자르를 도둑맞았다고? 〈예언자〉에 나오는 그 백마 말이오?"

부관장이 소리쳤다.

"당연히 세자르는 한 마리뿐이죠."

마구간 책임자가 무미건조하게 말했다.

"전 열 살 때부터 프랑코니 가의 마구간에서 일하기 시작했습니다. 그 후로 수많은 말을 봐왔죠. 세자르는 한 마리뿐입니다. 도둑맞은 게 바로 그 세자르입니다."

"어떻게?"

"저도 모릅니다. 아무도 몰라요. 제가 마부들을 전부 쫓아내라고 부탁드리러 온 이유가 그겁니다."

"마부들은 뭐라고 말하나?"

"말도 안 되는 소리만 합니다. 관리인들을 범인으로 모는 사람들도 있고 부관장실 문지기가 훔쳐갔다는 말도 있습니다."

"내 집무실의 문지기가? 그 사람이 범인이 아니라는 것은 내가 보증할 수 있소!"

부관장 메르시에가 소리쳤다.

"라슈날 씨, 당신은 짐작 가는 데가 있을 거요."

리샤르가 말했다.

"물론입니다. 제 생각을 말씀드리겠습니다. 제 생각에는 확실합니다."

라슈날이 두 관장에게 다가가 속삭였다.

"유령의 짓입니다!"

리샤르가 펄쩍 뛰었다.

"아니, 당신까지!"

"당신까지라니, 무슨 말씀입니까? 제가 직접 봤으니 당연한 것 아닙니까?"

"뭘 봤다는 거요?"

"지금 관장님을 보는 것처럼 분명하게 봤습니다. 백마를 타고 가는 검은 그림자를요. 세자르랑 꼭 닮은 백마였습니다!"

"쫓아갔소?"

"쫓아가서 소리 질렀지만 너무 빨라서 따라잡을 수가 없었지요. 지하 복도의 어둠 속으로 사라져 버렸습니다."

그러자 리샤르가 자리에서 일어났다.

"그만하면 됐습니다, 라슈날 씨. 가봐도 좋소...... 유령을 고소해야겠군."

"마부들도 쫓아내실 겁니까?"

"물론이오. 그럼 안녕히."

라슈날이 고개를 숙이고 나가자 리샤르는 입에 거품을 물었다.

"저 얼간이의 봉급을 당장 정산해요."

"정부 관계자와 친분이 있는 사람입니다."

메르시에가 끼어들었다.

"저 사람은 라그레네, 숄, 사자 사냥꾼 페르티제 같은 유명인사들과도 토르토니에서 아페리티프(서양 요리의 정찬에서 식욕증진을 위해 식탁에 앉기 전에 마시는 술-옮긴이)를 마시는 사이요. 우리가 해고하면 신문에서 일제히 떠들어 댈 걸세! 유령 이야기도 다 해버리겠지. 우린 웃음 거리로 전락할 수도 있네. 정말 우스꽝스러워 보일 거요!"

몽샤르맹이 덧붙였다.

"좋소. 그럼 없었던 얘기로 합시다."

그때 문이 열렸다. 문지기가 자리에 없었던지 갑자기 지리 부인이 손에 편지를 들고 급하게 들어왔다.

"실례합니다. 오늘 아침에 오페라의 유령에게 편지를 받았어요. 이걸 갖다 드리라고 하더군요. 여러분이 하실 일이……."

그녀는 더 이상 말을 잇지 못했다. 리샤르의 표정이 섬뜩했다. 금방이라도 폭발할 것 같았다. 그는 아무 말도 하지 않았다. 아니 할 수가 없었다. 하지만 갑자기 몸을 움직였다. 그가 왼손으로 지리 부인을 붙잡아 홱 돌려세웠고 지리 부인은 비명을 질렀다. 그다음 그는 오른쪽 발로 그녀의 엉덩이를 냅다 걷어찼다. 그녀가 그렇게 난폭한 대접을 받은 것은 처음이었다. 눈 깜짝할 사이에 이루어진 일이어서 지리 부인은 무슨 일인지 어안이 벙벙했다. 그러나 잠시 후 상황 파악을 한 그녀가 분노에 차서 거칠게 비명을 질러 대는 바람에 실내가 떠나갈 듯 시끄러워졌다.

한편 비슷한 시각, 카를로타는 포부르 생토노레 거리에 있는 자신의 집에서 종을 울려 하녀를 불러서 편지를 가져오라고 시켰다. 그중에는 빨간 잉크에 서툰 글씨로 쓴 익명의 편지도 있었다.

오늘 무대에 나타나면 노래하려고 입을 여는 순간 엄청난 불행이 닥칠 것이다. 죽음보다 더한 불행이……

카를로타는 아침을 먹고 싶은 생각이 사라졌다. 그녀는 코코아를 밀쳐 놓고 생각에 잠겼다. 그런 편지를 받은 것은 처음이 아니었지만 그 정도로 위협적인 내용은 받은 적이 없었다.

당시 그녀는 자신이 질투의 희생양이라고 생각했고 자신을 망가뜨리고 싶어하는 은밀한 적대자가 있다면서 떠들고 다녔다. 자신을 겨냥해서 사악한 음모가 벌어지고 있으며 언젠가는 전부 드러날 것이라고 한 것이다. 자신이 그 따위에 겁먹는 여자가 아니라는 말도 덧붙였다.

그러나 음모가 있다면 카를로타가 가여운 크리스틴을 두고 꾸민 음모였다. 크리스틴은 상상조차 하지 못했다. 카를로타는 자신의 대역으로 나가서 대성공을 거둔 크리스틴을 절대 용서할 수 없었다. 그녀는 크리스틴이 놀라운 실력을 보여 주었다는 소식을 듣자마자 초기 단계의 기관지염이 단번에 나았고 경영진에 대한 불만도 말끔히 사라졌으며 자신의 임무를 게을리하려는 마음도 없어졌다. 그때부터 그녀는 라이벌의 숨통을 조이려고 온갖 노력을 기울였다. 크리스틴이 또다시 성공을 거둘 기회를 얻지 못하도록 영향력 있는 지인들을 전부 동원해 관장들을 설득시켰다. 크리스틴에게 찬사를 보내던 신문들도 이제는 카를로타의 명성에만 관심을 기울였다. 크리스틴은 유명하지만 무자비한 디바인 카를로타가 오페라하우스 안에서 자신에 대한 험담을 늘어놓는 바람에 시도 때도 없이 불미스러운 일을 겪어야 했다.

카를로타는 해괴한 협박 편지에 대한 생각을 떨쳐 버리고 자리에서 일어났다.

"흥, 두고 보자고."

그녀는 단호한 표정으로 자신의 모국어인 스페인어로 몇 마디 맹세의 말을 중얼거렸다.

그런데 하필이면 창밖으로 가장 먼저 영구차가 보였다. 그녀는 미신을 철석같이 믿는 편이었다. 협박 편지에 영구차까지. 저녁에 심각한 위험이 기다리고 있다는 생각이 들었다. 그녀는 자신의 지지자들을 모아 놓고 그날 저녁 공연에 관한 협박을 받고 있다고 말했다. 전부 크리스틴 다에가 꾸민 음모라면서 공연장을 자신의 팬들로 가득 메워 다에를 궁지로 몰아넣어야 한다고 했다. 그녀를 숭배하는 사람들은 얼마든지 있었다. 그녀는 그들이 어떤 사건에도 만반의 준비를 할 것이며 반대자들이 소란을 일으켜도 조용하게 만들 수 있을 것이라고 생각했다.

리샤르의 비서가 찾아와 몸 상태가 괜찮은지 물었다. 카를로타는 아무렇지도 않으며 설령 '죽는 한이 있어도' 오늘 저녁 마르그리트 역할을 반드시 할 것이라고 답했다. 비서는 관장님이 절대로 무리하지 말고 온종일 집안에서 푹 쉬라고 했다는 말을 전했다. 비서가 돌아간 뒤

카를로타는 평소와 달리 신경 써주는 관장의 태도와 협박 편지의 내용을 비교해 보지 않을 수 없었다.

오후 다섯 시에 우체부가 아까와 똑같은 글씨가 적힌 두 번째 편지를 가져왔다. 역시 발신인은 익명이었다.

당신은 심한 감기에 걸렸다. 현명하다면 오늘 밤 노래를 부르는 것이 미친 짓임을 알아야 할 것이다.

카를로타는 코웃음을 쳤다. 매력적인 어깨를 으쓱하고는 노래를 몇 구절 흥얼거리면서 자신감을 다졌다.

지지자들은 그녀와의 약속을 지켰다. 그들은 그날 저녁 오페라하우스로 몰려왔지만, 어디에도 그녀가 제압하라고 말한 음모자들은 보이지 않았다. 한 가지 눈에 띄는 모습은, 리샤르와 몽샤르맹이 5번 박스석에 앉아 있다는 것뿐이었다. 카를로타의 측근들은 관장들이 소란이 일어날지도 모른다는 소문을 듣고 사태를 곧바로 진압하기 위해 나온 것이라고 생각했다. 그러나 독자들이 알다시피 전혀 잘못된 추측이었다. 리샤르와 몽샤르맹의 머릿속에는 오직 유령에 대한 생각뿐이었다.

부질없도다! 나는 걱정 속에서 밤을 지새우며
이 세상의 모든 피조물과 조물주에게 질문을 던지노라.

이 정적을 깨뜨려 줄 그 어떤 대답도 들리지 않는구나!

한마디 대답도!

　파우스트 박사 역을 맡은 유명한 바리톤 카롤루스 폰타가 어둠의 힘에 호소하는 첫 번째 장면을 끝내자마자 오른쪽 앞자리인 유령의 좌석에 앉은 리샤르가 몽샤르맹 쪽으로 몸을 기울이고 놀리듯 물었다.

　"유령이 귓속말을 했나?"

　"기다려 보게. 서두르지 말고. 공연이 이제 막 시작되었잖나. 유령은 1막 중간이 지나야 나타난다고 했지, 아마?"

　몽샤르맹도 장난스럽게 대꾸했다.

　1막은 아무 탈 없이 지나갔다. 카를로타의 친구들에게는 별로 놀라운 일이 아니었다. 1막에서는 마르그리트가 노래를 부르지 않기 때문이었다. 막이 내리자 관장들은 어리둥절한 얼굴로 쳐다보았다.

　"1막이 끝났는데!"

　몽샤르맹이 말했다.

　"오늘은 유령이 좀 늦네."

　리샤르도 말했다.

　"한마디로 오늘 객석은 저주받은 객석이 되기엔 너무 그럴듯하게 단장되었나 보군."

　몽샤르맹이 말했다.

리샤르는 미소를 짓더니 평민처럼 보이는 뚱뚱한 여자를 가리켰다. 검은 옷을 입은 여자는 관람석 가운데에 앉아 있었고 그녀의 양쪽에는 프록코트를 입은 남자가 한 명씩 앉아 있었다.

"누구요?"

몽샤르맹이 물었다.

"우리 집 관리인 여자와 그 남편하고 오빠요."

"자네가 티켓을 줬나?"

"그렇소. 저 여자는 한 번도 오페라하우스에 와본 적이 없다네. 오늘이 처음이라는군. 이제부터 매일 밤 사람들에게 자리를 안내하는 일을 맡게 될 테니 그 전에 좋은 자리에서 오페라 구경을 한번 해봐야지."

몽샤르맹이 무슨 말인지 묻자 리샤르는 자신이 평소 신뢰하는 관리인 여자에게 지리 부인 대신 일해 달라고 부탁했노라고 대답했다. 미친 지리 부인 대신 새로운 담당자가 들어와도 5번 박스석에서 이상한 사건이 계속 벌어지는지 두고 보자는 심산이었다.

"그나저나 지리 부인이 항의할 텐데."

몽샤르맹이 말했다.

"유령하고 같이 항의하려나?"

유령! 몽샤르맹은 유령에 대해 거의 잊고 있었다. 수수께끼에 둘러싸인 유령은 아직 관장들의 주의를 끌 만한 행동을 하지 않았다. 리샤르와 몽샤르맹이 두 번째로 그 이야기를 하는 순간 갑자기 박스석 문이 열리더니 무대 감독이 깜짝 놀란 얼굴로 들어왔다.

"무슨 일이지?"

이 시간대에 무대 감독을 보자 깜짝 놀라서 두 사람이 동시에 물었다.

"크리스틴 다에의 친구들이 카를로타에게 음모를 꾸미고 있는 것 같습니다. 카를로타가 화가 잔뜩 났어요."

"도대체 무슨……?"

리샤르가 미간을 찌푸리면서 말했다.

하지만 그때 시장 장면의 막이 올랐고 리샤르는 무대 감독에게 나가 보라고 손짓했다. 다시 둘만 남게 되자 몽샤르맹이 리샤르에게 몸을 기울이면서 물었다.

"다에한테도 친구들이 있는 모양이지?"

"그렇소."

"누구?"

리샤르는 눈짓으로 두 남자밖에 없는 2층 박스석을 가리켰다.

"샤니 백작?"

"샤니 백작이 다에에 대해서 아주 좋게 말하더군. 백작이 소렐리를 만난다는 사실을 내가 잘 알고 있는데……"

"아니, 그게 정말인가? 백작 옆에 앉은 얼굴이 창백한 저 청년은 누구지?"

"동생 샤니 자작이요."

"집에 누워 있어야 할 사람 같군. 아파 보이는데."

즐거운 노랫소리가 무대를 가득 채웠다.

적포도주든 백포도주든 무슨 상관이랴,

포도주를 마실 수만 있다면!

학생, 시민, 군인, 소녀, 중년 부인들이 술의 신 바커스 간판이 있는 술집 앞에서 빙빙 돌며 즐겁게 춤을 추었다. 그리고 시에벨(마르그리트의 오빠 발랭탱의 친구로 마르그리트를 흠모한다.─옮긴이) 역을 맡은 크리스틴 다에가 등장했다. 소년의 옷을 입은 크리스틴 다에는 매력적으로 보였다. 카를로타의 열렬한 지지자들은 다에가 등장하는 순간 박수가 울려 퍼질 것이고 박수 치는 사람들이 바로 음모자들일 거라고 생각했다. 하지만 다에가 등장해도 아무런 일이 일어나지 않았다.

마르그리트 역을 맡은 카를로타가 무대를 가로질러 나타나 2막에서 주어진 단 두 줄의 노래를 불렀을 때는 전혀 다른 반응이 나왔다.

저는 그리 아름답지 못한 처녀랍니다.

그러니 제게 손 내밀어 주실 필요 없어요.

카를로타에게 열광적인 박수 소리가 쏟아진 것이다. 예상 밖의 일이었으므로 아무런 소문도 듣지 못한 사람들은 서로 쳐다보며 무슨 일인지 물었다. 2막도 무사히 끝났다.

"다음 막에 사건이 터질 거야."

사정을 아는 카를로타의 친구들은 〈툴레의 왕〉과 함께 '사건'이 터질 것이라고 확신했고, 카를로타에게 알려 주려고 관람석 입구로 달려갔다. 한편 관장들은 무대 감독이 말한 음모에 관해 알아보려고 박스석을 비웠다가 잠시 후 실없는 말이었다는 듯 어깨를 으쓱하면서 돌아왔다.

박스석으로 돌아오자마자 가장 먼저 눈에 띈 것은 선반에 놓인 영국제 사탕 상자였다. 누가 가져다 놓은 것일까? 박스석 관리자에게 물어보아도 아는 사람이 없었다. 선반이 있는 곳으로 되돌아가 보니 이번에는 사탕 상자 옆에 오페라글라스가 놓여 있었다. 그들은 서로를 쳐다보았다. 도저히 웃을 기분이 아니었다. 지리 부인의 이야기가 떠올랐고 기묘한 분위기가 감돌았다. 그들은 말없이 자리에 앉았다.

무대에서는 마르그리트의 정원 장면이 펼쳐지고 있었다.

이슬 맺힌 상냥한 꽃들아,

내 말을 전해다오.

크리스틴은 장미와 라일락을 한 아름 들고 이 두 줄을 노래하면서 고개를 들어 박스석 안의 샤니 자작을 쳐다보았다. 웬일인지 그 순간부터 목소리에 자신감이 없어졌다. 평소처럼 맑고 투명하지 못했다. 무언가가 그녀의 노래를 방해하기라도 하는 것 같았다.

"이상한 여자군."

카를로타의 지지자 한 명이 큰 소리로 말했다.

"며칠 전에는 천상의 목소리를 들려주더니 오늘은 염소 소리가 따로 없네. 제대로 배우지도 못한 애송이 같으니."

　상냥한 꽃들아, 거기 누워서
　나 대신 그녀에게 전해 주렴.

샤니 자작은 손으로 얼굴을 감싸고 울었다. 뒤에 앉아 있던 백작은 수염을 잡아뜯으며 어깨를 으쓱하고는 얼굴을 찌푸렸다. 평소 냉정하고 정확한 성격의 백작은 그렇게 감정을 겉으로 표출하는 동생의 모습에 몹시 화가 났을 것이다. 실제로 그는 화가 났다. 라울은 난데없이 여행을 떠났다가 쇠약해진 모습으로 돌아오지 않았던가. 동생의 설명에 납득이 가지 않았던 백작은 크리스틴 다에에게 만나자는 요청을 했지만 그녀는 뻔뻔하게도 샤니 형제를 전부 만날 수 없다고 했다.

　그녀가 내 말을 듣기라도 했으면,

나를 보고 한 번 웃어 주기라도 했으면.

"괘씸한 것 같으니!"

백작이 으르렁거렸다. 그는 그녀의 꿍꿍이가 뭔지 궁금했다. 도대체 무엇을 바라는지……. 크리스틴은 정숙한 여자이며, 친구나 보호자도 없다고 알려져 있었다. 하지만 북유럽 출신의 저 여자는 알려진 것과는 다르게 천사의 얼굴을 한 사기꾼이 아닐까?

어린애처럼 줄줄 흐르는 눈물을 손으로 가린 라울은 파리로 돌아오 자마자 크리스틴으로부터 받은 편지만 떠올렸다. 크리스틴은 한밤중의 도둑처럼 도망쳐서 라울보다 먼저 파리에 도착했다.

친애하는 어린 시절 친구에게

나를 다시 만나지 않고 말도 하지 않으려면 용기가 필요할 거예요. 하지만 나를 조금이라도 생각한다면 용기를 내주세요. 나를 위해서요. 나는 영원히 당신을 잊지 않을 거예요, 라울. 나와 당신의 목숨이 달린 일이에요.

_당신의 크리스틴으로부터

갑자기 우레와 같은 박수소리가 터져 나왔다. 카를로타가 등장한 것이다.

나에게 말을 건 사람이 누구일까 궁금해.

귀족일까 아닐까. 아, 이름만이라도 알았으면.

마르그리트가 〈툴레의 왕〉 노래를 끝냈을 때 관객들은 환호했고 그녀가 〈보석의 노래〉를 불렀을 때도 다시 한 번 환호가 울려 퍼졌다.

아, 과거의 기쁨은 반짝이는 보석 같구나!

카를로타는 그 순간부터 자기 자신은 물론 오페라하우스를 가득 채운 지지자들, 자신의 목소리와 성공에 대한 확신에 차서 아무것도 두려워하지 않고 노래했다. 그녀는 더 이상 마르그리트가 아니라 화려한 카르멘 같았다. 박수 소리가 점점 커졌다. 오늘의 〈파우스트〉 공연은 그녀에게 새로운 성공을 보장해 줄 것처럼 보였다. 그런데 갑자기 끔찍한 일이 벌어졌다.

그대의 얼굴을 가만히 들여다보게 해주오.

밝게 빛나는 별들도 당신의 아름다움을 사랑한다오.

파우스트가 한쪽 무릎을 꿇고 노래한 후, 마르그리트가 다음과 같이 화답하는 대목이었다.

이상하군요!

이 밤은 마법의 주문처럼 나를 사로잡아요!

마법이 깊고 나른하게 나를 감싸지만 두렵지 않아요.

마법의 멜로디가 내 마음을 사로잡으니까요.

끔찍한 일이 벌어진 것은 바로 그 순간이었다. 카를로타가 난데없이 두꺼비 같은 소리를 냈다.

"꽥!"

카를로타는 아연실색하는 표정으로 변했다. 관객들도 마찬가지였다. 박스석에 있던 두 관장들도 겁에 질린 외침을 내뱉었다. 모두 마녀가 조종하는 일이 아닌가 생각했다. 두꺼비에게서는 유황 냄새까지 났다. 가엾게도 카를로타는 절망에 빠져 버렸다.

극장 안이 발칵 뒤집어졌다. 당사자가 카를로타가 아니었다면 모두에게 조소를 당했을 것이다. 하지만 카를로타의 목소리가 얼마나 완벽한지 모르는 사람은 없었으므로 화를 내는 대신 공포와 놀라움에 휩싸였다. 말하자면 박물관에서 밀로의 비너스의 팔이 떨어져 나간 모습을 보고 놀라는 것과 비슷했다. 하지만 그런 상황이라도 사람들은 눈으로 본 것을 이해할 수는 있을 것이다.

그러나 두꺼비 소리는 결코 이해할 수 없는 일이었다. 카를로타는 몇 초 동안 두꺼비 소리가 정말 자신의 목에서 나왔는지 생각하다가 그렇지 않다고 자신을 납득시켰다. 환청이나 환각일 뿐이지 자신의 목소리가 아니라고.

한편 5번 박스석에 있던 리샤르와 몽샤르맹은 얼굴이 창백해졌다. 도저히 설명할 수 없는 해괴한 사건을 직접 목격한 그들은 잠시 동안이지만 유령의 손아귀에 사로잡혔다는 생각마저 들었다. 유령의 숨소리가 들린 것 같기도 했다. 몽샤르맹은 머리털이 쭈뼛 섰다. 리샤르는 이마에 맺힌 땀을 닦았다. 유령은 거기에 있었다. 그들 주변에, 뒤에, 옆에. 보이지 않아도 유령의 존재를 느낄 수 있었고 너무나 가까이에서 숨소리가 들렸다! 그들은 박스석에 누군가가 한 명 더 있다고 확신했다. 도망치고 싶었지만 감히 그럴 수도 없었다. 움직이거나 한마디라도 하면 자신들이 유령의 존재를 알고 있다는 사실을 들킬까 봐 두려웠다. 도대체 무슨 일이 생기려는 것인가?

바로 그때 또다시 이런 소리가 들렸다.

"꽥!"

그 소리를 듣고 두 관장들이 내지르는 공포의 외침이 극장 안으로 울려 퍼졌다. 그들은 유령의 공격을 받고 있다고 생각했다. 그들은 박스석 선반에 몸을 기대고 마치 모르는 사람마냥 카를로타를 뚫어져라 쳐다보았다. 저 여자가 재앙의 신호를 보낸 것이다. 재앙이 닥치려는 것이었다. 유령이 말한 그대로! 오페라하우스는 유령의 저주에 걸렸다! 두 관장은 엄청난 재앙의 무게에 짓눌려 숨을 헐떡였다. 리샤르가 금방이라도 질식할 것 같은 목소리로 카를로타에게 소리쳤다.

"이어서 해!"

하지만 카를로타는 이어서 하지 않았다. 그녀는 용감하게도 두꺼비가 등장했던 부분부터 다시 했다.

소란스럽던 실내가 갑자기 조용해졌다. 카를로타의 목소리만이 울려 퍼졌다.

나는 두렵지 않아요.

하지만 관객들은 두려웠다.

나는 두렵지 않아요.
두렵지 않아요. 꽥!
마법의 멜로디가 내 마음을 사로잡으니까요. 꽥!

두꺼비가 다시 나타났다!

극장 안에 한바탕 소동이 일어났다. 자리에 주저앉은 두 관장은 돌아볼 엄두조차 나지 않았다. 그럴 만한 기운이 없었다. 유령이 등 뒤에서 킬킬대고 있었다. 마침내 오른쪽 귀에서 도저히 믿을 수 없는 목소리가 들려왔다.

"오늘 밤 카를로타의 노래가 샹들리에를 떨어뜨릴 거야!"

관장들은 동시에 천장으로 고개를 돌렸고 끔찍한 비명을 질렀다. 악마의 목소리가 단언하자마자 거대한 샹들리에가 그들을 향해 미끄러져 내리기 시작했다. 고리 풀린 샹들리에가 관람석 한가운데로 떨어졌다. 장내는 아수라장이 되었고, 사람들은 모두 출구로 우르르 달려갔다.

그날 신문에는 한 사람이 죽고 수많은 사람이 부상을 당했다고 보도되었다. 샹들리에는 난생처음 오페라를 보러 온 불쌍한 여인의 머리로 떨어졌다. 리샤르가 지리 부인 대신 5번 박스석 관리자로 고용한 사람이었다. 그녀는 즉사했고 다음 날 아침 어느 신문에는 다음과 같은 기사가 실렸다.

건물 관리인의 머리 위로 200킬로그램의 육중한 샹들리에가 떨어지다!

그녀의 죽음을 알리는 부음은 그 한 문장이 전부였다.

09

수수께끼의 마차

비극이 일어난 그날 밤은 모두에게 불행한 날이었다. 카를로타는 앓아누웠다. 크리스틴 다에는 공연 후 종적을 감추었다. 그녀가 오페라하우스는 물론 그 어디에도 모습을 드러내지 않은 지 2주가 지났다.

물론 크리스틴이 사라졌다는 소식에 가장 놀란 사람은 라울이었다. 그는 발레리우스 부인의 자택으로 편지를 보냈지만 답장이 없었다. 하루하루 걱정은 커져만 갔고 오페라하우스의 공연 프로그램에 그녀의 이름이 보이지 않자 견딜 수 없을 지경이 되었다. 〈파우스트〉 공연은 그녀 없이 이루어졌다.

어느 날 오후, 라울은 크리스틴이 사라진 이유를 알아보려고 관장들의 사무실을 찾아갔다. 두 사람 모두 커다란 시름에 잠겨 있었다. 친구들조차 그들을 알아보지 못할 정도로 변해 있었다. 그들은 활기를 잃어버렸다. 마치 사악한 생각에 사로잡혀 있거나 거부할 수 없는 운명의 제물이 된 것처럼 근심걱정에 찌든 창백한 얼굴을 축 늘어뜨리고 무대를 가로질러 걸었다.

두 관장은 샹들리에 추락 사건의 책임을 피해 갈 수 없었다. 하지만 그들은 사건의 전말을 뭐라 표현하기가 힘들었다. 결국은 천장의 사슬이 마모되어 일어난 사고사로 결론이 났다. 그러나 사슬이 마모된 것을 미리 발견하고 조치를 취했어야 할 책임은 전임과 후임 관장들 모두에게 있었다. 당시 리샤르와 몽샤르맹이 갑자기 변해 버린 데다 늘 멍한 표정으로 이해할 수 없는 행동을 했으므로 사람들은 샹들리에 추락보다 훨씬 끔찍한 사건 때문에 그런 것이라고 추측했다.

그들은 사건 이후 대인관계에서도 변한 모습을 보였다. 복직한 지리 부인을 제외한 다른 사람들에게는 각박한 모습을 보인 것이다. 그들은 크리스틴에 대해 물어보려고 찾아온 샤니 자작을 별로 반기지 않았다. 크리스틴이 휴가를 떠났다고만 말했다. 라울은 휴가가 언제까지인지 물었지만 건강 문제로 휴가를 냈기 때문에 기한이 정해져 있지 않다고 대답했다.

"그녀가 아픈 모양이군요! 어디가 아픈 겁니까?"

"우리도 몰라요."

"오페라하우스 전속 의사를 보내지 않았나요?"

"그녀가 요청하지 않았습니다. 우리는 그녀를 믿습니다."

라울은 우울한 생각에 사로잡혀 오페라하우스를 나왔다. 그는 발레리우스 부인을 만나러 가야겠다고 결심했다. 무슨 일이 있어도 자신을 만나려고 하지 말아 달라는 크리스틴의 편지가 떠올랐다. 그러나 그가 페로에서 본 것과 분장실 밖에서 들은 말, 황야에서 그녀와 나눈 대화를 떠올려보면 뭔가 기이하면서도, 한편으로는 수상쩍은 인간의 짓이라는 냄새도 분명히 풍겼다.

크리스틴이 상상력이 풍부하고 정이 많고 남을 잘 믿는 성격이라는 점, 제대로 된 교육을 받지 못하고 전설에 둘러싸여 어린 시절을 보냈다는 점, 죽은 아버지에 대한 끝없는 그리움, 그리고 무엇보다 페로의 성당 묘지에서 본 것처럼 기이한 상황에서 음악에 빠져드는 황홀경 상태 등을 생각해 볼 때 사악한 사람이 마음만 먹는다면 얼마든지 그녀를 상대로 음모를 꾸밀 수 있었다. 도대체 크리스틴을 희생양으로 만든 자는 누구인가? 라울은 그러한 의문을 품은 채 서둘러 발레리우스 부인의 집으로 출발했다.

라울은 노트르담 데 빅투아르 거리에 있는 작은 아파트의 초인종을 눌렀다. 예전에 크리스틴의 분장실에서 본 하녀가 문을 열어 주었다. 그는 발레리우스 부인을 만나고 싶다고 했다. 하녀는 부인이 아파서 누워 있으므로 손님을 받을 수 없다고 대답했다.

"내 명함을 보여 드리세요."

그가 말했다.

하녀가 곧 돌아와서 작고 가구가 별로 없는 응접실로 그를 안내했다. 발레리우스 교수와 크리스틴의 아버지의 초상화가 반대편 벽에 걸려 있었다.

"부인께서 자작님께 양해를 구하고 싶어하십니다. 부인께서는 서 계실 힘이 없어서 자리에 누우신 채 자작님을 만나셔야 합니다."

하녀는 5분 후 라울을 어두운 방으로 안내했다. 그는 어둠 속에서도 상냥한 부인의 얼굴을 금방 알아보았다. 부인은 백발이 되었지만 눈빛만큼은 하나도 늙지 않았다. 부인의 눈은 어린아이처럼 순수하게 빛났다.

"샤니 자작!"

그녀가 기분 좋게 외치며 두 팔을 벌려 라울을 맞이했다.

"신이 당신을 여기로 보내셨군요. 크리스틴에 대한 이야기를 하기 위해서요."

부인의 마지막 말은 어딘지 우울하게 들렸다. 그는 즉시 물었다.

"부인, 크리스틴은 어디 있습니까?"

부인이 침착하게 대답했다.

"그녀의 선량한 정령과 함께 있지요!"

"그녀의 선량한 정령이라니요?"

라울이 물었다.

"음악의 천사 말이에요!"

라울은 의자에 털썩 주저앉았다. 정말인가? 크리스틴이 정말로 음악의 천사와 함께 있단 말인가? 발레리우스 부인은 침대에 누운 채 그를 향해 미소 짓더니 새끼손가락을 입으로 가져다 조용히 하라는 신호를 보냈다. 그러더니 이렇게 덧붙였다.

"아무에게도 말하지 말아요!"

"믿으셔도 됩니다."

라울이 대답했다.

그는 자신이 무슨 말을 하는지조차 몰랐다. 크리스틴에 대한 생각은 점점 복잡하게 얽혀만 갔다. 순수한 눈빛을 가진 백발의 노부인을 중심으로 모든 것이 빙빙 돌기 시작하는 것처럼 혼란스러웠다.

"알아요! 잘 알아요!"

부인이 행복한 웃음을 지으며 말했다.

"좀 더 가까이 오세요. 어릴 때처럼. 크리스틴의 아버지에게 들은 로테 이야기를 나에게 해줬을 때처럼 내 손을 잡아요. 라울, 나는 당신을 무척 좋아한답니다. 크리스틴이 그런 것처럼!"

"크리스틴이 저를 좋아한다고요?"

라울은 한숨을 쉬었다. 발레리우스 부인이 말한 '선량한 정령'과 크리스틴이 만난 음악의 천사, 페로 성당 제단에서 본 해골, 그리고 오페라의 유령에 이르기까지 그의 머릿속은 뒤죽박죽이 되었다. 오페라의 유령의 명성은 그가 무대 뒤에 서 있던 날 밤에 그의 귀에까지 들려왔다. 조제프 뷔케가 수수께끼 같은 죽음을 맞이하기 전에 묘사한 유령의 모습을 무대장치를 바꾸는 사람들이 그대로 이야기하고 있던 것이다.

라울이 낮은 목소리로 물었다.

"부인, 어째서 크리스틴이 저를 좋아한다고 생각하세요?"

"매일 당신 이야기를 했으니까요."

"정말입니까? 무슨 이야기를 했나요?"

"자작님이 청혼을 했다고 하더군요!"

상냥한 노부인은 거리낌 없이 웃기 시작했다. 라울은 고통을 느끼며 자리에서 일어나 나가려고 했다.

"어디 가요? 다시 앉아요. 이렇게 가게 할 수는 없지요. 웃어서 기분 상했다면 용서해요. 지금까지 일어난 일은 당신의 잘못이 아니랍니다. 몰랐어요? 당신은 크리스틴이 자유롭지 않다는 생각을 해보지 않았나요?"

"크리스틴에게 약혼자가 있습니까?"

라울이 절망에 잠긴 목소리로 물었다.

"아뇨! 크리스틴이 결혼하고 싶어도 하지 못한다는 걸 당신도 잘 알고 있잖아요!"

"전 아무것도 모릅니다! 크리스틴이 왜 결혼을 할 수 없나요?"

"당연히 음악의 천사 때문이지요!"

"무슨 말씀이신지 모르겠습니다."

"음악의 천사가 못하게 하기 때문이지요!"

"못하게 한다고요? 음악의 천사가 그녀의 결혼을 막고 있다니……."

"네. 하지만 직접적으로 금지하는 건 아니랍니다. 천사는 크리스틴에게 만약 결혼하면 다시는 자신의 목소리를 듣지 못할 것이라고 말해요. 끝이라고! 영원히 그녀를 떠나 버리겠다고! 당신도 알다시피 크리스틴은 천사를 떠나 보낼 수가 없어요. 당연한 일이지요."

"맞아요, 맞아요. 당연한 일입니다."

라울이 말했다.

"크리스틴이 페로에서 당신한테 전부 얘기한 줄 알았어요. 그 선량한 정령과 같이 갔으니까."

"페로에 그 정령과 같이 갔다고요?"

"그가 페로의 성당 묘지에서 만나자고 한 거예요. 크리스틴 아버지의 무덤이 있는 곳 말이에요. 그는 그녀 아버지의 바이올린으로 〈라자로의 부활〉을 연주하겠다고 약속했거든요."

라울은 자리에서 일어나 강압적인 어조로 말했다.

"부인, 그가 어디에 사는지 당장 말씀해 주십시오."

놀랍게도 노부인은 명령하는 듯한 그의 말에 전혀 놀라지 않았다. 그녀는 위쪽을 올려다보면서 대답했다.

"천국에 살아요!"

라울은 부인의 순진무구한 대답에 당황했다. 밤마다 천국에서 오페라하우스 분장실로 내려오는 천사의 존재를 철석같이 믿는 사람에게 무슨 말을 해야 좋을지 알 수 없었다.

그는 이제야 미신을 믿는 바이올린 연주자와 비현실적인 노부인 사이에서 성장한 크리스틴의 정신 상태가 어떨지 생각하게 되었다. 그 결과를 생각해 보니 몸이 떨려 왔다.

"크리스틴은 여전히 정숙한가요?"

라울이 불쑥 이렇게 물었다.

"내가 맹세하건대 물론이에요! 그걸 믿지 못한다면 왜 여기에 왔는지 모르겠군요!"

라울은 장갑을 물어뜯었다.

"크리스틴이 그 '정령'을 안 지는 얼마나 됐습니까?"

"석 달쯤 되었을 거예요. 그래요, 석 달 전부터 그녀를 가르치기 시작했으니까."

라울은 절망의 표시로 두 팔을 마구 휘저었다.

"그 정령이 그녀를 가르친다고요! 도대체 어디에서?"

"그녀가 그와 함께 가버려서 모르겠어요. 2주 전만 해도 크리스틴의 분장실에서 했답니다. 이 작은 아파트에서는 노랫소리가 울려 퍼질 테니까 불가능하지요. 하지만 오페라하우스는 아침 8시에는 아무도 없으니까요. 이제 아시겠죠?"

"알겠습니다! 알다마다요!"

라울은 이렇게 소리치고는 서둘러 발레리우스 부인을 두고 떠났다. 부인은 이 젊은 귀족의 머리가 이상해진 것은 아닐까 생각했다.

라울은 비참한 기분으로 형의 집으로 들어갔다. 그는 벽에 머리를 처박고 싶은 기분이었다. 그녀가 순수하고 정숙한 여자라고 믿다니! 음악의 천사. 라울은 음악의 천사가 누구인지 알았다. 직접 보기까지 했다! 음악의 천사는 뽐내면서 노래하는 잘생기고 젊은 테너임에 분명했다! 라울은 자신이 한없이 어리석고 비참하게만 느껴졌다.

비참하고 초라하고 하찮고 어리석은 샤니 자작이여! 라울은 분노를 느꼈다. 크리스틴은 뻔뻔하고 가증스럽고 교활한 여자였다!

백작은 동생을 기다리고 있었다. 라울은 어린아이처럼 형의 품으로 달려가 안겼다. 백작은 아무것도 묻지 않고 동생을 달래 주었다. 라울은 한참 망설이다가 음악의 천사에 관한 이야기를 했다. 형은 동생에게 저녁을 먹으러 나가자고 했다. 백작이 전날 밤에 크리스틴이 불로뉴의 숲에서 어떤 남자와 함께 있는 모습이 목격되었다는 말을 미끼로 던지지 않았다면, 라울은 절망스러운 나머지 그 어떤 제안도 거절했을 것이다. 처음에 라울은 믿지 않았지만 상세한 설명을 듣고는 더이상 항의하지 않았다.

크리스틴은 창문을 내린 채 마차를 타고 갔다고 했다. 그녀는 얼음처럼 차가운 밤 공기를 천천히 들이마시는 것처럼 보였다고 한다. 달빛이 휘황찬란하게 빛나는 밤이었기 때문에 그녀를 똑똑히 알아볼 수 있었다고 한다. 그녀와 함께 있던 남자는 어둠 속에서 등을 뒤로 기댄 모습만 어렴풋이 보였다. 마차는 롱샹 경마장 특별관람석 뒤쪽에 난 인적이 드문 길을 천천히 지나갔다.

라울은 미친 듯 서둘러 옷을 입었다. 사람들이 흔히 말하는 광란의 밤을 보내며 절망을 잊으려고 했다. 하지만 그는 저녁 식사 내내 가엾은 표정을 지우지 못했고, 급기야 형보다 일찍 자리를 떴다. 그러고는 마차를 타고 롱샹 경마장 뒤쪽을 배회했다.

몹시도 추운 밤이었다. 길은 텅 비어 있었고 달빛만 환하게 비추었다. 그는 마부에게 근처 모퉁이에서 기다리라고 일러두고는 자신은 몸을 숨겼다. 조금이라도 추위를 잊고자 발을 동동 굴렀다. 30분쯤 지났을까. 갑자기 마차 한 대가 길모퉁이를 돌아 그가 있는 쪽으로 천천히 달려왔다.

마차가 가까이 왔을 때 보니 어떤 여자가 창문에 머리를 기대고 있었다. 갑자기 창백한 달빛이 여자의 얼굴에 비추었다.

"크리스틴!"

사랑하는 여인의 이름이 가슴에서 입술까지 올라왔다. 라울은 참을 수 없었다. 밤의 적막 속에서 불려진 그 이름이 마치 신호탄이라도 되는 것처럼, 마차는 갑자기 속력을 내더니 쏜살같이 지나갔다. 그가 마차를 세우려는 계획을 실행에 옮기기도 전이었다. 마차의 창문이 닫히고 여자의 얼굴도 사라졌다. 라울은 마차를 따라 달려갔지만 마차는 순식간에 저 멀리 하얀 길에 검은 점이 되어 사라졌다.

"크리스틴!"

그가 다시 한 번 외쳤다.

물론 아무런 대답도 없었다. 그는 고요한 길 위에 멈추어 섰다. 흐리멍텅한 눈빛으로 창백한 달빛에 둘러싸인 황량한 길을 쳐다보았다. 그의 마음은 차갑게 죽어 버렸다. 그가 사랑했던 건 여자가 아니라 천사였으며, 이제는 세상의 모든 여자를 경멸하게 될지도 모른다.

라울, 북유럽의 요정에게 농락을 당했구나! 수수께끼의 연인과 함께 마차를 타고 인적 없는 밤길을 지나가는 여자가 왜 그토록 순진하고 청순한 얼굴에 수줍은 표정을 짓고 있단 말인가? 위선과 거짓에도 한계가 있어야 하는 게 아닌가!

그녀는 그의 외침에도 대답하지 않고 가버렸다. 라울은 죽고 싶다는 생각까지 들었다. 겨우 스무 살을 갓 넘긴 나이에……!

다음 날 하인이 들어왔을 때 라울은 침대에 걸터앉아 있었다. 옷을 입은 채였다. 엄청난 일이 생긴 듯한 표정이었다. 라울은 하인의 손에 들린 편지를 낚아채듯 가져갔다. 크리스틴이 직접 쓴 편지였다.

모레 밤, 오페라하우스의 가면무도회에 참석해 주세요. 휴게실 굴뚝 뒤쪽에

있는 작은 방으로 오세요. 원형 건물로 이어진 문 옆에 서 계세요. 아무한테도 말하면 안 돼요. 하얀색 무도회 복장을 하고 가면으로 얼굴을 잘 가려 주세요. 나를 사랑한다면 절대 아무한테도 들키지 말아 주세요.

_크리스틴

10

가면무도회에서

편지 봉투에는 흙이 묻었고 우표가 붙어 있지 않았다. 겉면에는 주소와 함께 '라울 드 샤니 자작님께 전달 요망'이라는 말이 연필로 적혀 있었다. 지나가는 사람이 주워서 전해 주리라는 희망으로 던진 편지가 틀림없었다. 실제로 그러했다. 이 편지는 오페라하우스 광장의 보도에서 발견되었다.

라울은 열에 들뜬 눈으로 편지를 몇 번이나 읽었다. 그의 희망을 되살리기에 충분한 편지였다. 잠시나마 크리스틴이 나쁜 여자라고 생각했지만 곧 그는 예전처럼 그녀가 불행하고 순수하며 음모의 희생양이라고 여기게 되었다. 지금 이 순간 그녀는 얼마나 고통스러워하고 있을까? 도대체 누가 그녀를 억압하고 있을까?

그녀는 어떤 소용돌이 속으로 끌려간 것일까? 라울은 고통을 느끼면서 생각을 거듭했다. 크리스틴이 자신을 속이고 기만했다는 생각으로 겪었던 고통에 비하면 견딜 만했다. 무슨 일이 벌어진 것일까? 그녀는 누구의 손아귀에 사로잡혀 있는 것일까? 도대체 어떤 괴물이 어떤 수단으로 그녀를 데려간 것일까?

괴물은 음악 외에 또 어떤 방법을 동원했을까? 라울은 크리스틴의 사정을 잘 알았다. 크리스틴은 아버지가 죽은 후 음악을 비롯한 삶의 모든 것에 염증을 느꼈다. 음악원에서 공부하던 시절 내내 마치 영혼 없이 노래하는 기계 같았다. 그러던 그녀가 갑자기 신을 만난 것처럼 깨어났다. 음악의 천사가 나타난 것이다! 그리고 〈파우스트〉에서 마르그리트 역을 맡아 대성공을 거두었다!

음악의 천사, 그는 석 달 동안 크리스틴에게 음악 수업을 해주었다. 아, 그 얼마나 완벽한 수업이었겠는가! 그리고 이제는 불로뉴의 숲에서 마차로 드라이브까지 즐긴다!

라울은 질투로 불타오르는 가슴을 움켜쥐었다. 이미 쓰디쓴 환멸을 맛본 터라, 세상 물정에 어두운 그는 이번 가면무도회에 참석하라고 부탁하는 그녀의 속셈이 무엇인지 곰곰 생각해 볼 수밖에 없었다. 한낱 오페라 가수가 처음 사랑을 해보는 순진한 청년을 어디까지 웃음거리로 만들 수 있을까? 아, 괴롭도다!

라울의 생각은 양극단에서 왔다 갔다 했다. 크리스틴을 가엾게 여겨야 할지 저주해야 할지 알 수 없는 그는 그녀를 가엾게 여겼다가 저주했다가 했다. 어쨌든 그는 하얀색 무도회복을 샀다.

드디어 약속 시간이 다가왔다. 가장자리가 길고 두꺼운 레이스가 달린 가면을 쓰고 하얀색 무도회 복장을 한 라울은 자신이 피에로처럼 우스꽝스럽게 보인다고 생각했다. 그런 차림으로 오페라하우스 무도회에 갈 사람이 어디 있겠는가! 정말 우스꽝스러웠다. 하지만 아무도 자신을 알아보지 못할 것이라고 생각하니 그나마 위안이 되었다.

그날 열린 가면무도회는 '재의 수요일(사순절이 시작되는 첫날—옮긴이)'을 앞두고 유명한 화가의 탄생일을 기념하기 위한 이례적인 행사였다. 일반적인 가면무도회보다 유쾌하고 떠들썩하며 자유분방했다. 수많은 예술가들이 모델과 학생들을 데리고 모여들더니 자정 무렵부터 시끄럽게 떠들었다.

라울은 자정 5분 전에 알록달록한 옷을 입은 사람들을 향한 시선을 거두고 대리석 계단을 쭉 올라갔다. 그야말로 세상에서 가장 화려한 광경이었다. 하지만 그는 익살스러운 가면을 쓴 사람들에게 시선도 주지 않고 분위기에 취한 사람들이 건네는 농담에도 대꾸하지 않았다. 무도회장을 가로지르면서 빙글빙글 돌며 춤추는 무용수들을 지나치느라 잠시 지체한 그는 크리스틴이 말한 방으로 들어갔다. 방은 사람들로 꽉 차 있었다. 원형 건물로 밤참을 먹으러 가는 사람들과 샴페인을 마시러 돌아오는 사람들이 지나가는 공간이었기 때문이다. 그곳

역시 떠들썩하게 즐기는 사람들로 북적거렸다.

라울은 문설주에 기대어 기다렸다. 그리 오래 기다릴 필요는 없었다. 검은색 무도회 복장을 한 사람이 지나면서 라울의 손가락 끝을 재빨리 눌렀다. 그는 그 사람이 크리스틴임을 알아채고 따라갔다.

"크리스틴, 당신인가요?"

검은색 무도회 복장을 한 사람은 재빨리 돌아서더니 손가락을 입술로 가져갔다. 이름을 말하지 말라는 뜻이 분명했다. 라울은 조용히 그녀를 따라갔다.

그는 이상한 상황 속에서 다시 만난 그녀를 놓치게 될까 봐 두려웠다. 그녀에 대한 원망 따위는 사라지고 없었다. 그녀의 행동이 아무리 기묘하고 의심스러워도 나무랄 수 없었다. 얼마든지 너그럽게 용서해 줄 준비가 되어 있었다. 그녀를 사랑하니까. 그는 그녀가 갑자기 사라져 버린 이유를 곧 설명해 줄 것이라고 생각했다. 검은 옷을 입은 그 사람은 이따금 뒤돌아보면서 하얀 옷을 입은 라울이 따라오는지 확인했다.

다시 한 번 커다란 휴게실을 지날 때 라울은 한 무리의 사람들이 기이하고 섬뜩한 복장을 한 사람을 둘러싸고 있는 것을 보았다. 그 사람의 복장이 사람들의 관심을 끈 모양이었다. 주인공은 온통 진홍색으로 된 옷을 입은 남자로 분위기가 예사롭지 않았다. 해골 위에 깃털 달린 커다란 모자를 썼다. 어깨에는 마치 왕의 옷자락처럼 붉은색 벨벳 망토가 걸려 있었다. 망토에는 황금색 글자로 수가 놓여 있었는데, 지나가는 사람들이 그 글자를 소리 내어 읽었다.

"나를 만지지 마시오! 나는 지나가는 붉은 죽음이오!"

누군가가 용감하게도 그를 만지려고 했다. 하지만 진홍색 소매에서 해골의 손이 튀어나와 그 무모한 사람의 손목을 낚아챘다. 그 사람은 뼈까지 파고드는 고통과 죽음에 잡혔다는 공포 때문에 비명을 질렀다. 붉은 죽음이 그를 놓아 주자 그는 구경꾼들의 조소를 받으며 도망치듯 자리를 떠났다.

라울이 장례식을 연상시키는 분장을 한 그 사람을 지나가려던 순간 그가 돌아섰다. 라울은 하마터면 이렇게 소리칠 뻔했다.

"페로기렉에서 본 해골!"

그를 알아본 라울은 크리스틴도 잊어버린 채 앞으로 돌진할 뻔했다. 하지만 앞서 가던 검은 옷을 입은 사람 역시 이상한 흥분에 사로잡혀 라울의 팔을 잡아당기는 바람에 붉은 죽음을 둘러싼 열광적인 군중들로부터 겨우 빠져나올 수 있었다.

검은 옷을 입은 사람은 계속 뒤돌아보았고 두 번은 무언가에 몹시 놀란 듯했다. 마치 누군가가 뒤쫓아오기라도 하는 듯 라울의 발걸음을 재촉했다.

그들은 두 층을 올라갔다. 복도와 계단에는 거의 인적이 드물었다. 검은 옷이 박스석의 문을 열더니 라울에게 들어오라고 손짓했다. 그리고 문을 닫더니 작은 목소리로 저쪽 뒤에 가서 모습을 드러내지 말고 있으라고 말했다. 라울은 목소리로 그녀가 크리스틴임을 비로소 확인할 수 있었다.

라울은 가면을 벗었다. 크리스틴은 계속 쓴 채였다. 라울이 그녀에게 가면을 벗으라고 말하려던 순간, 그녀가 느닷없이 칸막이에 귀를 대고 바깥에서 무슨 소리가 들리는지 살폈다. 그녀는 문을 조금 열고 복도 쪽을 쳐다보더니 낮은 목소리로 말했다.

"위층으로 올라갔나 봐요. 아, 다시 내려오고 있어요!"

크리스틴이 문을 닫으려고 했지만 라울이 막았다. 위층으로 올라가는 계단 맨 위쪽에서 빨간색 발 하나가 보였기 때문이다. 또 다른 발이 나타나더니 붉은 죽음의 진홍색 망토 전체가 천천히 위엄 있는 모습을 드러냈다. 그리고 페로기렉에서 본 그 해골의 모습을 다시 볼 수 있었다.

"그자야! 이번에는 놓치지 않을 테다!"

라울이 소리쳤다.

하지만 라울이 달려나가려는 순간 크리스틴이 문을 세게 닫았다. 라울은 그녀를 밀치려고 했다.

"도대체 누구를 말하는 거예요? 누굴 놓치지 않겠다는 거죠?"

크리스틴의 목소리는 아까와 달라져 있었다.

라울은 힘으로 그녀를 뿌리치려고 했지만 그녀는 놀라울 정도로 힘

이 셌다. 그는 그 정도로 말리려는 크리스틴의 마음을 알았다고 생각한 순간 이성을 잃고 말았다.

"누구냐고? 저 끔찍한 가면 뒤로 숨은 남자 말이야! 페로의 성당 묘지에 있었던 악마 같은 정령! 붉은 죽음! 당신의 음악 천사! 나도 가면을 벗고 그놈의 가면도 벗겨서 이번에는 정면으로 마주 보겠어. 아무것도 숨기지 않고! 그러면 당신이 누구를 사랑하는지, 당신의 연인이 대체 어떤 존재인지 알 수 있을 테니까!"

그는 미친 사람처럼 웃음을 터뜨렸다. 크리스틴의 벨벳 가면 속에서 절망적인 신음 소리가 새어 나왔다. 그녀는 두 팔을 벌려 문을 가로막았다.

"우리의 사랑을 걸고 말하겠어요, 라울. 절대로 나가면 안 돼요!"

라울은 순간 멈칫했다. 그녀가 뭐라고 한 거지? 우리의 사랑? 그녀는 지금까지 자신의 사랑을 고백한 적이 없었다. 그럴 기회가 많이 있었는데도. 흥, 시간을 벌기 위해서겠지! 붉은 죽음이 도망가기를 바랄 테니까. 라울은 어린아이 같은 미움에 휩싸여서 소리쳤다.

"거짓말을 하는군. 당신은 나를 사랑하지 않고 한 번도 사랑한 적이 없어! 당신에게 휘둘린 내가 정말로 불쌍하군. 페로에서 왜 나에게 희망을 준 건가? 나는 점잖은 남자고 당신도 정숙한 여자라고 믿었어. 하지만 당신은 나를 기만할 생각밖에 없었어! 당신은 우리 모두를 속였어! 당신의 후견자가 되어 준 부인의 사랑마저 이용했지. 부인은 당신이 붉은 죽음과 가면무도회에 가는 줄도 모르고 당신의 정숙함을 믿고 있어. 아, 난 당신을 경멸해!"

그리고 그는 울음을 터뜨렸다. 그녀는 그가 자신을 모욕하는 말을 듣고만 있었다. 그녀의 머릿속에는 그가 박스석을 나가지 못하게 해야 한다는 생각뿐이었다.

"언젠가 당신은 그렇게 심한 말을 한 것에 대해 용서를 구하게 될 거예요, 라울. 그때 난 당신을 용서해 줄게요!"

라울은 고개를 저었다.

"아니! 아니! 음탕한 오페라의 여가수에게 내 모든 걸 바치려고 했었다니. 생각만 해도 미쳐 버릴 것 같아!"

"라울! 어떻게 그런 말을!"

"수치스러워서 죽을 지경이야!"

"안 돼요! 죽으면 안 돼요!"

크리스틴은 조금 전과는 달리 엄숙한 목소리로 말했다.

"그리고…… 안녕, 라울. 잘 가요."

라울은 비틀거리면서 앞으로 걸었다. 그는 한 번 더 그녀를 비꼬았다.

"그래도 가끔 와서 당신에게 박수를 치는 건 허락해 주겠지?"

"라울, 난 다시는 노래하지 않을 거예요!"

"그래? 그가 그만두라고 하나 보군. 축하할 일이네! 이따금씩 한밤중에 불로뉴의 숲에서는 볼 수 있겠지?"

라울은 여전히 비꼬는 말투였다.

"숲에서도 어디서도 볼 수 없을 거예요."

"또 어디로 모습을 감추는지 물어봐도 될까? 지옥으로 가는지, 천국으로 가는지?"

"그 말을 하려고 왔는데 이젠 못 하겠어요. 당신이 내 말을 믿지 않을 테니까요! 당신은 나를 믿지 않아요, 라울. 이제 끝이에요!"

그녀의 목소리가 너무나 절망적이었기 때문에 라울은 자신의 잔인한 행동을 후회하기 시작했다.

"크리스틴! 도대체 어떻게 된 일인지 말해 줄 수 없어? 당신은 자유야. 아무도 당신을 구속하지 않아. 파리를 돌아다닐 수도 있고 가면무도회에 올 수도 있어. 그런데 왜 집에 돌아가지 않는 거지? 지난 2주일 동안 어디에 있었어? 발레리우스 부인에게 말했다는 음악의 천사 이야기는 또 뭐고? 누군가 순진한 당신에게 장난을 치고 있는 거야. 내가 페로에서 직접 봤어. 당신은 무엇을 믿어야 하는지 알고 있잖아! 나는 당신이 분별 있는 사람이라고 생각해, 크리스틴. 당신이 무슨 행동을 하고 있는지 잘 알잖아. 발레리우스 부인은 자리에 누워 당신만 기다리고 있어. '선량한 정령' 이야기를 철석같이 믿으면서! 크리스틴, 제발 설명 좀 해봐! 이 우스운 희극이 다 뭔지!"

크리스틴이 가면을 벗으면서 말했다.

"라울, 희극이 아니라 비극이에요!"

그녀의 얼굴을 본 라울은 놀라서 소리 지르지 않을 수 없었다. 예전의 생기 넘치는 모습은 온데간데없이 사라져 버렸다. 아름답고 상냥하던 얼굴은 시체처럼 창백했다. 슬픔으로 주름지고 눈 아래에는 어두운 그림자가 드리워져 있었다.

"맙소사! 맙소사!"

라울이 팔을 뻗으며 안타까운 신음을 내뱉었다.

"나를 용서해 주겠다고 했지?"

"아마도! 아마도 언젠가는요!"

그녀는 가면을 쓰더니 따라오지 말라는 손짓과 함께 가버렸다.

그가 따라가려고 했지만 그녀가 뒤돌아서서 다시 한 번 단호하게 따라오지 말라는 손짓을 했기 때문에 한 걸음도 움직일 수 없었다.

그는 그녀가 사라지는 모습을 바라보았다. 그러고 나서 아래층으로 내려가 사람들의 틈으로 들어갔다. 관자놀이가 욱신거리고 가슴이 아파서 자신이 뭘 하는지도 알 수 없었다. 그는 사람들이 춤추고 있는 홀을 가로지르며 그들에게 붉은 죽음을 보았는지 물었다. 모두 붉은 죽음을 보았다고 했지만 어디에서도 찾을 수 없었다. 새벽 2시쯤, 라울은 무대 뒤에 있는 통로로 내려가 크리스틴의 분장실로 향했다.

처음 그에게 고통을 느끼게 해준 그 장소였다. 마구 문을 두드렸지만 아무런 대답이 없었다. 그는 예전에 '남자 목소리'를 찾아 들어갔던 것처럼 안으로 들어갔다. 방에는 아무도 없었다. 가스등이 약하게 켜져 있었다. 작은 책상에 놓인 편지지가 보였다. 라울은 크리스틴에게 편지를 쓰려고 했지만 통로에서 발자국 소리가 들렸다. 커튼으로 분장실과 분리된 내실로 몸을 숨길 시간밖에 없었다.

크리스틴이 들어오더니 기진맥진한 몸짓으로 가면을 벗어 테이블에 놓았다. 그녀는 한숨을 내쉬며 양손으로 아름다운 얼굴을 감쌌다. 무슨 생각을 하는 것일까? 라울에 대한 생각? 아니었다. 라울은 그녀가 중얼거리는 소리를 들었다.

"가여운 에릭!"

처음에 그는 잘못 들었다고 생각했다. 불쌍한 사람이 있다면 자신이라고 생각했으니까. 지금까지 두 사람 사이에 있었던 일만 보더라도 그녀가 "가여운 라울!"이라고 말하는 것이 당연했다. 하지만 그녀는 고개를 흔들면서 다시 한 번 말했다.

"가여운 에릭!"

크리스틴은 도대체 무슨 사연으로 에릭이라는 사람을 떠올리며 한숨을 지을까? 라울이 이렇게 비참한 때에 왜 그녀는 그가 아닌 에릭이 가엾다고 말하는가?

크리스틴은 차분하게 편지를 쓰기 시작했다. 여전히 몸을 떨고 있는 라울에게 그녀의 침착한 모습은 고통스러울 정도로 놀라웠다.

'정말 냉정하군!'

네 장의 편지지를 채워가던 그녀는 갑자기 고개를 들더니 편지를 조끼에 숨겼다. 그녀는 귀를 기울이는 것 같았다. 라울도 귀를 기울였다. 어렴풋한 소리가 어디에서 들려오는 것일까? 벽에서 희미한 노랫소리가 들려오는 것 같았다. 벽 자체가 노래하는 것 같았다! 노랫소리는 가사를 알아들을 수 있을 정도로 분명해졌다.

라울은 아름답고 부드러우며 매혹적인 목소리를 들었다. 무척이나 부드러웠지만 남자의 목소리였다. 목소리는 점점 가까워졌다. 그 목소리는 벽을 뚫고 온 것처럼 이제 방 안, 크리스틴의 바로 앞에 와 있었다. 크리스틴은 자리에서 일어나 누군가에게 이야기하듯 목소리를 향해 말했다.

"나 여기 있어요, 에릭. 준비됐어요. 그런데 늦었군요."

커튼 뒤에서 몰래 지켜보던 라울은 자신의 눈을 의심했다. 방 안에는 아무도 없었다. 크리스틴의 표정이 밝아졌다. 핏기 없는 입술에 행복한 미소가 번졌다. 마치 처음으로 완쾌 가능성이 있다는 희망을 얻은 환자의 미소 같았다.

형체 없는 목소리는 계속 노래했다. 라울은 그토록 아름답고 달콤하고 미묘하며 섬세하면서도 힘찬 목소리, 한마디로 저항할 수 없는 자신감에 찬 목소리는 처음 들었다. 그는 흥분 상태로 귀를 기울였다. 라울은 크리스틴 다에가 어떻게 그날 밤 넋 잃은 관객들 앞에서 도저히 사람의 것이라고는 믿어지지 않는 아름다운 목소리로 노래할 수 있었는지 이해되기 시작했다. 보이지 않는 신비한 스승 덕분이었다.

그 목소리는 이제 〈로미오와 줄리엣〉 중 결혼식 밤의 노래를 불렀다. 크리스틴은 페로의 묘지에서 바이올린으로 〈라자로의 부활〉을 연주하는 연주자에게 그랬던 것처럼 두 팔을 내밀었다. 목소리에는 뭐라고 형용할 수 없는 열정이 담겨 있었다.

운명이 당신과 나를 영원히 이어 주리라!

라울은 감동으로 가슴이 벅차올랐다. 그는 매혹적인 목소리에 의지와 힘, 그리고 무엇보다 온전한 정신을 빼앗기지 않도록 안간힘을 쓰면서 자신을 가리고 있던 커튼을 젖히고 크리스틴이 서 있는 곳으로 걸어갔다. 크리스틴은 벽 전체가 커다란 거울로 이루어진 방 뒤쪽으로 움직이고 있었다. 거울에 그녀의 모습이 비추었지만 라울의 모습은 보이지 않았다. 그가 그녀의 바로 뒤에 붙어 있었기 때문이다.

운명이 당신과 나를 영원히 이어 주리라!

크리스틴은 거울에 비치는 자신의 모습을 향해 다가갔고 거울 속 모습도 그녀에게 가까워졌다. 두 명의 크리스틴, 실제와 거울 속의 모습이 겹쳐지자 라울은 팔을 뻗어 그 둘을 한꺼번에 안으려고 했다. 그러나 라울은 별안간 비틀거리면서 뒤로 물러났다. 얼음처럼 차가운 바

람이 얼굴을 스쳤다. 그는 둘이 아니라 넷, 여덟, 스무 명의 크리스틴이 자신을 비웃으면서 빙빙 도는 모습을 보고 붙잡으려고 했지만 움직임이 빨라서 잡을 수 없었다. 마침내 모든 것이 정지했고 거울에 비친 그의 모습이 보였다. 그러나 크리스틴은 사라지고 없었다.

라울은 거울로 달려갔다. 벽을 쳐보기도 했지만 아무도 없었다! 그러나 방 안에는 여전히 열정적인 노랫소리가 희미하게 메아리치고 있었다.

운명이 당신과 나를 영원히 이어 주리라!

크리스틴은 대체 어디로 갔을까? 어느 쪽으로 돌아올까? 아니, 돌아오기는 할까? 그녀는 모든 것이 끝이라고 하지 않았는가? 노랫소리가 또 들려왔다.

운명이 당신과 나를 영원히 이어 주리라!

나를? 아니면 누구를?

라울은 완전히 지치고 머리가 멍해져서 크리스틴이 방금 전까지 앉아 있던 의자에 앉았다. 그녀처럼 양손으로 얼굴을 감쌌다. 고개를 든 그의 얼굴에서 눈물이 흘러내렸다. 그것은 어떤 불운의 희생자가 흘리는 눈물이라기보다는, 이 세상 모든 연인이 한 번쯤 흘려 봤을 법한, 질투심에 사로잡힌 치기 어린 마음의 눈물이었다.

"도대체 에릭이 누구지?"

그는 그렇게 소리 내어 중얼거렸다.

11

목소리의 정체

    샤니 자작은 바로 눈앞에서 크리스틴이 사라진 것이 착각이 아닐까 여전히 어리둥절했다. 다음 날 발레리우스 부인을 찾아갔다. 놀랍게도 크리스틴이 그를 기다리고 있었다. 노부인은 베개에 기댄 채 앉아 뜨개질을 하고 있었고, 크리스틴은 침대 옆에 앉아 있었다. 크리스틴의 뺨은 다시 소녀처럼 발그레해져 있었다. 눈 주위를 둘러싼 그늘도 사라졌다. 전날의 절망적인 모습은 더 이상 찾아볼 수 없었다. 사랑스러운 얼굴에 우울한 분위기만 드리워져 있지 않다면, 도저히 어제 일어난 비극의 주인공이라고는 생각할 수 없을 것 같았다.

    그녀는 아무렇지도 않은 듯 자리에서 일어나 손을 내밀었다. 하지만 라울은 너무도 놀란 나머지 아무런 말도, 행동도 취하지 못한 채 멍하니 서 있었다.

"샤니 자작님, 우리 크리스틴을 모르시나요? 선량한 정령이 크리스틴을 우리에게 돌려보냈어요!"

노부인이 말했다.

"어머니!"

크리스틴이 새빨개진 얼굴로 곧바로 끼어들었다.

"그 얘기는 하지 않기로 했잖아요! 음악의 천사 같은 건 없다는 걸 아시잖아요."

"하지만 애야, 석 달 동안 너를 가르쳐 주었잖니?"

"어머니, 나중에 전부 설명해 드리겠다고 약속했잖아요. 저는 그 약속을 지키고 싶어요. 어머니도 그때까지 아무것도 묻지 않겠다고 약속하셨어요."

"그건 네가 다시는 내 곁을 떠나지 않겠다고 약속했을 때의 이야기잖니! 크리스틴, 떠나지 않겠다고 약속했니?"

"어머니, 샤니 자작님은 이 얘기가 재미없으실 거예요."

"그 반대입니다, 아가씨."

라울은 단호하고 용감하게 말하려고 했지만 여전히 목소리가 떨렸다.

"당신과 관련된 일이라면 나는 관심이 있습니다. 당신도 언젠가 알게 될 겁니다. 어제 있었던 일과 당신이 한 말, 그리고 내가 생각한 것을 떠올려 볼 때, 오늘 여기에서 당신을 만나게 될 줄은 전혀 짐작하지 못했어요. 당신이 자신에게 치명적일 수도 있는 비밀을 지킬 생각이 아니라면 나는 당신이 집으로 돌아와서 무엇보다 기쁠 테죠. 당신과는 오랜 친구이기 때문에 발레리우스 부인만큼 나는 당신이 걱정스럽습니다. 우리가 진실을 밝히지 않는다면 앞으로도 계속 위험할 테니까요. 당신은 희생자가 될 거예요, 크리스틴."

이 말에 발레리우스 부인이 침대에서 몸을 일으켰다.

"무슨 말이에요? 크리스틴이 위험한가요?"

"그렇습니다, 부인."

라울은 크리스틴이 눈짓을 하는데도 용감하게 사실대로 말했다.

"세상에!"

순진한 노부인은 숨까지 헐떡거렸다.

"전부 이야기해, 크리스틴! 왜 날 안심시키려고 한 거야? 자작님, 도대체 어떤 위험인가요?"

"어떤 사기꾼이 크리스틴의 믿음을 이용하고 있습니다."

"혹시 그 사기꾼이 음악의 천사인가요?"

"음악의 천사 같은 건 없다고 크리스틴이 부인께 직접 말했습니다."

"그럼 도대체 뭔가요? 답답해 죽겠어요!"

"끔찍한 수수께끼가 우리를 둘러싸고 있습니다. 저와 부인, 크리스틴을 말입니다. 유령이나 마귀보다 훨씬 무서운 수수께끼예요."

발레리우스 부인이 겁에 질린 채 크리스틴을 쳐다보았다. 크리스틴은 얼른 달려가 두 팔로 어머니를 안았다.

"자작님 말은 믿지 마세요. 믿으시면 안 돼요."

"그럼 다시는 날 떠나지 않겠다고 약속해 주렴."

크리스틴은 아무런 대답도 하지 않았고 라울이 다시 말을 이었다.

"약속해야 해요, 크리스틴. 어머니와 나를 안심시킬 수 있는 방법은 그것뿐이에요. 당신이 앞으로 우리의 보호를 받겠다고 약속한다면 지나간 일에 대해서는 한마디도 묻지 않겠다고 약속해요."

"난 당신에게 그런 약속을 해달라고 한 적도 없고 들어줄 수도 없어요!"

크리스틴이 거만하게 말했다.

"나는 내 마음대로 행동할 수 있어요, 샤니 자작님. 당신이 간섭할 권리는 없어요. 제발 부탁인데 앞으로는 내 일에 간섭하지 말아 주세요. 내가 지난 2주일 동안 뭘 했는지 설명하라고 요구할 수 있는 사람은 내 남편뿐이에요! 하지만 지금 난 남편이 없고 결혼할 생각도 절대로 없어요!"

팔을 휘저으면서 자신의 말을 강조하는 그녀의 모습에 라울의 얼굴은 창백하게 변했다. 그녀가 한 말 때문이 아니라 손가락에 낀 금반지가 보였기 때문이다.

"남편이 없다면서 결혼반지를 끼고 있군요."

라울은 그녀의 손을 잡으려고 했지만 그녀가 재빨리 뒤로 가져갔다.

"선물 받은 거예요!"

그녀는 당혹감을 감추려고 했지만 얼굴이 빨개졌다.

"크리스틴! 당신은 남편이 없으니 그 반지는 분명히 당신을 아내로 삼고 싶어하는 남자가 주었겠군요. 왜 계속 우리를 속이려고 하는 거죠? 왜 계속 나를 고문하는 겁니까? 그 반지를 끼고 있다는 건 당신이 그를 받아들였다는 뜻이잖아요."

"나도 그 말을 했어요!"

노부인이 소리쳤다.

"크리스틴이 뭐라고 대답했나요?"

"심문은 이만하면 충분하지 않은가요? 내가 보기에는……."

크리스틴은 화가 난 얼굴이었다.

라울은 그녀의 말을 끝까지 듣기가 두려워 중간에 끼어들었다.

"내가 한 말에 대해서는 사과하겠습니다, 아가씨. 당신은 내가 이 일과 연관이 없지 않다는 사실을 알 겁니다. 내가 선의로 개입하고 있다는 것도. 내가 본 것을 말하게 해줘요. 크리스틴, 나는 당신이 생각하는 것보다 훨씬 많은 것을 봤어요. 아니, 봤다고 생각한다는 표현이 맞겠군요. 가끔씩 내 눈을 의심했으니까요."

"대체 뭘 보셨나요? 아니, 봤다고 생각하시는 건가요?"

"크리스틴, 나는 당신이 그 목소리를 듣고 황홀경에 빠지는 모습을 봤어요. 벽 아니면 옆방에서 들려오는 목소리…… 황홀경에 빠진 당신의 모습! 그래서 당신이 위험에 빠질까 봐 걱정스러운 거예요. 당신은 위험한 마법에 걸려 있어요. 내 생각에 당신은 사기꾼의 존재를 알고 있어요. 방금 전에 음악의 천사는 없다고 말했으니까. 그렇다면 크리스틴, 당신은 왜 그를 따라간 겁니까? 왜 천사의 노랫소리를 듣는 것처럼 황홀한 표정으로 일어난 거죠? 나도 들어 봤지만 그 목소리는 정말로 위험해요, 크리스틴. 나는 눈앞에서 사라진 당신이 어느 쪽으로 나갔는지도 보지 못했어요! 크리스틴, 천국의 이름으로, 당신과 나를 사랑했던 당신 아버지의 이름으로 부인과 나에게 도대체 누구의 목소리인지 말해 줘요. 당신이 말해 준다면 우리가 당신을 지켜 줄게요. 제발, 크리스틴, 그 남자의 이름이 뭡니까? 당신의 손가락에 반지를 끼워 준 그 뻔뻔스러운 남자의 이름이!"

"샤니 자작님, 당신은 결코 알 수 없을 거예요."

그녀의 목소리는 차가웠다.

한편 발레리우스 부인은 크리스틴이 자작을 차갑게 대하는 모습을 보고 그녀의 편을 들었다.

"자작님, 크리스틴이 그 남자를 사랑한다면 자작님이 상관하실 일이 아닌 것 같군요."

"아아, 그렇군요, 부인."

라울은 쏟아지는 눈물을 참을 수 없었다.

"크리스틴이 정말로 그 남자를 사랑하는 것 같습니다. 하지만 제가 절망하는 이유는 그것 때문만이 아닙니다. 그 남자가 크리스틴의 사랑을 받을 자격이 있는지 의심스럽기 때문입니다!"

"자작님, 그건 제가 판단할 일이에요!"

크리스틴이 화가 난 얼굴로 자작을 노려보면서 말했다.

"남자가 그렇게 로맨틱한 방법으로 여자의 사랑을 얻으려고 할 때는……."

"남자가 악당이거나 여자가 바보거나 둘 중 하나란 말인가요?"

"크리스틴!"

"라울, 한 번도 본 적 없고 알지도 못하는 사람을 왜 그렇게 비난하죠?"

"그래요, 크리스틴. 당신은 절대로 말해 주지 않겠지만 난 그 남자의 이름을 알아요. 그 음악 천사 이름은 에릭!"

크리스틴은 깜짝 놀랐다. 얼굴이 백지장처럼 하얗게 질리고 말을 더듬기까지 했다.

"누구한테 들었어요?"

"당신이 직접!"

"무슨 소리예요?"

"가면무도회가 열린 날 밤 그가 가엾다고 말했잖아요. 분장실로 들어가서 '가여운 에릭!'이라고. 크리스틴, 이 가여운 라울이 그 말을 듣고 있었어요."

"샤니 자작님, 문밖에서 엿들은 게 두 번째예요!"

"문밖에 있지 않았어요. 분장실 내실에 있었어요"

182

"딱한 사람! 저런 딱한 사람! 죽고 싶어요?"

"그럴지도."

라울의 그 말에는 사랑과 절망이 함께 들어 있어 크리스틴은 흐느끼지 않을 수 없었다. 그녀는 순수한 애정을 담아 그의 두 손을 잡았다.

"라울, 목소리의 주인공은 잊어버리세요. 이름도 기억하려고 하지 마세요. 절대로 그 목소리에 대한 비밀을 파헤치려고 하면 안 돼요."

"그렇게도 끔찍한 비밀인가요?"

"세상에 그것보다 끔찍한 비밀은 없어요. 더는 파헤치려고 하지 않겠다고 맹세해 주세요. 그리고 분장실에도 내가 부르기 전에는 오지 않겠다고 약속하세요."

그녀의 목소리는 단호했다.

"그럼 가끔씩 부르겠다고 약속해 줘요."

"약속할게요."

"언제?"

"내일요."

"그럼 당신이 하라는 대로 하겠어요."

그녀의 손에 입을 맞춘 그는 에릭을 저주하고는 인내심을 가지기로 다짐하면서 자리를 떠났다.

12

바닥 문 위에서

다음 날 라울은 오페라하우스에서 크리스틴을 보았다. 그녀는 여전히 아무런 장식이 달리지 않은 금반지를 끼고 있었지만 그에게 부드럽고 상냥했다. 라울은 그녀에게 자신의 계획과 미래, 일에 대해 이야기했다.

그는 북극 수색대 출발일이 앞당겨져서 앞으로 3주, 적어도 한 달 후에 프랑스를 떠나게 될 것이라고 말했다. 그녀는 이번 항해를 시작으로 명성을 쌓게 될 테니 즐거운 마음으로 다녀오라고 명랑하게 말했다. 그가 사랑 없는 명성에는 관심 없다고 말하자 그녀는 그를 어린애처럼 토닥이면서 마음의 고통은 곧 사라질 거라고 위로했다.

"이렇게 심각한 일을 어떻게 그렇게 쉽게 말할 수 있지?"

라울이 물었다.

"우리는 다시 만나지 못할 수도 있어! 내가 수색 작업을 하다가 죽을 수도 있고."

"내가 죽을 수도 있죠."

그녀가 짧게 대답했다.

그녀는 더 이상 웃거나 농담을 하지 않았다. 그녀는 처음 떠오른 새로운 생각에 몰두해 있는 것 같았다. 생각에 잠긴 그녀의 눈이 빛났다.

"크리스틴, 무슨 생각을 하는 거지?"

"우리가 다시는 만나지 못할 거라는 생각요."

"그래서 그렇게 즐거운 표정인가?"

"그리고 한 달 후에 우리가 영원히 이별해야 한다는 것도요!"

"크리스틴, 우리가 영원히 서로를 기다리겠다고 약속하지 않으면 당연히 그렇겠지."

크리스틴이 손으로 그의 입을 막았다.

"쉿! 라울, 우리는 당연히 서로를 기다릴 거예요. 하지만 결혼은 할 수 없을 거예요. 알잖아요."

갑자기 그녀는 넘치는 기쁨을 주체할 수 없는 것처럼 보였다. 아이처럼 기뻐하면서 박수까지 쳤다. 라울이 놀라서 그녀를 쳐다보았다.

"하지만…… 하지만……."

그녀는 마치 라울에게 선물이라도 주는 것처럼 양손을 내밀었다.

"결혼은 못하지만…… 약혼은 할 수 있어요! 우리 두 사람 말고 아무도 모를 테니까요, 라울. 비밀 결혼을 하는 사람들도 많은데 비밀 약혼을 하지 말라는 법은 없잖아요? 우리 한 달 동안 약혼하는 거예요! 한 달 후에 당신이 떠나도 난 그 한 달의 시간을 떠올리면서 평생 행복할 수 있을 거예요!"

그녀는 자신이 떠올린 생각에 완전히 심취해 있었다. 그러더니 다시 진지해졌다.

"그 행복은 아무도 해치지 않을 거예요."

라울도 그녀의 생각에 찬성했다. 그는 크리스틴에게 고개를 숙이고 말했다.

"크리스틴, 당신의 손을 잡을 수 있는 영광을 허락해 주오."

"당신은 이미 내 두 손을 모두 잡고 있는 걸요, 약혼자님! 아, 라울, 우린 정말 행복할 거예요! 오늘 온종일 약혼놀이를 해요."

두 사람은 어린아이처럼 온종일 세상에서 가장 아름다운 놀이인 약혼놀이를 즐겼다. 그들은 사랑의 대화와 영원한 맹세를 주고받았다. 하지만 앞으로 얼마만 지나면 이별이 기다리고 있기에, 유희의 시간은 눈물과 웃음 속에서 처연한 여운을 남긴 채 흘러가고 있었다. 두 사람은 마치 무도회에서 신나게 즐기는 것처럼 둘만의 놀이에 빠져들면서도, 서로에게 상처를 주지 않기 위해 무척 조심해야 했다.

그러던 어느 날, 문득 가슴이 미어지는 것을 참지 못한 라울이 놀이를 멈추고 불쑥 말을 내뱉었다.

"북극에 가지 않겠어!"

순진한 크리스틴은 라울이 그렇게 나올 줄은 전혀 예상하지 못했다. 그제야 약혼놀이가 위험하다는 사실을 떠올리고는 곧바로 자신을 책망했다. 그녀는 아무런 대꾸도 하지 않은 채 곧장 집으로 돌아갔다.

그 일이 일어난 곳은 크리스틴의 분장실이었다. 두 사람은 매일 그곳에서 만나 비스킷 세 개와 포트 와인(포르투갈산 포도주—옮긴이), 제비꽃 한 다발로 즐겁게 저녁 식사를 했다. 그날 저녁 그녀는 노래를 부르지 않았고 한 달 동안 서로 매일 쓰기로 한 편지도 쓰지 않았다. 다음 날 라울은 발레리우스 부인의 집으로 달려갔다. 부인은 크리스틴이 이틀 전부터 집을 비웠다고 말했다. 그 전날 5시에 떠났다는 것이다.

라울은 혼란스러웠다. 아무렇지도 않게 그런 말을 전해 주는 부인이 야속하기만 했다. 그는 부인의 속마음을 떠보려고 했지만 정말로 아는 바가 없는 것 같았다.

크리스틴은 다음 날 돌아왔다. 그녀가 돌아온 날 성공적인 무대가 또 펼쳐졌다. 예전의 갈라 공연이 재연된 것 같았다. 카를로타는 '두꺼비' 사건 이후 무대에 오르지 못했다. '꽥' 소리에 대한 공포 때문에 도저히 노래할 용기가 나지 않았다. 게다가 그녀의 치욕스러운 모습을 목격한 관객들은 그녀에게 정이 떨어졌다. 카를로타는 계약을 취소할 수밖에 없었다. 크리스틴은 카를로타의 빈자리를 채워 달라는 부탁을 받았고, 〈유대 여인〉 공연에서 열광적인 박수갈채를 받았다.

물론 라울도 그 공연을 보러 갔다. 그는 우레와 같은 박수 속에서 유일하게 고통을 느꼈다. 크리스틴이 여전히 금반지를 끼고 있었기 때문이다. 그의 귓가에 아득한 속삭임이 들려왔다.

"그녀는 오늘 밤에도 반지를 끼고 있어. 그건 네가 준 반지가 아니지. 그녀는 오늘 밤에도 영혼을 바쳐 노래했지만 너한테 바친 게 아니야. 그녀가 이틀 동안 뭘 했는지 말해 주지 않는다면 에릭한테 가서 물어봐야 할걸!"

그는 그녀가 지나가는 무대 위로 달려갔다. 눈으로 라울을 찾고 있던 그녀가 그를 발견했다.

"어서요! 서둘러요!"

그녀는 그를 분장실로 이끌었다.

라울은 곧바로 그녀 앞에 무릎을 꿇었다. 예정대로 북극에 갈 테니 제발 그녀가 약속한 꿈같은 행복을 단 한 시간도 빼앗지 말아 달라고 애원했다. 크리스틴은 가만히 눈물을 흘렸다. 두 사람은 부모의 죽음으로 고통스러워하는 남매처럼 애달프게 입을 맞추었다.

크리스틴이 갑자기 부드럽지만 어색하게 자신을 안고 있는 라울의 품에서 빠져나왔다. 그녀는 무슨 소리를 들은 듯 재빨리 문을 가리켰다. 라울이 문턱에 이르렀을 때 그녀가 나지막하게 말했다. 무슨 말인지 정확히 알아듣기가 힘들어 짐작해야만 했다.

"내일 만나요, 약혼자님! 행복하세요, 라울. 난 오늘 밤 당신을 위해 노래했어요!"

그는 다음 날도 그녀를 찾아갔다. 하지만 그녀가 이틀 동안 집을 떠났던 일 때문에 두 사람의 즐거운 약혼놀이는 깨지고 말았다. 그들은 분장실에서 아무 말 없이 그저 슬픈 눈으로 서로를 바라보았다. 라울은 "질투가 나! 질투가 난다고!"라고 소리치고 싶은 마음이 굴뚝같았지만 가까스로 참았다.

"우리 잠깐 산책이라도 해요. 바람을 쐬면 기분이 나아질 거예요."

크리스틴은 마치 그 외침을 듣기라도 한 것처럼 제안했다. 라울은 그녀가 밖으로 산책을 하러 가자는 줄 알았다. 에릭이라는 간수가 벽을 통해 돌아다니는 감옥 같은 오페라하우스에서 멀리 떨어진 교외로. 하지만 그녀는 라울을 무대로 데려가 인공적으로 조성된 연못가 나무 장식에 앉도록 했다. 그날 저녁 공연을 위한 1막 장면 세트장이었다. 불안하지만 평화롭고 침착한 분위기가 그들을 감쌌다.

어느 날인가 두 사람은 손을 잡고 무대장치가가 멋진 솜씨로 덩굴식물을 조각해 놓은 인적 없는 정원을 걷기도 했다. 크리스틴은 마치 진짜 하늘과 꽃, 땅에 접근하는 것이 숙명적으로 금지되어 있는 여인처럼 행동했다. 가끔씩 멀리서 오페라하우스 소방관이 지나가면서 그들의 우울한 산책 풍경을 쳐다보았다.

또 크리스틴은 구름 장치 위로 그를 이끌고 가기도 했다. 그곳에는

격자판이 어지러운 모양으로 설치되어 있었는데, 그녀는 아슬아슬한 다리 위를 뛰어다니면서 그를 놀라게 했다. 숲처럼 총총 들어선 활대와 기둥 속에 무수한 밧줄이 도르래와 권양기, 롤러에 연결되어 있었다. 라울이 망설이면 그녀는 사랑스러운 입술을 내밀며 이렇게 말했다.

"곧 항해를 떠날 선원이 뭘 망설여요!"

그리고 두 사람은 '육지'로 돌아왔다. 그곳에서는 6~10살 정도의 어린 소녀들이 무용 연습에 매진하고 있었다. 그들은 언젠가 훌륭한 무용수가 되어 화려한 스포트라이트를 받는 주인공이 되어 보겠다는 꿈을 꾸며 힘든 연습도 마다치 않았다. 크리스틴은 그곳을 지나며 아이들에게 사탕을 나눠 주었다.

그녀는 의상실과 소도구실을 비롯해 지상에서 지붕 꼭대기까지 17층에 이르는 자신의 거대한 왕국으로 그를 데려갔다. 열일곱 개의 층에는 그녀의 백성들이 가득했다. 그녀는 인기 많은 여왕처럼 일하는 백성들을 격려해 주기도 했고, 창고에 잠시 앉아 있기도 했고, 주인공의 의상을 어떻게 만들까 고민하는 이들에게 조언도 해주었다. 백성들은 모든 분야의 일을 해냈다. 구두 수선공도 있었고 금 세공사도 있었다. 모두가 그녀를 알고 사랑하게 되었다. 그녀가 그들의 취미 생활뿐 아니라 고충에도 관심을 기울였기 때문이다.

크리스틴은 나이 든 부부가 남몰래 후미진 구석에서 살림을 차리고 있다는 사실까지 알고 있었다. 그녀는 그들이 사는 곳의 문을 두드리고 라울을 자신에게 청혼한 왕자라고 소개했다. 두 사람은 벌레 먹은 소도구 위에 앉아, 노부부가 들려주는 오페라하우스의 전설에 귀를 기울였다. 마치 어린 시절 브르타뉴의 옛이야기를 들을 때처럼. 노부부는 오페라하우스 밖의 일은 전혀 알지 못했다. 그들은 기억도 나지 않을 만큼 오래전부터 그곳에서 살았다. 역대 경영진들도 노부부에 대해 잊어버렸을 정도였다. 노부부는 프랑스 혁명도, 프랑스의 역사가 어떻게 흘러왔는지도 알지 못했다. 아무도 그들의 존재를 기억하지 못했다.

　라울과 크리스틴의 소중한 하루하루는 이렇게 흘러갔다. 그들은 바깥일에 지나칠 정도로 관심을 보이면서, 마음속 이야기는 꺼내지 않고 어색하게 진심을 숨겼다. 한 가지 분명한 사실은, 둘 중 그래도 더 강인한 모습을 보여 왔던 크리스틴이 갑자기 몹시 불안해했다는 것이다. 그녀는 오페라하우스 구석구석을 탐험하는 동안 갑자기 달리다가 멈춰 섰다. 눈 깜짝할 사이에 손이 얼음장처럼 차가워지기도 했다. 상상 속의 그림자를 쫓는 것처럼 보일 때도 있었다. 그녀는 "이쪽이에요."라고 소리치면서 숨 막히게 웃어 대다가 결국에는 울음을 터뜨리기도 했다. 그럴 때면 라울은 아무것도 묻지 않겠다는 약속을 잊어버리고 그녀에게 물어보려고 했다. 하지만 그가 말을 꺼내기도 전에 그녀가 흥분해서 대답했다.

　"아니에요. 정말 아무것도 아니에요."

한번은 두 사람이 지나가는데 무대의 바닥 문이 열려 있는 모습이 눈에 띄었다. 라울이 멈춰 서서 어두운 바닥을 들여다보았다.

"크리스틴, 당신의 왕국 중에서 지상은 전부 보았어. 지하에도 신기한 이야기가 많이 전해져 내려오겠지. 내려가 볼까?"

그녀는 라울이 어두운 구멍 안으로 사라져 버리기라도 할 것처럼 두려워하면서 그의 팔을 꽉 잡더니 떨리는 목소리로 속삭였다.

"안 돼요! 지하에는 내려가지 않을 거예요! 거기는 내 왕국이 아니에요! 지하는 전부 그의 세상이에요!"

라울은 그녀의 눈을 쳐다보면서 거칠게 말했다.

"그러니까 그가 저 아래에 산다는 거군?"

"난 그런 말 한 적 없어요. 누가 그런 말을 해요? 가끔 당신은 제정신이 아닌 것 같아요. 항상 말도 안 되는 소리를 하잖아요. 이리 와요! 어서!"

그녀는 완고하게 바닥 문 옆에 버티고 있는 그를 끌어내렸다.

그런데 갑자기 바닥 문이 닫혔다. 순식간에 벌어진 일이었기 때문에 문을 닫은 손이 보이지도 않았다. 두 사람은 정신이 멍했다.

"그가 저 아래에 있는 모양이군."

잠시 후 라울이 말했다.

크리스틴은 어깨를 으쓱했지만 어딘가 불편해 보였다.

"아니에요. '바닥 문 관리인'이에요. 그 사람들도 가만히 놀고 있을 수는 없잖아요. 이유 없이 문을 열었다 닫았다 해요. '문지기'처럼 시간을 때워야 하니까."

"하지만 그라면?"

"아니에요! 그는 지금 칩거 중이에요. 일을 하고 있어요."

"그래? 그가 일을 한다고?"

"네, 일하면서 바닥 문을 열고 닫고 할 수는 없잖아요."

그녀가 몸을 떨었다.

"도대체 무슨 일을 하는 거지?"

"끔찍한 일이에요! 하지만 우리 두 사람한테는 잘된 일이에요. 일을 하고 있으니까 아무것도 보지 못하거든요. 며칠 동안 먹지도 마시지도 숨 쉬지도 않고 살아 있는 시체처럼 일해요. 바닥 문으로 장난 칠 시간이 없어요."

그녀는 또다시 몸을 떨었다. 여전히 라울의 팔을 붙잡고 있었다. 그녀는 한숨을 내쉬더니 말했다.

"만약 그였다면 어떻게 하죠?"

"그가 두려운가?"

"아뇨. 물론 아니에요."

하지만 크리스틴은 다음 날부터 조심스럽게 바닥 문을 피했다. 시간이 지날수록 그녀의 불안감은 커져만 갔다. 그러던 어느 날 오후 무척이나 늦게 나타난 그녀의 얼굴은 백지장처럼 하얗고 눈은 빨갛게 충

혈되어 있었다. 라울은 목소리의 주인공에 대한 비밀을 말해 주지 않으면 가만히 두고만 보지 않을 것이고 북극에도 가지 않겠다고 선언했다.

"쉿! 제발 조용히 해요! 그가 들으면 큰일 나요!"

크리스틴은 불안한 눈빛으로 주변을 살폈다.

"크리스틴, 내가 그에게서 벗어나도록 해주겠어. 다시는 당신이 그를 생각하지 않도록."

"정말 그럴 수 있어요?"

그녀는 의심스러웠지만 그 말에 용기를 얻었다. 바닥 문에서 멀리 떨어진, 오페라하우스에서 가장 높은 층으로 라울을 데리고 갔다.

"그가 찾을 수 없도록 아무도 모르는 곳에 당신을 숨겨 놓겠어. 그러면 당신은 안전할 거야. 당신이 절대로 결혼하지 않겠다고 했으니 그러고 나서 난 떠나겠어."

크리스틴은 라울의 손을 잡더니 엄청난 힘으로 꽉 눌렀다. 하지만 갑자기 또다시 겁에 질려 고개를 돌렸다.

"더 높이! 더 높이요!"

그녀는 이렇게 말하고 라울을 아예 오페라하우스 지붕으로 이끌고 갔다.

라울은 그녀를 따라가기가 힘들었다. 잠시 후 그들은 목재가 미로처럼 얽힌 높은 지붕 아래에 도착했다. 그들은 서까래와 장선 사이를 미

끄러지듯 지났다. 숲 속에서 나무 사이로 달리듯 대들보 사이를 달려
갔다.

크리스틴은 조심스럽게 계속 뒤돌아보았지만 뒤에서 따라오는 그림
자를 보지는 못했다. 그 그림자는 마치 그녀의 그림자처럼 그녀가 멈
추면 멈추고 다시 움직이면 움직였다. 아무런 소리도 내지 않았다. 라
울도 그 그림자를 보지 못했다. 크리스틴을 따라가느라 뒤쪽에는 전
혀 관심을 두지 않았던 것이다.

13

끔찍한 비극에 대한 고백

그들은 지붕에 도착했다. 크리스틴은 제비처럼 가볍게 지붕 사이를 뛰어다녔다. 그들은 세 개의 돔과 삼각형 모양의 박공지붕 사이의 빈 공간을 휙 둘러보았다. 그녀는 저 아래로 바쁘게 움직이는 파리의 공기를 자유롭게 들이마셨다. 라울에게 가까이 오라고 말한 뒤 그들은 나란히 납과 아연으로 만든 길을 걸었다. 그들은, 제철이 되면 스무 명 남짓 되는 발레단 소년들이 수영과 다이빙을 하는 거대한 저수조에 쌍둥이처럼 비친 자신들의 모습을 바라보았다.

그림자는 두 사람의 발자국에 붙다시피 하면서 뒤따라왔다. 그들은 그림자의 존재를 알아채지 못한 채 거대한 아폴론 상 아래에 앉았다. 청동으로 만든 아폴론 상은 석양이 빛나는 하늘을 향해서 커다란 리라(고대 그리스의 발현악기-옮긴이)를 치켜든 모습이었다.

눈부신 봄날 저녁이었다. 지는 해에게 황금색과 붉은색 비단 옷을
선사받은 구름이 유유하게 흘러갔다. 그때 크리스틴이 말했다.

"우리는 구름보다 멀리, 빠르게 세상 끝까지 갈 거예요. 그리고 당신
은 날 떠나겠죠, 라울. 하지만 당신이 나를 아무도 모르는 곳으로 데
려가려는 순간이 왔을 때 내가 가지 않겠다고 할지도 몰라요. 그럼 억
지로라도 날 끌고 가주세요!"

"크리스틴, 마음이 바뀔까 봐 두려워?"

"모르겠어요."

그녀가 머리를 흔들면서 말했다.

"그는 악마예요! 돌아가서 그와 함께 지하에서 살아야 한다고 생각
하니 무서워요!"

그녀는 몸을 떨며 그의 팔에 안겼다.

"어째서 가야만 하는 거지, 크리스틴?"

"내가 가지 않으면 끔찍한 일이 벌어질 거예요. 하지만 도저히 못 가
겠어요! 갈 수가 없어요! 지하에 사는 사람들을 가엾게 여겨야 한다고
생각은 하지만…… 그는 정말 끔찍해요! 하지만 이제 시간이 없어요.
하루밖에 남지 않았어요. 내가 가지 않으면 그가 와서 목소리로 데려
갈 거예요. 날 지하로 끌고 가서는 해골을 조아리며 내 앞에서 무릎
을 꿇겠죠. 사랑한다 말하고 울 거예요! 라울, 해골의 새카만 두 눈구

멍에서 쏟아지는 눈물을 생각해 봐요! 난 그 눈물을 다시는 똑바로 볼 수가 없어요!"

라울은 고뇌에 찬 얼굴로 손을 비트는 그녀를 끌어안았다.

"아니, 당신은 사랑한다는 그의 말을 다시는 듣지 않아도 돼! 그의 눈물을 보지 않아도 되고! 크리스틴, 도망갑시다. 지금 당장!"

그는 그녀를 끌고 가려고 했다. 하지만 그녀가 막았다.

"안 돼요."

그녀가 슬픈 표정으로 고개를 저었다.

"지금은 안 돼요! 너무 잔인해요. 내일 저녁에 그에게 내 노래를 들려줄 거예요. 그다음에 도망가요. 정확히 자정에 분장실로 데리러 오세요. 그때 그는 호숫가에 있는 식당에서 나를 기다리고 있을 거예요. 그럼 우린 도망칠 수 있어요. 라울, 내가 가지 않겠다고 해도 억지로 데려가 줘요. 이번에 지하로 돌아가면 다시는 나오지 못할 것 같아요."

이렇게 말하면서 한숨을 내쉰 그녀는 뒤쪽에서 대답하는 듯한 또 다른 한숨 소리를 들은 것 같았다.

"들었어요?"

그녀는 이가 덜덜 떨렸다.

"아니, 아무 소리도 못 들었어."

"항상 이렇게 떨면서 살아야 한다는 게 정말 끔찍해요! 하지만 여기는 위험하지 않아요. 하늘이 보이고 밝고 탁 트인 곳이니까요. 태양이 이글이글 불타고 있죠. 올빼미는 태양을 견딜 수도 없고 쳐다보지도 못해요. 난 그를 한낮의 빛 속에서 본 적이 없어요. 아마 끔찍하겠죠! 그를 처음 봤을 때 그가 곧 죽을 거라고 생각했어요."

"왜지?"

라울은 크리스틴의 기이한 고백 속에 등장하는 주인공을 떠올리니 오싹해졌다.

"분명 그렇게 보였으니까요!"

이번에는 라울과 크리스틴이 동시에 뒤를 돌아보았다.

"누군가 고통스러워하는군. 상처라도 입었나? 지금 이 소리 들었어?"

"모르겠어요. 그가 없을 때도 내 귀는 그의 한숨소리로 가득하거든요. 하지만 당신이 들었다면……."

그들은 일어나 주변을 둘러보았다. 납으로 만든 거대한 지붕에는 두 사람뿐이었다. 그들은 다시 자리에 앉았고 라울이 말했다.

"처음에 어떻게 보게 됐는지 말해 봐요."

"처음 석 달 동안은 보지 못하고 목소리만 들었어요. 처음에 그의 목소리를 들었을 때는 당신이 그랬던 것처럼 다른 방에서 누가 아름다운 목소리로 노래한다고 생각했어요. 밖으로 나가서 전부 살펴보았죠. 하지만 당신도 알다시피 내 분장실은 따로 떨어져 있잖아요. 분장실 밖에는 아무도 없는데 안에서는 계속 소리가 났어요. 노래를 부르는 것뿐만이 아니었어요. 진짜 사람처럼 나에게 말도 하고 질문에 대답도 했어요. 진짜 사람과 차이가 있다면 천사처럼 아름다운 목소리라는 거였죠. 난 아버지가 천국에서 보내 주겠다고 약속한 음악의 천사를 만나지 못한 상태였죠. 아버지가 돌아가신 후 함께 살게 된 발레리우스 양어머니 책임도 있어요. 그 목소리에 대해 말씀드렸더니 이러셨거든요. '천사가 분명하구나. 물어나 보렴. 나쁠 것 없잖니.' 그래서 물어봤더니 아버지가 보내 주겠다고 약속한 그 천사의 목소리라고 대답했어요. 그때부터 목소리와 나는 좋은 친구가 됐어요. 잠시 천국에서 휴가를 받아 나에게 레슨을 해주겠다고 했어요. 나도 동의했고 분장실에서 받는 레슨 시간을 한 번도 어긴 적이 없어요. 당신도 그 목소리를 들었지만 그 레슨이 어땠는지는 상상조차 하지 못할 거예요."

"그래. 상상이 되지 않아. 어떤 음악을 들으며 무슨 수업을 받은 거지?"

"한 번도 들어본 적 없는 음악이었어요. 벽 뒤에서 들려왔는데 놀라울 정도로 완벽했어요. 목소리는 아버지가 나를 어디까지 가르쳤는지 정확히 알고 있는 것 같았어요. 몇 주가 지나자 노래할 때 나 자신이 누군지 모를 정도가 됐어요. 솔직히 무섭기도 했어요. 마법 같은 게 연관된 건 아닐까 무서웠죠. 하지만 양어머니가 안심시켜 주셨어요. 내가 워낙 천진난만해서 악마가 관심을 보일 만한 대상이 아니라고. 목소리가 지시한 대로 내 실력이 좋아졌다는 걸 목소리와 양어머니, 나 사이의 비밀로 했어요. 정말 이상한 일이었어요. 난 분장실 밖에서는 보통 때와 똑같은 목소리로 노래했거든요. 아무도 달라진 걸 눈치 채지 못했어요. 난 목소리가 시키는 대로 했어요. '기다려 봐. 우리는 파리 전체를 놀라게 만들 거야!' 나는 그 말대로 기다렸고 황홀경에 빠져서 살았어요. 그러다 오페라하우스에서 당신을 처음 봤어요. 난 정말 기뻤어요. 기쁨을 숨기지 못하고 분장실로 돌아갔죠. 불행하게도 목소리는 나보다 먼저 와 있었어요. 뭔가 있다는 걸 눈치챘죠. 목소리가 무슨 일이냐고 물었고, 난 내 가슴을 가득 채운 당신에 대한 이야기를 숨길 필요가 없다고 생각했어요. 그런데 목소리는 조용했어요. 내가 불러도 아무런 대답이 없었죠. 난 목소리가 영원히 사라져 버렸을까 봐 두려웠어요. 그때 정말 그랬다면 얼마나 좋았을까요! 그날 밤 나는 절망스러워하면서 집으로 갔어요. 양어머니에게 말했더니 '목소리가 질투하고 있구나!'라고 하셨어요. 그때 난 처음으로 내가 당신을 사랑한다는 사실을 깨달았어요."

크리스틴은 잠시 말을 멈추고 라울의 어깨에 머리를 기댔다. 그들은 아무런 말없이 잠깐 동안 그렇게 앉아 있었다. 몇 발자국 떨어진 곳에서 무언가가 움직이는 모습은 보지 못했다. 두 개의 커다란 날개가 달린 으스스한 그림자는 그들의 목을 조를 수 있을 만큼 지붕에 가까이 와 있었다.

크리스틴은 한숨을 쉬며 이야기를 계속했다.

"다음 날 난 생각에 잠긴 채 분장실로 갔어요. 목소리가 와 있었는데, 내가 인간에게 마음을 준다면 자신은 천국으로 돌아갈 수밖에 없다고 슬프게 말했어요. 인간의 슬픔이 담긴 어조였기 때문에 내가 착각에 빠진 게 아닐까 의심스러웠죠. 하지만 목소리에 대한 내 믿음은 아버지의 추억과 뒤섞여 있었기 때문에 흔들리지 않았어요. 목소리가 떠나는 것보다 두려운 건 없었어요. 당신을 사랑하지만 위험할 게 뻔했어요. 게다가 당신이 날 기억하는지도 알 수 없었고. 그리고 우리가 잘되더라도 당신의 사회적 지위 때문에 나는 당신과 결혼할 수도 없잖아요. 그래서 난 목소리에게 당신과 나는 남매 같은 사이고 앞으로도 영원히 그럴 거라고 맹세했어요. 그 어떤 인간에게도 내 마음을 줄 수 없다고. 그래서 무대나 통로에서 마주쳤을 때 당신을 모른 척하거나 만나지 않으려고 했던 거예요. 어쨌든 난 계속 그에게 레슨을 받았어요. 마침내 그가 말했어요. '크리스틴 다에, 이제 인간들에게 천국의 노래를 들려줄 수 있어.' 난 그날 밤 카를로타가 어째서 출연하지 못했는지, 내가 어떻게 그녀 대신 무대에 서게 되었는지 몰라요. 하지만 처음 느껴 보는 황홀경 속에서 노래를 불렀어요. 영혼이 몸을 빠져나가는 느낌이 들었어요!"

"크리스틴, 그날 밤 당신의 한마디 한마디에 내 심장이 떨렸어. 당신의 뺨으로 흘러내리는 눈물을 보고 나도 같이 울었어. 어떻게 울면서 그렇게 노래할 수 있었지?"

"그러다 결국 기절해서 눈을 감았지요. 눈을 떴을 때 당신이 내 옆에 있었어요. 목소리도 거기에 있었고요! 난 당신이 걱정스러워서 당신을 모르는 척했고 바다에 빠진 스카프를 건져 준 일을 일깨워 줬을 때도 웃었던 거예요. 하지만 목소리를 속일 수는 없었어요! 목소리는 당신을 알아보고 질투했어요! 내가 당신을 사랑하기 때문에 오랜만에 만난 친구처럼 대하지 않고 피했다는 거였죠. 한바탕 실랑이가 벌어졌어요. 난 목소리에게 '그만해요! 난 내일 페로로 가서 아버지의 무덤에서 기도할 거예요. 샤니 자작에게 같이 가자고 할 거예요.'라고 했죠. 목소리가 '마음대로. 하지만 나도 페로에 있을 거야. 나는 당신이 있는 곳에 있으니까. 당신이 거짓말을 한 게 아니라면 난 자정에 〈라자로의 부활〉을 연주할 거야. 당신 아버지의 무덤에서 당신 아버지의 바이올린으로.'라고 했어요. 그래서 난 당신에게 편지를 썼고 당신이 페로로 온 거예요. 난 어쩜 그렇게 감쪽같이 속았을까요? 목소리가 지극히 인간적이고 이기적인 생각을 하고 있다는 걸 알면서도 음악의 천사가 아니라 사기꾼이라고 의심하지 않았다니! 난 더 이상 나 자신의 주인이 아니라 그의 노예가 된 거예요!"

"하지만 결국 진실을 알게 되었잖아! 그런데 왜 즉시 끔찍한 악몽에서 벗어나지 않았지?"

라울이 소리쳤다.

"진실을 알게 되었다고요? 왜 악몽에서 벗어나지 않냐고요? 진실을 알고 나서야 악몽에 빠졌는걸요. 아, 난 정말 딱하기도 하지! 카를로타가 무대에서 두꺼비 소리를 내고 샹들리에가 떨어진 날 기억하죠? 사람들이 죽거나 다쳤고 오페라하우스 전체가 사람들의 비명으로 가득 찼어요. 난 가장 먼저 당신과 목소리의 주인공을 떠올렸어요. 진정하고 살펴보니 당신은 형과 함께 박스석에 있어서 위험하지 않다는 걸 알았어요. 하지만 그날 목소리도 공연을 보겠다고 말했기 때문에 난 그가 보통 사람들처럼 죽을 수도 있다는 생각에 걱정이 되었어요. 샹들리에가 목소리 위로 떨어졌을 수도 있겠다는 생각이 들었으니까요. 나는 관람석으로 달려가 죽거나 다친 사람들 틈에서 목소리의 주인공을 확인해 보려고 했어요. 그러다 문득 목소리가 살아 있다면 내 분장실에 있을 거라는 생각이 들어서 분장실로 달려갔죠. 하지만 없더군요. 나는 문을 잠그고 울면서 살아 있다면 제발 나타나 달라고 간청했어요. 아무런 대답이 없었지만 내가 잘 알고 있는 아름다운 통곡 소리가 들렸어요. 예수의 목소리를 들은 라자로가 눈을 뜨고 빛을 보기 시작하면서 내는 소리였죠. 당신과 내가 페로에서 들은 음악이기도 하고요. 목소리는 주요 소절을 노래하기 시작했어요. '오라! 그리고 나를 믿어라! 나를 믿는 자는 살 것이다! 걸어라! 나를 믿는 자는 영원히 죽지 않을 것이다!' 그 노래가 나에게 어떤 힘을 발휘했는지는 설명하기 힘들어요. 마치 일어나서 가까이 오라고 명령하는 것 같았어요. 목소리는 멀어지기 시작했고 나도 따라갔어요. '오라! 그리고 나를 믿어라!' 난 믿었고 따라갔어요. 그런데 내가 움직이고 있는 동안 분장실이 길어지는 거였어요. 계속 길어졌어요. 거울 효과 때문이었을 거예요. 내 앞에 거울이 있었거든요. 어찌 된 일인지 내가 분장실 밖으로 나와 있었어요!"

"뭐라고? 자신도 모르게 분장실 밖으로 나갔다고? 크리스틴, 제발 꿈에서 깨어나!"

"꿈꾼 게 아니에요. 나도 모르게 밖에 나와 있었어요. 당신도 내가 그날 저녁 갑자기 사라지는 걸 봤잖아요. 어떻게 된 건지 난 모르겠어요. 거울도 분장실도 갑자기 사라졌고 내가 어두운 통로에 서 있었다는 것밖에는……. 난 무서워서 비명을 질렀어요. 밖은 무척 어두웠고 멀리 벽에서 빨간 불빛이 깜빡거렸어요. 난 또 비명을 질렀어요. 노래도 바이올린 소리도 그치고 내 비명 소리만 울려 퍼졌어요. 그런데 누군가가 내 손에 손을 얹었어요. 손이 아니라 차가운 뼈 같은 게 내 손목을 붙잡고 놓지 않았죠. 난 또다시 비명을 질렀어요. 이번에는 팔이 내 허리를 잡고 부축했어요. 난 잠시 저항하다가 그만뒀어요. 빨간 불빛이 있는 쪽으로 끌려가서야 내가 커다란 망토를 입고 가면으로 얼굴 전체를 가린 남자의 손에 붙잡혀 있다는 걸 알았어요. 온몸이 굳어져서 아무것도 할 수 없었어요. 간신히 입을 열어 비명을 지르려는데 손이 막았어요. 내 입술과 피부에 닿은 그 손에서는 죽음의 기운이 느껴졌어요. 난 그대로 기절했죠. 눈을 떴을 때는 주변이 여전히 컴컴했어요. 바닥에 놓인 등불이 보글보글 샘솟는 우물을 비추고 있었어요.

우물에서 솟아나온 물방울은, 내가 검은 망토에 가면을 쓴 사람의 무릎을 베고 누운 바닥으로 순식간에 사라졌어요. 그는 내 이마를 닦아 주고 있었는데 손길은 부드러웠지만 손에서는 죽음의 기운이 느껴졌죠. 난 그의 손을 밀쳐 내고 물었어요. '당신은 누구죠? 목소리는 어디 있어요?' 그의 대답은 한숨뿐이었어요. 그때 뜨거운 숨결이 내 얼굴을 스치면서 남자의 검은 형체 옆으로 하얀 형체가 보였어요. 남자가 나를 들어 하얀 형체에 올려놓자 말울음 소리가 들렸어요. 내가 '세자르!' 하고 중얼거리자 말은 부르르 떨었어요. 라울, 늘다시피 안장에 올라탄 나는 그 말이 〈예언자〉에 나오는 말이란 걸 알았어요. 내가 설탕과 사탕을 자주 줬거든요. 어느 날 저녁 세자르가 사라졌고 오페라의 유령의 짓이라는 소문이 퍼졌어요. 난 목소리는 믿었지만 유령은 믿지 않았죠. 하지만 내가 유령의 포로가 된 건가 싶어서 온몸이 떨렸어요. 난 목소리를 부르면서 도와 달라고 했어요. 목소리와 유령이 동일 인물이라고는 꿈에도 생각하지 못했으니까요. 당신도 오페라의 유령에 대해 알고 있죠?"

"물론. 〈예언자〉에 나오는 말에 탄 뒤에는 어떻게 됐지?"

"꼼짝도 하지 않고 가만히 있었어요. 검은 형체가 날 들어 올렸지만 도망갈 생각도 하지 않았어요. 이상할 정도로 마음이 평온해졌거든요. 강심제라도 먹은 것처럼. 모든 감각이 멀쩡하게 살아 있었어요. 눈이 어둠에 익숙해지니 여기저기 반짝거리는 불빛이 보였어요. 오페라하우스 지하의 원형으로 된 좁은 복도를 돌고 있는 것 같았어요. 지하에 내려간 적은 있지만 지하 3층까지밖에 못 갔어요. 그 아래에는 마을 하나가 들어갈 정도로 커다란 층이 두 개 더 있는데, 눈앞에 나타난 무서운 형상 때문에 달아날 수밖에 없었거든요. 거기에는 시커먼 악마들이 있어요. 보일러 앞에 서서 삽과 갈퀴로 불을 쑤셔서 불길을 살려냈죠. 가까이 다가가면 갑자기 용광로를 열어서 시뻘건 불빛으로 겁을 줘요. 세자르를 타고 조용하게 지나가는데 멀리에서 그 시커먼 악마들이 보였어요. 불 앞에 서 있는 모습이 무척 작아 보였죠. 구불구불한 길을 지나면서 악마들의 모습이 보였다 사라졌다 했어요. 결국 완전히 보이지 않게 되었고요. 검은 형체는 여전히 나를 안고 있었고 세자르는 누가 끌고 가지도 않는데 터벅터벅 잘 가더군요. 얼마나 오랫동안 말을 탔는지는 도무지 모르겠어요. 계속 돌고 돌았고 지구의 중심으로 이어지는 듯한 나선형 계단을 몇 번이나 내려갔어요. 사실은 내 머리가 돌았는지도 모르겠어요. 아니, 그렇진 않을 거예요. 난 정신이 멀쩡했으니까요. 마침내 세자르가 콧구멍을 들고 킁킁거리더니 속도를 냈어요. 공기에서 습기가 느껴졌을 때 세자르가 멈췄어요. 어둠도 걷혔죠. 푸르스름한 빛이 주변을 둘러쌌어요. 거기는 호숫가였어요. 어둠 속에서 납빛 물이 멀리까지 뻗어 있었어요. 푸른빛이 기슭을 비추고 있어서 부두에 쇠고리로 묶인 작은 배가 보였어요."

"배라고!"

"그래요. 난 그런 것들이 있다는 걸 알고 있었어요. 지하에 호수와 배가 있는 것도 이상한 일이 아니었어요. 하지만 내가 호숫가로 가게 된 이상한 상황을 생각해 봐요! 검은 형체가 날 배에 내려놓는 순간, 갑자기 두려움이 몰려왔어요. 검은 형체도 그걸 알았을 거예요. 세자르가 계단을 올라가는지 말발굽 소리가 멀리서 들렸어요. 남자는 배에 올라타더니 밧줄을 풀고 노를 잡았어요. 빠르고 힘차게 노를 저었죠. 가면에 가려진 그의 눈은 줄곧 나에게서 떠나지 않았어요. 우리는 푸르게 빛나는 고요한 물위를 미끄러져 갔어요. 기슭에 닿았을 때는 다시 어두워졌죠. 남자가 또 나를 들어 올렸고 난 비명을 질렀어요. 그런데 갑자기 빛이 쏟아져서 입을 다물었어요. 그래요, 그가 나를 내려놓은 곳은 눈부신 빛이 비치는 곳이었어요. 난 벌떡 일어났죠. 분장실 한가운데였어요. 가구는 하나도 없고 꽃으로만 장식되어 있었어요. 꽃은 예뻤지만 길에서 파는 것처럼 바구니에 실크 리본이 묶여 있어서 촌스러워 보이기도 했어요. 첫 번째 공연이 끝난 후 분장실에서 흔히 볼 수 있는 꽃이었죠. 꽃들 가운데 서 있는 가면을 쓴 검은 형체가 팔짱을 낀 채 이렇게 말했어요. '겁내지 마, 크리스틴. 하나도 위험하지 않으니까.' 아, 그 목소리였어요! 놀랐지만 화가 나기도 했어요. 난 달려가 가면을 벗기고 얼굴을 보려고 했어요. 그랬더니 '가면에 손대지 않으면 당신은 위험하지 않아.'라고 말하면서 부드럽게 내 손목을 잡고 의자에 앉히는 거예요. 그러고는 내 앞에 무릎을 꿇고 앉은 채 아무 말도 하지 않았어

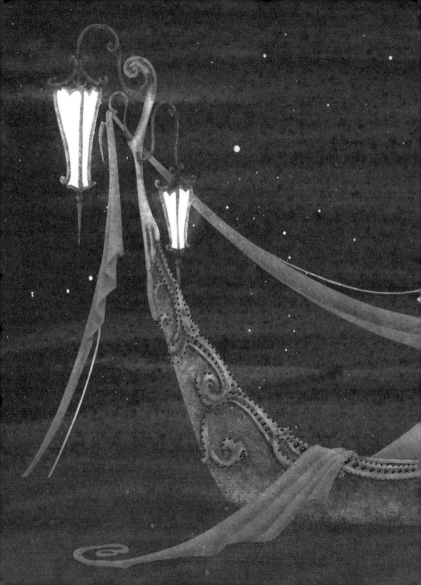

요! 그의 겸손한 행동에 용기가 났고 밝은 빛 덕분에 현실 감각도 돌아왔어요. 이상한 일을 겪기는 했지만 눈에 보이고 만질 수 있는 것들에 둘러싸여 있었으니까요. 가구와 벽걸이, 촛불, 꽃병, 어디서 얼마나 주고 샀는지까지 알 수 있는 꽃바구니, 그리고 평소 익숙한 분장실이라는 사실이 오페라하우스의 지하에 와 있다는 두려움을 누그러뜨려 주었죠. 하지만 내 앞에는 오페라하우스 지하 5층에 사는 이상한 남자가 있었어요. 가면을 쓴 채 내 앞에 무릎을 꿇고 있는 그 목소리의 주인공은 사람이었어요! 난 울음을 터뜨렸어요. 그는 내가 우는 이유를 알았는지 '그래, 크리스틴. 난 천사도 정령도 유령도 아닌 에릭이야!'라고 말했어요."

크리스틴의 이야기가 또 멈추었다. 뒤에서 그녀의 말을 따라 하는 메아리가 들렸다.

"에릭!"

웬 메아리지? 뒤돌아본 두 사람은 벌써 밤이 된 것을 알았다. 라울이 일어나려고 했지만 크리스틴이 붙잡아 앉혔다.

"가지 말아요! 여기서 전부 얘기하고 싶어요!"

"왜 하필 여기야? 감기 걸리면 큰일 나."

"우리가 두려워해야 할 건 바닥 문뿐이에요. 여기는 바닥 문에서 멀리 떨어져 있잖아요. 난 오페라하우스 밖에서 당신을 만나면 안 돼요. 지금은 그의 심기를 불편하게 하거나 의심을 사면 안 된다고요."

"크리스틴! 크리스틴! 내일 저녁까지 기다려서는 안 될 것 같은 느낌이 들어. 지금 당장 도망치자."

"내일 밤 내 노래를 듣지 못하면 그가 고통스러워할 거예요."

"그는 당신이 영원히 떠나도 괴로워할 거야."

"맞아요. 내가 떠나면 그는 죽을지도 몰라요."

그녀는 단조로운 목소리로 덧붙였다.

"어쩌면 반대로 그가 우리를 죽이려고 할지도 모르죠."

"그러면서도 그가 당신을 사랑한다고 할 수 있어?"

"날 위해서라면 살인도 할 정도라고요."

"그가 어디 사는지 알아볼 수는 있어. 그를 찾아갈 수도 있고. 에릭이 유령이 아니라는 걸 알았으니 가서 대답을 들어 보자고."

하지만 크리스틴은 고개를 저었다.

"안 돼요! 에릭은 어떻게 할 수 없어요. 도망가는 수밖에!"

"당신은 도망칠 수 있는데도 왜 그에게 돌아갔지?"

"그래야만 했기 때문이에요. 내가 어떻게 그를 떠났는지 들어 보면 당신도 이해할 거예요."

"난 에릭을 증오해! 크리스틴, 당신도 그를 증오해?"

"아뇨."

크리스틴이 간단하게 대답했다.

"물론 아니겠지. 당신은 그를 사랑해! 당신의 공포는 특이한 형태의 사랑이야. 사람들이 절대 스스로 인정하지 않는 사랑이지."

라울이 비통하게 말했다.

"생각할 때마다 전율 넘치는 사랑…… 지하 왕국에 사는 그 남자를 향한 사랑 말이야!"

그는 그녀에게 눈을 흘겼다.

"나더러 돌아가라는 거예요?"

크리스틴이 잔인하게 말했다.

"잘 있어요, 라울. 내가 말했죠. 이번에 가면 다시 돌아오지 않을 거라고!"

세 사람 사이에 침묵이 흘렀다. 두 사람은 말하고 한 사람은 뒤에서 엿들었다.

"대답하기 전에 그에 대한 당신의 감정이 어떤지 확실하게 알고 싶어. 증오하지 않는다니."

"무서워요! 바로 그게 끔찍한 거예요. 그가 무서운데도 미워할 수 없다는 것이요. 라울, 내가 어떻게 그를 미워할 수 있겠어요? 지하 호숫가의 집에서 나에게 무릎 꿇은 에릭의 모습을 생각해 봐요. 그는 자신을 저주하면서 용서해 달라고 애원했어요. 자신이 날 속였다고 고백했어요. 그는 날 사랑해요! 엄청나게 비극적인 사랑이죠…… 그는 사랑 때문에 날 납치했고 지하에 가뒀어요. 날 사랑하기 때문에! 하지만 그는 날 존중해요. 내게 고개를 숙이고 괴로워하고 울기도 해요. 내가 벌떡 일어나서 당장 내게 자유를 돌려주지 않으면 경멸하겠다고 말하니까 곧바로 풀어 줬어요. 그리고 아무도 모르는 비밀 통로를 가르쳐 줬죠. 그는 천사도 유령도 아니고 정령도 아니지만 노랫소리를 들으니 그 목소리의 주인공이 틀림없었어요. 그의 노래를 들으니 차마 떠날 수가 없었죠. 그날 밤 우리는 더는 아무 말도 하지 않았어요. 난 그의 노래를 들으며 잠이 들었죠. 일어나 보니 나 혼자뿐이었어요. 작은 침실의 소파에 누워 있었죠. 침실에는 마호가니 침대와 루이 필리프 풍의 오래된 서랍장이 있었어요. 대리석으로 된 서랍장의 윗면에 등불이 놓여 있었고요. 난 갇혔다는 사실을 깨닫고 밖으로 나갔는데 깨끗한 욕실로 이어지는 길밖에는 없더군요. 침실로 돌아가 보니 서랍장에 빨간색 잉크로 쓴 메모가 보였어요. '크리스틴, 하나도 걱정할 것 없어. 이 세상에 나보다 좋고 믿을 만한 친구는 없어. 당신은 당신 집에 혼자 있는 거야. 당신에게 필요한 것들을 사러 잠깐 다녀올게.' 미친 사람에게 붙잡혔다는 생각이 들었어요. 작은 방 안을 샅샅이 뒤졌지만 밖으로 나갈 방법이 없었어요. 난 미신을 믿고서 함정에 빠져 버린 자신을 원망했어요. 그래서 혼자 웃었다 울었다 했죠. 에릭이 돌아왔을 때도 그런 상태였어요. 벽을 세 번 두드리더니 그가 문으로 들어오더군요. 난 그 문이 있는 줄도 몰랐는데, 열려 있기까지 했어요. 그는 한가득 들고 있던 상자와 꾸러미를 느긋하게 침대에 내려놓았어요. 난 욕설을 퍼부으며 정직한 남자라면 가면을 벗으라고 했죠. 그는 침착하게 '당신이 에릭의 얼굴을 보는 일은 없을 거야.'라고 말했어요. 그 시간까지 옷을 제대로 입지 않았다고 나무라더니 벌써 오후 2시라고 알려 줬어요. 30분 시간을 주겠다면서 내 시계의 태엽을 감고 시간을 맞추었어요. 식당으로 오라고 해서 가봤더니 근사한 점심이 차려져 있었어요. 난 몹시 화가 나서 문을 쾅 닫고 욕실로 가버렸어요. 기분이 조금 나아진 뒤에 나가 보니 에릭은 나를 사랑하지만 내 허락이 있기 전까지는 사랑한다는 말을 하지 않을 거고, 나머지 시간은 음악에만 전념해야 한다고 했어요. 내가 '나머지 시간이라니요?'라고 묻자 그가 단호하게 5일이라고 대답했어요. 5일 후에는 풀어 줄 건지 물어보니 이렇게 대답하더군요. '크리스틴, 당신은 자유가 될 거야. 5일이 지나면 내 얼굴을 보지 않는 데도 익숙해질 거고 당신의 가여운 에릭을 가끔씩 보러 오게 될 테니까!' 그는 반대편에 있는 작은 테이블과 함께 놓인 의자를 가리켰어요. 난 혼란스러운 상태로 의자에 앉았어요. 새우 몇 마리와 닭 날개를 먹고 토케이 포도주 반 잔을 마셨어요. 그 포도주는 쾨니히스베르크의 와인 창고에서 가져왔다고 했어요. 에릭은 먹지도 마시지도 않았어요. 난 그에게 국적이 어딘지, 에릭이 스칸디나비아 이름이 아닌지 물었어요. 그는 자신은 이름도 국적도 없다면서 에릭이라는 이름은 어쩌다 생겼다고 말했어요. 점심을 다 먹고 그는 자리에서 일어나 손을 내밀더니 집을 구경시켜 주겠다고 했어요. 하지만 난 그의 손을 뿌리치면서 소리를 질렀어요. 내 손에 닿은 그의 손은 몹시 차갑고

뼈만 앙상했으니까요. 그의 손에서 죽음의 기운이 느껴졌던 것도 기억나요. 그는 '용서해!'라고 말하고 내 앞에 있는 문을 열었어요. '이게 내침실이야. 아주 재밌는 곳인데 둘러보겠어?' 그의 태도와 말이 믿을 만했기 때문에 망설이지 않고 방으로 들어갔어요. 마치 죽은 사람의 방으로 들어가는 느낌이었죠. 벽은 온통 시커먼 데다, 장례식장의 휘장이나 어울릴 법한 분위기에 〈진노의 날〉 음표를 몇 번씩 반복해서 그린 거대한 오선 악보가 펼쳐져 있는 거였어요. 방 가운데에는 캐노피가 보였고요. 넓은 붉은색 천으로 된 커튼이 캐노피에 걸려 있었고 그 아래에는 뚜껑 열린 관이 놓여 있었어요. '내가 잠자는 곳이야. 사람은 삶의 모든 것에 익숙해져야 해. 영원에도.' 에릭이 이렇게 말해서 난 기분이 나빠 고개를 돌렸어요. 그러자 벽 한쪽을 전부 차지한 오르간 건반이 보였어요. 책상에는 붉은색 음표로 가득한 악보가 있었죠. 그에게 허락을 구하고 읽어 봤더니 〈동 쥐앙의 승리〉라는 제목이더군요. '난 가끔 작곡을 해. 그 작품은 시작한 지 20년이나 됐어. 끝나면 관으로 가지고 들어가서 다시는 깨어나지 않을 거야.' 그의 말에 나는 '그럼 최대한 천천히 끝내야겠군요.'라고 말했어요. 그러자 그는 '14일 동안 밤낮 없이 그 일에 매달릴 때도 있어. 그 기간 동안에는 오직 음악을 먹고 살지. 그러고는 몇 년씩 쉬어.'라고 대답했어요. 난 그의 기분을 좋게 해줄 생각으로 물었어요. '〈동 쥐앙의 승리〉를 조금 들려줄수 있나요?' 그러자 그가 우울한 목소리로 말했어요. '그런 부탁은 절

대로 하지 마. 이 작품은 술과 온갖 타락과 시시한 연애질에서 영감을 받아 쓴 로렌조 다 폰테의 대본과는 무관한 작품이니까. 원한다면 모차르트의 〈돈 조반니(스페인의 전설적인 호색한 '돈 후안'의 이야기를 소재로 한 오페라로, '돈 조반니'는 돈 후안의 이탈리아식 이름−옮긴이)〉를 연주해 줄 수는 있지. 당신이 듣고 눈물을 흘릴 만한 기존의 작품을 말이야. 하지만 내 〈동 쥐앙(돈 후안의 프랑스어식 표기−옮긴이)〉은 지옥불도 두려워하지 않고 거세게 타오르는 불꽃과 같지. 그래서 당신을 온통 불사르고 말지도 몰라.' 그러고 나서 우리는 분장실로 돌아왔어요. 집안 전체에는 거울이 하나도 없었죠. 내가 그 말을 하려는 순간 에릭이 피아노에 앉았어요. '크리스틴, 다가오는 모든 사람을 소멸시킬 만큼 끔찍한 음악도 있어. 다행히 당신은 아직 그 작품에 다가가지 않았어. 가까이 간다면 당신은 모든 아름다움을 잃어버릴 거야. 파리 시내로 나가도 아무도 당신을 알아보지 못하겠지. 오페라에 나오는 노래나 불러봅시다, 크리스틴 다에 양.' 그의 마지막 말은 마치 나를 모욕하려는 것 같았어요."

"그래서 어떻게 했어요?"

"그 말에 담긴 의미를 생각해 볼 시간이 없었어요. 우린 곧바로 〈오셀로〉의 이중창을 부르기 시작했고 곧바로 엄청난 재앙이 벌어졌어요. 나는 난생처음 절망과 공포에 휩싸여 데스데모나의 아리아를 불렀어요. 음표마다 복수심이 담긴 그의 목소리가 천둥처럼 울려 퍼졌죠. 사랑과 질투, 증오가 괴로운 목소리와 함께 주변을 가득 채웠어요. 에릭의 검은 가면을 보니 베니스에 나오는 무어인, 오셀로가 쓴 가면이라는 생각이 들었어요. 그는 오셀로 그 자체였어요. 난 가면으로 가린 그의 얼굴을 꼭 봐야겠다는 생각이 들었어요. 목소리의 주인공이 어떻게 생겼는지 궁금했거든요. 나도 모르는 사이 재빨리 가면을 낚아챘어요. 아! 끔찍해! 끔찍해! 끔찍해!"

크리스틴은 자신을 놀라게 만든 끔찍한 모습을 떠올리며 말을 멈추었다. 방금 전 에릭의 이름을 반복하던 메아리가 이번에는 크리스틴의 마지막 외침을 세 번 반복했다.

라울과 크리스틴은 서로 꼭 껴안고 맑고 평화로운 하늘에서 빛나는 별들을 올려다보았다. 라울이 말했다.

"크리스틴, 이상하군. 이렇게 조용하고 부드러운 밤이 구슬픈 소리로 가득 차야 한다니. 마치 밤이 우리와 함께 슬퍼하는 것 같아."

"비밀을 알게 되면 당신의 귀도 내 귀처럼 통곡으로 가득할 거예요."
그녀는 떨리는 손으로 라울의 손을 오랫동안 잡고 있었다.

"아마 내 눈앞에 끔찍한 얼굴이 드러났을 때 그가 지른 슬픔과 분노의 비명을 평생 잊지 못할 거예요. 라울, 당신은 죽은 지 몇백 년이 지나 말라빠진 해골을 봤을 거예요. 그리고 악몽을 꾼 게 아니라면 페로에서 에릭의 해골도 봤겠죠. 가면무도회에서 돌아다니는 붉은 죽음도 봤을 테고요. 하지만 지금까지 말한 해골들은 움직임이 없고 실제

로 살아 있는 공포를 불러일으키는 것도 아니에요. 그런데 붉은 죽음이 갑자기 살아나 눈과 코, 입으로 된 네 개의 검은 구멍에서 엄청난 분노를 표출한다고 상상해 봐요. 악마의 강력한 분노를 말이에요. 그 구멍 속에서는 아무런 시선도 찾아볼 수 없고 말이죠. 나중에 알게 된 사실이지만 불타오르는 그의 눈은 어둠 속에서만 볼 수 있거든요. 난 벽에 기댔고 그가 이를 갈면서 다가왔어요. 내가 무릎을 꿇으며 쓰러지자 그는 미친 듯 씩씩거리며 알아들을 수 없는 말로 나를 저주했죠. 그러고는 내 쪽으로 몸을 숙이더니 이렇게 소리치는 거예요. '보고 싶으면 봐! 저주받은 내 추한 모습을 실컷 보라고! 에릭의 얼굴을 봐! 이게 목소리의 얼굴이야! 목소리로는 만족을 못했군? 내가 어떻게 생겼는지 궁금했겠지! 이제 만족해? 잘생겼지? 당신처럼 내 얼굴을 본 여자는 내 소유가 되지. 날 영원히 사랑하게 된다고. 나는 동 쥐앙 같은 남자거든!' 그는 몸을 완전히 일으켜 세우더니 허리에 손을 얹고 끔찍하게 달린 머리를 흔들더니 소리쳤어요. '날 봐! 내가 바로 동 쥐앙이야!' 나는 고개를 돌리고 용서해 달라고 빌었어요. 그는 거칠게 내 머리카락을 움켜쥐더니 내 얼굴을 자기 쪽으로 돌려 놓았어요."

"그만! 그만!"

라울이 소리쳤다.

"죽여 버리겠어! 크리스틴, 제발 그 호숫가 식당이 어딘지 알려 줘! 놈을 죽여 버리겠어!"

"전부 알고 싶으면 조용히 해요, 라울."

"그래. 당신이 어떻게, 왜 놈에게 돌아갔는지 알아야겠어! 하지만 어쨌든 놈을 죽여 버리고 말겠어!"

"라울, 내 말 좀 들어요! 그는 내 머리채를 잡고 끌고 갔고…… 그다음엔…… 아, 너무 끔찍해요!"

"그래서 어떻게 됐어? 어서 말해!"

성난 라울이 소리쳤다.

"그러더니 씩씩거렸어요. '내가 당신을 무섭게 만들었겠지? 안 그래? 당신은 내가 지금도 가면을 쓰고 있다고 생각할 거야. 이게……이게…… 지금 이 머리가 가면이라고 말이야!' 그는 계속 으르렁거렸어요. '방금 전에 한 것처럼 이 가면도 찢어서 벗겨 봐! 어서! 어서 하라고! 당신이 직접! 손을 이리 줘봐!' 그는 내 손을 꽉 잡아 끔찍한 얼굴로 가져가 내 손톱으로 시체 같은 끔찍한 살점을 뜯어냈어요! '내가 머리에서 발끝까지 죽음으로 만들어졌고 이 시체가 당신을 사랑한다는 걸 알아 둬. 당신을 결코 놓아 주지 않으리라는 것도! 난 지금 웃는 게 아니야. 울고 있다고. 당신 때문에 울고 있어, 크리스틴. 내 가면을 벗겨서 다시는 나를 떠날 수 없게 된 당신 때문에! 내가 잘생긴 얼굴이었다면 당신은 돌아왔을 거야. 하지만 이렇게 끔찍하게 생겼다는 사실을 알았으니 영영 달아나 버리겠지? 그래서 난 당신을 여기에 가둘 수밖에 없어! 왜 그렇게 내 얼굴이 궁금했어? 내 얼굴을 보고 싶어하다니 당신은 미쳤어, 크리스틴. 내 아버지조차 내 얼굴을 보지 못했고 어머니는 보지 않으려고 가면을 선물했지!' 에릭은 분노에 차 숨을 헐떡이면서 이렇게 소리쳤어요. 마침내 에릭은 나를 놓아 주고 흐느끼면서 힘겹게 걸어갔어요. 그러고는 뱀처럼 기어서 방으로 들어가 문을 잠갔죠. 혼자 남은 나는 생각에 잠겼어요. 그때 갑자기 오르간 소리가 들리는 거예요. 그제야 에릭이 왜 오페라 음악을 경멸하는 것처럼 말했는지 이해되기 시작했어요. 그의 음악은 내가 들어 본 어떤 음악과도 달랐거든요. 그는 분명 자신의 저주받은 불행을 잊으려고 작품에 매달렸을 거예요. 그가 만든 〈돈 쥐앙의 승리〉는 처음에는 길고 끔찍하고 장엄한 흐느낌처럼 들렸어요. 하지만 서서히 인간이 느낄 수 있는 모든 감정과 고통이 표현되어 나오더군요. 난 음악에 매료되어 그의 방문을 열었어요. 내가 들어가자 에릭은 일어났지만 감히 내 쪽으로 얼굴을 돌리지는 못했어요. '에릭, 겁내지 말고 당신의 얼굴을 보여 주세요! 당신은 세상에서 가장 불행하지만 숭고한 사람이에요. 내가 당신을 보고 다시 몸을 떤다면 그건 당신의 훌륭한 재능 때문일 거예요!' 내 말에 담긴 진심을 믿은 에릭은 뒤돌아섰어요. 나 역시 진심이었고요. 그는 내 발 앞에 얼굴을 조아리고 시체의 입으로 사랑의 말을 쏟아냈어요. 음악은 멈추었고…… 그는 내 치맛자락에 입을 맞추었죠. 그래서 내가 눈을 감고 있는 걸 보지 못했고요. 더 이상 무슨 말을 할 수 있겠어요? 이제 내 비극에 대해 전부 말했어요. 그 비극은 2주일 동안 계속되었죠. 그동안 난 그에게 거짓말을 했어요. 그 거짓말은 거짓말을 할 수밖에 없게 만든 괴물만큼 끔찍했죠. 하지만 자유를 얻기 위해 치러야 할 대가였어요. 난 그의 가면을 태웠고 그가 노래를 부르지 않을 때엔 마치 주인 옆에 앉은 강아지처럼 내 관심을 끌려고 하도록 만들었죠. 그는 나의 충실한 노예였고 아주 사소한 것도 신경 써주었어요. 이렇게 내가 조금씩 믿음을 준 덕분에 호숫가로 가서 배를 태워 주기도 했고요. 2주일이 끝나갈 무렵에는 스크리브 거리에 있는 지하 통로에서 가까운 문으로 나가게 해주기도 했죠. 우리는 거기에서 기다리던 마차를 타고 불로뉴의 숲으로 갔어요. 당신이 숲에서 기다리고 있던 날은 정말 큰일 날 뻔했어요. 심하게 질투하는 그에게 당신이 곧 북극으로 떠난다고 말해 줬거든요. 난 2주일 동안 동정심과 음악에 대한 열정, 절망, 공포를 차례로 느꼈어요. 2주가 지나자 그는 '다시 올게요!'라는 내 말을 믿을 정도가 된 거예요."

"그리고 당신은 정말로 돌아갔고, 크리스틴."

라울이 괴로워하며 말했다.

"그래요. 하지만 내가 약속을 지킨 이유는 그가 날 풀어 줄 때 협박을 했기 때문이 아니에요. 그가 처소 입구에서 괴로워하며 흐느꼈기 때문이죠. 불행한 그가 나와 헤어질 때 보여 준 그 흐느낌은 내 생각보다 훨씬 강하게 달라붙어 떠나지 않았어요. 불쌍한 에릭!"

"크리스틴, 당신은 나를 사랑한다고 하면서도 자유의 몸이 된 지 몇 시간도 되지 않아 에릭에게 돌아갔어! 가면무도회 생각나지?"

"그래요. 일이 그렇게 되고 말았죠. 하지만 당신도 요 며칠 내가 누구와 함께 시간을 보냈는지를 잊은 건 아니죠? 자칫 우리 두 사람 모두 위험해질 수 있음에도 불구하고요……."

"사실 난 그 시간 동안에도 당신의 사랑을 의심했어."

"지금도 의심해요, 라울? 에릭을 만날 때마다 내 공포는 점점 심해졌어요. 그를 진정시켜 주려고 간 건데 오히려 나에 대한 사랑으로 미치게 만들었으니까요! 난 정말 무서워요. 정말 무섭다고요!"

"무섭다고? 날 사랑해? 크리스틴, 에릭이 잘생겼어도 당신이 날 사랑했을까?"

크리스틴은 자리에서 일어나 두 팔을 라울의 목에 두르고 말했다.

"이런 딱한 사람 같으니……. 이제 하루밖에 안 남았어요. 당신을 사랑하지 않는다면 이렇게 내 입술을 허락하지 않을 거예요! 내 입술을 가져가세요, 처음이자 마지막으로……."

그는 그녀의 입술에 키스했다. 그들을 둘러싼 어두운 밤은 산산이 부서졌다. 그들은 폭풍을 피해 달아나는 사람들처럼 자리를 떴다. 그 순간 에릭에 대한 공포로 가득한 그들의 눈에는 저 높이 아폴론의 리라줄을 움켜쥔 듯한 거대한 밤의 새가 이글거리는 눈빛으로 내려다보는 모습이 보였다.

14

크리스틴의 실종

　라울과 크리스틴은 어둠에서만 보이는 불타오르는 눈을 피해 서둘러 지붕에서 도망쳤다. 8층까지 쉬지 않고 달려 내려갔다.

　그날 밤에는 공연이 없어서 통로가 텅 비어 있었다. 갑자기 이상한 형체가 그들의 앞길을 가로막았다.

　"여기로 가면 안 돼요!"

　그 사람은 다른 통로를 가리켰다. 라울은 멈춰서 이유를 물어보려고 했다. 하지만 긴 프록코트에 뾰족한 모자를 쓴 그는 이렇게 말할 뿐이었다.

　"서둘러! 빨리 가요!"

　크리스틴이 라울을 잡아끌며 어서 뛰라고 했다.

"저 사람은 누구지?"

"그 유명한 '페르시아인' 모르세요?"

"여기서 뭘 하는 거지?"

"아무도 몰라요. 항상 오페라하우스에 있어요."

"당신 때문에 난생처음으로 도망치고 있어. 아까 본 게 에릭이라면 이렇게 도망치지 말고 아폴론의 리라에 못 박아 버려야 했다고. 어릴 때 우리가 브르타뉴 농장 벽에 부엉이를 못 박은 것처럼. 그럼 모든 문제가 끝날 거야."

"라울, 아폴론의 리라로 올라가기는 쉽지 않아요."

"거기에 불타는 눈이 있었다니까!"

"당신도 나처럼 이제 어딜 가나 그가 보이나 봐요! 불타는 눈이 아니라 리라줄 사이로 빛나는 두 개의 별이었을 거예요."

크리스틴은 한 층 더 내려갔고 라울도 뒤따랐다.

"크리스틴, 떠나기로 마음먹었으니 지금 당장 떠나도록 해. 내일까지 기다릴 이유가 없잖아? 놈이 오늘 우리가 한 얘기를 들었을지도 모르고."

"아니에요. 지금 〈동 쥐앙의 승리〉 때문에 바빠서 우리 생각은 못할 거예요.

"하지만 당신은 계속 뒤를 살피고 있잖아!"

"어쨌든 내 분장실로 같이 가요."

"오페라하우스 밖에서 만나는 게 낫지 않을까?"

"우리가 완전히 도망칠 때까지는 절대로 안 돼요! 내가 약속을 지키지 않으면 불행이 닥칠 거예요. 오페라하우스 안에서만 당신을 만나겠다고 에릭에게 약속했어요."

"그렇게라도 허락해 줬으니 다행이군. 하지만 약혼놀이를 하다니, 당신 정말 용감했어."

"에릭도 다 알고 있어요! '크리스틴, 난 당신을 믿어. 샤니 자작은 당신을 사랑하지만 곧 외국으로 떠날 거야. 떠나기 전까지는 그도 나처럼 불행할 거야.'라고 하더군요."

"그게 무슨 말이지?"

"그건 내가 묻고 싶은 말이에요. 사랑을 하면 다들 그렇게 불행해지는 건가요?"

"그래, 크리스틴. 사랑하는 사람이 나를 사랑한다는 확신이 없다면 말이야."

이윽고 크리스틴의 분장실에 다다랐다.

"왜 분장실이 무대보다 안전하다고 생각하는 거지? 그가 당신에게 벽을 통해 이야기했으니까 우리 얘기도 엿들을 수 있을 텐데."

"다시는 분장실 벽 뒤에서 엿듣지 않겠다고 약속했어요. 난 에릭의 말을 믿어요. 이 분장실과 호숫가에 있는 침실은 오직 나만을 위한 공간이에요. 에릭은 접근할 수 없어요."

"크리스틴, 이 방에서 어두운 통로로 어떻게 나간 거지? 여기서 다시 한 번 해보면 안 될까?"

"거울이 또 나를 데려갈지도 모르니까 위험해요. 지금은 도망가는 대신 호수로 이어진 비밀통로의 끝으로 가서 에릭을 불러야 해요."

"당신이 부르는 소리를 그가 들을 수 있어?"

"내가 어디에서 부르든 에릭은 들을 거예요. 그가 그렇게 말했거든요. 에릭은 놀라운 재주를 가진 천재예요. 그를 그저 재미 삼아 지하에 사는 평범한 남자라고 얕보아서는 안 돼요. 그는 그 어떤 사람도 하지 못하는 걸 할 수 있어요. 그리고 세상 누구도 알지 못하는 일을 알고 있죠."

"조심해, 크리스틴. 당신은 또 그를 신비스러운 유령으로 만들고 있어!"

"그는 유령이 아니에요. 하늘과 땅 모두에 속한 사람일 뿐이에요."

"하늘과 땅 모두에 속한 사람이라. 그에 대해 좋게 말하는군! 그런데도 그에게서 도망치려고 하는 건가?"

"그래요, 내일."

"내가 왜 오늘 밤에 당신이 도망쳤으면 하는지 알아? 내일이 되면 당신은 그 어떤 행동도 결정하지 못할 것이기 때문이지."

"그러니까 라울, 당신이 날 데리고 도망쳐요. 알겠어요?"

"내일 자정에 여기로 오겠어. 무슨 일이 있어도 약속은 꼭 지킬 거야. 공연이 끝난 후에 그가 호숫가의 식당에서 기다릴 거라고 했지?"

"그래요."

"거울을 통해서 나가는 방법을 모른다면 에릭을 어떻게 찾아가지?"

"곧장 호숫가로 가면 돼요."

크리스틴은 상자를 열어 큰 열쇠를 꺼내더니 라울에게 보여 주었다.

"그게 뭐지?"

라울이 물었다.

"스크리브 거리의 지하통로 문 열쇠예요."

"알았어, 크리스틴. 그 문이 호수로 곧장 이어지는군. 그걸 나한테 주지 않겠어?"

"절대로 안 돼요! 그건 배신이에요!"

순간 크리스틴의 얼굴색이 창백하게 변했다.

"맙소사! 에릭! 에릭! 날 불쌍하게 여겨 줘요!"

"조용히 해! 에릭이 들을 수도 있다면서!"

하지만 크리스틴은 계속 이해할 수 없는 행동을 보였다. 그녀는 미친 사람처럼 양손을 꽉 쥐었다.

"맙소사! 맙소사!"

"왜 그래? 도대체 왜 그러는 거야?"

라울이 간청하듯 물었다.

"반지…… 에릭이 준 반지요."

"아, 역시 그 반지를 준 사람은 에릭이었군!"

"알고 있었잖아요, 라울! 하지만 당신이 모르는 게 있어요. 에릭이 반지를 주면서 이렇게 말했어요. '크리스틴, 이 반지를 항상 끼고 있겠다는 조건으로 당신을 자유롭게 해주는 거야. 이 반지를 끼고 있는 한 당신은 절대로 위험하지 않고 에릭은 당신의 친구로 남을 거야. 하지만 반지를 빼버린다면 당신에게 불행이 닥칠 거야. 에릭이 복수할 거니까!' 그런데 맙소사, 라울, 반지가 없어졌어요! 우리 두 사람에게 불행이 닥칠 거예요!"

그들은 반지를 찾아보았지만 헛수고였다. 라울이 아무리 달래도 크리스틴은 쉽게 진정하지 못했다.

"지붕 위 아폴론의 리라 아래에서 당신에게 키스할 때 반지가 빠져서 길 위로 떨어졌나 봐요! 절대로 못 찾을 거예요. 앞으로 우리 앞에 어떤 불행이 닥칠지! 도망치지 못하게 할 거예요!"

"지금 당장 도망가는 게 어때?"

라울이 또다시 주장했다.

하지만 크리스틴은 망설였다. 라울은 그녀가 그러자고 대답할 줄 알았다. 하지만 그녀의 밝은 눈동자가 흐려졌다.

"안 돼요! 내일 도망가요!"

그녀는 반지가 되돌아오기라도 할 것처럼 여전히 손을 꼭 쥐고 문지르면서 서둘러 가버렸다.

라울은 그녀의 대답에 혼란스러워하며 집으로 돌아갔다.

"그 사기꾼의 손에서 구해 내지 못하면 그녀는 끝장이야. 반드시 그녀를 구해 내겠어."

이렇게 중얼거리며 그는 불을 끄고 잠을 청했지만 에릭에게 모욕을 주고 싶은 생각을 억누를 수 없었다. 그는 어둠 속에서 외쳤다.

"사기꾼! 사기꾼! 사기꾼!"

바로 그 순간, 라울은 소스라치게 놀라며 침대에서 몸을 반쯤 일으켰다. 관자놀이에서 식은땀이 흘러내렸다. 침대 발치에 불타는 석탄 같은 두 개의 눈이 나타난 것이었다. 그 눈은 어둠 속에서 그를 뚫어지게 쳐다보았다.

라울은 절대로 겁쟁이가 아니었지만 몸이 떨렸다. 침대 옆에 놓인 테이블을 더듬어 성냥을 찾아 초를 켰다. 그러자 눈이 사라졌다.

라울은 여전히 불안해하며 속으로 생각했다.

'크리스틴은 놈의 눈이 어둠에서만 보인다고 했지. 촛불을 켜서 사라졌지만 아직 어딘가에 있을 거야.'

그는 방 안을 뒤지기 시작했다. 어린아이처럼 침대 아래도 살펴보았다. 스스로 바보 같다는 생각이 들어 침대로 가 촛불을 껐다. 그러자 눈이 다시 나타났다.

자리에서 일어난 라울은 모든 용기를 짜내어 그 눈을 뚫어져라 쳐다보면서 소리쳤다.

"너냐, 에릭? 인간인지 정령인지, 유령인지, 네가 맞느냐고?"

순간 라울은 그가 에릭이라면 분명 발코니에 있을 거라는 생각이 들었다.

서랍장으로 달려가 권총을 더듬어 찾았다. 그러고는 발코니 창문을 열고 내다보았지만 아무것도 보이지 않자 다시 닫았다. 싸늘한 밤공기에 몸을 떨면서 침대로 돌아가 권총을 손이 닿는 테이블 위에 올려놓았다.

그 눈은 아직도 침대 발치에 있었다. 아니, 침대와 유리창 사이인지, 아니면 창문 바깥쪽, 즉 발코니에 있는 건지도 몰랐다. 라울은 그 눈이 인간의 눈인지도 궁금했다. 그에 관한 모든 것을 알고 싶었다.

그는 권총을 들고 차분하고 끈기 있게 조준했다. 눈보다 약간 위쪽을 겨냥했다. 그것이 정말 눈이라면 그 위쪽은 이마일 테니 어렵지 않게 명중할 수 있을 터였다.

총소리는 모두가 잠든 조용한 집안을 발칵 뒤집어 놓았다. 복도에서 서둘러 달려오는 발자국 소리가 났지만 라울은 필요하면 한 번 더 쏠 태세로 팔을 내밀었다.

드디어 두 개의 눈이 사라졌다.

등불을 든 하인들과 걱정 가득한 얼굴의 필리프 백작이 들어왔다.

"무슨 일이냐?"

"아, 꿈을 꿨나 봐요. 별 두 개가 자꾸 잠을 방해하기에 총을 쐈어요."

라울이 대답했다.

"헛소리를 하는구나! 어디가 아픈 거냐? 제발 말해 봐라, 라울. 무슨 일이야?"

백작이 권총을 잡았다.

"아니에요. 헛소리가 아니에요. 곧 알게 되실 거예요."

라울은 침대에서 나와 잠옷 위에 입는 가운을 걸치고 슬리퍼를 신었다. 하인의 손에서 등불을 가져다 창문을 열어 발코니로 나갔다.

창문에는 사람 키만 한 높이에 총알이 관통한 구멍이 뚫려 있었다. 라울은 촛불을 든 채 발코니에 기댔다.

"아하! 피다! 피야! 여기저기 많이 있어! 잘됐군! 피 흘리는 유령은 덜 위험하지!"

라울이 이렇게 말하며 씩 웃었다.

"라울! 라울! 라울!"

백작이 몽유병자를 깨우려는 듯 라울을 흔들었다.

"형님, 저 안 자요!"

라울이 참지 못하고 항의했다.

"여기 있는 핏자국이 안 보이나요? 나도 꿈을 꾸다가 두 개의 별에 총을 쐈다고 생각했어요. 하지만 그건 분명 에릭의 눈동자였을 거예요. 여기 좀 보세요! 핏자국이 있잖아요. 총을 쏜 건 잘못이고 크리스틴이 용서하지 않을지도 모르지만⋯⋯. 잠자기 전에 커튼을 쳤다면 이런 일이 생기지 않았을 텐데."

"라울, 갑자기 정신이 어떻게 되기라도 한 거냐? 정신 차려!"

"무슨 말씀이세요? 에릭을 찾아야 하니 도와주세요. 피 흘리는 유령은 찾을 수 있을 거예요."

그때 백작의 하인이 말했다.

"맞습니다. 발코니에 피가 떨어져 있습니다."

다른 남자 하인이 등불을 가져와 그들은 발코니를 샅샅이 조사했다. 핏자국은 발코니의 난간과 빗물받이 홈통을 따라 떨어져 있었고, 계속해서 그 위쪽까지 이어져 있었다.

"이런, 고양이를 쐈나 보구나."

필리프 백작이 말했다.

"그렇다면 불행이에요. 하지만 에릭이라면 아무것도 확신할 수 없어요. 총에 맞은 게 에릭일까요? 아니면 고양이일까요? 그것도 아니면 유령일까요? 에릭이라면 아무것도 장담할 수 없어요!"

라울은 계속 이상한 말을 쏟아 냈다. 그의 머릿속을 가득 채운 문제로 따지자면 치밀하고 논리적인 말이었지만 다른 사람들은 그가 미친 것이 아닌가 생각했다. 백작도 마찬가지였다. 그리고 나중에 경찰서의 보고서를 읽은 담당 판사도 똑같은 결론을 내렸다.

"에릭이 누구냐?"

백작이 동생의 손을 꽉 잡으며 물었다.

"내 적이에요. 놈이 죽지 않았다면 유감스러운 일이에요."

백작의 손짓으로 하인이 물러가고 두 형제만 남았다. 하지만 물러가던 하인은 자작이 단호하게 말하는 소리를 똑똑히 들었다.

"오늘 밤 크리스틴 다에를 데리고 갈 거예요."

자작의 이 한마디는 훗날 샤니 사건의 담당 판사 포르에게도 전달되었다. 하지만 그날 형제가 정확히 어떤 말을 주고받았는지는 아무도 모른다. 하인들은 형제가 싸운 적이 그날 처음이 아니었다고 진술했다. 벽을 통해 전해지던 형제의 말다툼은 언제나 크리스틴 다에라는 여가수 때문이었다.

다음 날, 평소와 다름없이 서재에서 이른 아침을 먹던 필리프 백작은 동생을 불렀다. 동생이 침울한 표정으로 말없이 들어왔다. 백작이 곧바로 동생에게《에포크》지를 건넸다.

"읽어 봐라!"

라울이 읽어 보니 다음과 같은 내용이었다.

파리 근교에서 도는 최신 뉴스는 바로 오페라 여가수 크리스틴 다에 양과 라울 드 샤니 자작이 결혼을 약속했다는 것이다. 또한 믿을 만한 소문에 따르면, 이와 관련하여 샤니 백작은 역사상 처음으로 샤니 가문이 약속을 지키지 못하는 일이 발생할 것이라고 단언했다고 한다. 오페라에서뿐만 아니라 어디서든 사랑은 위대한 법. 필리프 백작이 새롭게 떠오르는 마르그리트와 동생의 결혼을 막을 수 있을지 자못 궁금하다. 두 형제는 남달리 우애가 좋은 것으로 알려졌다. 그러나 백작이 형제의 우애가 남녀 간의 사랑을 뛰어넘을 수 있으리라고 생각했다면 크나큰 오산이다.

"봐라, 라울. 너 때문에 우리 둘 다 꼴이 우스워졌어! 그 계집 때문에 네 머릿속이 유령으로 가득 찼다고."

라울은 전날 밤 크리스틴에게 들은 이야기를 형에게 전부 털어놓은 것이 분명했다. 하지만 지금 라울은 한마디밖에 하지 않았다.

"잘 있어요, 형."

"정말 결정을 내린 거냐? 정말로 오늘 밤에 그 여자랑 떠날 작정이야?"

하지만 동생은 아무런 대답도 하지 않았다.

"설마 그런 바보 같은 짓을 할 생각은 아니겠지? 내가 못하게 막을 거다!"

"잘 있어요, 형."

자작은 다시 한 번 말하고 방을 나갔다.

그들이 나눈 이 대화는 백작이 직접 담당 판사에게 진술한 내용이다. 그는 그날 저녁 오페라하우스에서 크리스틴이 사라진 이후 동생을 다시는 보지 못하게 된다.

라울은 그날 온종일 크리스틴과 도망칠 준비를 했다. 말과 마차, 마부, 식량, 짐, 여비를 마련하고 어느 도로로 갈 것인지도 미리 알아놓았다. 유령이 낌새를 챌까 봐 기차는 타지 않기로 했다. 준비할 것이 많아서 밤 9시까지 바쁘게 움직였다.

밤 9시가 되자 창문 커튼이 굳게 닫힌 사륜마차 한 대가 오페라하우스의 원형 건물 쪽에 줄지어 선 마차 행렬로 들어가 자리를 잡았다. 기운 넘치는 말 두 마리가 끄는 마차의 마부는 목도리로 얼굴을 거의 가렸다. 이 마차 앞에는 마차가 세 대 더 있었다. 맨 뒤의 것부터 갑자기 파리로 돌아온 카를로타, 소렐리, 그리고 맨 앞은 필리프 백작의 소유였다. 사륜마차에서는 아무도 내리지 않았다. 마부도 계속 자리를 지켰고 나머지 마부들도 마찬가지였다.

한편 기다란 검은 망토에 검은 펠트 모자를 쓴 그림자가 나타났다. 그림자는 원형 건물과 마차 사이의 보도를 지나면서 사륜마차를 주의 깊게 살피더니 말과 마부에게로 갔다가 아무런 말도 하지 않고 사라졌다. 나중에 담당 판사는 그 그림자가 샤니 자작이었다고 생각했다. 하지만 내 생각은 다르다. 샤니 자작은 평소 실크 해트(서양의 남성 정장용 모자—옮긴이)를 즐겨 쓴다는 점에서, 나는 그것이 자작이 아닌 유령의 그림자였다고 생각한다. 독자들도 곧 알게 되겠지만 유령은 모든 것을 알고 있었다.

그날은 〈파우스트〉 공연이 있었다. 화려하게 치장한 관객들이 몰려들었고, 무대 또한 멋지게 단장되어 있었다. 그리고 그날 아침 《에포크》지에 실린 기사는 벌써부터 효과를 발휘하고 있었다. 무심한 표정으로 박스석에 혼자 앉아 있는 필리프 백작에게로 시선이 쏠린 것이다. 특히 여성 관객들이 더 큰 관심을 보였다. 그들은 부채로 가린 채 샤니 자작이 보이지 않는다고 수군거렸다. 크리스틴 다에에 대한 관객들의 반응도 냉담했다. 상류층 관객들의 눈에는 감히 귀족 집안의 자제를 넘보는 그녀가 곱게 보이지 않았다.

크리스틴은 관객들의 냉담한 반응을 눈치채고 당황했다. 오페라하우스 단골 관객들은 샤니 자작의 연애담을 잘 아는 척하면서 마르그리트의 대사에 의미심장한 미소를 주고받기도 했다. 그리고 크리스틴이 이렇게 노래할 때 필리프 백작이 앉은 박스석을 쳐다보았다.

나에게 말을 건 사람이 누구일까 궁금해.
귀족일까 아닐까, 아, 이름만이라도 알았으면.

턱을 괴고 앉은 백작은 사람들의 시선에 전혀 아랑곳하지 않는 것처럼 보였다. 시선은 무대를 향했지만 생각은 저 멀리 가 있었다.

크리스틴은 갈수록 자신이 없어졌다. 그녀는 몸을 떨었다. 금방이라도 쓰러질 것만 같았다. 상대역인 카롤루스 폰타는 그녀가 아픈 것이 아닌지, 정원이 나오는 이번 막을 끝마칠 수 있을지 걱정스러웠다. 관람석 앞쪽에 앉은 사람들은 지난번에 똑같은 막의 끝부분에서 카를로타가 난데없이 '꽥' 하는 두꺼비 소리를 내는 바람에 잠시 동안 파리의 무대에 오르지 못하게 된 사건을 기억하고 있었다.

바로 그때 무대를 정면으로 마주 보는 박스석에 카를로타가 등장해 사람들을 놀라게 했다. 가엾은 크리스틴의 시선도 새롭게 들어온 관객에게로 향했다. 크리스틴은 자신의 라이벌을 곧바로 알아보았다. 카를로타의 입가에 비웃음이 서려 있는 것 같았다. 덕분에 그녀는 위기에서 탈출할 수 있었다. 모든 것을 잊고 다시 한 번 멋지게 성공해야겠다고 마음먹으며 음악에 몰입하기 시작한 것이다.

그때부터 크리스틴은 온 마음과 영혼을 담아서 노래했다. 그녀는 지금까지 보여 준 실력을 초월하려고 했고 결국 대성공을 거두었다. 천사들에게 기도하는 마지막 막에서 관객들은 마치 자신들에게도 날개가 생긴 느낌을 받았다.

그때, 관람석 중앙에서 누군가 벌떡 일어나더니 크리스틴을 쳐다보면서, 마치 그녀와 함께 이 지상을 떠나려는 것처럼 그녀와 똑같은 포즈를 취했다. 그건 바로, 라울이었다.

거룩한 천사여!

크리스틴은 맨살이 드러난 어깨에 아름다운 금발을 늘어뜨리고 양팔을 뻗은 채 거룩한 외침을 쏟아냈다.

내 영혼을 천상으로 데려가 다오!

바로 그 순간 갑자기 무대가 암흑으로 변했다. 관객들이 놀라서 소리치기도 전에 불이 다시 들어왔다. 눈 깜짝할 사이에 벌어진 일이었다. 그런데 무대에 크리스틴 다에가 없었다!

그녀는 어떻게 된 것일까? 정말 기적이라도 일어난 걸까? 모두 영문을 모른 채 두리번거렸고 극장 안의 웅성거림은 점점 더 커져만 갔다. 무대 위도 어수선하긴 마찬가지였다. 오페라하우스 관계자들은 방금 전까지 크리스틴이 노래하던 자리로 달려나왔다. 엄청난 소동이 벌어지는 바람에 공연이 중단될 수밖에 없었다. 무대와 객석은 온통 혼란에 휩싸였다.

크리스틴은 어디로 간 걸까? 도대체 어떤 마법으로 카롤루스 폰타의 팔에 안겨 있던 그녀를 수많은 관객 앞에서 낚아채 갔을까? 정말로 천사들이 그녀를 '천상으로' 데려갔는지도 몰랐다.

여전히 관람석 가운데에 서 있던 라울은 비명을 질렀다. 필리프 백작도 자리에서 벌떡 일어났다. 사람들은 무대와 백작, 라울을 번갈아 보면서 이 신기한 사건이 그날 아침에 실린 뉴스와 관계가 있는지 궁금해했다. 라울은 재빨리 자리를 떠났고 백작도 박스석에서 사라졌다. 무대에서는 막이 내리고 일부 관객들은 무대 뒤로 이어지는 문으로 달려갔다. 아우성 속에 그대로 남아 무슨 발표가 나올지 기다리는 관객도 있었다. 모든 사람이 한꺼번에 입을 열어 이 사건에 대한 생각을 이야기하느라 정신이 없었다.

마침내 천천히 막이 오르더니 카롤루스 폰타가 오케스트라 지휘대로 올라가 슬프고 심각한 목소리로 발표했다.

"신사숙녀 여러분, 모두를 불안에 떨게 만드는 기상천외한 사건이 일어났습니다. 크리스틴 다에 양이 모두가 보는 앞에서 감쪽같이 사라져 버렸습니다!"

15

의문의 옷핀 사건

무대 뒤에 수많은 사람이 몰려 있었다. 미술 담당자, 무대장치 담당자, 무용수, 단역 배우들, 합창단, 단골 관객들까지 앞다투어 소리를 지르고 질문을 던지느라 아수라장이 되었다.

"크리스틴 다에 양은 어떻게 됐죠?"

"도망간 거야!"

"당연히 샤니 자작과 같이 도망갔겠군!"

"아니, 백작하고 도망쳤어!"

"저기 카를로타다! 카를로타가 꾸민 짓일 거야!"

"아니, 유령의 음모야!"

무대 바닥과 바닥 문을 철저하게 조사한 결과, 사고가 아니라는 사실이 밝혀지자 일부는 웃음을 터뜨리기도 했다.

시끄러운 가운데 나지막한 목소리에 절망적인 몸짓을 섞어 가면서 이야기하는 세 사람이 있었다. 합창단장 가브리엘과 부관장 메르시에, 관장 비서 레미였다. 그들은 무대에서 무도회장으로 연결되는 넓은 통로로 나가 산더미처럼 쌓인 소도구 뒤에 서서 논쟁을 벌였다.

"노크를 했는데 답이 없었어요. 사무실에 안 계시나 봐요. 그분들이 열쇠를 가지고 계시니 방법이 없습니다."

레미가 말했다. '그분들'이란 당연히 두 관장을 뜻했다. 관장들은 마지막 막간 때 무슨 일이 있어도 방해하지 말라는 지시를 내렸다. 그래서 아무도 관장들의 사무실에 들어가지 않았다.

"어쨌든 가수가 공연 중에 무대에서 사라지는 게 흔한 일은 아니잖아요!"

가브리엘이 소리쳤다.

"큰 소리로 불러 봤어요?"

메르시에가 초조해하며 물었다.

"다시 가볼게요."

레미가 이렇게 말하고 뛰어갔다.

그때 무대 감독이 왔다.

"안녕하십니까, 메르시에 씨. 여기서 뭐하시는 겁니까? 부관장님은 저와 함께 가주셔야겠습니다."

"경찰이 오기 전에는 아무것도 알려고 하거나 행동으로 옮기지 않겠어요. 미프르와 경찰서장을 불러오라고 했으니 곧 도착할 겁니다."

메르시에가 말했다.

"지금 당장 오르간 있는 곳으로 가보셔야 합니다."

"경찰이 오기 전엔 안 간다니까요."

"제가 벌써 내려갔다 왔습니다."

"뭐가 있던가요?"

"아무도 없어요! 분명히 아무도 없었습니다"

"그럼 나더러 왜 가보라는 겁니까?"

"맞는 말이군요."

무대 감독은 힘없이 흐트러지는 머리카락을 마구 긁적거렸다.

"그렇긴 합니다만, 오르간 쪽에 누군가 사람이 있었다면 갑자기 무대에 불이 나간 이유를 알 것 같아서요. 게다가 모클레르도 사라졌고! 무슨 말인지 아시겠어요?"

모클레르는 가스 조명 담당자로 오페라하우스의 밤낮을 마음대로 바꿀 수 있는 사람이었다.

"모클레르가 사라졌다고? 그럼 모클레르의 조수들은?"

메르시에가 크게 당황해서 물었다.

"모클레르도 없고 조수들도 없어요! 조명 담당자들이 몽땅 사라졌다니까요! 그 여가수는 납치당한 걸지도 몰라요. 자기가 원해서 도망친

게 아니라고요! 철저하게 준비된 계획이 분명하니 빨리 조사해 봐야합니다. 그나저나 관장님들은 어디 계시는 겁니까? 조명 쪽으로는 아무도 가지 말라고 지시를 해두었고 오르간 앞쪽에도 소방관을 배치해두었습니다. 잘했죠?"

"그래요, 그래요. 잘했어요. 경찰이 올 때까지 기다립시다."

무대 감독은 어깨를 으쓱하고는 걸어갔다. 그러면서 그는, 이렇게 혼란스러운 상황에서도 한쪽 구석에서 아무 말 없이 웅크린 채 몸 사리기에 급급한 겁쟁이들에게 욕을 퍼부었다.

하지만 무대 감독의 생각과는 달리 가브리엘과 메르시에는 그저 맘 편하게 가만히 있는 것이 아니었다. 관장들의 명령 때문에 아무것도 하지 못하고 있을 뿐이었다. 관장들은 무슨 일이 있어도 절대 방해하지 말라고 했다. 레미가 명령을 어기고 노크를 해보았지만 소용이 없었다.

그때 관장들의 사무실에 다시 가보겠다고 했던 레미가 놀란 표정으로 돌아왔다.

"어떻게 됐어요?"

메르시에가 물었다.

"몽샤르맹 씨가 문을 열어 줬어요. 눈알이 튀어나올 것처럼 하고서 말입니다. 한 대 맞는 줄 알았다니까요. 내가 뭐라고 말하기도 전에 대뜸 옷핀이 있냐고 큰 소리로 물어봤습니다. 그래서 없다고 대답했더니, 그럼 당장 나가라고 소리치더군요. 무대에서 해괴한 사건이 일어났다는 이야기를 하려는데 또다시 소리쳤어요. '옷핀! 당장 옷핀이나 가져와!' 그 말을 듣고 남자아이 하나가 옷핀을 가져다줬어요. 몽샤르맹 씨는 곧바로 문을 쾅 닫아버리더군요!"

"크리스틴 다에 이야기는 하지도 못했군요."

"직접 보셨어야 해요! 입에 거품까지 물었다니까요. 옷핀 얘기뿐이었어요. 끝까지 옷핀을 구하지 못했으면 그 자리에서 졸도해 쓰러졌을 거예요! 정말 이상한 일입니다. 관장님들도 미쳐 가는 것 같아요!"

비서 레미는 아무래도 기분이 상하고 몹시 언짢은 표정이었다.

"이대로는 도저히 버틸 수가 없어요! 저도 이런 대우를 당하고만 있을 순 없단 말이에요!"

그때 갑자기 가브리엘이 속삭였다.

"또 그 오페라의 유령 짓이에요."

레미는 콧방귀를 뀌었다. 메르시에는 한숨을 내쉬고 무슨 말을 하려고 했지만 가브리엘과 눈이 마주치자 입을 다물었다.

하지만 메르시에는 시간이 흐를수록 관장들이 없으니 자신의 책임이 막중하다고 생각했다. 더 이상 견디지 못하고 그가 말했다.

"아무래도 내가 가봐야겠어!"

가브리엘은 우울하고 심각한 표정을 짓더니 그를 말렸다.

"조심하세요, 메르시에 씨. 관장님들이 사무실에 처박혀 있어야만

하는 이유가 있을 겁니다. 유령은 무슨 짓이든 할 수 있어요!"

하지만 메르시에는 고개를 저었다.

"그건 관장들이 알아서 할 일이야. 난 가겠어! 진즉 내 말을 들었으면 경찰이 벌써 모든 걸 알고 있었을 텐데!"

그는 이렇게 말하고 가버렸다.

"모든 것이라니? 경찰한테 무슨 말을 한다는 거죠? 가브리엘 씨, 말 좀 해보세요! 당신도 뭔가 알고 있는 거죠? 나한테 말하는 게 좋을 거예요. 말하지 않으면 당신들 전부 미쳤다고 소리 지르겠어요! 정말 모두 미쳤어요!"

가브리엘은 레미가 화내는 영문을 도저히 모르겠다는 듯 명청한 표정을 지었다.

"내가 뭘 안다는 거예요? 무슨 말인지 모르겠습니다."

그러자 레미는 격분하기 시작했다.

"오늘 공연 막간에 리샤르 씨와 몽샤르맹 씨는 이해할 수 없는 행동을 했어요."

"난 전혀 몰랐는데."

가브리엘이 성가시다는 듯 투덜거리면서 대답했다.

"그걸 눈치 못 챈 사람은 당신뿐일 거예요! 정말로 내가 아무것도 모르는 줄 알아요? 파라비즈 은행장도 눈치 못 챘을까요? 라 보르드리 대사님도 똑똑히 봤어요! 단골 관객들이 관장님들의 이상한 행동을 손가락질했는데 당신만 그걸 몰랐다고요?"

"도대체 관장님들이 뭘 하고 있었기에?"

가브리엘은 여전히 아무것도 모르겠다는 표정으로 물었다.

"뭘 하고 있었냐고요? 당신이 더 잘 알잖아요! 거기 있었으니까! 메르시에 씨와 같이 보고 있었잖아요! 그때 두 사람만 유일하게 웃지 않았죠."

"무슨 말인지 통 모르겠네!"

가브리엘은 두 팔을 들었다가 내려놓으면서 최대한 관심 없다는 척 행동했다. 레미의 말이 이어졌다.

"관장님들한테 갑자기 왜 그런 이상한 취미가 생긴 거죠? 왜 아무도 접근하지 못하게 하는 거죠?"

"뭐라고요? 아무도 접근하지 못하게 한다고요?"

"아무도 만지지 못하게 해요!"

"정말로 아무도 만지지 못하게 해요? 이상한 일이군."

"이제야 인정하시는군요. 게다가 자꾸 뒷걸음질을 치신다고요!"

"뒷걸음질? 관장님들이 뒷걸음질치시는 걸 봤다고요? 그렇게 걷는 생물은 가재뿐일 텐데……."

"웃지 마세요, 가브리엘 씨! 농담할 때가 아니에요!"

"농담이 아닙니다."

가브리엘이 판사처럼 근엄한 표정을 지으며 항의했다.

"가브리엘 씨는 관장님들과 친하니 아실 거 아닙니까? 정원이 나오는 막이 끝나고 막간에 로비 밖에서 내가 손을 내밀면서 리샤르 씨에게 다가갔더니 몽샤르맹 씨가 다급하게 속삭이더군요. '저리 가시오! 리샤르 관장에게 손대지 마시오!' 아니, 내가 무슨 전염병 환자라도 된단 말인가요? 잠시 후 라 보르드리 대사님이 리샤르 씨에게 다가가니 몽샤르맹 씨가 둘 사이를 가로막았어요. '대사님, 리샤르 관장을 만지지 말아 주십시오.'라고 말하는 게 들리더군요."

"그것 참 놀라운 일이로군! 리샤르 씨는 뭘 하고 있었죠?"

"뭘 하고 있었냐고요? 직접 보셨잖아요! 뒤돌아서더니 앞에 아무도 없는데도 꾸벅 인사를 하고 뒷걸음질쳤어요."

"뒷걸음질?"

"리샤르 씨 뒤에 있던 몽샤르맹 씨도 반 바퀴 돌더니 똑같이 뒤로 걸었어요. 사무실로 이어지는 계단까지 계속 그렇게 뒷걸음질을 쳤다고요! 누가 시킨 일이 아니라면 도대체 어떻게 설명할 수 있겠어요?"

"발레 동작을 흉내 낸 거겠지."

가브리엘이 우물거리는 목소리로 말했다.

레미는 중대한 순간에 튀어나온 가브리엘의 서투른 농담에 화가 치솟았다. 그래서 미간을 찌푸리고 가브리엘의 귀에 대고 이렇게 중얼거렸다.

"더 이상 속일 생각은 하지 말아요, 가브리엘 씨. 당신과 메르시에 씨한테도 책임이 있는 일들이 일어나고 있으니까요."

"무슨 말이에요?"

"오늘 밤 사라진 건 크리스틴 다에뿐만이 아니에요."

"말도 안 되는 소리!"

"그렇지 않아요. 그럼 지리 부인이 로비로 내려왔을 때 메르시에 씨가 다급하게 그녀의 손을 잡고 끌고 간 이유를 설명해 보시지요!"

"그런 일이? 난 못 봤어요."

"당신도 봤어요, 가브리엘 씨. 당신도 메르시에 씨와 같이 지리 부인을 데리고 메르시에 씨의 사무실로 들어갔잖아요. 그 후 지리 부인이 감쪽같이 사라졌어요."

"우리가 지리 부인을 잡아먹기라도 했다는 거예요?"

"아니오. 사무실에 가둬 놨죠. 사무실 앞을 지날 때마다 지리 부인이 '이 악당들! 악당들!' 하고 외치는 소리가 들리니까요."

바로 그때 메르시에가 숨을 헐떡거리며 달려왔다. 그는 침울한 목소리로 말했다.

"정말 알 수가 없군요. 이렇게 끔찍한 일은 처음이에요! 내가 관장실 문에 대고 '심각한 문제예요! 문 좀 열어 주세요! 저 부관장입니다!'라고 소리치자, 발자국 소리가 들리더니 문이 열리고 몽샤르맹 씨가 나타나더군요. 엄청 창백한 얼굴이었어요. '무슨 일이야?' 하고 묻기에 '누가 크리스틴 다에를 데리고 도망쳤어요!'라고 말했죠. 그랬더니 뭐라고 한 줄 알아요? '오히려 그녀로선 잘된 일이군!' 그러고는 글쎄 이걸 주고 문을 닫아 버렸어요."

메르시에가 손을 폈고 레미와 가브리엘이 들여다보았다.

"옷핀이잖아!"

레미가 소리쳤다.

"이상해! 정말 이상해!"

가브리엘이 몸을 떨면서 중얼거렸다.

그때 갑자기 들려온 목소리에 세 사람은 고개를 돌렸다.

"실례합니다. 크리스틴 다에 양이 어디 있는지 아십니까?"

심각한 상황인데도 세 사람은 어처구니없는 질문에 웃음을 터뜨릴 뻔했다. 질문을 한 사람의 슬픔 가득한 표정에 동정심이 들지 않았더라면 말이다. 그는 바로 라울 드 샤니 자작이었다.

16

크리스틴! 크리스틴!

크리스틴이 수수께끼처럼 사라지고 난 후 가장 먼저 라울의 뇌리를 스친 것은 바로 에릭의 짓이라는 생각이었다. 그는 오페라하우스에 자신만의 왕국을 세운 음악의 천사 에릭의 초자연적인 힘을 더 이상 의심하지 않았다. 라울은 사랑과 절망으로 미친 사람처럼 무대로 달려갔다.

"크리스틴! 크리스틴!"

라울은 괴물에게 끌려간 크리스틴이 지하에서 자신을 부르는 소리가 들리기라도 하는 것처럼 그녀의 이름을 불렀다.

"크리스틴! 크리스틴!"

무대 바닥에서 그녀의 비명 소리가 들리는 것 같았다. 그는 몸을 숙여 귀를 기울이다가 정신 나간 사람처럼 무대를 걸어 다녔다. 어둠의 구명으로 내려가는 입구는 전부 막혀 있었다. 아무도 내려가지 못하도록 무대 아래로 이어지는 계단을 전부 봉쇄하라는 지시가 있었던 것이다.

"크리스틴! 크리스틴!"

사람들은 웃으면서 그를 밀치고 조롱했다. 사랑에 빠진 나머지 미쳐 버렸다고 생각했다.

에릭은 자신만 아는 어떤 수수께끼 같은 통로로 순수한 영혼을 가진 그녀를 끌고 간 것일까? 루이 필리프 풍의 방이 있고 호수가 바라다보이는 끔찍한 소굴로.

"크리스틴! 크리스틴! 왜 대답이 없어? 살아 있어?"

끔찍한 생각이 라울의 머릿속을 스쳐갔다. 에릭은 이미 모든 것을 알아차렸을 것이다. 크리스틴이 자신을 속였다는 것도. 얼마나 끔찍한 복수가 기다리고 있을까?

라울은 전날 밤 발코니를 서성거리던 두 개의 노란별을 떠올렸다. 왜 그때 끝장내 버리지 못했을까? 어둠 속에서 별이나 고양이 눈처럼 빛나던 그 눈은 분명히 사람의 눈이었다. 색소 결핍증에 걸린 사람의 눈은 낮에는 토끼 눈 같지만 밤에는 고양이처럼 변하지 않는가!

그렇다. 그날 에릭은 틀림없이 라울이 쏜 총에 맞았다. 그런데 왜 죽이지 못했을까? 그 괴물은 고양이나 강도처럼 빗물받이 홈통을 타고 위로 도망쳤다. 에릭은 원래 라울을 함정에 빠뜨릴 생각이었겠지만 부상을 입자 도망쳐서 불쌍한 크리스틴을 노린 것이 분명했다.

라울은 가혹한 생각으로 괴로워하며 크리스틴의 분장실로 달려갔다.

"크리스틴! 크리스틴!"

그녀가 도망칠 때 입으려던 옷가지가 가구 위에 흐트러져 있는 모습을 보고 뜨거운 눈물이 솟구쳤다. 왜 그녀는 일찍 도망치자는 말을 듣지 않았을까?

왜 그토록 끔찍한 존재를 앞에 두고 유희를 즐겼을까? 왜 그녀는 동정심을 버리지 못하고 악마의 영혼에 바치는 마지막 선물로 끝까지 노래를 부르겠다고 고집했을까?

거룩한 천사여!

내 영혼을 천상으로 데려가 다오!

라울은 맹세와 저주의 말을 쏟아 내며 흐느끼면서 언젠가 눈앞에서 크리스틴을 어두컴컴한 지하로 데려가 버린 커다란 거울을 더듬었다. 거울을 밀어 보고 눌러 보고 더듬어 보기도 했지만 거울은 오직 에릭의 말에만 복종하기라도 하듯 꼼짝도 하지 않았다. 행동만 가지고는 안 되는 걸까? 무슨 주문이라도 외워야 하나? 어렸을 때 주문을 외우면 그대로 복종하는 물건이 있다는 이야기를 들어 본 적이 있다!

문득 라울은 호수에서 스크리브 거리로 곧장 이어지는 문이 있다는 사실이 떠올랐다. 그렇다. 전부 크리스틴이 해준 이야기였다. 라울은 이미 그때 본 상자 속에 열쇠가 들어 있지 않다는 것을 확인했지만 곧장 스크리브 거리로 달려갔다.

그는 거리에서 떨리는 손으로 커다란 돌을 더듬으며 입구를 찾았다. 쇠창살이 만져졌다. 이게 입구일까? 아니면 저쪽? 아니면 통기 구멍? 그는 쇠창살 안을 들여다보았다. 당연히 캄캄해서 아무것도 보이지 않았다. 귀를 기울여 보았지만 아무 소리도 들리지 않았다. 건물을 한 바퀴 돌자 좀 더 큰 쇠창살과 커다란 문이 나왔다. 오페라하우스 행정 건물의 입구였다.

라울은 관리실로 달려갔다.

"실례합니다. 부인. 스크리브 거리로 이어지는 문이나 쇠창살, 또는 구멍이 어디 있는지 아십니까? 호수로 이어지는 문이에요. 오페라하우스 지하에 있는 호수 말입니다."

"지하에 호수가 있다는 건 알지만 호수로 이어지는 문은 모르겠네요. 가본 적이 없어서요."

"스크리브 거리는요? 스크리브 거리는 가보셨나요?"

순간 여자가 큰 소리로 웃어 댔다. 가까운 곳에 있는 스크리브 거리를 어떻게 안 가봤을 수가 있겠는가! 하지만 여자가 웃자 라울은 화가 나서 고함을 지르며 계단을 뛰어 올라갔다. 한꺼번에 네 계단씩 오르락내리락하면서 행정 건물을 전부 돌아다니다가 조명이 켜진 무대로 갔다.

그는 혹시 크리스틴이 돌아왔을지도 모른다는 생각에 가슴이 쿵쿵거렸다. 무리 지어 있는 남자들에게 물었다.

"실례합니다. 크리스틴 다에가 어디 있는지 아십니까?"

웬일인지 사람들은 아무런 대답을 하지 않고 그를 보고 웃기만 했다.

그때 무대가 소란스러워지더니 검은 제복을 입은 사람들의 호위를 받으며 누군가가 나타났다. 발그레하고 통통한 얼굴에 곱슬머리를 한 침착하고 유쾌해 보이는 남자였는데, 파란색 눈동자가 평온하게 빛났다. 부관장 메르시에가 자작에게 그를 소개했다.

"당신의 질문에 대답해 줄 수 있는 분이 오셨군요! 미프르와 경찰서 장입니다."

"아, 샤니 자작님! 만나서 반갑습니다. 이쪽으로 오시겠습니까? 그나저나 관장님들은 어디 계시죠?"

메르시에는 대답하지 않았고 비서 레미가 관장들이 사무실에 틀어박혀 있으며 아직 사건에 대해 모른다고 설명했다.

"그럴 리가요! 올라가 봅시다."

경찰서장은 수많은 사람이 뒤따르는 가운데 행정 건물 쪽으로 향했다. 혼란한 틈을 타서 메르시에가 가브리엘의 손에 열쇠를 슬쩍 쥐여 주고는 이렇게 속삭였다.

"일이 꼬이게 생겼군. 지리 부인을 꺼내 줘요."

가브리엘이 서둘러 떠났다.

경찰서장과 사람들은 관장실 문 앞에 도착했다. 메르시에가 크게 소리쳤지만 문은 열리지 않았다.

"문을 여시오. 법의 이름으로 명령합니다!"

미프르와 경찰서장이 크지만 초조한 목소리로 소리쳤다.

마침내 문이 열렸다. 모두 서장을 따라 우르르 안으로 들어갔다.

라울은 맨 마지막에 서 있었다. 그가 사람들을 따라 들어가려는 순간 누군가 그의 어깨에 손을 얹고 귀에 속삭였다.

"에릭의 비밀은 그 누구와도 상관없어요!"

라울이 터져 나오려는 외침을 억누른 채 뒤돌아보니 손가락을 입에 대고 서 있는 사람이 보였다. 새까만 피부와 비취색 눈, 새끼양의 모피로 만든 챙 없는 모자를 쓴…… 바로 페르시아인이었다!

낯선 그 사람은 조용히 하라는 손짓을 계속 하더니 라울이 영문을 물으려고 하는 순간 고개를 숙이고 사라졌다.

17

봉투의 행방

경찰서장을 따라 들어가기 전에 레미와 메르시에가 결코 들어갈 수 없었던 관장들의 사무실에서 무슨 일이 있었는지부터 설명해야겠다. 리샤르와 몽샤르맹은 독자들이 알지 못하는 어떤 물건을 가진 채 사무실에 틀어박혀 있었다. 이에 대해 더 이상 지체하지 않고 설명하는 것이 이야기꾼으로서의 의무라고 생각한다.

얼마 전부터 관장들의 분위기가 심상치 않게 변했으며 그것이 단지 샹들리에가 추락한 사건 때문만은 아니라는 사실도 이야기했다.

자, 이제 유령이 자신의 2만 프랑을 받기 위해 조용히 방문했었다는 사실을 독자 여러분께 이야기해야 할 때인 것 같다. 물론 관장들은 돈을 주지 않으려고 통곡하기도 하고 이를 갈기도 했다! 하지만 일은 아주 간단하게 처리되었다.

어느 날 아침 관장들은 '오페라의 유령(본인 수취 요망)'이라고 적힌 봉투와 함께 오페라의 유령이 직접 쓴 편지를 책상에서 발견했다.

계약서의 항목을 실천에 옮겨야 할 때가 되었습니다. 이 봉투에 천 프랑짜리 스무 장을 넣고 봉해서 지리 부인에게 주세요. 그다음은 그녀가 알아서 할 겁니다.

관장들은 항상 문단속을 철저하게 하는 사무실에 그 봉투가 놓여 있는 이유를 알려고 하는 대신, 이것이 자신들을 협박하는 수수께끼의 인물을 붙잡을 기회라고 생각했다. 그들은 절대로 입을 열지 않는다는 약속을 받고 가브리엘과 메르시에에게 사실대로 털어놓았다. 그리고 아무것도 묻지 않고 2만 프랑이 담긴 봉투를 관리인으로 복직된 지리 부인에게 주었다. 지리 부인은 전혀 놀라는 기색이 없었다. 물론 그 후로 그녀는 일거수일투족을 감시당했다. 봉투를 받아든 그녀는 곧바로 유령의 박스석으로 가서 선반에 올려놓았다. 두 관장과 가브리엘, 메르시에는 공연 도중은 물론 이후에도 봉투가 잘 보이는 곳에 숨어 감시했다. 봉투가 계속 제자리에 있었으므로 그들도 꼼짝할 수 없었다. 지리 부인이 나갔을 때도 네 사람은 제자리에 가만히 있었다. 마침내 기다리다 지친 그들은 봉인이 그대로인지 확인하고 봉투를 열었다.

리샤르와 몽샤르맹은 처음에는 지폐가 그대로 있다고 생각했다. 하지만 곧바로 뭔가 달라졌다는 것을 알았다. 진짜 지폐 스무 장은 온데간데없이 사라지고 그 대신 엉뚱하게도 익살카드 스무 장이 들어 있었다!

두 관장의 분노와 공포는 극에 달했다. 몽샤르맹은 경찰을 부르자고 했지만 리샤르가 반대했다. 리샤르에게는 다른 생각이 있었다.

"그랬다가는 우리 꼴만 우스워질 거야! 파리 전체가 비웃을 테니. 첫 번째 게임은 유령이 이겼지만 두 번째는 우리가 이기면 되지."

리샤르는 다음 달 유령에게 지불해야 할 돈에 대해 생각하고 있었다.

하지만 어쨌든 그들은 오페라의 유령에게 완전히 당했고, 그 후로 몇 주 동안 모멸감과 압박감에서 헤어나지 못했다. 그들이 그때 바로 경찰서장에게 알리지 않았던 것은 지금의 사태가 전임자들의 장난으로 일어난 것일지도 모른다는 생각을 여전히 하고 있었기 때문이다. 따라서 진상을 파악하기 전에는 여기저기 떠벌릴 필요가 없다고 생각했다. 그러나 리샤르보다는 상상력이 풍부한 몽샤르맹은 의구심을 가지고 있었다. 어쨌든 그들은 지리 부인을 감시하면서 다음 사건이 일어날 때까지 기다려 보기로 합의했다.

"만일 지리 부인이 공범이라면 지폐가 한참 전에 사라졌을 거요. 하지만 내 생각에 그 여자는 멍청이일 뿐이오."

리샤르가 말했다.

"이번 사건에 연루된 사람들 중에 멍청이가 어디 그 여자뿐인가!"

몽샤르맹이 생각에 잠긴 얼굴로 말했다.

"도대체 누가 이런 일을 생각해 냈을까? 하지만 걱정할 필요 없어. 다음번에는 쉽게 당하지 않을 테니까."

리샤르가 한숨을 쉬며 말했다.

그러던 중 어느새 그 '다음번'이 다가왔는데, 바로 크리스틴 다에가 사라진 그날이었다. 그날 아침 유령은 돈을 지불할 날짜를 알려 주는 편지를 보냈다. 그 내용은 다음과 같았다.

지난번과 똑같이 하면 됩니다. 저번에는 아주 잘했습니다. 이번에도 봉투에 2만 프랑을 넣어 유능한 지리 부인에게 맡기시오.

이번에도 편지와 함께 봉투가 따라왔다. 이제 돈을 봉투에 넣기만 하면 되었다.

두 관장이 봉투에 돈을 넣은 것은 〈파우스트〉의 막이 오르기 30분쯤 전이었다. 리샤르는 몽샤르맹에게 봉투를 보여 주었다. 그는 몽샤르맹이 보는 앞에서 천 프랑짜리 지폐 스무 장을 세고 봉투에 넣었다. 하지만 이번에는 봉투를 봉하지 않았다.

"자, 이제 지리 부인을 부르면 되겠군."

지리 부인이 부름을 받고 들어왔다. 그녀는 정중한 태도를 보였다. 여전히 적갈색과 옅은 자홍색이 도는 검은 호박단 치마를 입고 있었으며, 초라한 검은 깃털 장식 모자를 쓰고 있었다. 그녀는 그날따라 기분이 좋은 듯 곧바로 이렇게 말했다.

"안녕하세요, 관장님들! 봉투 때문에 부르셨겠죠?"

"그렇소, 지리 부인."

리샤르가 사근사근하게 대답했다.

"봉투뿐만이 아니고 다른 일도 있소."

"말씀만 하세요, 리샤르 관장님. 다른 일이란 게 뭐죠?"

"지리 부인, 우선 당신에게 물어볼 게 있소."

"무엇이든 물어보세요. 모두 대답해 드릴게요."

"유령하고는 요즘도 잘 지내나요?"

"물론이죠. 이보다 좋을 수는 없답니다."

"그렇다니 다행이군요. 그런데 지리 부인."

리샤르는 중요한 일을 털어놓기라도 하는 말투였다.

"우리끼리 있으니까 하는 말인데, 당신 설마 바보는 아니겠지?"

지리 부인은 모자에 달린 검은 깃털이 크게 흔들릴 정도로 발끈하며 소리쳤다.

"그게 무슨! 제 성실함과 정직함을 의심하는 사람은 아무도 없어요!"

"그래요. 우린 서로 뜻이 통하는군요. 유령 이야기 말인데요, 솔직히 말해서 거짓말이죠? 우리끼리 얘기지만 이만하면 충분하다고 생각되는데."

지리 부인은 중국어라도 들은 표정으로 두 관장을 쳐다보았다. 그녀는 리샤르의 책상으로 걸어가더니 걱정스럽게 물었다.

"무슨 말씀이시죠? 이해할 수가 없군요."

"무슨 말인지 알잖아요. 당신은 다 이해할 거예요. 우선 그의 이름을 말해 봐요."

"누구 이름요?"

"당신의 공범 말이에요, 지리 부인!"

"내가 유령과 공범이라고요? 내가? 도대체 뭘 같이 했다는 거죠?"

"유령이 시키는 대로 하잖소."

"아! 그야 별로 성가시게 굴지 않으니까요."

"그가 아직도 팁을 주나요?"

"제가 먼저 손 벌린 적은 없어요."

"봉투를 가져다주면 얼마나 줍니까?"

"10프랑이요."

"가엾어라! 적은 돈 아니오?"

"그게 어때서요?"

"내 말 잘 들어요, 지리 부인. 도대체 어떤 특별한 이유가 있기에 당신이 유령한테 헌신하는지 알아야겠소. 당신의 우정과 봉사를 단돈 5프랑이나 10프랑으로 살 수는 없을 텐데."

"그건 그래요. 제가 그 이유를 말씀드리죠. 수치스러울 건 전혀 없어요. 오히려 그 반대예요."

"물론 그렇겠죠, 지리 부인!"

"유령은 내가 자기 일에 대해 얘기하는 걸 좋아하지 않아요."

"그래요?"

리샤르가 비웃듯이 되물었다.

"이건 나 혼자만 관계 있는 일이에요. 어느 날 저녁 5번 박스석에서 내 앞으로 온 편지를 발견했어요. 빨간색 잉크로 쓴 쪽지 같은 거였죠. 굳이 읽을 필요도 없어요. 내용을 다 외우고 있으니까. 백 살까지 산다고 해도 절대 잊을 수 없을 거예요!"

지리 부인은 감동에 젖은 얼굴로 편지를 암송하기 시작했다.

부인 보시오.

1825년, 수석 무용수였던 메네트리에 양은 퀴시 후작과 결혼함.

1832년, 무희였던 마리 타글리오니 양은 질베르 데 브와쟁 백작과 결혼함.

1846년, 무희였던 소타 양은 에스파냐 국왕의 형제와 결혼함.

1847년, 무희였던 롤라 몬테스는 루이 드 바비에르 왕과 내연의 관계를 맺었다가, 란스펠트 백작 부인으로 추대됨.

1848년, 무희였던 마리아 양은 에르메빌 남작과 결혼함.

1870년, 무희였던 테레즈 헤슬러는 포르투갈 왕의 형제 돈 페르난도와 결혼함…….

리샤르와 몽샤르맹은 늙은 여자가 용감하게 읊어 대는 결혼 목록에 귀를 기울였다. 그녀는 점점 더 흥분하더니 자긍심 넘치는 목소리로 편지 맨 마지막에 적힌 예언을 읊었다.

1885년, 메그 지리, 황후가 되다!

박스석 관리인 지리 부인은 여기까지 읊고는 기진맥진해서 의자에 주저앉았다.

"관장님들, 편지에는 '오페라의 유령'이라고 서명되어 있었어요. 유령에 대한 이야기는 많이 들었지만 솔직히 반신반의했어요. 그런데 내가 낳은 딸이 황후가 된다는 말을 들은 후 유령의 존재를 완전히 믿게 되었어요."

더 이상 지리 부인을 심문해 볼 필요도 없었다. 잔뜩 흥분한 그녀의 모습만 보고도 '유령'과 '황후'라는 두 단어가 멀쩡한 사람을 어떻게 만드는지 알 수 있었다.

하지만 이 꼭두각시 줄을 움직이고 있는 사람은 누구인가? 그것이 문제였다.

"유령을 본 적도 없으면서 그의 말을 믿는 겁니까?"

몽샤르맹이 물었다.

"그래요! 내 딸 메그가 수석 무용수가 된 것도 다 유령 덕분이에요. 내가 유령한테 그랬거든요. '1885년에 황후가 되려면 한시가 급해요. 메그는 지금 당장 수석 무용수가 되어야 해요.' 그랬더니 '두고 보시오.'라고 하더군요. 그러고 나서 유령이 폴리니 씨한테 몇 마디 했을 뿐인데 정말 그렇게 됐어요."

"그렇다면 폴리니 씨는 유령을 봤겠군!"

"폴리니 씨도 나처럼 못 봤어요. 목소리만 들었을 뿐이에요. 폴리니 씨가 백지장처럼 얼굴이 하얗게 질려서 5번 박스석을 나간 날 저녁에 유령이 그의 귀에 대고 말한 거예요."

몽샤르맹이 한숨을 쉬면서 말했다.

"말도 안 돼……."

"아 참, 전 항상 유령과 폴리니 씨 사이에 비밀이 있다고 생각했어요. 왜냐하면 폴리니 씨는 유령의 부탁을 무조건 들어주거든요. 폴리니 씨는 유령의 말이라면 절대로 거부하지 못했어요."

"들었소, 리샤르? 폴리니 씨가 유령의 말을 절대 거부하지 못했다는군."

"그렇소. 들었지! 폴리니 씨는 유령의 친구고, 지리 부인은 폴리니 씨의 친구구먼! 하지만 난 폴리니 씨한테는 관심 없네."

리샤르는 거칠게 덧붙였다.

"내가 관심 있는 사람은 지리 부인뿐이지. 지리 부인, 봉투에 뭐가 들었는지 알아요?"

"당연히 모르죠."

"그럼 한번 봐요."

봉투를 들여다보던 지리 부인의 흐리멍덩한 눈이 밝게 빛났다.

"천 프랑짜리 지폐네요!"

그녀가 소리쳤다.

"그래요, 부인. 천 프랑짜리 지폐예요! 당신은 알고 있었어!"

"내, 내가요? 난 맹세코……."

"맹세하지 마시오, 지리 부인! 당신을 부른 두 번째 이유를 말해 주리다. 지리 부인, 당신을 체포하겠소."

지리 부인의 초라한 모자에 달린 검은 깃털 두 개는 평소 물음표 모양이었지만 협박의 말을 들은 그녀가 머리를 움직이는 바람에 느낌표 모양으로 변했다. 꼬마 메그의 어머니는 놀람과 분노, 저항과 당혹감이 뒤섞인 채 반은 뛰고 반은 미끄러지듯 리샤르의 코앞으로 다가갔다. 그 바람에 리샤르는 앉아 있던 의자를 뒤로 당겨야 했다.

"날 체포한다고요?"

지리 부인은 간신히 건사하고 있는 이빨 세 개를 리샤르의 얼굴에 뱉어 버릴 태세였다.

리샤르도 더는 물러나지 않았다. 그는 자리에 있지도 않은 판사를 향해 5번 박스석 관리인을 고발하듯이 손가락으로 가리켰다.

"지리 부인, 당신을 절도죄로 체포하겠소!"

"다시 한 번 말해 봐요!"

그와 동시에 지리 부인은 리샤르를 향해 힘차게 따귀를 날렸다. 몽샤르맹이 미처 말릴 틈도 없었다. 그러나 리샤르에게 닿은 것은 성난 노파의 손이 아니라 모든 문제의 근원이 된 마법의 봉투였다. 지리 부인이 따귀를 날리면서 열린 봉투에서 지폐가 쏟아져 마치 나비처럼 요란하게 날아다니며 춤을 추었다.

두 관장은 비명을 질렀다. 둘 다 똑같은 생각을 하면서 무릎을 꿇고 정신없이 지폐를 주워 살폈다.

"진짜 돈이오?"

"진짜 돈이 맞겠지?"

"아직 진짜 돈이군!"

그들의 머리 위로 지리 부인이 세 개의 이를 딱딱 부딪치며 무시무시한 소리를 질러 댔다. 하지만 확실하게 알아들을 수 있는 말은 이것뿐이었다.

"내가, 도둑…… 내가, 도둑이라고, 내가?"

그녀는 분노로 숨통이 막힐 지경이었다. 그래서 있는 힘껏 꽥 소리를 질렀다.

"그런 소리는 난생처음 들어요!"

그러더니 갑자기 리샤르에게 쏜살같이 달려들어 새된 비명을 질렀다.

"2만 프랑이 어디로 갔는지 나보다 리샤르 씨 당신이 더 잘 알 것 아니에요!"

"내가? 내가 어떻게 알아요?"

리샤르가 놀라서 물었다.

몽샤르맹은 엄중하고 불만스러운 얼굴로 지리 부인에게 무슨 뜻인지 설명해 보라고 했다.

"도대체 그게 무슨 말이오, 지리 부인? 2만 프랑이 어디로 갔는지 당신보다 리샤르 씨가 더 잘 알 것이라는 말이 무슨 뜻이오?"

리샤르는 시뻘게진 얼굴로 지리 부인의 손목을 거칠게 잡아 마구 흔들었다. 그러고는 천둥처럼 쩌렁쩌렁한 목소리로 소리쳤다.

"2만 프랑이 어디로 갔는지 내가 더 잘 알 거라니, 무슨 뜻이오? 도대체? 대답해!"

"당신 주머니로 들어갔으니까요!"

악마의 화신이라도 보는 듯 지리 부인이 숨을 헐떡거리며 대답했다.

리샤르는 몽샤르맹이 손을 잡고 진정하라고 말리지 않았다면 지리 부인에게 달려들었을 것이다.

"어째서 리샤르가 2만 프랑을 주머니에 넣었다고 의심하는 거요?"

"난 리샤르 씨가 2만 프랑을 주머니에 넣었다고 말한 적 없어요. 2만 프랑을 리샤르 씨의 주머니에 넣은 사람은 바로 나니까!"

지리 부인은 이렇게 말하고 한마디 덧붙였다.

"아! 말해 버리고 말았네! 유령이 날 용서해 주길……."

리샤르가 다시 고함을 지르기 시작했지만 몽샤르맹이 위압적으로 조용히 하라고 시켰다.

"가만히 있어 봐요. 우선 이 여자의 말을 끝까지 들어 보자고. 내가 질문하리다."

그러더니 몽샤르맹은 리샤르에게 이렇게 덧붙였다.

"자네가 그렇게 흥분하는 것도 놀랍군! 이제 수수께끼가 풀리려고 하는 참인데. 자네는 몹시 화가 났지만 그렇게 행동하면 안 되네. 난 점점 재미있어지는군."

지리 부인은 마치 순교자처럼 얼굴을 들었는데, 그녀의 얼굴은 자신의 결백에 대한 확신으로 빛났다.

"내가 리샤르 씨의 주머니에 집어넣은 봉투에 2만 프랑이 들어 있었다는 거군요. 다시 한 번 말씀드리지만 난 그 안에 돈이 들어 있는 줄은 꿈에도 몰랐어요. 리샤르 씨도 아무것도 몰랐고요!"

"아하! 나도 몰랐다고! 당신이 내 주머니에 2만 프랑을 집어넣었는데 내가 아무것도 몰랐다고! 듣던 중 반가운 말이군요, 지리 부인!"

리샤르가 또다시 오만한 태도로 말했다. 몽샤르맹은 그 태도가 영 마음에 들지 않았다.

"그래요, 사실이에요. 우리 둘 다 아무것도 몰랐어요. 하지만 당신은 결국 나중에 알게 되었겠죠!"

리샤르는 몽샤르맹이 옆에 없었다면 지리 부인을 산 채로 삼켰을지도 모른다. 다행히 몽샤르맹이 말렸고 질문을 계속했다.

"리샤르 씨의 주머니에 어떤 봉투를 넣었소? 당신이 우리에게 건네받아 5번 박스석에 갖다 놓은 그 봉투가 아니었소? 2만 프랑은 그 봉투에 들어 있었소."

"내가 리샤르 씨의 주머니에 몰래 넣은 봉투는 바로 리샤르 씨가 내게 건네준 봉투였어요. 내가 유령의 박스석으로 가져간 봉투는 똑같이 생기긴 했지만 다른 봉투였죠. 유령이 내게 직접 준 걸 소매 안에 숨겨 놓고 있었죠."

지리 부인은 이렇게 말하면서 소매에서 2만 프랑이 들어 있던 봉투와 비슷하게 생긴 봉투를 꺼냈다. 리샤르와 몽샤르맹이 살펴보았더니 자신들의 인장으로 봉해진 그 봉투가 맞았다. 그들은 봉투를 열었다. 거기에는 한 달 전에 그들을 깜짝 놀라게 만들었던 익살카드 스무 장이 들어 있었다.

"정말 간단하군!"

리샤르가 말했다.

"간단하군!"

몽샤르맹도 맞장구쳤다. 그는 최면이라도 거는 것처럼 지리 부인을

275

뚫어지게 쳐다보았다.

"그러니까 유령이 당신에게 이 봉투를 주고 우리가 준 봉투와 바꿔치기하라고 시켰단 말이오? 리샤르의 주머니에 진짜 봉투를 넣으라고 시킨 것도 유령이고?"

"그래요. 유령이 시켰어요."

"당신의 그 재주를 여기서 한번 보여 주는 게 어떻소? 봉투 여기 있소. 우리가 아무것도 모른다고 치고 한번 해보시오."

"그렇게 하지요."

지리 부인은 2만 프랑이 든 봉투를 들고 문 쪽으로 갔다. 그녀가 문 밖으로 나가려는 순간 두 관장이 서둘러 달려갔다.

"아니, 아니! 그게 아니라! 두 번이나 당할 수는 없지! 한 번 혼쭐이 났으니까 조심해야지!"

"실례했네요, 관장님들. 아무것도 모르는 것처럼 다시 한 번 해보자고 하시기에⋯⋯. 두 분이 아무것도 모른다면 이렇게 그냥 봉투를 들고 나가야 하거든요!"

"그러면 내 주머니에는 어떻게 봉투를 넣을 작정이었소?"

리샤르가 소리쳤다. 몽샤르맹은 왼쪽 눈으로는 리샤르에게 눈짓을 하면서도 오른쪽 눈으로는 지리 부인을 쳐다보았다. 두 눈을 치켜떠야 해서 힘들었지만 진실을 알아내기 위해서는 무엇이든지 할 수 있었다.

"관장님이 전혀 예상하지 못하는 순간에 봉투를 집어넣어야죠. 두 분도 아시다시피 저는 매일 저녁 무대 뒤쪽을 둘러봐요. 딸을 보러 무도회장으로 갈 때도 많죠. 공연이 시작되기 전에 발레 슈즈를 갖다 주기도 하고……. 사실 자유롭게 왔다 갔다 한답니다. 그러다 보니 단골 관객들이나 두 분 관장님들과도 마주칠 기회가 많죠. 지나다니는 사람들이 많을 때 관장님 뒤로 가서 연미복 뒷주머니에 이렇게 슬쩍 흘려 넣었어요. 마법이 아니라고요!"

"마법이 아니라고!"

리샤르가 눈을 부라리며 쩌렁쩌렁하게 소리쳤다.

"마법이 아니라고! 눈앞에서 뻔뻔하게 거짓말을 하는군! 이 늙은 마녀야!"

지리 부인은 화가 나서 세 개 남은 이를 드러냈다.

"무슨 말씀이신지?"

"그날 저녁 난 당신이 가짜 봉투를 가져다 놓은 5번 박스석을 감시하고 있었어. 로비에는 일분일초도 가지 않았지."

"맞아요. 하지만 제가 관장님의 주머니에 봉투를 넣은 건 그날 저녁이 아니라 다음 날 공연 때예요. 문화예술부 차관님이 오셨던 날 저녁에……."

지리 부인이 여기까지 말했을 때 리샤르가 갑자기 끼어들었다.

"아, 맞아. 이제 기억나는군! 차관님이 날 찾으러 무대 뒤로 왔었지.

그래서 로비로 잠깐 내려갔었어. 로비 계단에서 보니 차관님과 비서가 로비에 있더군. 갑자기 뒤돌아보니 지리 부인 당신이 내 뒤를 지나가고 있었고, 날 살짝 미는 것 같았어. 맞아, 그랬어! 당신을 봤어!"

"그래요, 맞아요. 내가 작업을 막 끝냈을 때였죠. 관장님의 주머니는 아주 허술하더군요!"

지리 부인은 이렇게 말하면서 직접 동작을 보여 주었다. 그녀가 리샤르의 뒤쪽을 지나면서 잽싸게 연미복 뒷주머니에 봉투를 집어넣는 모습에 몽샤르맹도 감탄했다.

"그래!"

리샤르는 약간 창백해진 얼굴로 소리쳤다.

"유령은 머리가 좋군. 그는 2만 프랑을 주는 사람과 그것을 받는 사람 사이에 위험한 중개자가 없어도 되는 방법을 사용하려고 했어. 내가 모르는 사이 내 주머니에서 봉투를 빼가는 것이 가장 좋은 방법이라고 결론 내린 거지. 주머니에 돈 봉투가 들어 있다는 사실을 내가 모르는 사이에 말이지. 굉장하군!"

"그래, 정말 굉장하군!"

몽샤르맹도 동의했다.

"리샤르, 하지만 자네가 잊은 게 있네. 2만 프랑 중 절반은 내가 냈는데 내 주머니에는 봉투를 넣지 않았다는 거야!"

18

또 옷핀 사건

리샤르에 대한 의심이 분명히 드러난 몽샤르맹의 마지막 말 때문에 격렬한 논쟁이 벌어졌다. 리샤르는 논쟁 끝에 자신들을 기만하는 악한을 잡기 위해서는 몽샤르맹의 뜻에 따르기로 협의했다.

그렇게 해서 두 관장은 앞서 레미가 목격한 대로 정원이 나오는 막이 끝나고 휴식 시간에 품위를 잃고 이상한 행동을 하게 된 것이었다. 첫째, 리샤르와 몽샤르맹은 리샤르가 처음으로 2만 프랑이 사라진 날 밤에 한 행동을 그대로 재현하기로 협의했다. 그리고 둘째, 지리 부인이 2만 프랑을 넣기로 되어 있는 리샤르의 뒷주머니에서 몽샤르맹이 한시도 눈을 떼지 않기로 했다.

리샤르는 자신이 문화예술부 차관에게 인사할 때 서 있던 자리로 갔다. 몽샤르맹은 그 뒤에서 몇 발자국 떨어진 곳에서 자리를 지켰다.

지리 부인이 지나가다 리샤르의 뒷주머니에 2만 프랑이 든 봉투를 넣고 퇴장했다. 아니 실은 강제로 퇴장당했다고 하는 편이 어울릴지도 모른다. 몽샤르맹의 지시에 따라 메르시에가 지리 부인을 부관장실로 데려가 문을 잠가 버려 유령과 접촉하지 못하도록 했기 때문이다.

한편 리샤르는 지체 높은 문화예술부 차관이 정말로 눈앞에 있는 것처럼 가까이 다가가 허리를 굽혀 인사하더니 뒷걸음질로 물러났다. 물론 그 앞에 정말로 차관이 있었다면 전혀 이상할 것 없는 정중한 행동이었지만 아무도 없는 데다 인사하는 리샤르의 모습을 본 사람들은 어리둥절할 수밖에 없었다.

리샤르는 아무도 없는데 넙죽 인사를 하더니 뒷걸음질쳤다. 몇 걸음 뒤에 서 있던 몽샤르맹도 똑같이 하고 레미를 밀쳐내더니 은행장과 대사에게 "리샤르 관장을 만지지 말아 주십시오."라고 부탁했다.

몽샤르맹이 그렇게 한 데는 이유가 있었다. 그는 나중에 리샤르가 사라진 2만 프랑이 대사나 은행장, 레미의 소행 같다고 말하는 것을 듣고 싶지 않았다.

리샤르 본인이 첫 번째 장면에서 인정한 것처럼 지리 부인이 스쳐 지나간 후에는 아무도 마주치지 않았기 때문이다.

뒷걸음질치면서 인사하던 리샤르는 계속 뒷걸음질로 관장실 통로에 닿았다. 이렇게 함으로써 뒤에서 몽샤르맹이 눈을 떼지 않고 관찰할 수 있었고 리샤르 자신은 앞에서 누가 다가오지 않는지 살필 수 있었다. 국립음악원의 두 관장이 뒷걸음질치는 이상한 광경은 무대 뒤쪽에서도 사람들의 시선을 끌었다. 그러나 두 관장의 머릿속에는 오직 2만 프랑밖에 없었다.

어두컴컴한 통로에 도착했을 때 리샤르가 몽샤르맹에게 나지막하게 말했다.

"내 몸에 손댄 사람이 없는 게 분명하네. 내가 사무실로 들어갈 때까지는 좀 떨어져서 관찰하게. 사람들의 의심을 사지 않는 상태에서 살펴봐야 하니까."

하지만 몽샤르맹의 생각은 달랐다.

"아니, 리샤르, 안 되네! 내가 자네 바로 뒤에 붙어서 가겠네! 한 발자국도 떨어질 수 없어!"

"하지만 그렇게 하면 누구도 2만 프랑을 훔쳐갈 수 없잖은가!"

"당연히 그러길 바라야지."

"그럼 우린 말도 안 되는 짓을 하고 있는 걸세."

"지난번과 똑같이 하고 있는 거네. 지난번에도 자네가 무대를 떠나 사무실로 갈 때 내가 뒤에서 바짝 붙어서 이 통로를 걸어왔잖아."

"그건 그렇지."

리샤르는 고개를 저으며 한숨을 내쉬고는 몽샤르맹의 말에 순순히 따르기로 했다.

2분 후 그들은 사무실로 들어가 문을 잠갔다. 몽샤르맹은 열쇠를 주머니에 넣었다.

"지난번에 이렇게 문을 잠그고 있었네. 자네가 퇴근하기 전까지."

"그랬지. 그때 아무도 찾아온 사람이 없었지?"

"그렇다네."

"그렇다면 퇴근하는 길에 누군가에게 도둑맞은 게 분명하군."

리샤르가 기억을 되살리며 말했다.

"아니, 그건 불가능해. 내가 마차로 자네를 데려다 주었으니까. 2만 프랑은 틀림없이 자네 집에서 사라진 거야."

몽샤르맹의 말에 리샤르가 항변했다.

"말도 안 되는 소리! 난 우리 집 하인들을 믿네. 만일 하인 중 누군가가 훔쳤다면 분명 잠적했을 걸세."

그러나 몽샤르맹은 작은 부분까지 따지고 싶지 않다는 듯 어깨를 으쓱했다. 리샤르는 자신을 대하는 몽샤르맹의 태도를 그대로 참고 넘길 수 없었다.

"몽샤르맹, 더 이상은 못 참겠네!"

"리샤르, 나도 지겨워!"

"감히 나를 의심하는 건가?"

"그래. 자네가 바보 같은 장난을 쳤다고 의심하네."

"2만 프랑을 가지고 장난칠 사람은 없어."

"나도 그렇게 생각하네."

리샤르는 이렇게 말하고 보란 듯이 신문을 펼치고 읽기 시작했다.

"뭐하는 건가? 신문을 읽겠다는 건가?"

"그래, 리샤르. 자네를 집에 데려다 줄 때까지."

"지난번처럼?"

"그래, 지난번처럼."

리샤르는 몽샤르맹의 손에서 신문을 낚아챘다. 몽샤르맹은 그 어느 때보다 신경질적인 표정으로 일어났다. 리샤르도 분노한 얼굴로 팔짱을 낀 채 마주 보았다.

"이보게, 난 갑자기 이런 생각이 드는군. 지난번처럼 자네와 사무실에 둘이 있다가 자네가 날 집으로 데려다 주었는데 헤어지기 직전에 내가 뒷주머니에서 2만 프랑이 사라진 걸 알게 되었다면 무슨 생각이 들었을지 말일세."

"무슨 생각이 든단 말인가?"

몽샤르맹의 얼굴이 분노로 시뻘게졌다.

"아마도 이런 생각이 들겠지. 지난번처럼 자네가 내 옆에서 한 발자국도 떨어지지 않았고 나에게 접근한 사람은 아무도 없었는데 2만 프랑이 온데간데없이 사라졌다면 자네가 가져갔을 확률이 높다고 말일세!"

그 말에 몽샤르맹이 자리에서 펄쩍 뛰었다.

"아, 그래, 옷핀!"

"옷핀은 왜 찾나?"

"자네한테 꽂아 두려고! 옷핀! 옷핀!"

"나한테 옷핀을 꽂아 둔다고?"

"그래. 2만 프랑이 든 주머니에 옷핀을 꽂아 놓을 걸세! 그렇게 하면 여기서든, 집으로 가는 도중이든, 자네 집에서든 누가 주머니를 잡아당기려고 하면 내 손인지 아닌지 알 수 있을 테니까! 자네가 지금 나를 의심하는 거 아닌가? 옷핀 어딨어!"

몽샤르맹이 문을 열고 통로에 대고 소리쳤다.

"옷핀! 누가 옷핀 좀 가져와!"

알다시피 그때 밖에는 옷핀을 가지고 있지 않은 레미가 서 있었고, 어떤 소년이 몽샤르맹에게 그렇게도 간절하게 찾는 옷핀을 가져다주었다. 그다음에 일어난 일은 이러했다. 몽샤르맹은 문을 다시 닫고 리샤르의 뒤로 가서 무릎을 꿇었다.

"지폐가 아직 그대로 있기를 바라네."

"나도 마찬가지야."

"진짜 돈인가?"

몽샤르맹이 이번에는 절대로 당하지 않겠다는 결의로 물었다.

"자네가 직접 보게. 난 만지지 않겠네."

리샤르가 말했다.

몽샤르맹이 리샤르의 주머니에서 봉투를 빼내 떨리는 손으로 지폐를 꺼냈다. 이번에는 지폐를 자주 확인해 보기 위해서 봉투를 봉인하지 않았다. 그는 진짜 지폐가 그대로 있는 것을 확인하고 안심했다. 리샤르의 뒷주머니에 도로 집어넣고 조심스럽게 옷핀을 꽂았다. 그러고는 자리에 앉아 리샤르의 뒷주머니에 시선을 고정했고 리샤르는 책상에 앉아 꼼짝도 하지 않았다.

"조금만 참게, 리샤르. 이제 몇 분만 기다리면 돼. 곧 자정이야. 지난번에 자정을 알리는 마지막 종소리가 친 다음에 나갔지."

"얼마든지 참을 걸세!"

시간은 숨 막힐 듯 느릿느릿 힘겹게 흘러갔다. 리샤르가 애써 웃음을 보였다.

"이러다가는 유령이 전지전능한 능력을 가졌다고 믿게 될 것 같네. 지금 실내에서 뭔가 불편하고 불안하고 두려운 기운이 느껴지지 않나?"

"맞는 말이네."

몽샤르맹도 전적으로 같은 생각이었다.

"유령!"

리샤르가 보이지 않는 귀에 들어갈까 봐 두려워하듯 나지막하게 말했다.

"유령! 책상에 마법의 봉투를 올려놓은 게 유령이었다고 생각해 보게. 5번 박스석에서 들려온 목소리도…… 조제프 뷔케를 죽인 것도…… 샹들리에의 고리를 풀어놓은 것도…… 우리 돈을 훔쳐간 것도! 여기에는 자네와 나밖에 없네. 그런데도 만일 돈이 사라지고 우리 두 사람과는 상관없는 일이라면 유령의 존재를 믿어야만 할 걸세."

그때 벽난로 선반에 놓인 시계에서 12시를 알리는 첫 번째 소리가 울려 퍼졌다.

두 관장은 몸을 떨었다. 이마에서 땀이 비 오듯 흘렀다. 열두 번째 소리가 이상하게 들렸다.

소리가 멈추자 그들은 한숨을 내쉬고 의자에서 일어났다.

"이제 가도 될 것 같군."

몽샤르맹이 말했다.

"그러세."

리샤르도 찬성했다.

"가기 전에 주머니를 살펴봐도 되겠나?"

"물론이네, 몽샤르맹. 당연히 살펴봐야지! 어떤가?"

리샤르가 주머니를 살피는 몽샤르맹에게 물었다.

"옷핀은 그대로 있네."

"당연하겠지. 우리도 모르는 사이 돈을 도둑맞는다는 건 불가능하니까."

그러나 주머니를 뒤지던 몽샤르맹이 큰 소리로 외쳤다.

"옷핀은 그대로 있는데 돈이 없네!"

"농담하지 말게, 몽샤르맹. 지금은 농담이나 할 때가 아니야."

"자네가 직접 살펴보게."

리샤르가 서둘러 상의를 벗었다. 두 관장은 주머니를 뒤집었다. 주머니 안이 텅 비어 있었다! 놀랍게도 핀은 똑같은 자리에 그대로 남아 있었다.

리샤르와 몽샤르맹은 사색이 되었다. 마법 같은 유령의 존재를 더 이상 의심할 수 없었다.

"유령이야!"

몽샤르맹이 더듬거렸다.

그러나 리샤르는 벌떡 일어나 소리쳤다.

"내 주머니를 만진 사람은 자네뿐이야! 내 2만 프랑 내놔! 내 2만 프랑 내놓으라고!"

"내 영혼을 걸고 맹세하는데 난 절대 가져가지 않았어!"

몽샤르맹은 금방이라도 기절할 것처럼 한숨을 내쉬었다. 그때 누군가 문을 두드렸다. 몽샤르맹은 무의식적으로 문을 열었지만 부관장 메르시에를 알아보지 못하는 것처럼 보였다. 그는 무슨 말인지도 모르는 채 몇 마디 주고받더니 더 이상 쓸모없게 된 옷핀을 어리둥절해하는 메르시에의 손에 올려놓았다.

19

경찰서장의 수사

경찰서장이 관장실에 들어와 제일 처음 한 말은 사라진 가수의 행방에 대한 것이었다.

"크리스틴 다에 여기 있습니까?"

"크리스틴 다에가 여기 있냐고요?"

리샤르가 서장의 말을 그대로 따라 했다.

"없습니다. 왜 그러시죠?"

몽샤르맹은 말할 기운조차 없어 가만히 있었다.

경찰서장과 뒤따라 들어온 사람들이 엄숙한 표정으로 침묵을 지키고 있었으므로 리샤르가 다시 물었다.

"크리스틴 다에가 여기 있는지 왜 물으십니까?

"찾아야 하니까요."

서장이 엄숙하게 대답했다.

"찾아야 한다니요? 사라지기라도 했습니까?"

"공연 도중에 사라졌습니다!"

"공연 도중에 사라졌다고요? 이상한 일이군요!"

"그렇죠? 관장님께서 그 사실을 저에게 처음 전해 들었다는 사실만큼이나 이상하군요!"

"그렇군요."

리샤르가 두 손으로 머리를 감싸고 중얼거렸다.

"이건 또 무슨 일이람? 해고당하고도 남을 일이군!"

그는 자신도 모르게 수염을 몇 가닥 뽑았다.

"그러니까…… 공연 도중에 사라졌다는 말인가요?"

그가 다시 한 번 물었다.

"그렇습니다. 감옥이 나오는 막에서 천사들에게 도움을 구하는 순간 납치되었어요. 천사가 데려간 건 아니겠지만."

"저는 천사가 데려갔다고 확신합니다!"

모두 뒤돌아보았다. 창백한 얼굴로 부들부들 떠는 청년이 있었다.

"분명합니다!"

"뭐가 분명하다는 겁니까?"

미프르와가 물었다.

"크리스틴이 천사에게 납치되었다는 사실 말입니다. 서장님. 천사의 이름도 말씀해 드릴 수 있어요."

"아, 샤니 자작님! 크리스틴 다에가 천사, 그러니까 오페라하우스의 수호천사에게 납치되기라도 했다는 말인가요?"

"그래요, 오페라하우스의 천사에게 납치됐어요. 서장님과 단둘이 있게 되면 그가 사는 곳도 말씀드리겠습니다."

"좋습니다."

서장은 라울에게 앉으라고 한 다음 두 관장을 제외하고 나머지 사람들을 내보냈다.

그러자 라울이 말했다.

"서장님, 천사의 이름은 에릭이고 오페라하우스 안에 살고 있습니다. 그는 소위 '음악의 천사'라는 존재입니다!"

"음악의 천사라고요! 그렇군요. 재미있군요. 음악의 천사라니!"

미프르와 서장은 그렇게 말하고는 관장들을 돌아보며 물었다.

"관장님들, 오페라하우스에 음악의 천사가 있습니까?"

리샤르와 몽샤르맹은 아무런 말없이 고개만 흔들었다.

"아, 저분들도 오페라의 유령에 대해 들어 봤을 겁니다. 저는 오페라의 유령과 음악의 천사가 동일 인물이라고 확실히 말씀드릴 수 있습니다. 그자의 이름은 에릭입니다."

미프르와는 자리에서 일어나 라울을 찬찬히 살펴보았다.

"실례의 말씀입니다만, 지금 법을 우롱하려고 그러는 건 아니겠죠? 그렇지 않다면 오페라의 유령이라니, 도대체 무슨 말입니까?"

"저 두 분도 알고 있는 얘기입니다."

"관장님들, 두 분도 오페라의 유령에 대해 아는 모양이군요?"

리샤르는 쥐어뜯은 수염 몇 가닥을 손에 든 채 자리에서 일어났다.

"아닙니다, 서장님. 우리는 그자를 모릅니다. 우리도 누군지 알았으면 좋겠군요. 오늘 저녁 2만 프랑을 도둑맞았으니까요!"

리샤르는 이렇게 말하고 무시무시한 표정으로 몽샤르맹을 쳐다보았는데, 마치 이렇게 말하는 것 같았다.

'2만 프랑을 돌려주지 않으면 전부 말해 버리겠네!'

몽샤르맹도 그의 뜻을 알아채고 괴로운 몸짓으로 이렇게 말했다.

"그래, 차라리 전부 말해 버리라고!"

두 관장과 라울을 번갈아 보던 미프르와는 정신병원에 와 있는 듯한 착각이 들었다. 그는 손으로 머리를 쓸어 넘겼다.

"오페라 여가수를 납치하고 2만 프랑도 훔치느라 유령이 오늘 무척 바빴겠군요! 괜찮다면 문제를 차례대로 해결하도록 합시다. 먼저 여가수 실종 사건을 다루고 2만 프랑 도난 사건은 나중에. 자작님, 진지하게 얘기해 봅시다. 당신은 크리스틴 다에 양이 에릭이라는 사람에게 납치됐다고 했습니다. 아는 사람입니까? 본 적이 있나요?"

"네."

"어디에서요?"

"성당 묘지에서요."

미프르와가 깜짝 놀라더니 라울을 다시 한 번 유심히 쳐다보면서 말했다.

"그렇겠죠! 유령은 대개 묘지 같은 곳에서 나타나니까. 당신은 묘지에 왜 갔습니까?"

"서장님, 제 대답이 얼마나 터무니없이 들릴지는 잘 알고 있습니다. 하지만 제가 지극히 정상적인 상태라는 사실만은 꼭 믿어 주세요. 나에게 가장 소중한 사람이 지금 위험에 처해 있습니다. 일분일초가 아까운 상황이라 몇 마디 말로 설명할 수밖에 없군요. 안타깝지만 처음부터 설명하지 않는다면 아마 제 말을 믿지 못하실 겁니다. 오페라의 유령에 대해 제가 아는 모든 걸 말씀드리죠. 아, 하지만 많이 아는 것도 아닙니다."

"신경 쓰지 말고 계속 말해요!"

리샤르와 몽샤르맹이 갑자기 큰 관심을 보였다.

그들은 자신들을 골탕 먹인 사기꾼의 정체를 밝혀 줄 자세한 정보를 기대했지만 안타깝게도 잠시 후 라울 드 샤니 자작이 완전히 미쳤다는 사실을 인정하지 않을 수 없었다. 해골 머리와 신들린 바이올린을 비롯해 페로기렉에서 있었던 모든 일은 사랑에 미친 젊은이의 혼란스러운 머리에서 만들어졌다고 할 수밖에 없을 정도로 황당 그 자체였다. 미프르와 경찰서장의 생각도 똑같음이 분명했다. 라울의 이야기가 중단될 수밖에 없는 상황이 발생하지 않았다면 서장이 직접 나서서 끊어 버렸을 것이다.

문이 열리더니 커다란 프록코트에 번들번들 빛날 정도로 낡은 기다란 모자를 귀까지 눌러쓴 남자 하나가 들어왔다. 그는 경찰서장에게 다가가 귀에 뭐라고 속삭였다. 뭔가 중대한 사실을 전하러 온 형사임에 분명했다.

그런데 경찰서장은 그 이야기를 듣는 동안에도 라울에게서 시선을 떼지 않더니 마침내 이렇게 말했다.

"자작님, 유령 얘기는 그만하면 충분한 것 같군요. 괜찮다면 이제 당신에 대한 얘기를 하고 싶습니다. 오늘 밤 크리스틴 다에 양을 데리고 떠날 예정이었다지요?"

"그렇습니다, 서장님."

"공연이 끝난 후에요?"

"그렇습니다, 서장님."

"모든 준비가 되어 있었나요?"

"그렇습니다, 서장님."

"당신이 타고 온 마차를 둘이서 타고 갈 예정이었지요. 기차역마다 새로운 말들을 준비해 놨고."

"네, 맞습니다, 서장님."

"당신이 타고 온 말은 지금도 원형 건물 밖에서 당신의 지시를 기다리고 있습니까?"

"그렇습니다, 서장님."

"그곳에 마차가 세 대 더 있다는 사실을 알고 있었습니까?"

"별로 관심을 기울이지 않았습니다."

"행정 건물 쪽에 댈 자리가 없었던 소렐리 양의 마차와 카를로타, 그리고 당신의 형 샤니 백작의 마차였습니다."

"그럴 수도 있겠군요."

"확실한 사실은 당신의 마차와 소렐리, 카를로타의 마차는 지금도 그대로 있는데 샤니 백작의 마차만 없다는 겁니다."

"그게 무슨 상관……."

"실례지만 백작은 당신과 다에 양의 결혼을 반대하지 않았습니까?"

"그건 우리 가족의 문제입니다."

"당신은 이미 대답했습니다. 반대했다고……. 그래서 당신은 크리스틴 다에를 형의 손길이 미치지 않는 곳으로 데려가려고 했던 겁니다. 자작님, 형이 당신보다 한 수 위라는 말씀을 드려야겠군요! 크리스틴 다에를 납치한 사람은 당신 형입니다!"

"말도 안 됩니다!"

라울이 손으로 가슴을 누르며 신음하듯 말했다.

"확실합니까?"

"그 여가수가 어떻게 사라졌는지는 좀 더 조사해 봐야겠지만 그녀가 사라진 직후 백작은 마차를 타고 미친 듯이 파리를 가로질러 갔다는 군요."

"파리를 가로질러 갔다고요?"

"파리를 가로질러 빠져나갔습니다. 브뤼셀 도로를 따라간 것 같습니다."

"아, 그럼 지금이라도 따라잡을 수 있겠군요!"

라울은 서둘러 밖으로 달려나갔다.

"찾으면 여기로 데려와 주시오!"

그리고 이렇게 슬쩍 덧붙였다.

"어때요, 이거야말로 음악의 천사에 대한 정보만큼 효과가 있죠?"

그러고는 사람들을 둘러보며 수사 방식에 관한 짧은 강의를 늘어놓았다.

"샤니 백작이 크리스틴 다에를 정말로 납치했는지는 나도 아직은 모릅니다. 하지만 정말 궁금하군요. 지금 이 순간 백작의 동생만큼 우리에게 그 정보를 주려고 혈안이 되어 있는 사람은 없어요. 자작은 지금 형을 찾으러 쏜살같이 달려가고 있을 겁니다. 나의 든든한 조수인 셈이지요! 여러분, 이게 바로 경찰 수사의 기술입니다. 복잡해 보이지만 경찰과는 상관없는 사람들의 도움으로 이루어진다는 사실만 알면 간단합니다."

그러나 미프르와 서장은 급하게 달려나간 든든한 조수가 첫 번째 복도에 들어서자마자 멈추어 섰다는 사실을 알면 별로 흡족해하지 않았을 것이다. 웬 키 큰 사람이 라울을 가로막았다.

"그렇게 급하게 어딜 가십니까, 자작님?"

그 사람이 물었다.

급하게 눈을 든 라울은 한 시간 전에 보았던 양모피 모자를 알아보고는 가던 길을 멈추었다.

"당신이군요! 에릭의 비밀을 아는 사람, 내가 그 비밀에 대해 말하지 않기를 바라는 사람. 도대체 당신은 누굽니까?"

"당신도 아는 사람입니다. 페르시아인!"

20

크리스틴을 찾아 나선 자작과 페르시아인

라울은 언젠가 형이 보여 주었던 신비로운 사람이 기억났다. 페르시아인이며 리볼리 거리에 있는 낡은 아파트에 산다는 사실 외에는 알려진 것이 없다고 했다.

흑단처럼 새까만 피부에 비취색 눈동자를 하고 양모피 모자를 쓴 남자는 라울을 내려다보며 물었다.

"샤니 자작님, 설마 에릭의 비밀을 털어놓은 건 아니겠죠?"

"내가 그 괴물에 대한 이야기를 하지 말아야 하는 이유가 뭡니까?"

라울은 난데없이 나타나 자신을 방해하는 그자를 떨쳐내려고 오만하게 받아쳤다.

"그가 당신의 친구라도 됩니까?"

"자작님이 아무 말도 하지 않았기를 바랍니다. 에릭의 비밀은 곧 크리스틴 다에의 비밀이기도 하니, 그의 비밀을 밝히는 일은 곧 그녀의 비밀을 밝히는 것이니까요!"

"선생님!"

라울은 더욱 조급해졌다.

"당신의 이야기는 꽤 흥미롭지만 난 지금 당신의 말을 듣고 있을 시간이 없습니다!"

"하나만 더요, 샤니 자작님, 어딜 그리 급하게 가십니까?"

"보면 모르겠어요? 크리스틴을 도와주러⋯⋯."

"그럼 가지 말고 계십시오. 크리스틴 다에는 여기 있으니까!"

"에릭과 함께 말입니까?"

"에릭과 함께요."

"당신이 어떻게 알죠?"

"나도 공연 때 그 자리에 있었어요. 이 세상에 에릭 말고 그런 납치 방법을 생각해 낼 사람은 없습니다!"

그는 깊은 한숨을 내쉬며 덧붙였다.

"그 괴물의 짓이란 게 단번에 느껴졌습니다!"

"그렇다면 당신은 그를 아는 겁니까?"

페르시아인은 아무런 대답 없이 또 한숨을 내쉴 뿐이었다.

"선생님, 당신의 의도는 모르겠지만 저를 도와주실 수 있습니까? 크리스틴 다에 양을 찾을 수 있도록 말입니다."

"그럴 겁니다. 당신에게 말을 건 이유가 그거니까."

"어떻게 하실 수 있습니까?"

"당신을 그녀에게…… 그에게 데려다 줄 수 있소."

"그렇게만 해주신다면 선생님에게 내 목숨을 맡기겠어요! 그리고 한 가지 더 말씀드릴 게 있습니다. 경찰서장은 크리스틴 다에가 내 형님인 필리프 백작에 의해 납치되었다고 합니다."

"샤니 자작님, 난 그렇게 생각하지 않습니다."

"불가능한 일이지요?"

"불가능한지 어쩐지는 모르겠습니다만, 적어도 사람을 납치하는 데는 나름의 방법이란 게 있는 겁니다. 그런데 필리프 백작은 내가 아는 한 그런 허무맹랑한 짓을 좋아할 만한 사람은 아닌 것 같습니다."

"당신의 말은 설득력이 있군요. 아, 난 정말 바보예요! 서두릅시다. 당신에게 모든 걸 맡기겠어요! 당신은 내가 에릭의 이야기를 해도 믿어 주는 유일한 사람인데, 어떻게 믿지 않을 수 있겠습니까?"

라울은 페르시아인의 손을 덥석 잡았다. 그의 손은 얼음처럼 차가웠다.

"조용히!"

페르시아인이 멀리 극장에서 들려오는 소리에 귀를 기울이면서 라울의 말을 제지했다.

"여기서 그의 이름을 언급해서는 안 됩니다. 그냥 '그' 또는 '그 사람'이라고 합시다. 그래야 그의 주의를 끌 수 있는 위험이 줄어들 거요."

"그가 주변에 있다고 생각하시나요?"

"충분히 그럴 수 있습니다. 그게 아니라면 희생양과 함께 호숫가의 집에 있을 테지요."

"당신도 그 집을 알고 있군요?"

"그 집에 없다면 여기 있을 겁니다. 이 벽에, 바닥에, 천장에! 어서 갑시다!"

페르시아인은 라울에게 발자국 소리를 죽이라고 하고는 라울이 한 번도 본 적 없는 통로로 내려갔다. 크리스틴을 따라 복잡한 미로로 산책했을 때도 본 적이 없는 통로였다.

"다리우스가 와 있어야 할 텐데!"

페르시아인이 말했다.

"다리우스가 누굽니까?"

"다리우스요? 내 하인입니다."

그들은 인적 없이 버려진 거대한 공간의 한가운데에 와 있었다. 조그만 램프가 희미하게 빛나는 커다란 방이었다. 페르시아인이 라울을 멈춰 세우고 최대한 목소리를 낮추어 물었다.

"경찰서장한테 뭐라고 했습니까?"

"크리스틴 다에를 납치한 범인은 음악의 천사 또는 오페라의 유령이

고, 진짜 이름은……."

"쉿! 그가 당신의 말을 믿던가요?"

"아뇨."

"당신의 말을 조금도 중요하게 여기지 않던가요?"

"네."

"미친 사람 취급하던가요?"

"네."

"차라리 잘됐군요!"

페르시아인이 안도의 한숨을 내쉬었다.

그들은 계속 길을 걸었다. 라울이 지금까지 한 번도 본 적이 없는 몇 개의 계단을 올라갔다 내려갔다 한 후 어느 문 앞에 도달했다. 페르시아인이 마스터키로 문을 열었다. 두 사람은 모두 예복 차림이었는데, 라울이 기다란 실크 해트를 쓴 반면 페르시아인은 앞에서 언급한 것처럼 양모피로 만든 챙 없는 모자를 쓰고 있었다. 자고로 오페라하우스에서는 실크 해트를 쓰는 게 우아한 예법으로 통하지만, 프랑스에서는 외국인들에게 모든 자유가 허용되었다. 그래서 영국인이 여행용 모자를 쓰거나 페르시아인이 양모피 모자를 쓰는 일이 가능했다.

"모자가 방해가 될 테니 분장실에 두고 오는 것이 좋겠습니다."

"분장실이라니요?"

라울이 물었다.

"크리스틴 다에의 분장실 말입니다."

페르시아인은 자신이 방금 연 문으로 라울을 들여보내더니 반대편에 있는 분장실을 보여 주었다.

그들은 라울이 크리스틴 다에의 분장실을 노크하기 전에 가로질러 가던 기다란 통로의 끝에 서 있었다.

"오페라하우스에 대해 잘 알고 계시는군요!"

"'그 사람'만큼은 아니지요."

페르시아인이 겸손하게 말했다. 그는 라울을 크리스틴 다에의 분장실로 밀어서 들여보냈다. 그곳은 라울이 몇 분 전에 나왔을 때와 똑같았다.

페르시아인은 문을 닫더니 분장실과 그 옆에 있는 커다란 창고 사이에 있는 얇은 칸막이 쪽으로 갔다. 귀를 기울이는가 싶더니 큰 소리로 기침을 했다.

창고 안에서 뭔가 움직이는 소리가 들리더니 잠시 후 손가락으로 문 두드리는 소리가 들렸다.

"들어와."

페르시아인이 말했다.

역시 양모피 모자를 쓰고 기다란 외투를 입은 남자가 들어왔다. 그는 고개를 숙여 인사하더니 외투에서 화려한 조각이 새겨진 케이스를 꺼내 분장실 탁자에 올려놓고는 문으로 갔다.

"자네가 들어오는 걸 본 사람이 있나, 다리우스?"

"없습니다, 주인님."

"나갈 때도 아무도 보지 못하도록 하게."

하인은 통로를 힐끗 보더니 재빨리 사라졌다.

페르시아인이 케이스를 열었다. 거기에는 기다란 권총 두 자루가 들어 있었다.

"크리스틴 다에가 납치됐을 때 하인에게 이 권총을 가져오라고 시켰습니다. 내가 오랫동안 간직해 온 것이라 믿을 만합니다."

"결투를 할 생각인가요?"

라울이 물었다.

"네. 우리가 꼭 해야 할 결투입니다. 대단한 결투가 되겠지요!"

페르시아인이 권총의 뇌관을 살펴보면서 말했다.

라울에게 권총 한 자루를 건네주면서 그가 덧붙였다.

"이 결투에서 우리는 하나가 되어야 합니다. 하지만 당신은 모든 경우를 염두에 두고 준비해야 합니다. 우리는 상상조차 할 수 없는 무서운 적과 싸우게 될 테니까요. 당신은 크리스틴 다에 양을 사랑하죠?"

"그녀가 서 있는 땅까지 숭배합니다! 하지만 그녀를 사랑하지 않는 당신은 왜 그녀를 위해 목숨을 바치려고 하는 거죠? 에릭을 증오하는 게 분명하군요!"

"아닙니다."

페르시아인의 목소리는 슬프게 들렸다.

"나는 그를 증오하지 않아요. 내가 그를 증오했다면 그는 이렇게 사람들을 해치려고 하는 일을 오래전에 그만두었을 겁니다."

"그가 당신도 해치려고 했습니까?"

"나는 그가 나를 해치려고 한 일을 오래전에 용서했어요."

"이해가 안 되는군요. 당신은 그를 괴물 취급하고 그의 죄에 대해 이야기하고 그가 당신을 해치려고 했다고까지 하면서도 그를 동정하는군요. 크리스틴하고 똑같아요. 그녀의 그런 모습이 날 절망에 빠뜨렸습니다!"

페르시아인은 아무런 대답이 없었다. 그는 등받이 없는 의자를 가져와 반대편 벽 전체를 가득 채운 커다란 거울에 마주 보고 놓았다. 그러고는 의자로 올라가 벽지에 코를 대고 뭔가를 찾는 것처럼 보였다. 한참을 찾더니 말했다.

"아, 찾았다!"

그는 손가락을 머리 위로 올려 벽지 무늬의 한쪽 구석을 눌렀다. 그리고 고개를 돌려 의자에서 뛰어내렸다.

"30초 후면 우리는 그의 길로 들어가게 됩니다!"

그는 분장실을 가로질러 가서 커다란 거울을 만졌다.

"아, 아직이로군."

그가 중얼거렸다.

"거울을 통해 나가는 건가요? 크리스틴 다에가 그랬던 것처럼?"

"크리스틴 다에가 거울로 나간 사실을 알고 있었습니까?"

"눈앞에서 똑똑히 봤어요! 내실 커튼 뒤에 숨어 있었는데 거울을 통해서가 아니라 거울 속으로 사라졌습니다!"

"그래서 어떻게 했죠?"

"내가 착각했거나 꿈을 꾼 거라고 생각했습니다."

"아니면 유령의 새로운 취미이거나 말이죠!"

페르시아인이 껄껄 웃으며 받아쳤다. 그는 여전히 한 손을 거울에 대고 있었다.

"아, 샤니 자작님. 정말로 유령이라면 권총을 두고 가도 될 텐데 말입니다. 모자는 거기에 내려놓으십시오. 네, 거기요. 그리고 셔츠 앞부분은 외투 자락으로 최대한 가리세요. 내가 하는 것처럼. 외투 깃은 바짝 세워요. 가능한 한 눈에 띄지 않도록 해야 합니다."

거울에 기댄 채 잠시 침묵하던 그가 다시 말했다.

"방 안쪽에서 용수철을 누르면 평행추가 풀어지기까지 시간이 약간 걸립니다. 하지만 벽 뒤에서는 평행추를 직접 작동시킬 수 있으니 이야기가 달라집니다. 눈 깜짝할 사이에 거울이 돌아가거든요."

"평행추라니요?"

라울이 물었다.

"평행추를 축으로 이 벽 전체를 들어 올립니다. 벽이 저절로 움직이니, 마법이라고 생각하겠지요! 거울이 처음에는 3~5센티미터 정도 올라가다가 왼쪽에서 오른쪽으로 움직입니다. 그다음에는 축을 중심으로 회전하게 되지요."

"회전하지 않잖아요!"

라울이 조급하게 외쳤다.

"기다려요! 인내심을 가져야 합니다. 장치에 녹이 슬었거나 용수철이 고장 났을 수도 있어요. 다른 이유일 수도 있고."

페르시아인이 불안해하며 말했다.

"뭐라고요?"

"그가 평행추의 선을 잘라서 이 장치를 차단해 버렸을 수도 있겠지요."

"뭐하러 그러겠어요? 그는 우리가 이쪽으로 온다는 사실을 알지도 못하잖아요!"

"내가 이 장치를 알고 있다는 사실을 알고 있으니 의심은 하고 있을 겁니다."

"돌아가지 않잖아요! 크리스틴! 크리스틴은 어떻게 합니까?"

그러자 페르시아인이 냉정하게 말했다.

"우리는 인간이 할 수 있는 모든 일을 할 겁니다! 하지만 그가 처음부터 우리의 계획을 봉쇄할 수도 있어요! 그는 벽과 문, 바닥 문을 마음대로 사용할 수 있으니까. 내 조국에서 그는 '함정 애호가'라고 불렸습니다."

"도대체 왜 그 혼자서만 벽을 자유자재로 사용할 수 있는 겁니까? 그가 만든 것도 아닌데!"

"그가 만들었지요!"

라울은 놀란 표정으로 페르시아인을 바라보았다. 그러나 페르시아인은 그에게 조용히 하라는 신호를 보내고 거울을 가리켰다. 거울에 뭔가 떨리는 듯한 움직임이 비추었다. 그들의 모습이 수면에 잔물결이 퍼지듯 흔들리다가 멈추었다.

"보세요. 회전하지 않잖아요! 다른 길을 찾아봐야겠어요!"

"오늘 밤, 다른 길은 없습니다!"

페르시아인이 신음하는 목소리로 선언했다.

"이제 조심해야 합니다! 총 쏠 준비를 해요."

그는 이렇게 말하고는 거울 반대편으로 총을 들었다. 라울도 그를 따라 똑같이 행동했다. 페르시아인은 총을 들지 않은 팔로 라울을 자신의 가슴 쪽으로 잡아당겼고 바로 그 순간 눈부시게 교차하는 빛 속에서 거울이 회전했다. 레스토랑 입구에서 볼 수 있는 회전문처럼 돌아가는 문은 라울과 페르시아인을 환한 빛에서 심오한 어둠으로 데려갔다.

21

오페라하우스의 지하실

"손을 높이 들고 총 쏠 준비를 해요!"

페르시아인이 서둘러 말했다. 그들 뒤로, 벽이 한 바퀴 회전하더니 도로 닫혔다. 두 사람은 잠시 동안 숨죽인 채 꼼짝하지 않고 서 있었다.

마침내 페르시아인이 움직였다. 라울은 그가 어둠 속에서 무릎을 꿇은 채 무언가를 더듬는 듯한 소리를 들었다. 그때 갑자기 작은 등불이 켜지면서 어둠이 희미하게 밝아졌고 라울은 본능적으로 적의 날카로운 시선에서 도망치려는 듯 뒤로 물러났다. 하지만 그는 곧 불을 밝힌 것이 페르시아인임을 알게 되었다. 작고 붉은 불빛이 사방을 비추어 준 덕분에 라울은 바닥과 벽, 천장이 전부 널빤지로 되어 있다는 사실을 알았다. 에릭은 그 길을 통해 크리스틴의 분장실로 가서 그녀의 순진무구

함을 악용한 것이 분명했다. 라울은 아까 페르시아인이 해준 말을 떠올리며 유령이 만든 그 길이 정말 신기하다는 생각을 했다. 나중에 라울은 에릭이 혼자만 알고 있던 비밀 통로를 오래전에 발견했으며, 그 통로가 파리 코뮌 시절에 간수들이 죄수들을 곧장 지하 감옥으로 옮길 목적으로 만들어졌음을 알게 되었다. 코뮌은 혁명 당시 3월 18일 이후 곧바로 오페라하우스를 점령한 뒤 오페라하우스 꼭대기에 각 지방에 선동적인 포고문을 날려 보낼 열기구 이륙장을 만들었고, 지하에는 감옥을 만들었던 것이다.

페르시아인은 무릎을 꿇고 등불을 땅에 내려놓았다. 그리고 바닥에서 무언가를 하는 것 같더니 갑자기 등불을 껐다. 그러고 나서 라울은 희미하게 들려오는 찰칵 소리를 들었고 통로 바닥에서 희미하게 빛나는 공간을 보았다. 그건 마치 불켜진 창문 하나가 오페라하우스 지하실 쪽으로 활짝 열리는 듯한 모습이었다. 라울은 페르시아인의 모습을 더 이상 볼 수 없었지만 갑자기 옆에서 그의 존재가 느껴졌고 나지막한 목소리가 들려왔다.

"따라와요. 그리고 내가 하는 대로 똑같이 해요."

라울은 반짝이는 구멍으로 고개를 돌렸다. 그러자 여전히 무릎을 대고 앉은 페르시아인이 보였다. 그는 입으로 권총을 문 채 구멍 가장자리를 양손으로 잡고 지하실로 미끄러져 내려갔다.

이상한 일이지만 라울은 페르시아인에 대해 아무것도 모르면서 그를 완전히 신뢰했다. 그 '괴물'에 대해 이야기할 때 페르시아인의 감정은 진실해 보였다. 그가 라울에게 조금이라도 악의를 품고 있었다면 그의 손에 직접 권총을 쥐어 주지는 않았으리라. 게다가 라울은 어떤 희생을 치르더라도 반드시 크리스틴을 찾아야만 했다. 그래서 그도 페르시아인을 따라 무릎을 꿇고 양손으로 구멍을 잡고 매달렸다.

"손을 놔요!"

페르시아인이 말했다.

라울은 페르시아인의 품으로 떨어졌다. 그는 라울에게 바짝 엎드리라고 한 다음 위쪽의 바닥 문을 닫고 자세를 낮추었다. 라울이 뭔가 물어보려고 했지만 페르시아인이 손으로 입을 막았다. 경찰서장의 목소리가 들렸다.

라울과 페르시아인은 나무 칸막이 뒤에 가려 전혀 보이지 않았다. 근처에는 작은 방으로 이어지는 조그만 계단이 있었는데, 경찰서장은 그 방을 왔다 갔다 하면서 질문을 하고 있었다. 불빛이 희미했지만 라울은 주변의 형체를 충분히 알아볼 수 있었다. 그는 희미하게 터져 나오는 비명을 참을 수 없었다. 널빤지 너머 세 구의 시체가 보였기 때문이다.

그중 하나는 지금 경찰서장의 목소리가 새어 나오고 있는 방문 바로 앞까지 이르는 계단의 좁은 층계참에 놓여 있었고, 나머지 둘은 바로 그 계단 바닥까지 굴러떨어진 상태로 두 팔을 가슴 쪽에 포개고 있었다. 라울은 칸막이 너머로 손가락을 넣어 보았는데, 곧 손 하나가 만져졌다.

"조용!"

페르시아인이 속삭였다.

그도 역시 상황을 목격했는데, 이 한마디로 설명을 대신했다.

"그자가 한 짓이오!"

경찰서장의 목소리가 더욱 분명하게 들렸다. 그는 무대 감독에게 조명 장치에 대한 질문을 하고 있었다. 따라서 '오르간' 옆에 있는 것이 분명했다.

사람들의 일반적인 생각과 달리, 오페라하우스에서의 '오르간'은 악기가 아닌 조명 장치였다. 당시 전기는 특수한 무대 효과와 벨 소리를 위해서만 제한적으로 사용되었다. 거대한 오페라하우스 건물과 무대는 가스 조명을 사용했고 무대 조명을 조절하는 데는 수소가 사용되었다. 수소 가스의 양을 조절함으로써 여러 가지 장식적인 조명효과를 줄 수 있었다. 이를 위해서 여러 가지 크기의 관들로 이루어진 '오르간'이라는 특별한 장치가 사용되었는데 파이프 오르간의 '음전' 장치에서 이름을 따오게 된 것이었다.

프롬프터(배우에게 대사를 알려 주는 사람이나 장치−옮긴이) 박스석 옆에 마련된 자리가 가스 조명 담당자의 자리였다. 그는 거기에서 조수들에게 지시를 내리고 제대로 실행하고 있는지 지켜보았다. 모클레르는 공연 내내 그 자리에 머물렀다. 하지만 지금 그는 그곳에 없었고 조수들도 마찬가지였다.

"모클레르! 모클레르!"

무대 감독의 목소리가 지하실로 울려 퍼졌다. 그러나 모클레르는 아무런 대답이 없었다.

아까 경찰서장이 있는 방에서 지하 2층으로 이어지는 작은 계단의 문이 열려 있었다는 말을 했다. 경찰서장이 그 문을 밀었지만 꿈쩍도 하지 않았다.

"열리지 않는군. 평소에도 그런가?"

경찰서장이 무대 감독에게 물었다. 무대 감독이 어깨로 문을 밀쳐 억지로 열었다. 그와 동시에 시체가 밀려 나왔다. 곳곳에서 비명이 터져 나왔다.

"모클레르! 맙소사! 죽었어!"

그러나 평소 웬만해서는 놀라지 않는 미프르와 경찰서장은 상체를 굽혀 커다란 몸뚱이를 살펴보았다.

"아닙니다. 정신 못 차릴 정도로 취한 것뿐입니다. 죽은 것하고는 다르지요."

"이런 일은 처음이네요. 누군가 마취제를 먹인 거예요. 그럴 가능성이 충분합니다."

무대 감독이 말했다. 미프르와 경찰서장이 몇 계단을 내려가더니 말

315

했다.

"이것 봐요!"

계단 발치 붉은 불빛 사이로 두 사람이 쓰러져 있는 것이 보였다. 무대 감독은 그들이 모클레르의 조수임을 알아보았다. 경찰서장은 몸을 숙여 숨소리에 귀를 기울였다.

"완전히 잠들었군. 정말 흥미로운 일이야! 누군가 가스 조명 담당자와 조수들의 조명 작업에 끼어들었고, 그 누군가는 납치범을 도와주려고 한 것이 분명하군. 공연 중에 무대에서 배우를 납치하다니, 정말 재미있는 발상이야! 의사를 불러 주시오."

미프르와 경찰서장은 다시 한 번 말했다.

"이상해. 정말로 이상한 일이야!"

그런 다음 그는 작은 방을 돌아보며 사람들에게 말했다. 라울과 페르시아인이 있는 곳에서는 그 사람들이 누군지 보이지 않았다.

"이 모든 일이 대해 어떻게 생각하십니까, 신사분들? 지금까지 의견을 말하지 않은 것은 여러분뿐이군요. 여러분도 생각이 있지 않겠습니까?"

그때 라울과 페르시아인은 층계참 위로 두 관장의 깜짝 놀란 얼굴을 언뜻 보았다. 곧바로 몽샤르맹의 초조한 목소리가 들렸다.

"서장님, 여기에서는 우리가 도저히 설명할 수 없는 일들이 일어나고 있습니다."

금세 두 사람의 얼굴이 사라졌고, 미프르와 경찰서장이 빈정대듯이 말했다.

"알려 주셔서 감사하군요."

그러나 오른손으로 턱을 잡은 채 골똘히 생각에 잠겨 있던 무대 감독이 말했다.

"모클레르가 극장에서 곯아떨어진 게 이번이 처음은 아닙니다. 어느 날 저녁인가, 작은 휴게실에서 코담배 갑을 옆에 둔 채 코를 골며 자고 있더군요."

"오래전 일입니까?"

미프르와가 코안경을 세심하게 닦으면서 물었다.

"별로 오래되지 않았어요. 아, 맞아요! 서장님도 아시겠지만, 카를로타가 '꽥' 소리를 낸 그 유명한 사건이 있던 날 밤이었습니다!"

"정말입니까? 그날 밤이 확실합니까?"

미프르와는 반짝반짝 잘 닦인 코안경을 걸치고 무대 감독을 빤히 쳐다보았다.

"모클레르가 코담배를 즐기나 보군요?"

"그렇습니다, 서장님. 저 작은 선반에도 담뱃갑이 있잖아요. 코담배를 대단히 즐기죠!"

"나도 그렇습니다."

미프르와는 이렇게 말하면서 담뱃갑을 자신의 주머니에 넣었다.

라울과 페르시아인은 여전히 숨을 죽인 채, 무대장치 담당자 여러 명이 잠든 세 사람을 옮기는 모습을 지켜보았다. 경찰서장을 비롯해 모두가 따라갔다. 무대 위쪽에서 그들의 발자국 소리가 몇 분간 계속 들려왔다.

완전히 둘만 남게 되자 페르시아인이 라울에게 일어나라는 신호를 보냈다. 라울이 자리에서 일어났지만 눈높이로 총을 들어 사격 태세를 갖추지 않자 페르시아인이 무슨 일이 있어도 그 자세를 유지하라고 말했다.

"하지만 계속 쓸데없이 이러고 있으면 팔만 아파요. 목표물을 제대로 겨냥할 수 있을지 모르겠어요."

"그럼 총을 다른 손으로 들어요."

"저는 왼손으로는 총을 못 쏩니다."

그러자 페르시아인은 이상한 대답을 했다. 라울의 복잡한 머릿속으로 명쾌하게 이해할 수 있는 설명은 아니었다.

"오른손으로 쏘느냐, 왼손으로 쏘느냐가 중요한 게 아닙니다. 방아쇠를 당기는 것처럼 한 손을 들고 있는 게 중요합니다. 실제로 총은 주머니에 넣어도 상관없어요!"

페르시아인은 계속 말을 이었다.

"이것만은 확실하게 따라 줘야 합니다. 그렇지 않으면 난 질문에 일체 답하지 않겠어요. 생사가 걸린 문제입니다. 알았으면 조용히 하고 따라와요!"

모두 다섯 층으로 이루어진 오페라하우스의 지하실은 정말로 거대했다. 페르시아인을 따라가던 라울은 이 복잡한 미로 속에서 그와 함께 있지 않으면 어땠을지 상상해 보았다. 그들은 지하 3층으로 내려갔다. 지나가는 길에는 여전히 희미한 등불이 비추었다.

아래로 내려갈수록 페르시아인은 더욱 조심하는 것 같았다. 그는 계속 뒤돌아보며 라울이 팔을 제대로 들고 있는지 확인했다. 총은 주머니에 들어 있었지만 마치 금방이라도 총을 쏠 것 같은 자세를 직접 보여 주기도 했다.

갑자기 커다란 목소리가 들려와 두 사람은 자리에 멈추었다. 위쪽에서 들려오는 목소리였다.

"문지기들은 전부 무대 위로! 경찰서장님이 찾으십니다!"

발소리가 들리고 어둠 사이로 그림자들이 미끄러지듯 움직였다. 페르시아인은 무대장치를 받치는 어느 버팀대 뒤로 라울을 잡아끌었다. 순식간에 그들의 위아래로, 오랫동안 오페라 무대장치를 나르느라 허리가 휜 노인들이 지나가는 모습이 보였다. 그중 어떤 이들은 간신히 걸음을 뗄 수 있는 사람도 있었고, 대부분은 습관적으로 허리를 구부린 채 손을 내밀어 닿아야 할 문을 찾아 왔다 갔다 하고 있었다.

그들은 한때 무대장치 담당자로 일했지만 이제 나이가 들어 기운이 빠져서 그 일은 계속할 수가 없었다. 그나마 오페라하우스 경영진들의 배려로 이곳에 남아 무대 위아래 문을 닫는 일을 맡고 있었다. 그들은 쉴 새 없이 건물 아래부터 위까지 돌아다니면서 문을 닫았다. 당시만 해도 그들은 '외풍을 쫓아내는 사람들'이라고 불렸다. 지금쯤은 모두 세상을 떠났겠지만 말이다. 외풍은 배우들의 목소리에 무척이나 해롭다. (페드로 가일라르 씨는 늙은 무대 목공들을 오페라하우스에서 해고하기가 썩 내키지 않아서 문지기 일자리를 몇 개 추가했다고 내게 직접 말한 적이 있었다.)

페르시아인과 라울은 불편한 목격자인 문지기들과 마주칠 일이 없어졌으니 잘되었다고 생각했다. 문지기들 중에는 할 일이 없거나 잘 곳이 없어서 오페라하우스에서 자는 경우도 있었다. 두 사람이 지나가다 바닥에서 자고 있는 문지기가 발에 걸리기라도 한다면 자초지종을 설명해야 할 텐데 미프르와 경찰서장이 문지기들을 소집한 덕분에 안심할 수 있었다.

하지만 두 사람만 남아 있는 시간은 오래 가지 않았다. 문지기들이 올라갔던 길에서 다른 그림자들이 내려왔다. 그림자들은 각자 작은 등불을 들고 있었다. 마치 무언가 또는 누군가를 찾는 것처럼 등불이 사방으로 움직였다.

"잠깐! 저 사람들이 뭘 찾는지 모르겠지만 금방 우리를 찾을 거예요. 빨리 가야 합니다. 손을 들고 총 쏠 준비를 해요! 팔은 구부리고…… 좀 더…… 손은 눈높이로 올려요. 결투할 때 발사하라는 말을 기다리는 것처럼! 아, 권총은 주머니에 그대로 둬요. 서둘러요. 계단 아래로

가요. 손을 눈높이에 두라니까요! 생사가 달린 문제예요! 이쪽 계단으로! 어서!"

지하 5층에 도달해서야 페르시아인은 숨을 내쉬었다. 지하 3층보다 안전하다고 생각해 그러는 것 같았지만 눈높이로 든 손만큼은 그대로였다.

라울은 페르시아인이 왜 권총은 주머니에 넣은 채로 손만 그럴듯하게 눈높이에 들면 방어자세로 충분하다고 생각하는지 갈수록 의아할 뿐이었다.

그러나 페르시아인은 라울에게 깊이 생각할 시간을 주지 않았다. 그는 라울에게 제자리에 있으라고 하고는 그들이 방금 내려온 계단을 몇 개 올라갔다가 내려왔다.

"어리석었어! 등불을 든 사람들은 조만간 전부 물러갈 거예요. 순찰도는 소방관들입니다."

(당시 오페라하우스의 안전을 점검하는 것은 소방관들의 임무였지만 나중에는 없어졌다. 내가 페드로 가일라르 씨에게 이유를 물었더니 그의 대답은 이러했다. "그 이유는 경영진들이 오페라하우스 지하실 구조에 익숙하지 않은 소방관들이 불을 낼까 봐 걱정해서였습니다.")

두 사람은 5분 동안 더 기다렸다. 그런 다음 페르시아인은 라울을 데리고 다시 계단으로 올라갔다. 그런데 얼마 가지 않아 갑자기 멈춰 서라는 몸짓을 했다. 어두컴컴한 앞쪽에서 무언가 움직이고 있었다.

"엎드려요!"

페르시아인이 속삭였다. 두 사람은 제자리에 엎드렸다.

아슬아슬했다. 이번에는 등불을 들지 않은 그림자 하나가 지나갔다. 망토에서 전해지는 온기가 느껴질 만큼 그들에게 거의 닿을 듯이 가까웠다. 어두웠지만 그림자가 머리에서 발끝까지 망토로 뒤덮고 있다는 사실은 알 수 있었다.

그림자는 발로 벽을 스치면서, 가끔씩은 모퉁이를 툭 차기도 하면서 사라졌다.

"휴우! 간신히 피했군. 저 그림자는 나를 알고 있고 두 번이나 관장실로 데려갔어요."

"극장 경비원인가요?"

"그보다 훨씬 지독한 놈이죠!"

페르시아인은 더는 설명하지 않고 이렇게만 말했다. (나 역시 이 그림자에 대해 더 이상의 설명은 자제하겠다. 실화를 바탕으로 한 이 이야기에서는 모든 사건이 비록 가끔은 다소 비정상적인 양상을 띠더라도 되도록 논리적으로 설명을 하겠지만, "그보다 훨씬 지독한 놈이죠!"라는 페르시아인의 말이 무슨 뜻이었는지 굳이 독자들에게 일일이 설명하지는 않겠다는 말이다. 독자들이 스스로 추측해 보는 데서 만족해야 할 것이다. 나는 오페라하우스 관장을 지낸 페드로 가일라르 씨에게 망토를 입고 어슬렁거리는 이 흥미로운 그림자에 대한 비밀을 지키겠다고 약속했기 때문이다. 이 그림자는 오페라하우스 지하실에서 살면서 갈라 공연이 있는 밤에 무대를 벗어나 배회하는 사람들에게 끔찍한 서비스를 제공했다. 그 서비스라는 것이 공공 서비스라는 사실만 밝혀 둔다.)

"그가 아닌가요?"

"그러니요? 뒤에서 오는 게 아니라면 우리는 항상 그의 노란 눈을 먼저 보게 될 겁니다! 그게 오늘 밤 우리의 보호책이 될 거예요. 만일 그가 뒤에서 살며시 다가오기라도 한다면, 손을 눈높이로 들고 총 쏘는 자세를 하고 있지 않으면 죽은 목숨입니다!"

페르시아인의 말이 끝나자마자 문득 두 사람 앞에 타는 듯한 얼굴과 노란색 눈이 보였다!

정말로 몸통이 달리지 않은 머리가 사람의 키 높이에서 그들을 향해 다가왔다. 그 얼굴에서는 불꽃이 새어 나왔다. 마치 어둠에 떠 있는 사람 얼굴 모양의 불꽃 같았다.

"맙소사."

페르시아인의 입술 사이로 신음이 새어 나왔다.

"이런 건 처음 봐! 소방대장 파펭은 미친 게 아니었던 거야. 정말로 본 거였어! 저 불꽃이 도대체 뭐지? 그가 아니라면 필시 그가 보낸 걸 거야. 조심해요! 조심해! 손을 눈높이로 올려요. 제발 눈높이로! 그가 부리는 속임수는 대부분 알고 있는데 이건 처음이야. 어서 도망칩시다. 그게 안전해요. 손을 눈높이로 하라니까요!"

그들은 눈앞에 나 있는 기다란 통로로 달려갔다. 몇십 분처럼 길게 느껴진 몇 초가 지나고 멈추었다.

"그는 이 길로는 자주 오지 않아요. 이쪽은 그하고 상관이 없거든요. 호수나 호숫가 집으로 이어지지 않으니까. 하지만 그는 이미 우리가 자신을 뒤쫓고 있다는 걸 알고 있는지도 모릅니다. 그렇다면 내가 다시는 그의 일에 간섭하지 않기로 약속했던 것을 어겼다고 생각할 거예요."

페르시아인이 이렇게 말하면서 뒤돌아보자 라울도 고개를 돌렸다. 뒤에서 불타는 머리가 보였다. 두 사람을 따라온 모양이었다. 그렇게 가까이 와 있는 것을 보면 그들보다 훨씬 빠르게 달려온 것이 분명했다.

바로 그때 정체를 알 수 없는 소리가 들리기 시작했다. 그 소리가 마치 불타는 얼굴을 향해 다가가고 있다는 사실만 알아차릴 수 있었다. 삐걱거리는 소리 같기도 하고, 이를 가는 소리 같기도 한 그 소음은 마치 수많은 손톱이 동시에 칠판을 긁을 때나 날 것 같은, 도저히 참기 힘든 소리였다.

그들은 계속 뒤로 물러났지만 불타는 얼굴은 점점 가까이 다가왔다. 이제는 얼굴이 분명히 보였다. 노려보는 동그란 눈, 약간 구부러진 코에 큰 입, 아랫입술이 축 처진 모습은 마치 붉은 달에 눈과 코, 입이 나 있는 것처럼 보였다.

도대체 그 붉은 달 같은 것이, 받쳐주는 몸도 없어 보이는데 어떻게 어둠 속에서 사람의 키만 한 높이로 미끄러지듯 움직일 수 있을까?

더군다나 저렇게 빠른 속도로, 눈은 노려보듯 정면만 응시한 채 말이다! 함께 들려온 긁는 듯한 저 끔찍한 소리는 또 무엇일까?

페르시아인과 라울은 더 이상 물러날 수 없어 벽에 납작하게 붙었다. 그들은 저 불가사의한 불타는 머리와 점점 더 귀청을 파고드는 소음 때문에 앞으로 무슨 일이 벌어질지 도저히 알 수 없었다. 불타는 머리가 가까워질수록 점점 더 불어나는 소음은 분명 저 어둠 가운데서 무언가 수많은 작은 소리가 합쳐져서 만들어지는 것 같았다.

불타는 머리가 그 소리와 함께 그들에게 다가왔다!

두 사람은 벽에 납작하게 붙은 채 공포로 머리카락이 쭈뼛 서는 것을 느꼈다. 그것이 무슨 소리인지 그제야 알았기 때문이다. 소리의 주인공들은 떼거지로 몰려왔다. 불타는 달 같은 머리 아래, 마치 모래톱을 적시며 몰려오는 만조의 파도처럼 재빠르게 몰려왔다.

잠시 후, 그 작은 파도가 두 사람의 다리 사이를 지나 기어오르자 라울과 페르시아인은 더는 참지 못하고 공포와 당황, 고통으로 일그러진 비명을 내질렀다. 손을 눈높이로 들고 있을 수도 없었다. 다리로 기어오르는 시커먼 덩어리들을 쫓아버려야 했기 때문이다. 맙소사! 그 시커먼 파도 속에는 짐승의 발톱, 날카로운 이빨, 가느다란 꼬리 등이 득실거리고 있었다.

라울과 페르시아인은 그제야 비로소 소방대장 파펭이 기절할 수밖에 없었던 이유를 알게 되었다. 하지만 그때 그들의 비명 소리에 대답이라도 하듯 불타는 머리가 그들을 향해 이렇게 소리쳤다.

"움직이지 마! 움직이지 마! 당신들이 뭘 하든 날 쫓아오지 마시오! 난 쥐잡이야! 내가 쥐들과 함께 지나가도록 내버려 두시오!"

불타는 머리는 어둠 속으로 사라졌다. 쥐잡이가 등불의 방향을 바꾸자 통로 앞쪽이 밝게 빛났다. 그 전에는 쥐잡이가 앞쪽에 있는 쥐들을 놀라게 하지 않으려고 어두운 등불이 자신의 얼굴을 향하도록 했기 때문에 머리가 빛났던 것이다. 지금은 쥐들을 재촉하려고 앞쪽으로 등불을 비추었다. 그는 칠판을 긁는 듯한 소리를 내는 수많은 쥐를 몰고 바쁘게 사라졌다.

라울과 페르시아인은 여전히 떨고 있었지만 그제야 마음 놓고 숨을 내쉬었다.

"휴……. 에릭이 언젠가 쥐잡이에 대해 말해 주었던 걸 기억했어야 했는데. 하지만 에릭은 쥐잡이가 저런 모습으로 나타난다고는 말해 주지 않았지. 내가 여지껏 저자와 한 번도 마주친 적이 없다니, 오히려 이상한 일이군. 아무튼 난 또 그 괴물의 장난인 줄 알고 무척 놀랐소. 하긴, 이 구역에는 그가 나타날 리가 없지."

"호수까지는 멀었나요?"

라울이 물었다.

"언제 도착합니까? 호수로 데려가 주세요! 호수에 가서 소리를 질러야 합니다. 그러면 크리스틴이 들을 거예요! 그도 듣겠죠! 당신이 그와 아는 사이라니 이야기해 볼 수 있을 겁니다."

"뭘 모르는군요! 우리는 절대 호숫가의 집으로 들어갈 수 없습니다! 나도 그 집이 있는 호수 기슭에 발을 들인 적이 없어요. 그 집에 가려면 호수를 건너야 하는데 감시가 철저합니다. 나이 든 무대장치 담당자들이나 문지기들 중에 호수를 건너려다가 다시는 볼 수 없게 된 사람들이 한둘이 아니에요. 끔찍하죠. 나도 거기서 죽을 뻔했습니다. 괴물이 나를 제때 알아보지 못했다면 죽었을 겁니다! 충고하건대 절대로 호수 근처에 가지 마십시오. 그리고 호수 아래에서 사이렌의 노랫소리가 들려오거든 귀를 틀어막아요!"

"그렇다면 우린 뭐하러 여기에 온 겁니까?"

라울이 흥분과 초조함, 분노를 표출하며 물었다.

"당신이 크리스틴을 위해 아무것도 할 수 없다면 적어도 나라도 그녀를 위해서 죽을 수 있게 내버려 두시오!"

페르시아인은 라울을 진정시키려고 했다.

"우리가 크리스틴 다에를 구할 수 있는 방법은 단 한 가지뿐입니다. 괴물이 모르게 집 안으로 들어가는 거죠."

"희망이 있는 방법입니까?"

"희망이 없다면 당신을 여기로 데려오지도 않았을 겁니다!"

"호수를 건너지 않고 어떻게 집으로 들어갑니까?"

"지하 3층을 통해서요. 안타깝게도 아끼는 그곳을 벗어나야만 했죠.

이제 다시 그곳으로 돌아갈 겁니다."

페르시아인은 갑자기 목소리를 잔뜩 내리깔고 말했다.

"정확한 장소를 말해 주겠어요. 무대 벽면과 버려진 〈라호르의 왕〉 무대 세트 사이에 있습니다. 그러니까 정확히 말해 조제프 뷔케가 죽은 곳이지요."

"아, 그 목매 죽은 채 발견되었다는 무대장치 책임자 말입니까?"

"그래요! 그때 밧줄은 온데간데없이 사라졌죠. 자, 용기를 내서 날 따라와요! 손은 눈높이로 올리고! 그나저나 여기가 어디쯤이지?"

페르시아인은 다시 등불을 밝혀 직각으로 만나는 두 개의 거대한 통로에 비추었다.

"상수도로 사용되는 구역에 와 있는 게 분명하군요. 보일러에서 나오는 불꽃이 보이지 않는 걸 보니."

페르시아인은 앞에서 길을 찾으며 걸어갔다. 상수도 담당자와 마주칠까 봐 걱정될 때는 갑자기 멈추기도 했다. 그리고 그들은 지하 대장간 같은 곳에서 뿜어져 나오는 불기운으로부터도 몸을 보호해야 했다. 사람들이 불을 끄는 중이었다. 라울은 크리스틴이 처음 잡혀갔을 때 봤다는 그 악마의 두상을 알아볼 수 있었다.

두 사람은 무대 아래 거대한 지하실로 점점 다가갔다. 파리에 위치한 오페라하우스의 바닥을 15미터나 파헤쳤다는 사실을 떠올려보면 지금 그들은 대단히 깊은 욕조의 맨 아래에 와 있는 셈이었다. 거기서 얼마나 많은 물을 퍼냈는지는 굳이 설명할 필요도 없을 것이다. 재미삼아 그 양을 추산해 보면, 펌프질로 빼낸 물의 양은 루브르 박물관 안마당의 면적, 노트르담 탑 높이의 1.5배는 되는 양이라고 할 수 있다. 그렇게 많은 물을 빼냈지만 호수 하나가 생기는 것은 어쩔 수 없었다.

페르시아인이 어느 칸막이벽을 만지면서 말했다.

"내가 틀리지 않았다면 이 벽은 호숫가 집의 벽일 거예요."

그러면서 그 부분을 몇 번 두드렸다. 이쯤에서 이 공간이 어떻게 만들어졌는지 알면 독자들에게도 도움이 될 것이다. 건물을 둘러 싼 물이 전체적인 무대장치를 떠받치는 벽에 직접적으로 닿지 않도록 하기 위해서 건축가는 모든 방향에 이중으로 틀을 만들어야만 했다. 이중 틀을 만드는 데만 꼬박 일 년이 걸렸다. 페르시아인이 라울에게 호숫가의 집 이야기를 하면서 두드렸던 칸막이벽은 바로 이 이중 벽체의 안쪽 벽이었던 것이다. 이 건물의 구조에 대해 알고 있는 사람이라면 페르시아인의 행동을 보고 에릭의 은밀한 거처가 이중 틀 안에 지어졌다는 사실을 알 수 있을 것이다. 제방이나 댐 역할을 하는 두꺼운 벽을 하나 만든 다음 엄청나게 많은 시멘트를 바르고 벽돌로 또다시 두꺼운 벽을 만든 것이다.

라울은 페르시아인의 말을 들으면서 벽에 귀를 바짝 대고 기울였다. 하지만 아무런 소리도 들리지 않았다. 극장 위쪽 바닥에서 희미하게 발자국 소리만 들릴 뿐이었다.

페르시아인이 등불을 다시 약하게 했다.

"조심해요! 손을 올리고요! 조용히! 다른 길을 찾아서 들어가야겠어요."

그는 방금 전에 내려온 조그만 계단으로 라울을 이끌었다.

두 사람은 한 계단 올라갈 때마다 조용한 어둠 속을 살피면서 조심조심 지하 3층에 이르렀다. 페르시아인은 라울에게 무릎을 꿇으라고 몸짓했다. 그들은 한 손을 받치고 무릎으로 기어서 벽 끝으로 갔다.

그 벽에는 〈라호르의 왕〉에 쓰였다가 버려진 커다란 무대 세트가 비스듬히 놓여 있었다. 그리고 가까운 곳에 다른 독립된 세트가 하나 있었다. 이 두 세트 사이에 사람 한 명이 들어갈 만한 공간이 있었다. 다름 아닌 목을 맨 조제프 뷔케의 시체가 발견된 곳이었다.

페르시아인은 여전히 무릎을 꿇은 채 멈춰서 귀를 기울였다. 그는 잠시 동안 망설이는 것 같더니 라울을 돌아보았다. 그런 다음 눈을 올려 지하 2층을 바라보았다. 두 개 판자 사이의 갈라진 틈으로 지하 2층에서 희미한 불빛이 새어 나왔다. 페르시아인은 그 불빛이 걱정스러운 모양이었다.

마침내 그는 뭔가 결심을 한 듯 고개를 끄덕였다. 그리고 〈라호르의 왕〉 무대 세트와 다른 세트 사이를 스르르 빠져나갔다. 그 뒤를 라울도 바짝 따라갔다.

페르시아인은 한 손으로 벽을 더듬거렸다. 라울은 그가 크리스틴의 분장실 벽을 눌렀을 때처럼 벽을 누르는 모습을 보았다. 그때 벽의 일부 돌이 밀려나더니 구멍이 나타났다.

페르시아인은 이번에는 주머니에서 권총을 꺼내더니 라울에게 똑같이 따라 하라는 신호를 보냈다. 라울은 권총을 장전했다.

벽의 구멍은 무척 좁았다. 앞서 가던 페르시아인은 문득 주춤했다. 라울은 그가 옆에 있는 돌들을 더듬는 소리를 들었다. 페르시아인은 등불을 다시 꺼내고 몸을 앞으로 굽혀 아래에 있는 뭔가를 살피더니 곧바로 등불을 껐다. 그러고는 라울에게 속삭였다.

"여기서 한 몇 미터 아래로 떨어지게 되어 있어요. 되도록 소리 나지 않게 떨어져야 하니 신발을 벗어요."

페르시아인은 자신의 신발을 라울에게 주었다.

"벽 바깥쪽에 둬요. 나갈 때 신어야 하니까."

(하지만 페르시아인이 남긴 기록에 따르면 〈라호르의 왕〉 무대 세트와 다른 세트 사이, 즉 목을 맨 조제프 뷔케의 시체가 발견된 곳에 놓아 둔 이 신발은 나중에 발견되지 않았다. 아마도 무대 목수나 문지기가 가져갔을 것이다.)

그는 무릎을 꿇은 채 좀 더 앞으로 나아가더니 오른쪽을 돌아보며 말했다.

"이제 내가 돌 가장자리를 붙잡고 잠시 매달렸다가 그의 집으로 떨어질 거예요. 당신도 똑같이 해야 합니다. 겁낼 필요는 없습니다. 내가 아래에서 당신을 받을 테니까."

라울은 곧 페르시아인이 떨어지면서 나는 둔탁한 소리를 들었고 자신도 아래로 떨어졌다.

페르시아인이 팔을 벌려 그를 꽉 붙잡으면서 말했다.

"쉿!"

두 사람은 움직이지 않은 채 귀를 기울였다.

주변은 온통 캄캄했고 무거운 침묵만이 내려앉았다.

페르시아인은 다시 희미한 등불을 머리 위로 비추면서 방금 지나온 구멍을 비추었지만 보이지 않았다.

"이런! 구멍이 그새 닫힌 것 같소!"

그러고는 등불로 벽과 바닥을 비추었다.

페르시아인은 몸을 숙여 끈처럼 생긴 것을 주워들고 잠시 살펴보더니 겁에 질려 내던져 버렸다.

"올가미 밧줄이다!"

그가 중얼거렸다.

"그게 뭡니까?"

라울이 물었다.

페르시아인이 몸을 떨면서 말했다.

"아마 조제프 뷔케가 목을 맬 때 사용한 밧줄, 사람들이 오랫동안 찾은 그 밧줄인 것 같습니다."

그는 갑자기 불안감이 몰려와 붉은 빛을 내는 등불로 벽 여기저기를 비추었다. 그러다가 나무줄기처럼 생긴 흥미로운 물체를 비추었는데, 그것은 진짜처럼 보였고 나뭇잎도 달려 있었다. 나뭇가지는 벽 위로 쭉 뻗어 천장꼭대기가 보이지 않을 정도로 한없이 올라가 있었다.

하지만 등불이 너무 작아 처음에는 그 물체가 무엇인지 알아보기가 힘들었다. 서서히 나뭇가지의 한 귀퉁이가 눈에 들어오더니 나뭇잎이 보이고 또 나뭇잎, 그리고 그 옆에 또 나뭇잎이 계속해서 보였다. 반사되는 빛 이외에는 나뭇잎만 계속 연결될 뿐이었다. 라울은 그쪽으로 손을 가져가 빛이 반사되는 부분을 만져 보았다.

"맙소사! 이 벽은 거울이에요!"

"그래요, 거울이군요!"

페르시아인이 비장한 어조로 말했다. 그는 권총을 쥔 손을 땀으로 축축해진 이마로 가져가며 덧붙였다.

"우리는 아무래도 고문실로 떨어진 것 같습니다!"

페르시아인이 고문실에 대해 무엇을 알고 있었는지, 두 사람이 그곳에서 무슨 일을 겪었는지는 자신이 직접 이야기할 것이다. 지금부터, 그가 남긴 장대한 기록을 독자 여러분께 전부 소개하려고 한다.

22

페르시아인의 정체
_페르시아인의 이야기 1

내가 호숫가의 집에 들어간 것은 그때가 처음이었다. 내 조국에서 '함정 애호가'라고 불렸던 에릭에게 그 신기한 문을 열어 달라고 종종 부탁했지만 항상 거절당했다. 나는 문으로 들어가려고 여러 번 시도했지만 번번이 실패했다. 그가 오페라하우스를 자신의 거처로 정한 후에도 마찬가지였다. 항상 너무 컴컴해서 그가 호숫가 집의 벽에 있는 그 문을 어떻게 여는지 볼 수가 없었다. 그러던 어느 날 혼자 생각에 잠겨 있다가 배에 타고는 예전에 본 벽으로 노를 저어 갔다. 에릭이 그쪽을 통과해서 사라지는 모습을 보았던 것이다. 그때 나는 접근하는 사람들을 감시하는 사이렌(바다의 요정-옮긴이)을 처음 접하게 되었고, 그 매력에 현혹되어 죽을 뻔했다.

배를 타고 올 때는 온통 고요했지만 둑을 떠나자마자 노랫소리 같은 속삭임이 주위를 맴돌았다. 절반은 숨소리 같고 절반은 음악 같기도 한 그 소리는 호수의 물에서 가만히 솟아올랐다. 어떻게 된 일인지 모르겠지만 그 소리가 나를 온통 에워쌌다. 나를 따라오면서 같이 움직였다. 너무나 조용하고 감미로워서 두려운 마음조차 들지 않았다. 오히려 그 달콤하고 매혹적인 소리가 들리는 곳으로 가까이 가고 싶은 마음에 조그만 배 바깥으로 몸을 기울였다. 물에서 들리는 소리라는 데 한 치의 의심도 없었기 때문이었다. 그때 호수 한가운데에는 나 혼자뿐이었는데 그 소리는 틀림없이 내 옆에서, 물 위에서 들려왔다. 나는 더욱 깊숙이 몸을 숙였다. 호수는 완전히 고요했고 스크리브 거리의 통기 구멍 사이로 달빛이 비추었는데 새까만 수면에는 아무것도 없었다. 나는 노랫소리를 떨쳐 버리려고 세차게 고개를 흔들었다. 하지만 그 소리는 다시 나를 따라와 사로잡았다. 세상에 그만큼 아름다운 속삭임이 없다는 사실을 인정할 수밖에 없었다.

내가 미신을 믿었다면 그것이 감히 호숫가의 집에 접근하려는 외부인들을 혼내 줄 사이렌의 노랫소리라고 생각했을 것이다. 하지만 다행히도 나는 환상적인 것을 너무나 좋아해서 그 전모를 속속들이 캐야만 직성이 풀리는 조국의 국민성을 그대로 타고난 덕분에, 그것이 사이렌이 아니라 에릭의 새로운 발명품이라는 사실을 눈치챌 수 있었다. 하지만 그 발명품은 너무도 완벽했다. 나는 배에서 몸을 기울이면서 그 속임수를 알아내야겠다는 생각보다 오히려 그 목소리를 즐기고 싶은 마음이 훨씬 컸다. 그래서 앞으로 계속 몸을 기울이는 바람에 배가 뒤집힐 뻔했다.

그때 갑자기 물속에서 거대한 두 팔이 튀어나오더니 거부할 수 없는 힘으로 내 목을 움켜쥐고 깊은 물속으로 끌고 갔다. 내가 비명을 질러 에릭이 나를 알아보지 못했다면 나는 분명히 영영 자취를 감추게 되었을 것이다. 그는 나를 물에 빠뜨리지 않고 헤엄을 쳐서 둑에 눕혔다.

"왜 그렇게 생각이 없어!"

그가 내 앞에 선 채 물을 뚝뚝 떨어뜨리면서 말했다.

"어째서 내 집에 들어오려고 하는 거야? 난 초대한 적이 없는데! 난 누가 내 집에 오는 게 싫어. 자네건 누구건! 날 괴롭히려고 내 목숨을 구해 준 거였어? 자네가 나에게 아무리 큰 은혜를 베풀어 줬어도 결국 이 에릭은 그 사실을 잊어버릴 거라고. 이 세상 그 무엇도 에릭을 억누를 수 없다는 걸 자네도 알잖아."

나는 그의 말을 들으면서도 에릭의 속임수를 알고 싶다는 생각뿐이었다. 사실 나는 그가 내 호기심을 충족해 줄 거라는 걸 잘 알고 있었다. 나는 에릭이 페르시아에서 무슨 일을 했는지 알고 있는데, 그는 진짜 괴물임이 분명하다. 하지만 어떻게 보면 우쭐대기 좋아하는 어린아이 같은 면도 있어서 사람들을 놀라게 한 다음 그 기발한 재주가 어떻게 된 것인지 설명해 주는 것을 좋아했다.

그는 큰 소리로 웃으면서 기다란 갈대 하나를 보여 주었다.

"세상에서 제일 단순한 속임수야. 하지만 물속에서 숨 쉬고 노래하는 데 가장 유용한 방법이지. 통킹(베트남 북부 송코이강 유역—옮긴이) 해적들에게 배웠는데 그들은 강바닥에서도 이걸로 몇 시간 동안 숨어 있을 수 있어." (1900년 7월 말, 파리에 입수된 통킹의 공식 보고서에는 유명한 해적 두목이 부하들과 함께 프랑스 군에 추격당했을 때 이 갈대 속임수 덕분에 탈출에 성공했다는 내용이 담겨 있다.)

나는 그를 호되게 다그쳤다.

"난 그 속임수 때문에 죽을 뻔했어! 다른 사람이라면 벌써 죽었을 거야! 나한테 약속한 거 잊었나, 에릭? 범죄행위는 더 이상 하지 않겠다고!"

"내가 과연 죄를 지은 걸까?"

그가 온화한 미소를 띠면서 물었다.

"불쌍한 사람 같으니……. '마젠데란의 장밋빛 시절'을 잊었어?"

"그래."

그가 슬픈 듯한 어조로 대답했다.

"그 일이라면 잊는 편이 나아. 하지만 난 그때 어린 왕비를 무척 즐겁게 해드렸지!"

"전부 과거의 일이야."

내가 말했다.

"이제 현재를 생각해야지. 자네의 현재는 내 덕분에 있는 거야. 내가 마음만 먹었다면 자네한테 현재는 없었을 테니까. 내가 자네 목숨을 구해 줬다는 걸 꼭 기억하게!"

나는 대화가 나에게 유리하게 돌아간 것을 이용해서 오랫동안 마음에 품고 있었던 이야기를 꺼냈다.

"에릭…… 에릭, 맹세해 줘."

"뭘? 알잖아, 난 맹세 같은 거 하지 않아. 맹세는 얼간이들이나 하는 거지."

"말해 봐……. 나한테는 말할 수 있을 거야."

"뭘?"

"샹들리에. 그 샹들리에 말이야…… 에릭?"

"샹들리에가 어쨌다고?"

"무슨 말인지 알잖아."

"아, 샹들리에에 관한 일이라면 말해 줄 수 있어! 난 아니야! 그 샹들리에에는 무척이나 낡았거든."

에릭이 웃음을 터뜨리는 모습은 그 어느 때보다 끔찍했다. 그가 무시무시하게 낄낄거리면서 배에 올라타는 모습을 보고 나는 몸이 마구 떨렸다.

"엄청 낡았다고, 이 다로가(페르시아의 국가 경찰 총지휘관-옮긴이) 친구야! 저절로 떨어져서 완전히 박살났지. 다로가, 이제 가서 몸이나 말려. 감기 걸리기 전에! 그리고 다시는 내 배를 타지 마. 절대로 내 집에 들어오려고 하지 말라고. 내가 항상 집에 있는 건 아니야, 다로가! 내가 자네한테 '진혼곡'을 바쳐야 한다면 유감일 거야!"

에릭은 여전히 킬킬거리면서 원숭이처럼 앞뒤로 몸을 흔들더니 어두운 호수로 사라져 버렸다.

그날부터 나는 호숫가의 집에 들어가려는 생각은 완전히 접었다. 내가 입구를 알고 있다는 사실을 에릭이 알게 된 후로 감시가 더욱 엄중해졌다. 하지만 나는 입구가 또 있을 것이라고 생각했다. 에릭이 지하 3층에서 사라지는 모습을 종종 봤으니까.

나는 에릭이 오페라하우스에 기거한다는 사실을 알게 된 이후로 그의 끔찍한 취미 때문에 끝없는 공포에 시달려야 했다. 나 자신이 아니라 다른 사람들의 안전이 걱정되어서였다. (페르시아인은 에릭의 운명이 자신과 관계가 있다는 사실을 쉽게 인정했다. 만일 페르시아 정부가 에릭이 살아 있다는 사실을 안다면 별로 많지도 않은 다로가의 연금마저 받지 못하게 된다는 것을 그도 알고 있었다. 그러나 페르시아인이 고결하고 관대한 마음을 가졌다는 사실을 덧붙이는 편이 공정할 것이다. 나는 그가 다른 사람들에게 엄청난 재앙이 일어날까 봐 걱정했다는 사실을 조금도 의심하지 않는다. 이 사건 내내 보여 준 그의 행동은 어떤 말로도 칭찬할 수 없을 정도다.)

그리고 치명적인 사건이 일어날 때마다 사람들은 "유령의 짓이야!"라고 했지만 나는 '에릭의 짓이라고 해도 전혀 놀랍지 않겠군.' 하고 생각했다. 웃으면서 유령이라고 말하는 사람들이 얼마나 많았는가! 가엾은 사람들 같으니……. 유령이 정말 존재한다는 사실을 안다면 그렇게 웃지는 못할 텐데!

에릭은 자신이 옛날과 많이 달라졌고, 있는 모습 그대로 사랑받게 된 후로(나는 그 말을 처음 들었을 때 몹시 당황했다.) 누구보다 고결한 사람이 되었다고 선언했지만, 나는 그 괴물을 생각할 때마다 몸서리가 쳐졌다. 너무나도 끔찍하고 추악한 외모는 그에게서 인간다움을 전부 빼앗아 갔다. 그가 인간에 대한 경외심이 없는 이유도 그 때문인 것 같았다. 그에게 연애 이야기를 듣고 나서는 오히려 경계심만 늘어났다. 그가 자랑스럽게 이야기하는 연애 사건이 앞으로 끔찍한 비극을 가져오리라는 것을 예측할 수 있었기 때문이다.

한편으로 나는 그 괴물과 크리스틴 다에 사이에 흥미로운 정신적 교류가 이루어지고 있다는 사실을 알게 되었다. 나는 그 프리마돈나의 분장실 옆 창고에 숨어서 크리스틴을 황홀경에 빠뜨리는 멋진 노랫소리에 귀를 기울였다. 에릭은 천둥처럼 큰 소리로도, 천사처럼 감미로운 소리로도 노래할 수 있었다. 하지만 에릭의 목소리가 결코 그의 끔찍한 외모를 잊어버리게 만들 수 있다고는 생각하지 않았다. 크리스틴이 아직 그의 얼굴을 보지 못한 상태라는 사실을 알고 모든 것이 이해되었다! 나는 언젠가 그녀의 분장실을 찾아갔다. 에릭이 예전에 가르쳐 준 것을 기억하고 있었기 때문에 거울 달린 벽을 회전시키는 것은 어렵지 않았다. 그리고 에릭이 속이 텅 빈 벽돌들을 이용해 크리스틴에게 그의 목소리가 바로 뒤에서 들려오는 것처럼 느끼게 만들었던 속임수도 확인했다. 이렇게 해서 나는 오페라하우스 지하의 우물과 코뮌의 지하 감옥으로 이어지는 길, 에릭이 무대 아래 지하실로 곧장 갈 때 사용하는 바닥 문도 발견했다.

며칠 후 나는 에릭이 크리스틴과 직접 만나 함께 있는 모습을 보고 얼마나 놀랐는지 모른다. 에릭은 코뮌 가담자들이 지나다니던 길에 있는 작은 우물로 몸을 굽혀 기절한 크리스틴의 이마에 물을 뿌려 주고 있었다. 그 옆에는 오페라하우스 마구간에서 사라진 〈예언자〉의 백마가 조용히 서 있었다. 나는 그들 앞에 얼떨결에 모습을 드러냈다. 그러자 에릭의 노란 눈에서 불꽃이 튀어나오는가 싶더니 나는 머리를 세게 얻어맞고 기절했다.

정신을 차려보니 에릭과 크리스틴, 백마는 사라지고 없었다. 가엾은 아가씨는 호숫가의 집에 갇힌 것이 분명했다. 나는 위험을 감지하면서도 조금도 망설이지 않고 둑으로 돌아가기로 했다. 그 괴물이 분명히 식량을 사러 밖으로 나갈 것이라는 생각에 24시간 동안 둑에 누워서 기다렸다. 그는 거리로 나가거나 사람들 앞에 모습을 드러낼 때는 텅 비어 있는 코 부분에 인조 코를 붙이고 콧수염까지 붙였다. 그렇게 해도 으스스해 보이는 것은 어쩔 수 없었지만 그래도 어느 정도 봐줄 만은 했다.

기다림이 너무 길어지자 그가 지하 3층에 있는 다른 문으로 나갔을지도 모른다는 생각이 들었다. 바로 그때 어둠 속에서 물을 튀기는 소리가 나더니 촛불처럼 빛나는 두 개의 노란 눈이 가까워지면서, 배 한 척이 호숫가에 닿았다. 에릭이 배에서 뛰어내려 나에게 걸어왔다.

　"꼬박 24시간 동안 여기 있더군. 자넨 정말이지 성가셔. 이렇게 나오면 좋을 것 하나 없어. 그렇게 된다면 전부 자네가 자초한 결과가 될 거야. 왜냐하면 난 특별한 인내심으로 자네를 대해 왔으니까. 어리석게도 자네는 나를 쫓고 있다고 생각하겠지만 오히려 그 반대야. 내가 자네를 쫓고 있어. 자네가 내 집에 관해서 무엇을 알고 있는지도 전부 알지. 어제 '코뮌 병사들의 길'에서는 목숨을 살려 줬어. 하지만 분명히 경고하겠네. 앞으로 거기서 나한테 잡히는 일이 없도록 해! 자넨 눈치라고는 눈곱만큼도 없는 것 같단 말이야!"

　그가 어찌나 화를 내던지, 나는 그를 말려야겠다는 생각조차 할 수 없었다. 그는 바다표범처럼 숨을 헐떡이면서 끔찍한 생각을 말로 옮겼다.

　"자넨 눈치라는 걸 배울 필요가 있다고! 정 모르겠다면, 마지막으로 딱 한 번 자네의 눈치 없고 무모한 행동에 대해 말해 주지. 자넨 펠트 모자를 쓴 음산한 녀석한테 두 번이나 붙잡혔어. 그는 자네가 지하실에서 대체 뭘 하고 있는 건지 몰랐기 때문에 자네를 관장들에게 데려갔지. 관장들은 자네를 무대장치와 무대 뒤편 이야기에 관심이 많은 별난 페르시아인 정도로 생각했지. 하지만 난 다 알아. 나도 그때 관장실에 있었으니까. 자네도 알겠지. 내가 어디든 마음먹은 대로 돌아다닐 수 있다는 걸. 앞으로도 계속 무모하게 행동한다면 그들은 자네가 대체 뭘 쫓는지 궁금해하겠지. 결국 에릭을 쫓고 있다는 걸 알게 될 거고 그들도 날 쫓기 시작할 거야. 호숫가의 집도 발견할 거고. 그렇게 되는 날엔 자네한테 하나도 좋을 게 없어, 오랜 친구. 하나도 좋을 게 없다고! 어떻게 될지 나도 장담 못해."

그는 또다시 바다표범처럼 숨을 헐떡거렸다.

"어떻게 될지 나도 장담 못한다고! 에릭의 비밀이 밝혀지면 수많은 인간의 앞날에 끔찍한 일이 벌어질 거야! 이 정도로만 말해 두지. 아무리 자네가 바보천치라도 이제 알아듣겠지. 아무리 눈치가 없어도 말이야."

그는 배의 뒷부분에 앉아 발뒤꿈치로 널빤지를 차면서 내 대답을 기다렸다. 내 대답은 간단했다.

"내가 여기서 찾고 있는 건 에릭이 아니야!"

"그럼 누구지?"

"자네도 잘 알고 있을 거야. 크리스틴 다에."

내 대답에 그가 대꾸했다.

"난 내 집에서 그녀를 볼 권리가 있어. 난 그녀에게 있는 그대로의 모습으로 사랑받고 있으니까."

"그렇지 않아. 자네는 그녀를 납치해 가두었어."

"이봐. 그녀가 나를 사랑한다는 사실을 증명한다면 다시는 내 일에 참견하지 않겠다고 약속할 텐가?"

"물론, 약속하지."

나는 그런 괴물에게는 절대로 불가능한 일이라고 확신했기 때문에 조금도 망설이지 않고 대답했다.

"좋아. 간단하군. 크리스틴 다에는 여기를 떠나도 언제든 원할 때 다시 돌아올 거야! 그래, 반드시 다시 돌아와. 그녀 스스로 원하는 일이니까. 그녀는 있는 그대로의 내 모습을 사랑하니까!"

"돌아오지 않을걸! 하지만 자네는 그녀를 보내 줄 의무가 있어."

"의무라니, 바보 같기는……. 의무가 아니라 의지야! 그녀를 보내 주는 건 내 의지라고! 그녀는 날 사랑하니까 돌아올 거야. 우리는 결국 결혼하게 되겠지. 마들렌 성당에서! 이제야 믿겠어? 내 혼인미사곡도 이미 완성됐단 말이야. 키리에('키리에 엘레이손'의 줄임말로 '주여, 우리를 불쌍하게 여기소서.'라는 뜻이며 미사의 시작 부분에 사용되는 기도문 – 옮긴이) 한번 들어보겠나?"

그는 발뒤꿈치로 박자까지 붙이면서 노래를 불렀다.

"키리에! 키리에! 키리에 엘레이손! 이제 곧 혼인 미사에서 만나게 될 거야."

"이봐, 크리스틴 다에가 자네 집에서 나와 제 발로 다시 들어가는 걸

본다면 그 말을 믿어 주지."

"그러면 더 이상 내 일에 참견하지 않을 텐가?"

"그래."

"좋아. 오늘 밤에 보게 될 거야. 가면무도회에 와. 크리스틴과 나는 무도회를 둘러볼 예정이니까. 창고에 숨어 있으면 볼 수 있을 거야. 크리스틴이 분장실로 갔다가 제 발로 '코뮌 병사들의 길'로 돌아가는 모습을 말이지. 자, 이제 그만 사라져 주게. 난 뭘 좀 사러 가야 하니까!"

그런데 놀랍게도 에릭이 말한 그대로 일이 진행되어 갔다. 크리스틴 다에는 호숫가의 집을 떠났다가 몇 번이나 돌아왔다. 강제가 아니라 자발적인 행동이었다. 하지만 나는 에릭에 대한 생각을 머릿속에서 완전히 지워 버릴 수는 없었다. 어쨌든 최대한 신중하게 행동하기로 했다. 호숫가나 '코뮌 병사들의 길'로 돌아가는 실수도 저지르지 않았다. 그래도 지하 3층에 있을지 모르는 비밀 입구에 대한 생각만은 떨쳐 버릴 수 없어서 여러 번 찾아가 〈라호르의 왕〉 무대 세트 뒤에서 몇 시간이고 기다렸다. 그 세트가 무슨 이유로 거기에 버려졌는지는 알 수 없었다. 마침내 내 인내심은 보상받을 수 있었다. 어느 날 그 괴물이 무릎을 꿇은 채 내 쪽으로 다가오는 모습이 보였다. 그에게는 내가 보이지 않는 것이 확실했다. 그는 내가 숨어 있는 무대 세트와 또 다른 세트 사이를 지나 벽으로 곧장 기어가더니 벽 어느 부위를 눌렀다. 그러자 돌이 움직이고 안으로 들어갈 수 있는 구멍이 나타났다.

그가 안으로 사라졌고 돌도 닫혔다.

나는 30분 정도 기다린 후 그 장소로 다가가 벽을 눌렀다. 그러자 에릭이 했을 때와 똑같은 일이 벌어졌다. 하지만 에릭이 안에 있다는 사실을 알았으므로 구멍 안으로 들어가지는 않았다. 에릭에게 잡힐지도 모른다는 생각이 스치자마자 조제프 뷔케의 죽음이 떠올랐다. 내가 그런 모습으로 발견된다면 많은 사람의 구설수에 오르게 될 것이므로, 돌을 제자리에 가져다 놓은 다음 오페라하우스 지하실을 나갔다.

나는 계속 에릭과 크리스틴 다에의 관계에 지대한 관심을 기울였다. 병적인 호기심 때문이 아니었다. 에릭의 생각처럼 그녀가 그를 사랑하는 것이 아니라는 사실을 알게 될 경우 그가 무슨 짓을 저지를지 모른다는 끔찍한 생각이 머릿속을 떠나지 않았기 때문이다. 신중에 신중을 기하면서 오페라하우스를 돌아다닌 결과 괴물의 씁쓸한 사랑 이야기의 전말을 파악할 수 있었다.

그가 크리스틴의 마음에 불러일으킨 감정은 두려움뿐, 가엾은 아가씨의 마음은 라울 드 샤니 자작에게로 가 있었다. 두 사람은 괴물을 피하기 위해 약혼놀이를 하면서 오페라하우스 지붕 꼭대기까지 돌아다녔지만 누군가 자신들을 지켜보고 있다는 생각은 깊이 하지 못했다. 나는 만반의 준비를 했다. 필요하다면 그 괴물을 죽이고 경찰에 자초지종을 설명할 생각이었다. 하지만 에릭은 모습을 드러내지 않았다. 그래서 내 마음은 불편해져만 갔다.

내 계획을 전부 설명해야겠다. 나는 괴물이 질투에 사로잡혀 집 밖으로 나가면 지하 3층 통로를 이용해서 그리 위험하지 않게 들어갈 수 있을 것이라고 생각했다. 모두의 안전을 위해 그 집에 무엇이 있는지 알아 두어야만 했다. 어느 날 기회를 엿보다 지친 나머지 돌을 움직이자 깜짝 놀랄 만한 음악 소리가 들려왔다. 괴물이 집안의 문을 전부 열어 놓은 채 〈동 쥐앙의 승리〉 작업에 매달리고 있었다. 그것이 그의 일생일대의 명작이라는 사실을 단번에 알 수 있었다. 나는 소리가 나지 않도록 조심하면서 계속 구멍을 열어 둔 채 가만히 있었다.

그는 잠시 연주를 멈추더니 미치광이처럼 집안을 돌아다녔다. 그리고 목청껏 크게 소리쳤다.

"이걸 먼저 끝내야 해! 끝내야 한다고!"

불안해진 나는 다시 연주 소리가 들려오자 조심스럽게 돌을 닫았다.

크리스틴 다에가 납치된 날, 나는 나쁜 소식이 들려올까 봐 몸을 떨면서 늦은 밤이 되어서야 오페라하우스로 갔다. 온종일 끔찍한 느낌이 들었다. 조간신문에 크리스틴과 샤니 자작의 결혼을 점치는 소식이 발표되었던 터라 차라리 괴물의 존재를 만천하에 알리는 게 낫지 않을까 하는 생각이 들었기 때문이다. 하지만 그런 행동이 재앙을 부추길 뿐이라는 생각에 곧 냉철함을 되찾았다.

마차로 오페라하우스에 도착해 보니 놀랍게도 오페라하우스는 멀쩡하게 그대로 서 있었다! 하지만 동양인들이 그렇듯이 나에게는 약간 운명론자 같은 면이 있어서, 무엇이든 받아들일 준비가 되어 있다는 비장한 각오로 안으로 들어갔다.

크리스틴 다에가 공연 도중에 납치된 사실에 모두가 놀랐지만 나는 이미 각오한 터였다. 마술의 왕자 에릭이 어떤 마술을 써서 크리스틴을 납치한 것이 틀림없다고 생각했다. 그리고 이제 크리스틴뿐만 아니라 모든 사람이 끝장이라는 생각이 들었다. 극장에 있는 사람들에게 도망치라고 소리칠까도 생각했다. 하지만 분명 미쳤다고 생각할 것이 뻔했으므로 그만두었다.

어쨌든 더 이상 지체하지 않고 행동을 실행에 옮기기로 했다. 에릭은 지금 자신이 붙잡은 포로에 대한 생각뿐일 것이다. 지금이야말로 지하 3층을 통해 그의 집에 들어가야 할 때였다. 나는 절망에 빠진 샤니 자작을 데려가기로 했다. 그는 곧바로 내 제안을 수락했는데 감동적일 정도로 나를 믿어 주었다. 나는 하인을 보내 권총을 가져오라고 했다. 한 자루는 자작에게 주고 발사할 준비를 하라고 했다. 에릭이 벽 뒤에서 기다리고 있을지도 몰랐기 때문이다. '코뮌 병사들의 길'로 가서 바닥 문을 통과할 생각이었다.

어린 자작은 권총을 보더니 결투를 해야 하는지 물었다. 그래서 이렇게 대답했다.

"그래요. 대단한 결투가 될 겁니다!"

하지만 자세히 설명할 시간은 없었다. 자작은 용감한 청년이지만 자신의 적에 대해서 거의 알지 못했다. 차라리 그 편이 훨씬 나았다. 나는 에릭이 올가미 밧줄을 준비하고 벌써 근처에 와 있을까 봐 두려웠다. 그만큼 올가미 밧줄을 잘 던지는 사람은 없었다. 마술의 왕자인 에릭은 교살의 제왕이기도 했다. '마젠데란의 장밋빛 시절', 에릭 덕분에 한바탕 실컷 웃고 난 어린 왕비는 다음엔 오싹하고도 재미있는 것을 보여 달라고 부탁했다. 그때마다 에릭은 올가미 밧줄 놀이를 선보였다.

올가미를 활용한 교살 기술은 그가 인도에 살 때 익힌 것으로, 왕비가 보는 앞에서 그는 자신을 마당에 가두고 전사 한 명을 데려오라고 했다. 전사는 대개 사형 선고를 받은 이들로 기다란 창과 날이 넓은 칼로 무장했다. 하지만 에릭의 수중에는 올가미 밧줄뿐이었다. 전사가 무시무시한 일격으로 에릭을 쓰러뜨리려고 하는 순간, 어김없이 올가미 밧줄이 공중을 가르며 날아가는 소리가 들렸다. 그가 눈 깜짝할 사이에 적의 목을 에워싼 올가미를 조인 다음 어린 왕비와 시녀들에게 끌고 가면 그들은 창가에서 내려다보며 환호를 보냈다. 왕비는 올가미 밧줄을 사용하는 방법을 직접 배워서 자신의 시녀들은 물론 놀러 온 손님들까지 몇 명 죽였다. '마젠데란의 장밋빛 시절'에 대한 끔찍한 추억 이야기는 이쯤에서 끝내고 싶다. 이 이야기를 꺼낸 것은, 샤니 자작과 함께 오페라하우스의 지하실에 도착했을 때 내가 자작을 교살 위험에서 보호하려고 그렇게 애쓴 이유를 설명하기 위해서일 뿐

이니까. 에릭이 모습을 드러낼 가능성은 없었으므로 권총은 별 필요가 없을지도 몰랐다. 그렇다 해도 에릭은 언제든 우리의 목을 조를 수 있었다. 하지만 자작에게 모든 것을 설명할 시간이 없는 데다 일을 복잡하게 만들어 좋을 것도 없었다. 그래서 자작에게는 총을 쏘는 것처럼 손을 눈높이로 올리라고만 했다. 이런 자세로 있으면 제아무리 교살 전문가라도 올가미 밧줄을 제대로 던지는 것이 불가능했기 때문이다. 목뿐만 아니라 팔이나 손까지 걸리게 되므로 무사히 밧줄을 빠져나갈 수 있었다.

경찰서장과 수많은 문지기, 소방관들을 피하고 펠트 모자를 쓴 쥐잡이까지 지나치고 난 후 자작과 나는 지하 3층에 있는 〈라호르의 왕〉 무대와 다른 세트 사이에 도착했다. 그리고 돌을 움직여 오페라하우스의 이중 벽 안에 지어진 에릭의 집으로 뛰어내렸다. 아마 그곳에 집을 짓는 것은 에릭에게 식은 죽 먹기였으리라. 그는 오페라하우스를 설계한 건축가 가르니에 밑에서 일하던 주요 하청업자들 중 한 명이었는데, 파리 코뮌 사태 당시 공식적으로 공사가 중단되었을 때도 은밀한 작업을 계속해서 지금의 거처를 만들었던 것이다.

나는 에릭을 너무도 잘 알기에 그의 집에 뛰어들면서도 마음이 편하지 않았다. 그가 마젠데란의 많은 궁전을 건축하며 어떻게 만들었는지 누구보다 잘 알고 있었기 때문이다. 그는 지극히 평범한 건물을 악마의 집으로 바꿔놓았다. 그 안에서는 한마디만 입 밖에 내도 메아리가 울리고 누군가가 엿들을 수 있었다. 또한 에릭은 함정을 이용해 온갖 비극을 끝없이 탄생시켰고, 깜짝 놀랄 만한 발명품도 만들어 냈다. 그중에서 가장 흥미롭고 끔찍하고 위험한 발명품은 바로 '고문실'이었다. 어린 왕비는 아무런 죄 없는 백성들을 고문하는 것을 즐겼다. 고문실에는 특별한 경우를 제외하고는 대개 사형 선고를 받은 자들이 들여보내졌다. 고문실 안에는 철로 된 나무 아래에 올가미 밧줄이나 활시위가 놓여 있었는데, '충분히' 고문을 받아 더 이상 견딜 수 없는 지경에 이른 죄수들은 언제든지 그것을 이용해 스스로 목숨을 끊을 수 있었다.

따라서 나는 샤니 자작과 함께 떨어진 그 방이 마젠데란의 장밋빛 시절의 고문실과 똑같다는 사실을 알고 온몸에 소름이 끼쳤다. 발아래에는 그날 저녁 내내 나를 두렵게 만든 올가미 밧줄까지 놓여 있었다. 나는 그것이 나처럼 어느 날 저녁 지하 3층에서 돌을 움직이다가 에릭에게 붙잡힌 조제프 뷔케를 죽이는 데 사용된 것이라고 확신했다. 그는 돌을 움직이다가 고문실로 떨어져 교살당했을 것이다. 그러고 나서 에릭이 시체를 치우기 위해서, 또는 사람들 사이에 미신적인 공포감을 확산시켜 자신의 은신처에 접근하려는 이가 없도록 하기 위해서 뷔케의 시체를 〈라호르의 왕〉 무대로 끌고 가 매달아 놓았을 것이다. 그런 다음 에릭은 다시 한 번 생각해 본 후 그 올가미 밧줄을 도로 가져갔을 것이다. 고양이의 창자를 꼬아 만든 그 독특한 올가미가 혹시나 사건 현장을 조사하던 경찰서장의 관심을 끌지도 모른다

고 판단했을 테니 말이다. 어쨌든 밧줄이 사라진 것은 이러한 연유에
서였다.

그런데 바로 그 올가미 밧줄이 여기 고문실에 있는 것이다! 나는 겁
쟁이는 아니지만 이마에 식은땀이 송골송골 맺혔다.

그것을 본 샤니 자작이 대뜸 물었다.

"왜 그러세요?"

나는 우리가 고문실로 떨어진 걸 괴물이 모르길 바랐기에 격렬한 몸
짓으로 조용히 하라는 신호를 보냈다.

23

고문실에서
_페르시아인의 이야기 2

우리가 있는 곳은 위에서 아래까지 온통 거울로 뒤덮인 육면체 모양의 작은 방이었다. 구석에는 거울의 이음매가 뚜렷하게 보였다. 이 부분을 통해 거울이 돌아가는 것이 분명했다. 이음매 한 곳의 아래쪽에 강철 나무도 보였다. 나뭇가지를 강철로 만든 그 나무는 사람을 매달기 위한 용도였다.

나는 자작의 팔을 붙잡았다. 그는 온몸을 마구 떨면서 약혼자를 소리쳐 부르려고 했다. 나는 그가 자신을 억누르지 못할까 봐 두려웠다.

그때 갑자기 왼쪽에서 소리가 들렸다. 옆방에서 문이 열렸다 닫히는 소리가 들리더니 희미한 신음 소리가 들렸다. 나는 자작의 팔을 더욱 힘껏 붙잡았다. 그다음에는 뚜렷한 말소리가 들려왔다.

"당신은 선택을 해야 해! 혼인 미사곡과 진혼 미사곡 중에서!"

괴물의 목소리였다.

또다시 신음 소리가 들리고 긴 침묵이 이어졌다. 나는 우리가 집 안에 들어온 사실을 괴물이 눈치채지 못하고 있음을 확신했다. 만약 알고 있다면 그때까지 우리를 가만히 두었을 리가 없었다. 작은 감시 창문을 통해 보고서 즉각 고문실로 달려왔을 것이다. 뿐만 아니라 침입자가 우리라는 것을 안다면 곧바로 고문이 시작되었을 것이다.

그가 계속 모르도록 하는 것이 중요했다. 하지만 내가 가장 두려운 것은 샤니 자작이 벽 너머로 간간히 들리는 크리스틴 다에의 신음 소리에 당장이라도 달려가고 싶은 충동을 느끼고 있다는 사실이었다.

"진혼 미사곡은 결코 즐겁지 않아. 장담하건대 혼인 미사곡은 정말 멋지지! 이제 결심을 해야 해! 언제까지 이렇게 굴속의 두더지처럼 살 수는 없어! 〈동 쥐앙의 승리〉가 드디어 완성됐으니까 나도 이제 다른 사람들처럼 살고 싶어. 다른 사람들처럼 아내가 있었으면 좋겠고 일요일마다 같이 외출도 하고 싶어. 보통 사람처럼 보이는 가면도 만들었어. 밖에 나가도 사람들이 힐끔거리지 않을 거야. 당신은 세상에서 가장 행복한 여자가 되겠지. 우리는 황홀감에 빠질 때까지 함께 노래할 거야. 당신, 울고 있군! 날 두려워하는 건가. 하지만 난 사악하지 않아. 날 사랑하면 당신도 알 수 있을 거야! 내가 원하는 건 내 모습 그대로 사랑받는 거야. 날 사랑해 준다면 양처럼 순해질게. 당신이 바라는 대로 뭐든 될 거라고."

사랑 고백 이후에 신음 소리는 더욱 커졌다. 그렇게 절망적인 소리
는 처음이었다. 그런데 샤니 자작과 나는 그 절망스러운 탄식이 에릭
에게서 나오는 소리라는 것을 깨달았다. 크리스틴은 겁에 질린 나머
지 소리 지를 힘도 없이 서 있고 괴물은 그 앞에 무릎을 꿇고 있는 것
같았다.

에릭은 자신의 운명을 격렬하게 한탄했다.

"당신은 날 사랑하지 않아! 사랑하지 않는다고! 사랑하지 않아!"

그러더니 좀 더 부드러운 어조로 말했다.

"왜 우는 거야? 당신이 우는 모습을 보면 내가 고통스러워한다는 걸
알잖아!"

침묵이 이어졌다.

침묵이 흐를 때마다 우리는 새로운 희망을 얻었다. '크리스틴을 벽
뒤에 혼자 남겨 두고 간 건 아닐까?' 하고 생각했기 때문이다. 그리고
우리는 괴물에게 발각되지 않고 크리스틴 다에에게 우리의 존재를 알
릴 수 있는 가능성에 대해서만 생각했다. 크리스틴이 문을 열어 주지
않으면 고문실을 나갈 수 없었다. 우리는 문이 어디에 있는지도 몰랐
으므로 크리스틴이 문을 열어 주어야만 그녀를 도울 수 있었다.

침묵이 흐르던 옆방에서 갑자기 전기 벨 소리가 났다. 벽 너머에서
에릭의 천둥 같은 목소리가 들려왔다.

"누가 벨을 울리고 있군! 어서 오시지!"

사악하게 킬킬거리는 소리가 들렸다.

"이번에는 누가 귀찮게 하러 온 거지? 잠깐 기다리고 있어. 사이렌에게 문을 열어 주라고 말하고 올게."

발자국 소리가 멀어지더니 문이 닫혔다. 나는 에릭이 무슨 짓을 하려는 건지 생각할 겨를이 없었다. 괴물이 외출하는 것은 나쁜 일을 저지르기 위한 것임을 잠시 잊어버리고, 한 가지 생각에만 몰두했다. 벽너머에 크리스틴이 혼자 있다는 것!

샤니 자작은 벌써 그녀를 부르고 있었다.

"크리스틴! 크리스틴!"

우리가 옆방에서 하는 말을 들을 수 있는 것처럼 그쪽에서도 분명히 자작의 말이 들리리라. 하지만 아무런 대답이 없어 자작은 몇 번이나 그녀의 이름을 불러야 했다.

마침내 희미한 목소리가 들려왔다.

"이건 꿈이야!"

"크리스틴! 크리스틴! 나야, 라울!"

침묵이 흘렀다.

"대답해, 크리스틴! 혼자 있으면 대답 좀 해봐!"

마침내 크리스틴이 작게 라울의 이름을 말했다.

"그래! 나야! 꿈이 아니야! 크리스틴, 날 믿어! 우린 당신을 구하려고 왔어. 하지만 신중해야 해! 괴물의 소리가 들리면 알려 줘!"

크리스틴은 겁에 질렸다. 라울이 숨은 곳을 에릭이 발견할까 봐 두려워서 덜덜 떨었다. 크리스틴은, 에릭이 사랑에 눈이 멀었고 그녀가 아내가 되겠다고 하지 않으면 자신을 비롯한 모든 사람을 죽여 버리겠다고 했다고 서둘러 말해 주었다. 에릭은 그녀에게 다음 날 밤 11시까지 생각할 시간을 주었다. 마지막 기회였다. 그의 말대로 그녀는 혼인 미사곡과 진혼 미사곡 중에서 선택해야만 했다.

그리고 크리스틴은 에릭이 이해할 수 없는 한마디를 했다고도 했다.

"예 아니면 아니오야! 당신이 아니오를 선택하면 모두 죽어서 묻히게 될 거야!"

나는 그 말의 뜻을 완전하게 이해할 수 있었다. 줄곧 나를 짓누른 두려운 생각과 꼭 들어맞았기 때문이다.

"에릭이 어디 있는지 말해 줄 수 있습니까?"

내가 물었다.

그녀는 밖으로 나간 것 같다고 했다.

"확인해 볼 수 있나요?"

"아뇨. 난 묶여 있어요. 꼼짝도 할 수가 없어요."

이 말에 샤니 자작과 나는 안타까운 신음소리를 내뱉고 말았다. 크리스틴의 자유로운 움직임에 우리 두 사람, 아니 세 사람의 안전이 달려 있었으니 말이다.

"그런데 지금 두 분 어디에 계신 거죠? 이 방에는 문이 두 개밖에 없어요. 내가 라울에게 말했던 루이 필리프 풍의 방이에요. 문 하나는 에릭이 오갈 때 사용하고 나머지 문은 한 번도 내 앞에서 연 적이 없어요. 가장 위험한 문이라고 했어요. 고문실 문이라고!"

"크리스틴, 우리는 지금 그 방에 있어요!"

"고문실에 있다고요?"

"그래요. 하지만 문을 찾을 수가 없어요."

"아, 조금이라도 몸을 움직일 수 있다면! 내가 문을 두드려서 위치를 알려 줄 수 있을 텐데."

"문에 자물쇠가 있나요?"

내가 물었다.

"네, 자물쇠가 있어요."

"아가씨, 그 문을 꼭 열어 주셔야 합니다!"

"하지만 어떻게요?"

가엾게도 그녀는 울먹이면서 물었다.

묶여 있는 그녀가 밧줄을 풀려고 안간힘을 쓰는 소리가 들렸다.

"열쇠가 어디 있는지 알아요."

그녀의 목소리는 힘을 쓰느라 어느새 지쳐 있었다.

"하지만 너무 꼭 묶여 있어요. 아, 나쁜 사람 같으니!"

그녀는 흐느끼기 시작했다.

"열쇠는 어디 있죠?"

나는 샤니 자작에게 아무 말 하지 말고 나에게 맡기라는 신호를 보내고 그녀에게 물었다.

"오르간 옆에 있어요. 나더러 만지지 말라고 한 또 다른 청동 열쇠랑 같이 들어 있어요. 둘 다 그가 '생사의 가방'이라고 부르는 작은 가죽 가방에 들어 있어요. 라울……. 라울! 도망가요! 여기는 온통 이상하고 끔찍한 것투성이에요. 에릭이 곧 완전히 미쳐 버릴 텐데, 당신은 고문실에 있다니! 왔던 길로 돌아가요. 그 방을 고문실이라고 부르는데는 분명히 이유가 있을 거예요!"

"크리스틴, 우린 다 같이 여길 나가거나 죽거나 둘 중 하나야!"

라울이 소리쳤다.

"우리 모두 침착해야 해요! 아가씨, 그런데 그가 왜 당신을 묶었죠? 당신이 여기서 도망칠 수 없다는 사실을 그도 알고 있을 텐데!"

내가 물었다.

"내가 죽으려고 했거든요. 어제 괴물이 날 여기에 데려다 놓고 밖에 나갔었어요. 그가 나에게 클로로포름을 마시게 해서 반쯤 기절한 상태였죠. '물주'한테 간다고 하더군요! 그가 돌아왔을 때 내 얼굴은 온통 피투성이였어요. 벽에 이마를 찧어서 자살하려고 했거든요."

"크리스틴!"

라울이 괴로움으로 신음하더니 흐느끼기 시작했다.

"그랬더니 날 묶어 놨어요. 난 내일 밤 11시까지는 죽지도 못해요."

"아가씨, 그 괴물이 당신을 묶어 놓았으니 괴물만이 풀어 줄 수 있을 거예요. 당신의 역할이 아주 중요합니다. 그가 당신을 사랑한다는 걸 잊지 말아요!"

"아, 그걸 잊을 수만 있다면 얼마나 좋을까요!"

"그걸 기억하고 그에게 미소를 지어요. 밧줄 때문에 아프다고 풀어 달라고 간청해요."

그때 크리스틴이 다급하게 속삭였다.

"쉿! 호수 쪽에서 무슨 소리가 들려요! 그예요! 어서 가세요! 어서 가요!"

"가고 싶어도 갈 수가 없어요. 우리는 고문실에 있단 말입니다!"

내가 최대한 비장하게 힘주어 말했다.

벽 뒤에서 무거운 발자국 소리가 천천히 들리다 멈추더니 삐꺽거리는 소리가 한 번 더 들렸다. 커다란 한숨 소리가 들리는가 싶더니 크리스틴의 공포에 찬 비명이 들렸다. 에릭의 목소리도 들려왔다.

"이런 얼굴을 보여서 정말 미안해! 내 꼴이 정말 우습지? 하지만 내 탓이 아니야. 그러게 왜 대체 벨을 울려서 아무한테나 시간을 물어보냔 말이야! 이젠 더 이상 시간 따위를 물어보느라 남 귀찮게 안 하겠지! 어쨌든 그건 사이렌이 잘못한 거야."

영혼의 심연에서부터 나오는 듯한 깊고 커다란 한숨 소리가 들려왔다.

"그런데 대체 왜 울고 있는 거지, 크리스틴?"

"아파서요, 에릭."

"난 또 나 때문에 무서워서 그런 줄 알았어."

"에릭, 날 좀 풀어 주세요. 나는 이미 당신의 포로잖아요?"

"풀어 주면 또 죽으려고 할 거잖아."

"당신이 나에게 내일 밤 11시까지 시간을 주었잖아요, 에릭."

또다시 바닥을 끄는 발자국 소리가 들렸다.

"결국 우린 같이 죽을 테니까. 나도 당신과 마찬가지로 급한 심정이야. 이런 삶에 지쳤어. 잠깐, 움직이지 마. 풀어 줄 테니까. 당신의 '아니오!' 한마디면 그 즉시 모두가 끝장이겠지! 그래, 당신 생각이 맞아. 내일 밤 11시까지 기다릴 필요가 뭐 있겠어? 하긴 그 편이 더 장엄하고 멋지긴 하겠지. 하지만 어쩌나, 난 격식이라면 질색이라서……. 우리는 우리의 삶과 죽음에 대해서만 생각하면 돼. 나머지는 중요하지 않아. 내가 비에 젖어서 그렇게 날 쳐다보는 거야? 크리스틴, 밖에는 비가 엄청 퍼붓고 있어. 그나저나 크리스틴, 내가 헛것이라도 보는 건지……. 방금 사이렌의 집 벨을 울린 사람 말이야. 그가 아직도 벨을 울리고 있는지 호수 바닥으로 가서 확인해 볼까? 그 사람 누구랑 참 많이 닮았던데……. 자, 뒤돌아 봐. 이제 만족해? 당신은 이제 자유야. 가엾은 크리스틴, 손목 좀 봐. 내가 아프게 한 거야? 그것만으로 난 죽어도 마땅해. 참, 죽음 이야기가 나왔으니 말인데, 그자를 위한 진혼곡을 불러 줘야겠어!"

이 끔찍한 이야기를 듣고 있자니 무시무시한 예감이 몰려왔다. 나 역시 언젠가 그 벨을 울린 적이 있었다. 물론 모르고 한 일이었다. 그 벨이 어떤 경고 전류를 작동시켰는지 결국 엄청난 전류의 맛을 봐야 했다. 그리고 새까만 물속에서 튀어나온 두 팔이 기억났다. 이번에는 어떤 가엾은 사람이 호숫가로 온 것이었을까? 저 진혼곡의 주인공은 누구일까?

에릭은 천둥의 신처럼 〈진노의 날〉을 불렀다. 그 노래는 천둥처럼 우리를 에워쌌다. 주위에서 폭풍우가 사납게 휘몰아치는 것 같았다. 갑자기 오르간과 노랫소리가 멈추는 바람에 샤니 자작은 자리에서 벌 떡 일어났다. 벽 너머에서 에릭이 별안간 차갑게 변한 목소리로 내뱉 었다.

"내 가방에 무슨 짓을 한 거야?"

24

시작된 고문
_페르시아인의 이야기 3

분노에 찬 목소리가 또다시 들려왔다.

"내 가방에 무슨 짓을 한 거야? 가방을 가져가려고 풀어 달라고 한 거군!"

벽 너머에서 크리스틴이 안전한 피신처를 찾는 듯 우리가 다가서 있는 벽 쪽으로 달려오는 발소리가 들렸다.

"왜 도망치는 거지?"

성난 목소리가 그녀를 따라가 물었다.

"내 가방 돌려주겠어? 그게 생사의 가방이라는 거 알잖아?"

"내 말 좀 들어 봐요, 에릭."

크리스틴이 한숨을 내쉬며 말했다.

"우린 같이 살기로 했는데 무슨 상관이죠?"

"당신도 알다시피 가방에는 열쇠 두 개뿐이야. 그걸로 뭘 하려는 거야?"

"이 방을 보고 싶어요. 당신이 늘 가까이 못 가게 해서 보지 못했잖아요. 여자의 호기심이라고 할까요!"

그녀는 일부러 명랑하게 말하려고 애썼다. 하지만 에릭을 속여 넘기기에는 너무나 유치한 수법이었다.

"난 호기심 많은 여자는 좋아하지 않아. 당신도 『푸른 수염(샤를 페로의 동화로 부인을 여섯 명이나 죽인 남자가 등장함―옮긴이)』이야기를 알지? 그걸 기억하고 조심하는 게 좋을 거야. 자, 가방을 이리 줘! 어서! 열쇠는 그냥 두고. 호기심 많은 아가씨!"

에릭은 킬킬거리며 웃었고 크리스틴은 고통의 비명을 질렀다. 에릭이 그녀에게서 가방을 빼앗아 간 것이 분명했다.

그 순간 자작의 입에서 무기력한 분노의 절규가 터져 나왔다.

"가만, 저게 뭐지? 들었어, 크리스틴?"

"아뇨. 아무 소리도 못 들었어요."

가엾은 크리스틴이 대답했다.

"비명 소리가 들린 것 같은데."

"비명이라고요? 제정신이에요, 에릭! 이 집에서 비명 지를 사람이 누가 있겠어요? 아까 내가 질렀어요. 당신이 나를 아프게 했으니까!

지금은 아무 소리도 못 들었어요."

"당신의 말하는 태도가 마음에 안 들어! 떨고 있군. 지나치게 흥분한 상태야. 거짓말이라도 하는 건가! 아까 비명 소리가 들린 게 맞아! 고문실에 누가 있는 거야. 아, 이제 알겠군!"

"거긴 아무도 없어요, 에릭!"

"이제 알겠다니까."

"아무도 없다니까요!"

"당신이 결혼하고 싶어하는 남자겠지."

"난 그 누구와도 결혼하고 싶지 않아요. 당신도 알잖아요."

또다시 사악하게 껄껄거리는 웃음소리가 들렸다.

"얼마 안 있으면 알게 되겠지. 사랑하는 크리스틴, 저 문을 열지 않아도 고문실을 볼 수 있어. 당신도 보고 싶어? 여기를 봐! 고문실 안에 누가 있으면 천장 근처에 있는 보이지 않는 창문에 불이 들어오거든. 검은색 커튼을 치고 이 방의 불만 끄면 알 수 있어. 간단해. 불을 꺼보자고! 당신의 가엾은 낭군과 같이 있으니 어둠이 무섭진 않을 거야!"

곧이어 괴로워하는 크리스틴의 목소리가 들렸다.

"아뇨! 무서워요! 난 어둠이 무서워요! 이제 저 방에는 관심이 없어요. 당신은 언제나 날 어린애 취급하면서 저 고문실에 대해 겁주잖아요. 그래서 호기심이 생겼지만 이젠 조금도 관심 없어요. 조금도!"

그리고 내가 무엇보다 가장 두려워하던 일이 벌어지기 시작했다. 갑자기 환한 빛이 우리 쪽으로 들이비췄다. 벽이 온통 환하게 빛났다. 샤니 자작은 깜짝 놀라 비틀거렸다. 성난 목소리가 울려 퍼졌다.

"누군가 있다고 했잖아! 저 창문이 보이지? 저 위쪽에 빛나는 창문 말이야! 이 벽 뒤에 있는 사람에겐 저 창문이 보이지 않지. 접이식 계단으로 올라가서 보라고! 그런 용도로 쓰이는 계단이니까. 무슨 계단이냐고 당신이 자주 물었었잖아. 이제 잘 알겠군. 고문실을 내려다보라고 있는 거라는 걸. 호기심 많은 아가씨!"

"무슨 고문이요? 고문을 할 건가요? 에릭, 그냥 날 겁주려는 거라고 말해 줘요. 날 사랑한다면, 에릭! 정말 고문하려는 건 아니죠?"

"창문으로 가서 직접 보라고!"

샤니 자작은 방에 불이 들어오면서 드러난 놀라운 광경에 완전히 정신을 빼앗겼기 때문에 기절하기 일보 직전 같은 크리스틴의 목소리를 못 들었는지도 모르겠다. 반면 나는 마젠데란의 장밋빛 시절 작은 창문을 통해 너무도 자주 본 광경이었다. 그래서 나는 앞으로 어떤 행동을 취해야 할지 판단하기 위해 벽 너머로 들려오는 대화에만 온 관심을 집중했다.

"가서 들여다보라고! 그자가 어떤 모습을 하고 있는지!"

벽에 접이식 계단을 세우는 소리가 들렸다.

"올라가! 아니, 아니지. 내가 올라가 보겠어!"

"알았어요. 내가 올라가 볼게요. 놔줘요!"

"내 사랑, 정말 친절하기도 하셔라! 내가 힘들까 봐 대신 해주겠다니! 그자가 어떻게 하고 있는지 말해 줘!"

그때 우리의 머리 위쪽으로 그녀의 목소리가 똑똑히 들려왔다.

"여긴 아무도 없어요!"

"아무도 없다고? 정말이야?"

"그래요. 없어요!"

"그거 다행이군. 크리스틴, 이제 기분이 어때? 아무도 없다니 기분 나쁠 이유가 없겠군. 자, 이리 내려와. 기운 차리고! 아무도 없으니까! 그런데 그 방 경치가 마음에 들어?"

"무척 마음에 들어요!"

"그래? 이제 좀 괜찮지? 괜찮아, 나아졌어. 이제 흥분하지 말고. 저런 경치를 볼 수 있다니 정말 멋진 집이지 않아?"

"그래요. 마치 밀랍인형 전시관 같아요. 그런데 에릭, 저 방에 고문 같은 건 없었어요! 그런데도 당신이 내게 겁을 줘서 놀랐잖아요!"

"놀라긴 왜 놀라? 저 방에 아무도 없다면서……."

"당신이 저 방을 설계했나요? 정말 훌륭해요. 당신은 위대한 예술가예요, 에릭."

"내 나름대로는 위대한 예술가지."

"그런데 왜 저 방을 고문실이라고 부르는 거죠?"

"아주 간단해. 우선 저 방에서 뭘 봤지?"

"숲이 보였어요."

"숲에는 뭐가 있었지?"

"나무들이요."

"나무에는 또 뭐가 있지?"

"새가 있었어요."

"저 안에서 새를 봤어?"

"아, 아뇨. 새는 못 본 것 같아요."

"그럼 뭘 봤지? 생각해 봐! 나뭇가지를 봤을 거야. 그 나뭇가지가 뭘까?"

에릭이 끔찍한 목소리로 물었다.

"교수대야! 그래서 저 숲을 고문실이라고 부르지! 다 농담이야. 나는 원래 나 자신을 표현하는 방법이 다른 사람들과 다르지. 하지만 이제 다 지겨워! 숲과 고문실이 있는 집에서 사는 것도, 무슨 사기꾼처럼 이중으로 된 상자 같은 집에 사는 것도 전부 지쳤어! 나도 다른 사람들처럼 평범한 문과 창문이 있는 집에서 아내와 함께 살고 싶어! 한 여자를 사랑하고, 그녀와 함께 일요일마다 산책을 하고, 일주일 내내 그녀를 즐겁게 해주고 싶다고……. 카드 마술 보여 줄까? 내일 밤 11시까지 기다려야 하는데 시간을 때우는 데 도움이 될 거야. 나의 크리스틴! 내 말 듣고 있는 거야? 날 사랑한다고 말해 줘! 아니, 당신은 날 사랑하지 않지. 하지만 사랑하게 될 거야! 처음에 당신은 가면 뒤의 내 얼굴을 알고 내 가면을 똑바로 보지 못했어. 하지만 지금은 아무렇지 않게 쳐다볼 수 있게 됐지. 그 뒤의 얼굴은 잊어버리고! 봐, 사람이란 뭐든지 익숙해질 수 있는 존재야. 결혼 전에는 사랑하지 않던 수많은 젊은 남녀도 결국 서로 사랑하게 되지! 아, 내가 무슨 말을 하고 있는지 모르겠군. 어쨌든 나하고 있으면 재미있는 일이 많을 거야. 세상에 나 같은 사람은 또 없을걸! 난 복화술도 무척 잘하거든. 아마 세계에서 가장 뛰어난 복화술사가 나일걸! 당신, 웃는 거야? 내 말을 못 믿겠어? 잘 들어 봐."

정말로 세계 최고의 복화술사인 그는 그녀의 관심을 고문실에서 다른 곳으로 돌리기 위해 애썼지만 다 부질없는 짓이었다. 크리스틴의 머릿속에는 오직 우리 두 사람뿐이었다. 그녀는 최대한 부드러운 말투로 에릭에게 계속 간청했다.

"에릭, 부탁인데 저 작은 창문의 불을 꺼주세요! 제발요!"

그녀는 그 불이 갑자기 켜졌고 에릭이 그 불에 대해 매우 위협적인 목소리로 이야기했기 때문에 그것이 뭔가 끔찍한 것을 의미한다고 생각했다. 그나마 눈부신 불빛 속에서 우리가 무사히 살아 있는 모습을 보고 조금이나마 마음이 진정되었을 것이다. 하지만 불이 꺼지면 더욱 마음이 편해질 것이 분명했다.

한편 에릭은 이미 복화술을 보여 주기 시작했다.

"자, 내 가면을 조금만 들어 볼게. 아주 조금이야! 내 입술이 보이지? 입술은 안 움직여! 내 입술은 꼭 다물고 있는데 목소리가 들리는 거야. 내 목소리가 어디로 갈까? 당신의 왼쪽 귀? 오른쪽 귀? 아니면 테이블 위? 벽난로에 놓인 까맣고 작은 상자? 잘 들어 봐. 목소리는 벽난로 오른쪽에 있는 작은 상자에 들어 있어. 뭐라고 말하지? '여기 전갈을 뒤집어 볼까?' 자, 이제 왼쪽에 있는 상자에서 뭐라고 하는지 들어 봐! '메뚜기를 좀 뒤집어 볼까?' 이제 목소리는 생사의 가방에 들어 있어. 뭐라고 말하지? '난 생사의 가방이야!' 이번엔 카를로타의 목구멍으로 들어갔어. 금구슬과 수정으로 치장한 카를로타의 목구멍 말이야! 뭐라고 말하지? '나예요, 두꺼비. 내 노래 좀 들어 볼래요? 난 두렵지 않아요, 꽥! 음악이 날 감싸고 있으니까, 꽥!' 이제는 유령의 박스석 의자에 놓여 있어. '오늘 밤 카를로타가 노래하면 샹들리에가 떨어질 거야!' 아하! 이제 에릭의 목소리는 어디 있지? 잘 들어 봐, 크리스틴! 들어 보라고! 고문실 문 뒤에 있지! 잘 들어 봐! 난 고문실 안에 있어! 내가 뭐라고 말하지? '가짜 코가 아닌 진짜 코가 있는 사람들, 고문실을 구경하러 온 사람들에게 재앙이 닥칠지어다!' 하하하!"

복화술사의 끔찍한 목소리라니! 그 목소리는 사방에서 들려왔다. 보이지 않는 작은 창문을 지나 벽을 뚫고 우리가 있는 곳까지 날아왔다. 에릭이 바로 우리 앞에서 말하고 있는 것 같았다. 우리는 그를 덮칠 태세를 갖추었다. 그러나 에릭의 목소리는 메아리보다 빠르게 벽을 건너 달아났다.

그리고 더 이상 아무런 소리도 들리지 않았다.

"에릭! 에릭! 당신 목소리 때문에 피곤해요. 그만해요, 에릭! 그나저 나 여기 너무 덥지 않아요?"

"그래, 열기가 참을 수 없을 정도야!"

"왜 이러는 거죠? 벽이 뜨거워지고 있어요! 벽이 불타는 것 같아요!"

"그 이유를 말해 주지, 크리스틴. 옆방에 있는 숲 때문이야!"

"그게 대체 무슨 상관이죠? 숲 때문이라니?"

"그 숲이 아프리카의 숲이란 걸 몰랐어?"

괴물이 너무나 큰 소리로 끔찍하게 웃어 대는 바람에 크리스틴의 간 청하는 외침은 하나도 들리지 않았다. 샤니 자작은 미치광이처럼 고 함을 지르면서 벽에 몸을 날렸다. 나도 도저히 말릴 수 없었다. 우리 는 괴물의 웃음소리 외에는 아무 소리도 듣지 못했는데, 괴물한테도 그 소리밖에 들리지 않았을 것이다. 그때 뭔가 격투를 벌이는 소리가 들렸고, 누군가 바닥에 쓰러져 어디론가 질질 끌려가는 소리가 들렸 다. 그리고 문이 쾅 닫히더니 잠잠해졌다. 열대 숲 한가운데에는 뜨거 운 침묵만 남았다.

25

지하실의 비밀
_페르시아인의 이야기 4

  샤니 자작과 내가 있던 방의 벽이 거울로 된 육면체 모양이라는 설명은 앞에서 했다. 주로 박람회에서 '환상의 궁전'이라는 이름 따위로 구경할 수 있는 그런 방이다. 하지만 이것은 에릭의 발명품이다. 그가 마젠데란의 장밋빛 시절에 이런 방을 처음으로 만들어 내는 것을 내 눈으로 똑똑히 보았다. 예를 들어 기둥 같은 장식물을 한쪽 귀퉁이에 세워 놓으면 즉시 수많은 기둥이 생긴다. 거울 덕분에 실제 방은 여섯 개의 육면체 모양의 방으로 늘어나고 늘어난 방은 또 제각각 무한대로 늘어난다. 그러나 어린 왕비가 유치한 놀이에 금방 싫증을 내자 에릭은 그것을 '고문실'로 변신시켰다. 그리고 건축적인 목적을 위해 한쪽 귀퉁이에 철로 된 나무를 세워 놓았다. 이 나무는 나뭇잎까지 만들어 놓아 실제처럼 보였고, 고문실에 감금되는 사람들이 어떠한 몸부림을 쳐도 끄떡없도록 철로 만들었다. 그리고 이러한 풍경은 귀퉁이에 있는 롤러의 자동 회전을 통해 순식간에 두 개의 연속적인 다른 풍경으로 바뀌었다. 이 장치는 3등분으로 나뉘어져 그 각각이 서로 각을 이루며 만나는 세 개의 거울면을 합치게 되어 있으며, 그렇게 해서 차례대로 나타나는 장식물의 영상이 각 거울면에 유지되는 것이었다.

이 이상한 방의 벽에는 손으로 붙잡을 만한 것이 하나도 없었다. 단단한 강철 나무 이외에 가구라고는 거울밖에 없었기 때문이다. 거울은 맨손에 맨발로 고문실에 던져지는 희생자의 어떤 공격에도 끄떡없을 만큼 두꺼웠다.

천장에 불을 밝혀 주는 조명이 설치되어 있을 뿐 방 안에는 정말로 가구가 하나도 없었다. 전기 난방 장치 덕분에 벽과 방의 온도도 마음대로 조정 가능했고, 방의 분위기를 바꾸는 것도 가능했다.

열대 지방의 태양 아래 놓인 듯한 초자연적인 환각을 일으키는 이 발명품에 대해서 이렇게 자세히 설명하는 이유는, 내가 미쳤거나 거짓말을 하는 것도 아니고, 사람들을 바보로 아는 것도 아니라는 점을 증명하기 위해서다. (이 글을 쓸 당시 사람들이 믿지 못할까 봐 페르시아인이 염려한 것은 당연했다. 하지만 요즘은 이런 방을 어디서나 볼 수 있으니 걱정할 필요가 없을 것 같다.)

아까 하던 이야기로 돌아가겠다. 천장에 불이 들어와 숲이 드러나자 자작은 엄청나게 놀랐다. 수많은 나무 기둥과 줄기로 이루어져 뚫고 갈 수 없는 숲이 그를 경악하게 만들었다. 그는 마치 꿈에서 깨어나려 는 듯 양손을 들어 휘저으면서 눈을 깜빡였다. 아무 소리도 들리지 않 는 듯한 모습이었다.

앞에서 말한 것처럼 나는 고문실의 숲을 보고도 전혀 놀라지 않았 다. 그저 옆방에 귀를 기울일 뿐이었다. 그러다 눈길을 끄는 효과를 만들어 내고 있는 거울 자체에 관심이 쏠렸다. 거울은 여기저기 금이 가고 흠집과 상처가 나 있었다. 그렇게 두꺼운 거울인데도 '상처'가 나 있다는 사실은 이 고문실이 예전에 사용된 적이 있었다는 증거였다.

그렇다. 마젠데란의 장밋빛 시절의 사형수처럼 맨손이나 맨발은 아 니었겠지만 누군가가 이 '치명적인 환영' 속으로 떨어졌고, 분노로 미 쳐 버린 상태에서 거울을 마구 발로 찼을 것이다. 하지만 거울에는 고 통스러운 자신의 모습만 비쳐졌을 것이다. 나뭇가지에 매달려 스스로 고통을 끝낼 때까지 마지막 위안처럼 거울을 통해 수없이 많은 자신 의 모습을 보았을 것이다.

조제프 뷔케도 분명히 그 모든 일을 겪었을 것이다! 우리도 결국 그 렇게 죽음을 맞이하게 될까? 나는 그렇게 생각하지 않았다. 우리에게 는 아직 몇 시간이 남아 있는 데다가 조제프 뷔케보다 이 방을 훨씬 잘 알고 있으니까. 나는 에릭의 속임수를 속속들이 알고 있으니 지금 이야말로 그 지식을 활용할 수 있는 절호의 기회였다.

우선 저주받은 이 방으로 들어온 통로로 되돌아간다는 생각은 일찌감치 포기했다. 통로를 막아 버린 돌을 안쪽에서 움직일 수 있다는 가능성에 대해서는 생각하지 않았다. 간단히 말해서 불가능했기 때문이다. 돌에서 고문실까지 뛰어내린 거리가 상당했는데, 거기에 닿을 수 있을 만큼 활용할 만한 가구가 없었다. 강철 나무 나뭇가지에 올라가거나 한 사람의 어깨를 밟고 올라서도 도저히 닿을 수 없는 거리였다.

따라서 나가는 길은 에릭과 크리스틴 다에가 있는 루이 필리프 풍의 방으로 들어가는 문밖에 없었다. 그 문은 크리스틴이 있는 쪽에서 보면 평범한 문처럼 생겼지만 우리 쪽에서는 전혀 보이지 않았다. 어디에 있는지도 모르는 문을 열어야 한다는 뜻이었다.

괴물이 우리를 고문하는 데 방해가 되지 않도록 가엾은 크리스틴을 방에서 끌고 나가는 소리가 들렸다. 나는 이제 크리스틴에게 도움을 받을 수 있는 희망이 없다고 결론을 내렸다. 그래서 꾸물거리지 않고 행동에 착수하기로 마음먹었다.

하지만 샤니 자작을 진정시키는 것이 급선무였다. 그는 앞뒤가 맞지 않는 고함을 질러 대면서 미친 사람처럼 방안을 돌아다녔다. 에릭과 크리스틴의 대화를 듣고 제정신이 아닌 데다 눈앞에 펼쳐진 충격적인 마법의 숲을 보았고 불타는 듯한 열기로 관자놀이에서 땀이 비 오듯 쏟아지기 시작했으니 어쩌면 당연한 일이었다. 그는 크리스틴의 이름을 소리쳐 부르며 권총을 휘두르고 환영에 불과한 숲을 뚫고 나가려다가 거울에 이마를 부딪치기도 했다. 한마디로 고문은 이미 시작된 셈이었다.

나는 최선을 다해 자작을 진정시키려고 했다. 거울과 철로 된 나무, 나뭇가지를 직접 만져 보게 하고 우리를 둘러싼 수많은 반짝이는 이미지에 대해 광학의 법칙에 따라 설명해 준 다음, 무지한 보통 사람들처럼 그것들의 희생양이 되어서는 안 된다고 말했다.

"우리가 있는 곳은 방일 뿐이에요. 그 사실을 잊으면 안 됩니다. 문을 찾으면 이 방에서 나갈 수 있어요."

나는 그에게 소리치거나 돌아다니면서 방해하지만 않는다면 한 시간 안에 문의 비밀을 찾을 수 있을 것이라고 약속했다.

그는 진짜 숲에 오기라도 한 것처럼 바닥에 누워서는, 자신은 할 수 있는 일이 없으니 내가 문을 찾을 때까지 기다리겠다고 했다. 그러더니 바닥에 누운 채로 "경치가 멋지네요!"라고 덧붙였다. 이미 고문은 효력을 발휘하고 있었다.

나는 숲 따위는 잊어버리고 거울판을 붙잡고 손가락으로 사방을 더듬었다. 어딘가에 약한 지점이 있어 손가락으로 누르면 회전하도록 만들어진 문을 찾기 위해서였다. 그 약한 지점은 용수철이 숨겨진 곳 아래에 콩알만큼 작은 크기로 있을 수도 있었다. 나는 찾고 또 찾았다. 손이 닿는 곳까지 최대한 올려서 찾았다. 에릭은 나와 키가 비슷하니 용수철이 그보다 높은 곳에 있을 것 같지는 않았다.

1분도 헛되게 낭비하지 않으려고 최대한 신중을 기하면서 계속 거울판을 더듬었다. 시간이 갈수록 열기는 뜨거워졌고 우리는 말 그대로 불타는 숲 속의 통구이 신세가 되었다.

30분이 흘렀지만 겨우 거울판 세 개밖에 살펴보지 못했다. 그때 또다시 자작의 중얼거림이 들려 뒤돌아섰다.

"숨 막혀. 거울에서 지옥 같은 불이 나오고 있어! 용수철을 곧 찾을 수 있어요? 더 오래 걸리면 우린 산 채로 통구이가 될 거예요!"

그래도 내 마음은 그렇게 힘들지는 않았다. 그가 '숲'에 대한 말은 한마디도 하지 않는 것으로 보아 아직은 그의 이성이 이 고문에 대한 저항을 포기하지 않고 있음을 알 수 있었기 때문이다. 그는 계속해서 이렇게 말했다.

"그 괴물이 크리스틴에게 내일 밤 11시까지 시간을 준 게 그나마 위안이 되는군. 여기서 나가서 그녀를 도와주지 못한다면 적어도 그녀보다 먼저 죽게 되겠지! 그렇다면 에릭은 우리 전부를 위한 진혼 미사곡을 올리겠죠!"

그는 뜨거운 공기를 잔뜩 들이마셔서 기절하기 일보 직전이었다. 나에게는 샤니 자작처럼 죽음을 받아들여야 할 절박한 이유는 없었다. 그래서 그에게 격려의 말을 한마디 건넨 다음 계속 거울판 작업을 하려고 했다. 하지만 자작에게 말을 할 때 몇 발자국 움직이는 실수를 저질렀다. 워낙 숲이 복잡하게 얽혀 있기 때문에 방금 어떤 거울판을 살펴보던 중이었는지 알 수 없게 된 것이다! 처음부터 전부 다시 살펴봐야 했다.

다시 더듬고 살펴봤지만 불행하게도 지금까지 아무것도 찾을 수 없었고, 나까지 열기에 사로잡히고 말았다. 옆방은 여전히 침묵뿐이었다. 우리는 출구도 나침반도 안내자도 없이 숲에서 길을 잃은 신세였다. 누군가 도와주러 오거나 용수철을 찾지 못한다면 어떻게 될지 뻔했다! 하지만 아무리 찾아도 눈앞에는 곧게 선 채 머리 위로 아름답게 뻗은 나뭇가지뿐이었다. 게다가 그 나뭇가지는 우리에게 어떤 그늘도 마련해 주지 않았다. 태양이 머리 위로 뜬 적도의 숲 속에 있으니 당연했다.

샤니 자작과 나는 외투를 벗었다 입었다 했다. 외투를 입으면 더워 벗었다가도 옷이 열기를 차단해 준다는 생각에 입고 또다시 벗는 것을 반복했다. 나는 아직까지 버티고 있었지만 샤니 자작은 완전히 '맛이 간' 상태인 것 같았다. 그는 크리스틴 다에를 찾아 사흘 밤낮으로 숲 속을 헤맸다고 착각했다. 그는 나무기둥 뒤에서 크리스틴을 보거나 나뭇가지 사이로 지나갔다고 생각하면서 애절하게 그녀의 이름을 불렀다. 바라보는 나까지 눈물이 나올 지경이었다.

마침내 그는 헛소리를 하는 것처럼 소리쳤다.

"목이 말라!"

나 역시 마찬가지였다. 목구멍이 타는 것처럼 뜨거웠다. 하지만 보이지 않는 문의 용수철을 계속 찾아 헤맸다. 무조건 찾아야 했다. 특히 밤이 되면 숲에 남아 있는 것이 위험한 법이니까. 그러다 어느새 어둠이 우리를 에워쌌다. 순식간에 밤이 찾아온 것이다. 황혼도 없이 갑작스레 밤이 찾아오는 열대 지방처럼.

숲의 밤은 항상 위험하다. 특히 지금의 우리처럼 맹수들을 쫓을 수 있는 불을 피울 재료가 없는 사람들에게는 더더욱. 나는 정말로 나뭇가지를 부러뜨려 불을 피우려고 했지만 거울에 부딪치고 나서야 나뭇가지가 환상에 불과하다는 사실을 기억해 냈다.

밤이 되었지만 열기는 그대로였다. 오히려 푸른 달빛 아래 더욱 뜨거워질 뿐이었다. 나는 용수철을 찾으면서 자작에게 총을 쏠 준비를 하고 야영지에서 벗어나지 말라고 당부했다.

갑자기 얼마 떨어지지 않은 곳에서 사자의 포효 소리가 들렸다.

"아, 아주 가까이 있어요! 저기 안 보여요? 저 덤불 속에 있어요! 한 번 더 소리 내면 쏘겠어!"

아까보다 큰 포효 소리가 울려 퍼졌고 자작이 총을 발사했다. 물론 나는 그가 사자를 맞혔다고는 생각하지 않았다. 거울을 산산조각 냈을 뿐인데 그것도 다음 날 새벽에 알게 되었다. 밤중에 꽤 멀리까지 이동한 모양인지 우리는 갑자기 사막 언저리에 와 있었다. 모래와 돌, 바위로 이루어진 거대한 사막이었다. 숲을 빠져나와 겨우 도착한 곳이 사막이라니, 먼 거리를 온 보람이 없었다. 나는 지칠 대로 지쳐서 자작 옆에 털썩 주저앉았다. 아무리 찾아도 용수철은 보이지 않았다.

자작에게도 말했지만 밤이 샐 때까지 사자 이외에 다른 맹수와 마주치지 않았다니 놀라울 뿐이었다. 보통 사자 다음에는 표범을 만나고 체체파리(아프리카에 분포하는 흡혈성 파리-옮긴이) 떼가 나타나는 법인데. 하지만 모두 쉽게 연출해 낼 수 있는 효과였다. 나는 샤니 자작에게 에릭이 한쪽에 당나귀 가죽을 덧댄 기다란 작은 북이나 탬버린으로 사자의 포효 소리를 흉내 냈다고 말해 주었다. 그 한쪽에만 댄 가죽 위에는 고양이 창자로 된 줄이 하나 팽팽하게 묶여 있을 텐데, 그가운데에 같은 종류의 또 다른 줄을 연결시켜 북을 세로로 가로지르게 묶은 것이다. 에릭이 송진을 묻힌 장갑으로 그 줄을 문지르면 사자나 표범, 심지어 체체파리 떼 소리까지도 낼 수 있었다.

에릭이 근처 어딘가에서 속임수를 쓰고 있다는 생각이 들자 불현듯 그와 협상을 해야겠다는 생각이 들었다. 우리가 그를 불시에 공격할 수 있는 가능성은 전혀 없었기 때문이다. 게다가 지금쯤 에릭은 고문실에 있는 사람이 누군지 알고 있을 것이 분명했다. 나는 소리쳐 그를 불렀다.

"에릭! 에릭!"

사막 너머로 힘껏 소리쳤지만 아무 대답도 없었다. 주위에는 온통 침묵과 돌투성이의 거대하고 헐벗은 사막뿐이었다. 아무도 없는 끔찍한 사막에서 이제 우리는 어떻게 되는 걸까?

열기와 배고픔, 갈증으로 우리는 정말 죽어 가고 있었다. 세 가지 중에서도 갈증이 가장 심했다. 마침내 나는 자작이 팔꿈치를 들어 지평선 너머를 가리키는 것을 보았다. 오아시스를 발견한 것이었다!

저 멀리 정말로 오아시스가 있었다. 깨끗한 물이 가득한 오아시스에 강철 나무가 비쳤다! 아, 그것이 신기루라는 걸 나는 단번에 알아챘다. 나는 최대한 정신을 차리고 물을 바라지 않으려고 노력했다. 물을 애타게 찾던 사람이 강철 나무가 비치는 물을 발견하여 그것을 얻으려고 달려간다면 결국 거울에 부딪칠 것이며, 그때 그가 할 일은 단 한 가지, 강철 나무에 목을 매는 것뿐이기 때문이다!

그래서 나는 샤니 자작에게 소리쳤다.

"신기루예요! 신기루라고요! 물이 있다고 생각하면 안 돼요! 거울의 또 다른 속임수일 뿐이에요!"

자작은 단호하게 거울의 속임수니 용수철이니 회전문이니 환각의 궁전 따위의 말은 집어치우라고 했다! 그리고 멋지게 펼쳐진 수많은 나무 사이로 흐르는 물이 진짜 물이 아니라고 하다니, 내가 눈이 멀었거나 미친 것이 분명하다고 화를 냈다. 사막도 진짜고 숲도 진짜라고! 속이려고 해봤자 소용없다고 했다. 자작은 자신이 전 세계 곳곳을 가본 경험이 풍부한 여행자니, 섣부른 속임수는 통하지 않는다고 큰소리쳤다!

그러더니 "물! 물!" 하며 몸을 질질 끌면서 앞으로 나아갔다.

그는 마치 물을 마시는 것처럼 입을 벌렸고, 나 역시 물을 마시는 것처럼 입이 벌어졌다.

우리는 물을 본 것뿐만 아니라 소리까지 들었다. 물이 흐르는 소리와 찰랑거리는 소리가 들린 것이다. 그런데 그 찰랑거리는 소리는 어떻게 내는 것일까? 혀를 움직이면 그 소리를 흉내 낼 수 있다. 혀를 입술 밖으로 살짝 내밀면 물 튀기는 소리를 더 잘 낼 수 있다.

마지막으로 비가 오지 않았는데도 우리는 빗소리를 들었다. 이것이야말로 가장 고통스러운 고문이었다. 정말 극악무도한 발명이었다. 나는 에릭이 어떻게 그런 효과를 냈는지 잘 알고 있었다. 에릭은 금속판이 깔린 길고 좁은 상자를 나무판으로 나누어 그 위에 자갈을 부어서 빗방울이 떨어지는 소리가 나도록 한 것이다.

혀를 내밀고 물이 찰랑거리는 강둑으로 질질 몸을 끌고 가는 우리의 모습은 정말 눈뜨고 볼 수 없는 광경이었다. 눈과 귀에는 물이 가득했지만 정작 혀는 뼈처럼 딱딱하게 말라붙었다!

드디어 거울에 이르자 샤니 자작은 혀로 거울을 핥았다. 나 역시 마찬가지였다. 타는 듯이 뜨거웠다!

우리는 쉬어 버린 목소리로 절망의 비명을 지르면서 바닥을 굴렀다. 샤니 자작은 장전된 권총을 자신의 관자놀이에 겨누었다. 나는 강철 나무 아래에 놓인 올가미 밧줄을 쳐다보았다. 나는 이 세 번째 속임수와 함께 왜 강철 나무가 보이는지 깨달았다. 강철 나무는 나를 기다리고 있었던 것이다.

바로 그때 올가미 밧줄을 쳐다보다가 나는 무언가를 발견하고는 깜짝 놀랐다. 그러고는 자살하려는 샤니 자작을 막으려고 맹렬하게 움직였다. 그의 팔을 붙잡고 권총을 빼앗았다. 그리고 무릎을 꿇은 채로 내가 본 것을 향해서 기어갔다.

올가미 밧줄 근처 바닥의 홈에서 내가 용도를 지극히 잘 알고 있는 검은 못을 발견한 것이었다. 마침내 용수철을 찾은 것이다! 나는 밝은 표정으로 얼굴을 들어 샤니 자작을 쳐다보며 얼른 못을 만져 보았다. 힘을 주자 못이 구부러졌다.

그런데…….

벽 속의 문이 열린 것이 아니라 지하실로 이어지는 바닥 문이 나타났다. 검은 구멍에서 차가운 공기가 훅 올라왔다. 우리는 샘물에 머리를 담그듯 어둠 속으로 몸을 기울였다. 서늘한 어둠 속에 턱을 내밀고 차가운 공기를 마음껏 들이마셨다.

우리는 바닥 문으로 더욱 깊숙이 몸을 기울였다. 눈앞에 펼쳐진 지하실에는 무엇이 있을까? 물? 마실 수 있는 물?

어둠 속으로 손을 찔러 넣으니 돌이 만져졌다. 하나, 둘…… 그리고 계단……. 지하실로 이어지는 계단이었다. 자작은 금방이라도 구멍 속으로 몸을 던질 태세였다. 하지만 나는 괴물의 또 다른 속임수일지도 모른다는 생각에 그를 제지하고 등불을 켠 뒤 먼저 내려갔다.

구불거리는 계단이 새까만 어둠 속으로 이어졌다. 어두운 계단은 황홀할 만큼 시원했다. 멀지 않은 곳에 호수가 있는 모양이었다.

우리는 머지않아 바닥에 이르렀다. 눈이 어둠에 익숙해지기 시작해 주변을 분간할 수 있었다. 둥근 모양의 무언가가 있었다. 내가 등불을 비춰보았다.

통이었다!

우리는 에릭의 지하저장고에 와 있었다. 그가 와인이나 마실 물을 저장하는 곳이 분명했다. 나는 에릭이 고급 와인을 무척이나 좋아한다는 사실을 잘 알고 있었다. 무엇보다 마실 것을 찾았다는 사실이 반가웠다.

샤니 자작은 통을 톡톡 치면서 계속 중얼거렸다.

"통이야! 통! 정말 많아!"

엄청 많은 통이 두 줄로 질서 정연하게 놓여 있었다. 크기는 모두 작은 것들이었는데, 에릭이 호숫가의 집으로 쉽게 옮길 수 있도록 일부러 고른 것 같았다.

우리는 깔때기 달린 통이 없는지 살펴보기 시작했다. 깔때기가 있다면 사용했다는 증거이기 때문이다. 하지만 통은 전부 밀봉되어 있었다.

우리는 한 통에 절반 정도 내용물이 차 있다는 사실을 확인하고 무릎을 꿇어 내가 가지고 있던 작은 칼로 마개를 열려고 했다.

그때 멀리에서 단조로운 외침 소리가 들려온 것 같았다. 파리의 거리에서 자주 들어 너무도 잘 알고 있는 소리였다.

"통 삽니다! 통 사요! 통 파실 분 없습니까?"

내 손이 움직임을 멈추었다. 샤니 자작도 그 소리를 듣고는 말했다.

"재미있군요! 통이 노래하는 것 같아요!"

더욱 멀리서 다시 노래가 들려왔다.

"통 삽니다! 통 사요! 통 파실 분 없습니까?"

"노랫소리가 통 속으로 멀어지고 있어요. 확실해요!"

자작이 말했다.

"안이에요! 안에서 소리가 나요!"

하지만 더 이상 아무런 소리도 나지 않았다. 우리는 힘겨운 나머지 헛것을 들었다고 생각하고는 다시 통의 마개에 집중했다. 샤니 자작이 양손으로 통을 잡고 내가 마지막 남은 힘을 다해서 마개를 뽑았다.

"이게 뭐지? 물이 아니잖아!"

자작이 소리쳤다.

그가 양손으로 무언가를 그득 쥐고 등불 가까이 가져왔다. 그것을 들여다본 난 깜짝 놀라 등불을 세게 집어던졌고, 그 바람에 불이 꺼져 사방이 온통 캄캄해졌다.

내가 샤니 자작의 손에서 본 것은 화약이었다!

26

목숨을 건 선택
_페르시아인의 마지막 이야기

뜻밖에 화약을 발견한 우리는 지금까지의 고통은 잊어버린 채 경계 태세를 갖추었다. 괴물이 크리스틴 다에에게 했던 말, "당신이 아니오 라고 대답하면 모두 죽어서 묻히게 될 거야!"가 무슨 의미였는지 이제 알 수 있었다.

폐허가 된 파리의 오페라하우스에 모두 묻히게 될 것이라는 말이 었다!

괴물은 크리스틴에게 밤 11시까지 시간을 주었다. 시간을 제대로 선택한 셈이었다. 그 시간이면 눈부시게 빛나는 극장 안에 '수많은 인간' 이 몰려들 테니까. 그의 장례식에 그보다 멋진 수행원이 어디 있겠는 가? 새하얀 어깨를 드러내고 화려한 보석으로 장식한 여자들과 무덤으로 동행하는 것이다.

내일 밤 11시라……. 크리스틴 다에가 '아니오'라고 말한다면 공연 도중 모두 날아가는 것이다! 내일 밤 11시!

크리스틴은 당연히 '아니오'라고 하지 않겠는가? 살아 있는 시체와 사는 것보다는 차라리 죽음을 선택하지 않겠는가? 그녀는 자신의 선택이 수많은 인간의 운명을 좌지우지한다는 사실을 알지 못했다.

우리는 무릎으로 기어 돌계단을 더듬으면서 어둠을 뚫고 나갔다. 거울 방으로 이어지는 위쪽 바닥 문에서 비치던 불빛이 사라졌기 때문이다. 우리는 계속 이렇게 중얼거렸다.

"내일 밤 11시!"

마침내 내가 계단을 찾았다. 하지만 첫 번째 계단에 이르러 끔찍한 생각이 스쳐 지나갔다.

"지금이 몇 시지?"

아, 지금이 몇 시나 되었을까? 어쩌면 '내일 밤 11시'는 지금일지도 모른다! 누가 우리에게 시간을 알려 줄 수 있겠는가? 그 지옥에 몇 날, 아니 몇 년 동안 갇혀 있었던 것 같았다……. 어쩌면 한순간에 폭발해 날아갈 수도 있을 것이다. 소리가 들려왔다. 찰칵!

"들었어요? 저기 저 귀퉁이에서……. 맙소사! 기계 소리 같은데! 또 들려요! 아, 빛이 있다면……. 저 기계가 우리 모두를 날려 버릴 거야! 저 찰칵거리는 소리, 안 들려요?"

샤니 자작과 나는 미친 사람처럼 소리를 질러 대기 시작했다. 공포가 휘몰아쳤다. 우리는 어둠을 벗어나 어떻게 해서든 거울의 방으로 돌아가려고 비틀거리면서 계단을 올라갔다! 차라리 거울의 방의 치명적인 빛이라도 보고 싶었다.

바닥 문은 아직 열려 있었지만 거울의 방은 우리가 방금 떠나온 지하실만큼이나 어두웠다. 우리는 고문실 바닥에서 질질 끌며 앞으로 나아갔다. 도대체 지금이 몇 시일까? 자작은 크리스틴의 이름을 소리쳐 불렀다. 나는 에릭의 이름을 부르면서 내가 그의 목숨을 구해 준 사실을 일깨웠다. 하지만 절망과 광기 어린 우리 자신의 목소리 이외에는 아무런 대답도 없었다. 도대체 몇 시일까? 우리는 고문실에서 보낸 시간을 계산하면서 언쟁을 벌였지만 제대로 따져볼 수가 없었다. 시계를 볼 수만 있다면! 내 시계는 멈추었지만 자작의 시계는 계속 움직였다. 자작은 오페라하우스에 오기 전에 옷을 입으면서 태엽을 감았다고 말했다. 하지만 우리에게는 불빛이 없었다. 그래도 어떻게 해서든지 시간을 알아야만 했다. 샤니 자작은 시계의 유리를 깨뜨려서 두 손으로 더듬거렸다. 시계의 동그란 테두리를 따라 손가락 끝으로 바늘을 더듬었다. 바늘 사이의 간격을 토대로 11시쯤 되었다고 판단했다!

하지만 우리를 두렵게 만드는 그 11시가 아닐 수도 있었다. 앞으로 12시간이 남은 것인지도 몰랐다.

갑자기 내가 소리쳤다.

"쉿!"

옆방에서 발자국 소리가 들린 것 같았다. 누군가가 벽을 두드렸다. 그리고 크리스틴 다에의 목소리가 들렸다.

"라울! 라울!"

벽을 사이에 두고 동시에 소리를 질렀다. 크리스틴은 샤니 자작이 살아 있는지 확신하지 못해 흐느끼고 있었다. 괴물이 지금까지 그녀에게 '예'라는 대답을 강요하고 고함을 지르면서 끔찍하게 행동한 모양이었다. 그녀는 고문실에 데려다 주면 '예'라고 대답하겠다고 했다. 하지만 그는 완강하게 거절했고 모든 인간에 대한 협박의 말을 할 뿐이었다. 지옥 같은 시간이 몇 시간 동안 계속된 후에야 그는 밖으로 나가고 그녀에게 마지막으로 혼자 생각할 시간을 주었다.

"몇 시간이나 이어졌다고? 지금이 몇 시지? 몇 시예요, 크리스틴?"

"11시예요! 5분밖에 안 남았어요!"

"어떤 11시란 말이에요? 오전이에요, 오후예요?"

"생사가 결정되는 그 11시예요! 에릭이 방금 그렇게 말하고 나갔어요. 정말 끔찍해요. 그가 가면을 찢어 버렸고 노란 눈에서 불꽃이 나왔어요. 미친 듯 웃기만 하더군요! 그러더니 생사의 가방에서 열쇠 하나를 꺼내서 말했어요. '자, 이제 5분 남았어. 당신이 워낙 정숙한 여자라 혼자 있게 해주는 거야. 소심한 여자들처럼 당신이 얼굴을 붉히며 '예!'라고 대답하는 것을 빤히 보고 있기가 미안해서 그래. 받아. 루이 필리프 방 벽난로에 놓인 두 개의 까만 상자를 여는 청동 열쇠야. 두 개의 상자에는 각각 일본산 청동으로 정교하게 만들어진 전갈과 메뚜기가 들어 있어. 이것들이 당신을 대신해 예와 아니오로 대답해 줄 거야. 전갈을 뒤집으면 당신의 대답은 예이고, 메뚜기를 뒤집으면 아니오가 되는 거지.' 그러더니 술 취한 사람처럼 마구 웃어 대더군요. 난 그의 아내가 되겠다고 약속하면서 제발 고문실 열쇠를 달라고 간청했어요. 그러자 그는 그 열쇠는 더는 필요 없다며 호수에 던져 버릴 거라고 했어요! 그러고는 또다시 술 취한 사람처럼 웃더니 가버렸어요. 마지막으로 '메뚜기! 메뚜기를 조심해! 메뚜기는 뒤집으려고 하면 펄쩍 뛰어오르거든. 그놈 신나게 뛰는 걸 보면 무척 귀엽지!'라는 말을 하면서요."

　5분이 거의 지나가고 전갈과 메뚜기가 내 머릿속을 마구 할퀴기 시작했다. 하지만 크리스틴이 메뚜기를 뒤집어서 메뚜기가 뛰어오른다면 수많은 인간도 함께 날아가 버릴 것이라는 사실쯤은 알 수 있었다. 메뚜기는 화약 저장고를 폭파시키는 전류를 움직이는 장치가 분명했다.

　크리스틴의 목소리를 듣고 완전히 정신을 차린 샤니 자작은 그녀에게 서둘러 오페라하우스가 처한 상황에 대해 설명했다. 그리고 얼른 전갈을 뒤집으라고 했다.

　잠시 침묵이 흘렀다. 내가 소리쳤다.

"크리스틴! 어디에 있어요?"

"전갈 옆이요."

"잠깐, 만지지 말아요!"

에릭을 잘 아는 나는 그 괴물이 그녀를 또다시 속였을지도 모른다는 생각이 들었다. 혹시 전갈이 폭파 장치일지도 모른다. 왜 에릭은 저기에 없을까? 5분이 훨씬 지났는데도 돌아오지 않았다. 이미 피신해서 폭발을 기다리고 있는지도 모른다. 왜 돌아오지 않는 것일까? 정말로 크리스틴이 자발적으로 자신의 아내가 되리라고는 생각하지 않을 텐데……. 도대체 왜 돌아오지 않을까?

"전갈을 만지지 마세요!"

내가 소리쳤다.

"그가 와요! 소리가 들려요! 그가 왔어요!"

우리에게도 방으로 다가오는 그의 발걸음 소리가 들렸다. 그는 크리스틴에게 다가왔지만 아무 말도 하지 않았다. 내가 큰 소리로 물었다.

"에릭! 나야! 누군지 알지?"

그는 놀라울 정도로 침착한 목소리로 즉각 대답했다.

"아직 안 죽었나? 그럼 조용히 있으라고."

내가 더 말하려고 했지만 차가운 그의 목소리가 들렸다.

"한마디도 하지 마, 다로가. 안 그러면 전부 날려 버릴 테니까."

그러고는 이렇게 덧붙였다.

"지금은 우리 크리스틴 양과 얘기할 시간이야. 그녀는 전갈에 손을 대지 않았어."

그의 목소리가 얼마나 침착하게 들리던지!

"그리고 메뚜기도 손대지 않았군."

이 부분은 무척 냉정하게 들렸다!

"하지만 옳은 선택을 하기에는 아직도 늦지 않았어. 난 열쇠가 없어도 상자를 열 수 있지. 원하는 건 뭐든지 열었다 닫았다 할 수 있거든. 자, 아가씨! 내가 이 상자를 열고 안에 든 것들을 보여 주겠어. 예쁘지 않아? 당신이 메뚜기를 뒤집으면 우리는 모두 날아가 버릴 거야. 우리 발아래에는 파리의 4분의 1을 날릴 수 있는 화약이 있지. 당신이 전갈을 뒤집으면 화약은 그냥 전부 물에 잠길 거야. 자, 지금 이 순간 마이어베어(독일 출신의 오페라 작곡가—옮긴이)의 작품에 박수갈채를 보내고 있는 수많은 파리 시민에게 멋진 선물을 주지 않겠어? 죽을 뻔한 그들에게 생명을 선물로 주는 거지. 당신이 그 아름다운 두 손으로 전갈을 뒤집으면 우리는 아주 즐겁게, 즐겁게 결혼하게 될 거야!"

잠시 침묵이 흐른 후 다시 그가 말을 이었다.

"당신이 2분 후 전갈을 뒤집지 않으면 내가 메뚜기를 뒤집을 거야. 말했지. 메뚜기는 높이 뛰어오른다고!"

또다시 끔찍한 침묵이 이어졌다. 샤니 자작은 이제 기도할 일밖에 남지 않았다는 사실을 깨닫고 무릎을 꿇고 기도하기 시작했다. 나는 온몸의 피가 맹렬하게 솟구쳐 심장이 터져 버릴까 봐 두 손으로 가슴을 움켜쥐었다. 마침내 침묵을 깨고 에릭의 말소리가 들렸다.

"2분 지났어. 잘 가, 크리스틴. 뛰어올라라, 메뚜기!"

"에릭, 전갈을 뒤집으면 되는 거라고 맹세할 수 있어요?"

"그래, 그러면 우리의 결혼을 향해 '뛰어오르게' 되지."

"뛰어오른다고요? 아, 당신은 처음부터 알고 있었죠. 우리 모두 폭발하고야 말 거라는 걸."

"우리의 결혼식으로 뛰어오른다는 말이야. 순진하긴! 전갈은 무도회장의 문을 열어 줄 거야. 하지만 됐어! 당신은 전갈을 뒤집지 않을 테지? 그럼 내가 메뚜기를 뒤집겠어!"

"에릭!"

"됐어!"

나는 크리스틴과 동시에 소리를 질렀다. 샤니 자작은 여전히 무릎을 꿇은 채 기도했다.

"에릭! 나 전갈을 뒤집었어요!"

그리고 몇 초가 지나갔다.

우리는 기다렸다. 꽝음과 폐허 속에 산산이 부서져 버린 우리의 모습이 곧 나타나리라고 생각하면서!

그때 발밑에서 뭔가 갈라지는 느낌이 나더니 열린 바닥 문에서 "쉭쉭" 하는 섬뜩한 소리가 들렸다. 마치 신호탄이 처음 발사될 때 나는 소리 같았다.

처음에는 조용한 소리였지만 점점 커지더니 엄청나게 시끄러웠다. 하지만 그것은 폭발 소리가 아니었다. 물소리에 더 가까웠다. 그러더니 콸콸거리는 소리로 변했다.

"콸콸! 콸콸!"

우리는 서둘러 바닥 문으로 달려갔다. 공포 때문에 사라졌던 갈증이 콸콸거리는 물소리에 되살아났다.

지하실 화약통 위로 물이 솟아올랐다. 우리는 목이 바짝 타오르는 것을 느끼며 통이 있는 곳으로 달려갔다. 턱을 지나 입까지 물이 차올랐다. 우리는 지하실에 선 채로 물을 벌컥벌컥 마셨다. 그러고 나서 어둠 속에서 한 걸음 한 걸음 물과 함께 계단을 올라갔다.

물은 지하실에서 고문실 바닥으로 넘쳐 흘렀다. 그대로 가다가는 호숫가의 집이 전부 물에 잠길 형국이었다. 고문실 바닥이 작은 호수처럼 변해 갔고 발을 움직일 때마다 철벅철벅 소리가 났다. 물은 점점 불어났다. 에릭이 빨리 마개를 잠가야만 했다.

"에릭! 에릭! 화약이 전부 물에 잠겼어! 이제 물을 잠가! 전갈을 제자리로 돌리란 말이야!"

하지만 에릭은 아무런 대답이 없었다. 물이 차오르는 소리만 들릴 뿐이었다. 이제 무릎까지 물이 올라왔다!

"크리스틴! 크리스틴! 물이 무릎까지 차올랐어!"

샤니 자작이 소리쳤다.

하지만 크리스틴도 대답이 없었다. 역시 물이 차오르는 소리뿐이었다.

옆방에는 전갈을 제자리에 둘 사람이 아무도 없었다!

우리는 어둠 속에서 무섭게 불어나는 차가운 물속에 덩그러니 남았다.

"에릭! 에릭!"

"크리스틴! 크리스틴!"

이제 우리는 더는 버티지 못하고 세찬 물결과 함께 빙빙 돌았다. 어둠 속에서 거울에 부딪혔다가 다시 밀려났다. 목까지 잠긴 상태로 크게 소리를 질렀다.

이제 고문실에서 물에 빠져 죽게 되는 걸까? 에릭은 마젠데란의 장밋빛 시절에 보이지 않는 작은 창문을 통해 이런 풍경을 보여 준 적은 없었다.

"에릭! 에릭! 내가 널 구해 줬잖아! 기억하지! 넌 사형 선고를 받았었어! 내 덕분에 살아났잖아! 에릭!"

우리는 난파선의 잔해처럼 세찬 물결에 빙빙 휩쓸렸다. 그런데 갑자기 내 손에 강철 나무의 기둥이 잡혔다. 나는 샤니 자작을 소리쳐 불렀고 함께 나뭇가지에 매달렸다.

그 와중에도 물은 계속 불어났다.

"기억해요? 나뭇가지와 둥근 천장 사이의 공간이 얼마나 되는지? 기억해 봐요! 물은 멈출 거예요. 그 정도에서 멈출 거예요! 이제 멈추는 것 같아요! 아니군. 안 돼, 끔찍해! 헤엄쳐요! 살려면 헤엄쳐요!"

헤엄치려고 하다가 우리 둘의 팔이 뒤엉켰고 숨이 막혔다. 우리는 시커먼 물속에서 사투를 벌였다. 이제는 물 위로 숨을 거의 쉴 수가 없었다. 통기공으로 공기가 빠져나가는 소리가 들렸다.

"빙빙 돌다가 통기공을 찾으면 거기에 입을 갖다 대자고요!"

온몸에 힘이 빠진 나는 벽을 잡으려고 애썼다. 하지만 벽을 찾아 더 듬어도 거울 벽은 미끄럽기만 했다. 우리는 계속해서 빙빙 돌았다.

이제는 가라앉기 시작했다! 마지막으로 안간힘을 써서 소리쳤다.

"에릭! 크리스틴!"

"콸콸콸콸! 콸콸콸콸!"

들리는 소리는 그것뿐이었다. 시커먼 물 아래에서 계속 그 소리만 들렸다.

완전히 정신을 잃기 전에 콸콸거리는 소리 사이로 이런 소리가 들려 온 것도 같았다.

"통 삽니다! 통 사요! 통 파실 분 없습니까?"

27

유령의 사랑 이야기, 그 최후

페르시아인이 남긴 기록은 여기까지가 전부이다.

샤니 자작과 페르시아인은 그들을 죽음으로 몰아넣기에 충분할 정도로 끔찍한 상황에 처했지만 크리스틴 다에의 숭고한 희생 덕분에 목숨을 건졌다. 나머지 이야기는 페르시아인에게 직접 들었다.

내가 페르시아인을 만나러 갔을 때 그는 여전히 튈르리 공원 맞은편에 있는 리볼리 거리의 작은 아파트에 살고 있었다. 병세가 위중한 상태였던 그를, 나는 진실만을 추구하는 전기 작가의 열정으로 끈질기게 설득했다. 그래서 믿을 수 없는 비극에 관해 들을 수 있었다. 그의 충직한 늙은 하인 다리우스가 나를 안내해 주었다. 다로가는 튈르리 정원이 내려다보이는 창가에서 나를 맞이했다. 눈빛은 여전히 빛났지만 무척 수척한 얼굴이었다. 머리카락은 전부 밀었고 평소와 마찬가지로 양모피로 만든 모자를 쓰고 있었다. 단색의 기다란 코트 차림에 무심코 소맷자락을 엄지로 꼬는 버릇이 있는 것 같았다. 하지만 정신만큼은 또렷해서 지난 일을 다음과 같이 생생하게 들려 주었다.

그가 눈을 떠보니 침대에 누워 있었다. 샤니 자작은 옷장 옆 소파에 누워 있었다. 천사와 악마가 그들을 내려다보았다.

고문실에서 수많은 속임수와 환영을 겪은 탓일까. 조용하고 작은 방 한가운데에서 또렷하게 보이는 사소한 물건들조차 지나치게 성급한 사람들을 생생한 악몽 속으로 휩쓸어 버리기 위해 만들어진 것처럼 느껴졌다. 나무로 된 침대 틀이며 왁스칠 된 마호가니 의자, 서랍장, 놋쇠 그릇들, 조심스럽게 걸린 정사각형 모양의 조그만 의자 등받이, 벽난로 선반에 놓인 시계와 그 양쪽으로 보이는 검은색 상자, 그리고 조개껍데기와 붉은색 바늘꽂이, 자개로 만든 배, 커다란 타조알로 가득한 장식 선반이 보였다. 작은 원형 테이블에 올려 둔 어슴푸레한 램프가 방 안을 조심스럽게 비추었다. 오페라하우스 지하실 맨 바닥에서 그렇게 촌스럽고 무난하면서 평온한 분위기를 풍기는 가구를 보는 것은 그 어떤 일보다 기이하게 느껴졌다.

그리고 가지런하게 정돈된 깔끔한 작은 방에서 가면을 쓴 에릭의 모습을 보자 한층 더 무시무시하게 보였다. 그는 페르시아인에게 고개를 숙여 귀에 대고 말했다.

"좀 괜찮아졌나, 다로가? 내 가구들을 보고 있는 건가? 내 가엾고도 불행한 어머니가 남긴 것이지."

크리스틴 다에는 한마디도 하지 않았다. 그녀는 침묵의 서약을 한 수녀처럼 소리 내지 않고 움직였다. 그녀가 찻잔을 내오자, 에릭이 그녀에게 받아 페르시아인에게 주었다. 샤니 자작은 여전히 자고 있었다.

에릭은 페르시아인의 잔에 럼주를 한 방울 떨어뜨리고 자작을 가리키며 말했다.

"그는 멀쩡해. 우리가 자네의 생사를 확인하기 훨씬 전에 정신을 차렸거든. 잠들었어. 깨우지 말게."

에릭은 잠깐 방을 나갔고 페르시아인은 팔꿈치로 몸을 일으켜 주위를 둘러보았다. 크리스틴 다에가 난롯가에 앉아 있는 모습이 보였다. 그는 그녀를 불러 몇 마디 말을 걸었지만 아직 피곤한 상태라 다시 베개를 베고 누웠다. 크리스틴이 다가와 그의 이마를 만져 보더니 돌아갔다. 페르시아인은 그때 그녀가 평화롭게 잠들어 있는 자작에게 눈길 한 번 주지 않는다는 걸 깨달았다. 그녀는 난로 구석에 놓인 의자에 앉아 다시 침묵의 서약을 한 수녀처럼 조용하게 있었다.

에릭이 작은 병을 몇 개 들고 와서 벽난로에 올려놓았다. 그리고 자리에 앉아 페르시아인의 맥을 짚어 보고는 샤니 자작을 깨우지 않으려고 또다시 작은 목소리로 말했다.

"둘 다 살았어. 곧 지상으로 데려다 주겠네. 그래야 내 아내가 기뻐할 테니까."

그러고는 더는 설명하지 않고 다시 사라졌다.

페르시아인은 램프 아래 조용하게 앉아 있는 크리스틴의 옆모습을 쳐다보았다. 그녀는 가장자리에 금테가 달린 종교 서적처럼 보이는 책을 읽고 있었다. 에릭이 너무도 자연스럽게 "그래야 내 아내가 기뻐할 테니까."라고 한 말이 여전히 페르시아인의 귓가에 맴돌았다. 그는 다시 조용히 크리스틴을 불렀지만 그녀는 책에 열중하느라 듣지 못한 것 같았다.

에릭이 돌아와 페르시아인에게 마실 것을 섞어 주면서 자신의 '아내'나 그 누구에게도 말을 걸지 말라고 권고했다. 건강에 몹시 해로울 수 있다면서.

결국 페르시아인은 샤니 자작처럼 잠이 들었다. 깨어나 보니 자신의 집에서 충직한 하인 다리우스의 간호를 받고 있었다. 다리우스는 주인이 지난밤에 집 앞에서 발견되었다고 말했다. 낯선 사람이 그를 데려와 초인종을 누르고 사라졌다는 것이다.

곧 건강을 회복한 페르시아인은 자작의 건강이 괜찮은지 확인하러 필리프 백작의 저택을 찾아갔다. 그러나 돌아온 대답은, 자작은 실종되었고 필리프 백작은 죽었다는 것이었다. 필리프 백작의 시체는 스크리브 거리에 있는 오페라하우스의 호숫가 둑에서 발견되었다. 페르시아인은 고문실 벽 너머로 들려온 진혼곡이 생생하게 기억났다. 어떻게 된 일인지, 범인이 누구인지 의심할 여지가 없었다. 에릭을 잘 아는 그는 이 비극을 쉽게 재구성해 볼 수 있었다. 동생이 크리스틴 다에와 도망쳤다고 생각한 백작은 브뤼셀 거리를 따라 동생을 찾아 나섰다. 그는 도피를 위한 모든 준비가 그곳에 되어 있다는 사실을 알고 있었다. 하지만 그곳에서 두 사람을 찾지 못하자 서둘러 오페라하우스로 돌아갔다. 동생이 적에 대해 이상할 정도로 확신했던 것과 어떻게든 극장 지하실로 들어가려고 했던 점, 그리고 크리스틴의 분장실에 텅 빈 권총 케이스와 모자를 남겨 두고 사라져 버린 사실이 떠올랐기 때문이다. 동생이 미쳤다고 확신한 백작은 악마의 지하 미로로 직접 들어간 것이다. 페르시아인이 보기에 필리프 백작의 시체가 에릭의 사이렌이 감시하는 호숫가에서 발견된 사실을 설명하기에는 그 정도로 충분했다.

페르시아인은 주저하지 않았다. 그는 경찰에 알리기로 결심했다. 이 사건의 담당 판사는 포르였다. 내가 보기에 그는 의심 많고 진부하고 세속적인 사람이라 그 사건을 믿을 만한 준비가 전혀 되어 있지 않았다. 역시나 포르 씨는 페르시아인의 진술을 듣고 그를 미친 사람 취급했다.

결국 페르시아인은 청문회가 열릴 가능성이 없다고 판단하고 사건을 글로 남기기 시작했다. 경찰은 그의 증거를 원하지 않았지만 언론

에서는 반겨줄 것이 분명했기 때문이다. 그가 앞에서 소개된 내용까지 글을 썼을 때 다리우스가 이름을 밝히지 않은 낯선 손님이 찾아왔다고 알렸다. 그 사람은 얼굴을 보여 주지 않은 채 주인을 만날 때까지는 가지 않겠다고 했다.

페르시아인은 그 이상한 방문객이 누구인지 즉각 눈치채고 들여보내라고 했다. 역시 그의 생각이 맞았다. 오페라의 유령, 에릭이었다!

에릭은 극도로 병약해 보였고 금방이라도 쓰러질 것처럼 벽에 몸을 기댔다. 모자를 벗으니 밀랍처럼 하얀 이마가 드러났다. 나머지 끔찍한 부분은 가면에 가려져 있었다.

페르시아인은 에릭이 들어서자 자리에서 일어났다.

"필리프 백작을 죽인 살인자, 그 동생과 크리스틴 다에한테는 무슨 짓을 했지?"

에릭은 공격적인 그 말에 휘청거리면서 잠시 동안 침묵했지만 간신히 몸을 끌어 의자로 다가가더니 한숨을 내쉬었다. 그러고는 숨을 헐떡이면서 짧은 문장으로 말을 이었다.

"다로가, 필리프 백작 이야기는…… 하지 마……. 내가 밖으로 나갔을 때…… 이미…… 죽어 있었어. 사이렌이 노래할 때…… 이미 죽어 있었다고……. 그건…… 사고였어……. 너무나 슬픈…… 사고……. 백작은 꼴이 이상하기는 했지만…… 그냥 자연스럽게…… 호수에 빠진 거였어!"

"거짓말!"

페르시아인이 소리쳤다.

에릭이 고개를 숙이며 말했다.

"백작 이야기를 하러 온 게 아니야…… 난 죽을 거야……. 그 말을 해주려고 왔어."

"샤니 자작과 크리스틴은 어디 있나?"

"난 죽을 거야……."

"샤니 자작과 크리스틴 다에는 어디 있냐고?"

"사랑 때문에 죽어 가고 있어……. 사랑 때문에……. 그래서 이렇게 된 거야. 난 그녀를 너무나 사랑했어! 지금도 여전히 사랑하고 있어……. 다로가…… 난 그녀에 대한 사랑 때문에 죽을 거야……. 살아 있는 그녀가 그 젊은이를 구하기 위해 내게 키스를 허락했을 때…… 그녀는 정말 아름다웠어……. 처음이었어, 다로가…… 살아 있는 여자에게 키스한 게…… 난 살아 있는 그녀에게 키스했어……. 그녀는 죽은 것처럼 아름다웠어!"

페르시아인이 에릭의 팔을 붙잡고 흔들었다.

"그녀가 살았는지 죽었는지만 말해 봐."

"왜 그렇게 흔드는 거야?"

에릭이 좀 더 분명하게 말하려고 애쓰면서 대답했다.

"난 죽어 가고 있다니까……. 그래, 내가 키스했을 때 그녀는 분명 살아 있었어."

"지금은 그녀가 죽었다는 말이야?"

"난 그녀의 이마에 키스했어. 내 입술이 닿아도 그녀는 얼굴을 돌리지 않았지! 그녀는 정말 착한 여자야! 그녀가 죽었냐고? 난 그렇게 생각하지 않아. 하지만 나하고 상관없는 일이지. 아니, 그녀는 죽지 않았어! 아무도 그녀를 머리카락 하나 건드리지 못해! 그녀는 착하고 정결한 여자야. 다로가 자네의 목숨도 구해 줬지. 나라면 자네의 살가죽에 동전 두 닢도 던져 주지 않았을 텐데 말이야. 사실 아무도 자네에게 관심이 없었지. 그 어린 친구와 거기는 왜 온 건가? 그뿐만 아니라 자네도 죽을 뻔했어! 그 어린 친구를 살리기 위해서 그녀가 얼마나 간절하게 애원했는지! 하지만 그녀가 자신의 의지로 그 전갈을 뒤집었으니 난 그녀의 남편이 될 테고 그렇다면 그녀는 자작과 결혼할 수 없다고 말해 줬지. 자네는 그 청년과 같이 죽을 운명이었어! 내 말 잘 듣게, 다로가. 자네가 불어나는 물속에서 미친 듯이 소리 지를 때 크리스틴이 아름다운 푸른 눈동자를 크게 뜨고 맹세했어. 살고 싶다고. 살아서, 내 살아 있는 아내가 되고 싶다고! 다로가, 그 전까지는 항상 죽어 있는 그녀를 봐야 했거든. 난 그때 처음으로 살아 있는 그녀를 본 거야. 살고 싶다는 그녀의 말은 진심이었어. 자살할 마음을 먹지 않겠다고 했어. 거래가 이루어졌지. 30분쯤 지나서 물은 전부 다시 호수로 빠져나갔어. 그래서 난 재빨리 자네를 구해 냈어. 자네가 죽었을지도 모른다고 생각했지. 그런데 살아 있더군! 난 자네를 지상으로 데려다 줘야 한다고 생각했어. 그래서 자네를 집으로 돌려보냈고……."

"샤니 자작은 어떻게 했나?"

페르시아인이 에릭의 말을 가로막으면서 물었다.

"아, 그는 자네처럼 곧바로 돌려보낼 수 없었어. 인질이었거든. 하지만 크리스틴 때문에 호숫가의 집에도 둘 수가 없었어. 그래서 깔끔하게 묶어 코뮌 지하 감옥에 편안하게 가둬 두었어. 그는 마젠데란의 향수 냄새를 맡고 축 늘어졌지. 그곳은 지하 5층이라 오페라하우스에서 가장 멀리 떨어진 데다 인적이 없는 곳이야. 아무도 오지 않고 아무 소리도 들리지 않아. 그리고 난 크리스틴에게 돌아갔어. 그녀는 나를 기다리고 있었지."

에릭은 숙연하게 자리에서 일어나 말을 이었다. 이전의 감정이 격하게 밀려왔는지 나뭇잎처럼 몸을 떨기 시작했다.

"그래. 그녀가 날 기다리고 있었어. 살아서 날 기다리고 있었어. 살아 있는 신부로……. 내가 수줍은 어린아이처럼 다가갔는데 그녀는 도망가지 않았어. 가만히 있었어. 그녀는 날 기다렸어……. 다로가, 난 그녀가 내 쪽으로 이마를 내밀었다고 생각해……. 많이는 아니지만 조금…… 아주 조금…… 살아 있는 신부로서 말이지. 그리고 난…… 난…… 그녀에게 키스했어! 내가! 내가 말이야! 그녀는 죽지 않고 살아 있었어! 다로가, 누군가의 이마에 키스한다는 게 얼마나 좋

412

은 기분인지! 자네는 아마 모를 거야! 하지만 난…… 다로가, 불쌍하고 불행했던 내 어머니는 단 한 번도 내게 키스를 허락하지 않았어. 내가 키스하려고 하면 달아났고 내게 마스크를 던져 줬지! 다른 여자들도…… 단 한 번도! 내겐 기회가 없었네. 아, 그러니 자네도 짐작할 수 있겠지만 그때 난 정말 행복했어……. 그래서 울었네. 난 그녀의 발 앞에 무릎을 꿇고 울었어. 그녀의 작은 발에 입을 맞췄지. 자네도 울고 있군, 다로가……. 그녀도 울었다네. 천사도 울었어……."

에릭은 큰 소리로 흐느꼈다. 페르시아인도 가면을 쓴 채 어깨를 들썩이며 양손으로 가슴을 부여안고 고통과 벅찬 사랑으로 번갈아 신음하는 그의 모습을 보고 눈물을 참을 수가 없었다.

"그래, 다로가……. 내 이마로 그녀의 눈물이 떨어졌어. 내 이마로! 너무나 부드럽고…… 달콤했지. 그녀의 눈물이 내 가면 속으로 떨어져서 내 눈물과 섞였지……. 그래서 내가 어떻게 했는지 잘 들어 봐. 다로가, 난 그녀의 눈물을 한 방울도 놓치지 않으려고 가면을 벗어 버렸어. 그런데도 그녀는 도망치지 않았어! 죽지도 않았고! 그녀는 살아 있는 채로 나와 함께 울었어……. 우리는 같이 울었어! 난 너무나 행복했어!"

에릭은 의자로 쓰러져 숨을 헐떡거렸다.

"아, 아직 죽지는 않을 거야. 당장은…… 지금은 울도록 그냥 내버려 둬. 내 말을 들어 봐, 다로가. 들어 봐……. 그녀의 발아래에 엎드

려 있는데 그녀의 목소리가 들렸어. '가엾고 불행한 에릭!' 그리고 그
녀는 내 손을 잡았어! 나는 그녀를 위해 언제든지 죽을 수 있는 한 마
리 가엾은 개였어……. 정말이야, 다로가! 나는 손에 반지를 쥐고 있
었어……. 소박한 금반지였지. 내가 예전에 그녀에게 준 반지였는데
그녀가 잃어버려서 내가 다시 찾았어. 결혼 반지였어……. 난 그 반
지를 그녀의 작은 손에 끼워 주면서 말했어. '받아! 당신과 그를 위해
서…… 받아! 내가 주는 결혼선물이야. 가엾고 불행한 에릭이 주는 선
물……. 당신이 그를 사랑한다는 걸 알아……. 이제는 울지 마!' 그러
자 그녀는 부드러운 목소리로 무슨 뜻이냐고 물었어. 그래서 설명해
주었어. 난 그녀를 위해 죽을 준비가 된 개라고……. 그녀가 나와 함
께 울어 주었고 우리의 눈물이 섞였으니 그 청년과 결혼해도 된다고!"

에릭은 감정이 복받쳐서 페르시아인에게 자신을 쳐다보지 말라고
했다. 숨이 막혀서 가면을 벗어야 했기 때문이다. 페르시아인은 창가
로 다가가 창문을 열었다. 마음에는 동정심이 가득했지만 괴물의 얼
굴을 보지 않으려고 튈르리 공원의 나무로 시선을 고정했다.

"그 길로 나는 그 청년을 풀어 주었어. 그리고 같이 그녀에게 가자고
했지. 두 사람은 내가 보는 앞에서 입맞춤했어. 크리스틴은 내 반지를
끼고 있었지. 난 그녀에게 약속해 달라고 했어. 내가 죽으면 밤에 스
크리브 거리의 호수를 건너와 금반지를 끼워 주고 아무도 모르게 묻
어 달라고. 어디에서 내 시체를 찾으면 되는지, 어떻게 하면 되는지

말해 줬지. 그러자 크리스틴은 처음으로 스스로 내게 키스했어. 여기, 이마에……. 아, 보지 마, 다로가! 내 이마에 키스했어……. 보지 마, 다로가! 그리고 두 사람은 함께 떠났어. 크리스틴은 울음을 멈추었고…… 나 혼자 남아서 울었지……. 다로가, 크리스틴이 약속을 지킨다면 곧 돌아올 거야!"

페르시아인은 그에게 더는 아무것도 묻지 않았다. 그는 라울 드 샤니와 크리스틴 다에의 운명에 대해 안심할 수 있었다. 그날 밤 에릭이 흐느끼면서 한 말은 어느 누구도 의심하지 않았으리라.

그러더니 괴물은 다시 가면을 쓰고 기운을 차려서 떠났다. 에릭은 자신의 죽음이 가까이 왔다는 느낌이 들면 페르시아인이 한때 보여 준 호의에 대한 보답으로 자신이 가장 아끼는 것들을 보내겠다고 말했다. 크리스틴 다에가 라울의 안전을 위해서 에릭에게 썼던 편지, 그리고 장갑 한 켤레와 구두 버클, 손수건 두 장 같은 그녀의 물건 몇 가지였다. 에릭은 페르시아인의 질문에 대해, 두 사람은 자유의 몸이 되자마자 사람들의 눈에 띄지 않고 행복하게 살 수 있는 외딴 곳의 신부(神父)를 찾아가기로 했다고 말해 주었다. 그러기 위해 가르 뒤 노르 역에서 기차를 탔다고. 마지막으로 에릭은 페르시아인에게 자신의 유품과 편지를 받는 즉시 두 사람에게 자신의 죽음을 알려 달라고 부탁했다. 《에포크》지에 짤막한 부고만 내면 된다고 했다.

이것이 전부였다. 페르시아인은 문 앞까지 에릭을 배웅했고 다리우스는 그가 거리까지 나가는 것을 도왔다. 마차 한 대가 대기하고 있었다. 창가로 돌아가 있던 페르시아인은 에릭이 마차에 올라타 마부에게 말하는 소리를 분명히 들었다.

"오페라하우스로."

그리고 마차는 밤길로 사라졌다. 페르시아인은 한동안 가엾고도 불행한 에릭이 사라진 방향을 바라보고 있었다.

그로부터 3주 후 《에포크》 지에 다음과 같은 부고가 실렸다.

에릭 사망.

에필로그

지금까지 실제로 존재했던 오페라의 유령에 관한 이야기를 풀어 냈다. 처음에 밝힌 것처럼 에릭이 실존 인물이라는 사실은 더 이상 부인할 수 없다. 오늘날에는 누구나 확인할 수 있는 에릭의 실존에 관한 증거들이 많아 샤니 가문의 비극을 통해서 그의 행동을 논리적으로 추적해 볼 수 있다.

그 사건이 파리를 발칵 뒤집어 놓았다는 얘기를 새삼스럽게 반복할 필요는 없다. 오페라 여가수의 납치와 기이한 상황에서 일어난 필리프 백작의 죽음, 그 동생의 실종, 오페라하우스의 조명 담당자와 조수 두 명이 약물에 취해 쓰러졌던 일 등 라울과 아름다운 크리스틴을 둘러싸고 일어난 수많은 비극과 범죄! 영영 자취를 감춘 그 훌륭하고 신비스러운 오페라 여가수는 어떻게 된 것일까? 사람들은 그녀가 두 형제의 다툼에 희생된 것으로만 추측할 뿐 아무도 진상을 알지 못했다. 필리프 백작의 죽음 이후 실종된 라울과 크리스틴이 행복을 찾아 머나먼 곳으로 떠나 버렸다는 사실을. 그들은 어느 날 가르 뒤 노르 역에서 기차를 탔다. 나도 언젠가 그 역에서 기차를 타고 노르웨이와 스칸디나비아의 호수를 돌아다니면서 라울과 크리스틴, 그리고 같은 시기에 사라진 발레리우스 부인의 발자취를 찾을지도 모른다! 어쩌면 음악의 천사를 알았던 그녀가 부르는 노랫소리가 언젠가 북쪽 하늘에서 메아리칠지도 모른다.

담당 판사 포르의 현명하지 못한 판단으로 사건이 묻혀 버리고 오랜 시간이 흐른 다음에도 신문들은 이따금 이 신비로운 사건을 파헤치려고 했다. 극장가에 떠도는 모든 소문을 알고 있던 어느 석간신문의 기자는 이렇게 썼다.

"오페라 유령의 흔적을 찾다!"

하지만 거기에는 비꼬는 말투가 역력했다. 페르시아인만이 사건의 진실을 알고 그와 관련된 증거까지 가지고 있는 유일한 사람이었다. 물론 그 증거는 유령이 약속한 소중한 유품과 함께 전달되었다. 페르시아인의 도움을 받아 그 증거를 보완하는 임무가 나에게 주어졌다. 나는 매일 조사 진행 상황을 그에게 알렸고 그의 지시를 받았다. 그는 오페라하우스에 가본 지 수년이나 지났는데도 건물 구조를 정확하게 기억하고 있었으므로 가장 은밀한 구석까지 알려 줄 수 있는 최고의 안내인이었다. 뿐만 아니라 그는 추가 정보를 어디에서 얻어야 하는지, 누구에게 물어봐야 하는지도 알려 주었다. 나는 그의 조언대로 폴리니를 찾아갔는데 안타깝게도 그는 임종이 임박한 상태였다. 나는 그가 아프다는 사실을 전혀 몰랐는데 오페라의 유령에 관한 질문을 했을 때 그가 보인 반응을 결코 잊지 못할 것 같다. 그는 마치 내가 악마라도 되는 것처럼 쳐다보았고 앞뒤가 맞지 않는 몇 마디 짤막한 문장으로 답했다. 그것만 보더라도 오페라의 유령이 이미 난봉꾼으로 불리던 그의 삶을 얼마나 더 혼란스럽게 만들었는지 알 수 있었다.

폴리니를 찾아간 일이 별 성과가 없었다고 말하자 페르시아인은 엷은 미소를 지으며 이렇게 말했다.

"폴리니는 사악한 에릭이 자신을 어디까지 속였는지 알지 못했다네."

페르시아인은 에릭이 신이라도 되는 것처럼 말하다가도 금세 밑바닥 인간 취급을 하는 것이었다.

"폴리니가 미신을 믿는다는 사실을 에릭은 알고 있었어. 에릭은 오페라하우스와 관련된 공적이고 사적인 일들은 전부 꿰뚫고 있었거든. 폴리니는 5번 박스석에서 신비한 목소리가 그의 사생활에 관한 이야기, 그러니까 그가 평소 뭘 하고 지내고 아내를 배신하고 있다는 등의 이야기를 늘어놓자 더 이상 들으려고 하지 않았어. 처음에는 하늘의 목소리라고 생각하고 자신이 저주받았다고 생각했지. 그리고 그 목소리가 돈을 요구하자 못된 협박범의 희생양이 되었다고 생각했다네. 덕분에 드비엔느도 희생양이 됐고. 둘 다 여러 가지 이유로 오페라하우스를 경영하는 데 진력이 나 있었기 때문에 이상한 계약을 강요한 오페라의 유령에 대해 자세히 조사할 생각도 하지 않고 그만둬 버렸지. 수수께끼를 전부 후임자들한테 넘기고는 골칫거리 사건을 처리했다고 안도의 한숨을 내쉬었던 거야."

나는 몽샤르맹이 쓴 『어느 관장의 회고록』에서 몽샤르맹이 처음에는 오페라의 유령의 행동을 자세하게 설명하다가 뒷부분에서 거의 언급하지 않은 사실이 놀랍다고 말했다. 마치 자신이 쓴 것처럼 책의 내용을 정확하게 알고 있는 페르시아인은 그 대답으로 이렇게 말했다. 회고록 뒷부분에서 몽샤르맹이 유령에 대해 쓴 몇 줄을 다시 읽어 보면 알 수 있을 것이라고. 다음이 바로 그 내용이다. 그 유명한 2만 프랑 사건을 간단하게 설명하고 있다는 사실에서 특히 흥미롭다.

회고록 첫 부분에서 오페라의 유령의 흥미로운 속임수에 대해 이야기했다. 여기에서는 그가 단 한 가지 자발적인 행동으로 나와 나의 동료의 모든 근심을 전부 거둬 주었다는 사실만 이야기하겠다. 아무래도 오페라의 유령은 큰돈이 관련되었고 경찰서장까지 알게 된 마당에 장난에 한계가 있다는 사실을 깨달은 것이 분명했다. 크리스틴 다에가 실종되고 며칠 후 관장실에서 미프르와 경찰서장을 만나 모든 것을 털어놓기로 했는데, 리샤르의 책상에 빨간색 글씨로 '오페라의 유령'이라고 적힌 커다란 봉투가 놓여 있었다. 그 봉투에는 오페라의 유령이 장난삼아 금고에서 가져갔던 거액의 돈이 들어 있었다. 리샤르는 그 정도로 만족하고 조사를 중단하는 것이 좋겠다고 했다. 나 역시 그의 의견에 찬성했다. 좋은 것이 좋은 것이니까. 그렇지 않은가, 오페라의 유령?

물론 몽샤르맹은 특히 돈이 되돌아온 후에는 자신이 리샤르의 장난에 속아 넘어간 것이라고 생각했다. 반면 리샤르는 자신의 농담에 대한 복수로 몽샤르맹이 유령 소동을 일으켰다고 생각했다.

나는 페르시아인에게 유령이 옷핀으로 고정시킨 리샤르의 주머니에서 어떻게 2만 프랑을 빼내갔는지 물었다. 그는 자세한 부분까지는 알아보지 않았다고 했다. 하지만 에릭의 별명이 함정 애호가라는 사실을 기억하고 관장실을 직접 조사해 보면 그 수수께끼의 답을 찾을 수 있을 것이라고 말했다. 나는 페르시아인에게 시간이 나는 대로 조사해 보겠다고 약속했다. 만족스러운 결과가 나오는 즉시 독자들에게도 알려 줄 것이다. 하지만 유령의 감쪽같은 수법을 전부 발견할 수 있을 것 같지는 않다.

페르시아인이 쓴 원고와 크리스틴 다에의 편지, 그리고 리샤르와 몽샤르맹 아래에서 일했던 모든 사람의 진술(애석하게도 지리 부인은 세상을 떠났다.), 꼬마 메그와 지금은 은퇴해서 루브시엔느에서 살고 있는 소렐리 양의 진술, 그리고 오페라하우스의 서고에 보관할 것을 강력히 주장하는 유령의 존재와 관련된 서류들은 전부 내가 직접 찾아 낸 증거를 통해 사실로 확인되었다. 에릭이 비밀 통로를 전부 막아 버려서 호숫가의 집은 찾을 수 없었다. (하지만 호수의 물을 빼면 쉽게 찾을 수 있을 것이라고 생각한다. 그래서 행정당국에 거듭 요청을 했다. 이 책이 출판되기 48시간 전에 뒤자르댕 보메츠 차관에게도 이야기했다. 다른 건 몰라도 호숫가 집에서 〈동 쥐앙의 승리〉 악보가 발견될지 누가 알겠는가?) 코뮌 병사들의 비밀 통로는 발견했지만 조각조각 금이 가 있었다. 그리고 라울과 페르시아인이 오페라하우스의 지하실로 들어갈 때 사용한 바닥 문도 발견했다. 코뮌의 지하 감옥에서는 거기에 감금되었던 수많은 사람이 벽에 남긴 이니셜을 발견했다. 그중에는 라울 드 샤니의 이니셜을 뜻하는 'R.C.'도 있었다. 그 글자는 지금도 그대로 남아 있다.

독자 여러분이 어느 날 아침 오페라하우스를 방문하게 된다면, 가이드 없이 마음대로 돌아다녀도 좋다는 허락을 얻은 다음에 5번 박스석으로 가서 무대 옆 특별관람석과 그곳을 분리해 주는 커다란 기둥을 주먹이나 막대로 두드려 보기 바란다. 그러면 기둥 속이 텅 비어 있다는 것을 알게 될 것이다. 그 안에서 유령의 목소리가 들린다고 생각하고 놀라지 말길. 기둥 안에는 두 사람이 들어갈 만한 공간이 있다. 갖가지 사건이 일어났는데 아무도 그 기둥을 신경 쓰지 않았다는 사실이 놀랍게 느껴진다면, 그 기둥이 묵직한 대리석처럼 보이는 데다가 그 안에서 들리는 목소리가 반대편에서 들리는 것처럼 느껴진다는 사실을 알아야 한다. 앞에서 이미 읽었겠지만 유령은 뛰어난 복화술사였다. 게다가 기둥은 대단히 정교하게 조각되고 장식되었다. 언젠가 그 기둥에서 유령이 지리 부인과 소통하고 고마움을 전하는 데 사용되었던, 마음대로 열고 닫을 수 있는 비밀 통로가 발견되리라고 기대한다.

하지만 이런 것들은 내가 관장실 책상 의자로부터 몇 센티미터 떨어진 곳에서 발견한 것에 비하면 아무것도 아니다. 그것은 바로 바닥 문이었다. 너비는 널빤지 하나만 하고 길이는 남자 팔만 한 문은 상자 뚜껑처럼 젖혀졌다. 그 문으로 교묘하게 팔을 내밀어 연미복 호주머니를 뒤지는 유령의 모습을 상상해 보라! 4만 프랑은 그렇게 해서 사라진 것이며, 돈이 되돌아온 것도 그와 비슷한 수법을 통해서였다.

나는 페르시아인에게 그 이야기를 하면서 이렇게 덧붙였다.

"4만 프랑이 되돌아왔으니 에릭은 그 계약서로 그냥 장난을 친 거라고 볼 수 있겠군요?"

"아니! 에릭은 돈을 원했어. 그는 자신에게 인간미가 전혀 없다고 생각했기 때문에 양심의 가책 따위는 전혀 느끼지 않았어. 그리고 자신이 가진 비범한 재주와 상상력이 추한 외모에 대한 보상이라고 생각했지. 그가 4만 프랑을 자발적으로 돌려준 이유는 더 이상 그 돈을 원치 않았기 때문이라네. 크리스틴 다에와의 결혼을 포기했기 때문이야. 지상의 모든 것을 포기했던 거지."

페르시아인의 말에 따르면, 에릭은 파리 북서쪽에 있는 루앙에서 얼마 떨어지지 않은 작은 마을에서 태어났다. 그의 아버지는 일류 석공이었다. 하지만 그의 추한 외모는 부모에게조차 공포였다. 그는 어린 나이에 집에서 도망쳤다. 그리고 한동안 장터에서 구경거리로 자주 모습을 드러냈다. 쇼의 사회자는 그를 '살아 있는 시체'로 소개하곤 했다. 그는 유럽의 온갖 장터를 떠돌면서 예술과 마술에 일가견이 있는 집시들로부터 괴상한 교육을 받은 것으로 보인다. 그리고 한동안은 베일에 가려진 시기를 보낸다. 그러다가 기고만장하고 사악한 모습으로 니즈니 노브고로드 장터에 모습을 드러냈다. 그즈음 그는 이미 세상 누구도 따라 할 수 없는 노래 실력을 지니고 있었다. 그는 복화술을 선보였고 손재주가 워낙 탁월해 아시아로 돌아가는 대상(隊商)들은 여행 내내 그 이야기를 할 정도였다. 이렇게 해서 그의 명성은 마젠데란에 있는 궁전으로까지 전해졌다. 거기에는 페르시아의 술탄인 샤의 총애를 받는 어린 왕비가 기거하고 있었다. 왕비는 하루하루가 몹시 따분했다. 그러던 참에 니즈니 노브고로드에서 사마르칸트로 돌아가던 모피 상인이 에릭의 천막에서 본 신기한 솜씨에 대해 소문을 냈다. 그는 마젠데란 궁전으로 불려갔고 마젠데란의 다로가, 페르시아인이 그의 심문을 맡았다. 이어서 다로가는 그를 찾아오라는 명령을 받았다. 그는 에릭을 페르시아로 데려왔고, 몇 달 동안은 에릭의 말이 곧 법이었다. 에릭은 수많은 악행을 저질렀지만 선과 악의 차이를 알지 못하는 것 같았다. 정치적 암살에도 수없이 관여했으며 자신의 사악한 독창력을 이용해서 페르시아와 전쟁을 치르고 있던 아프가니스탄의 왕을 제거했다. 당연히 샤는 에릭을 총애하게 되었다.

이것이 바로 다로가의 기록에서 몇 번씩 언급된 '마젠데란의 장밋빛 시절' 이야기다. 에릭은 건축에 관해서도 독창적인 아이디어를 떠올렸다. 마술사가 요술 상자를 만드는 것처럼 그 아이디어를 이용한 궁전을 설계했다. 샤는 그에게 새로운 궁전을 지으라고 명령했고, 에릭은 황제가 사람들의 눈에 띄지 않게 움직이거나 감쪽같이 사라질 수 있는 신기한 궁전을 만들었다. 그러나 황제는 그렇게 신기한 궁전이 자신의 소유가 되자 에릭의 노란 눈알을 빼내라고 명령했다. 하지만 장님이 된다 해도 다른 왕을 위해 신기한 건물을 또 만들 수 있고, 그가 살아 있는 한 신기한 궁전의 비밀이 새어 나갈 수 있다는 데까지 생각이 미쳤다. 그래서 에릭은 물론 궁전을 세우는 데 참여한 인부들까지 전부 죽이라고 명령했다. 마젠데란의 다로가가 그 무시무시한 임무를 지시받았다. 하지만 에릭은 다로가에게 사소한 도움을 준 적도 있고 진정으로 웃게 해준 일도 많았다. 그래서 그는 에릭에게 도피 수단을 마련해 주었다. 그 관대함의 대가로 자신의 목이 날아갈 뻔했지만 말이다.

다행히 카스피 해 연안에서 새들에게 반쯤 뜯어 먹힌 시체 하나가 발견되었고 에릭의 시체라고 판명 났다. 다로가의 측근들이 시체에 에릭의 옷을 입혀 놓았기 때문이었다. 덕분에 다로가는 황제의 총애를 잃고 전 재산을 몰수당하고 영구 추방당할 뻔한 위기에서 벗어났다. 그는 페르시아 왕족의 일원으로서 페르시아 국고에서 몇백 프랑씩 나오는 연금으로 파리에서 지내게 되었다.

한편 에릭은 소아시아를 거쳐 콘스탄티노플로 건너가 술탄에게 고용되었다. 끊임없는 공포에 시달리는 그곳의 술탄에게 에릭이 무엇을 해주었는지는 간단하게만 설명하겠다. 마지막 터키 혁명 이후 일디즈 키오스크에서 발견된 그 유명한 함정들과 비밀 방, 금고가 전부 에릭의 작품이었다. 뿐만 아니라 그는 술탄의 옷을 입었을 뿐만 아니라 모든 면에서 술탄과 꼭 닮은 자동인형도 만들었다. 술탄이 어딘가에서 잠을 자고 있을 때도 그 인형이 궁전에서 움직이고 있으면 사람들은 그것이 영락없이 술탄이라고 생각했다. (살로니카 군이 콘스탄티노플로 입성한 다음 날《마탱》지의 특파원이 모하메드 알리와 한 인터뷰 참고.)

물론 에릭은 페르시아에서 도망쳐야 했던 것과 똑같은 이유로 술탄 밑에서 일하던 것을 그만두어야 했다. 한마디로 너무 많이 알고 있다는 이유 때문이었다. 계속되는 모험과 무시무시하고 괴물 같은 삶에 지칠 대로 지친 그는 다른 사람들처럼 평범해지기를 갈망했다. 그래서 평범한 벽돌로 평범한 건물을 짓는 건축업자가 되었다. 그리고 오페라하우스 기초 공사에 입찰했고 참여하게 되었다. 하지만 거대한 오페라하우스 지하실에서 그의 예술적이고 환상적인 마술사 기질이 또다시 발동했다. 게다가 그의 외모는 여전히 추했다. 그는 세상 사람들이 아무도 모르고 사람들의 눈을 피해 언제든지 숨을 수 있는 곳을 만들겠다는 꿈을 꾸게 되었다. 나머지는 독자들도 아는 대로다. 지금까지 밝힌 믿지 못할 실화 그대로.

가엾고 불행한 에릭! 우리는 그를 동정해야 할까, 저주해야 할까? 그는 다른 사람들처럼 '평범'해지고 싶었을 뿐이었다. 하지만 그러기에는 몰골이 너무나 추했다. 평범한 얼굴이었다면 세상에서 가장 비범한 사람이 되었을 텐데, 추한 얼굴 때문에 자신의 천재성을 숨기거나 속임수를 쓰는 데 사용할 수밖에 없었다. 그는 거대한 제국을 거느릴 만한 용기가 있었지만 결국 지하실에서 사는 데 그쳐야만 했다. 그렇다. 우리는 오페라의 유령을 가엾게 여겨야 한다.

나는 에릭의 유해를 앞에 두고, 그가 저지른 온갖 범죄에도 불구하고 신에게 부디 그에게 자비를 베풀어 달라고 기도했다. 얼마 전 오페라하우스에서 인부들이 축음기를 묻으려다가 발견한 유골이 에릭의 것임을 알고 그 앞에서 기도를 했는데, 흉측해서 알아본 것이 아니었다. 인간은 누구나 죽으면 흉측해지는 법이니까. 에릭이 크리스틴 다에에게 주었던 그 금반지가 유골에 끼워져 있는 것을 보고 알았다. 그녀는 약속한 대로 그를 묻으러 와서 반지를 끼워 준 것이 분명했다.

유골은 작은 우물 근처에서 발견되었다. 그곳은 음악의 천사가 크리스틴 다에를 오페라하우스 지하실로 데려왔던 날 밤에 정신을 잃은 그녀를 떨리는 팔로 안았던, 바로 그곳이었다.

그 유골은 이제 어떻게 될까? 분명 평범한 묘지에 묻어 주지는 않을 것이다. 나는 유령의 유골이 있어야 할 곳은 국립음악원 서고라고 생각한다. 그것은 절대로 평범한 유골이 아니니까…….